MIRAKELMANNEN

Anmäl dig till Pocketförlagets nyhetsbrev
nyhetsbrev@pocketforlaget.se
eller besök
www.pocketforlaget.se

MIRAKELMANNEN

Jonas Moström

Pocketförlaget

Till Adina, Roseanna och Becka

www.pocketforlaget.se
info@pocketforlaget.se

© Jonas Moström 2010

Svensk pocketutgåva enligt avtal med Nordin Agency.

Omslag: Carl-André Beckston
Författarfoto: Ulla Montan

Tryck: ScandBook AB, Falun 2013

ISBN: 978-91-86067-80-9

Tänka fritt är stort, men tänka rätt är större
Thomas Thorild

En normal sanning varar i högst tjugo år
Henrik Ibsen

Prolog

En natt i början av oktober ringlar en huggormshona ned mot Bråsjön i södra Medelpad. Sanden är fuktig, det är bara fem plusgrader och hon rör sig långsamt. Hon är på jakt efter föda. Senast hon åt var för sju dagar sedan då hon tog en groda på andra sidan av sjön.

Allt går långsammare på hösten. För varje dag blir det kallare och det är snart dags att finna en plats för vinterdvalan. Men först måste hon äta.

Hon känner vibrationer i marken. Steg närmar sig. Hon stannar till, vädrar med tungan i luften och känner lukten av människa. Snabbt krälar hon vidare.

Hon når vattenbrynet och simmar ut. Det är kallt, men hon rör sig ändå dubbelt så fort som på land. Vibrationerna försvinner och doften blir mer avlägsen.

Målmedvetet simmar hon mot stenen där hon brukar ta sig i land. Bakom stenen finns ett område med stubbar, ris och annat bråte där det finns sork.

Just innan hon når land hörs ett tydligt plask bakom henne, men det märker hon inte. Hon känner doften av sork och hungern driver henne framåt. Hon ringlar mot stället mellan stenen och rotvältan. Det är dagg i gräset och hon glider lätt framåt. När hon kommer fram ligger hon stilla på en bädd av fuktiga löv och väntar intill platsen där sorkarna brukar ila förbi.

Hon känner stegen från sorkben som svaga stötar i kroppen. Doften blir tydligare och hon vet att sorken närmar sig.

En grå skugga in från vänster. Tänderna träffar perfekt över halsen. Sorken ger ifrån sig ett kort pip. Tänderna tränger genom pälsen och hon känner hjärtat picka i den lilla kroppen. Det rycker i bakbenen, men de stillnar när hon hugger igen och får in hela huvudet i munnen. Hon sväljer sorken, ringlar in i snåret och snurrar ihop sig runt en blomstjälk.

Mannen hör ett prasslande ljud. Instinktivt tar han blicken från sjön och håller andan. En av blomstänglarna i snåret bredvid honom vaggar fram och tillbaka. Måste vara ett djur, troligen en mus, tänker han, men blir inte lugnare för det. Det han nyss har sett på sjön gör honom skräckslagen. Som paralyserad står han och stirrar på stjälken tills den åter blir stilla.

Han andas ut, försöker samla sig. Stängeln tillhör en *digitalis purpura* och blomman kan användas för att göra hjärtmedicin. Ännu en av hans faktakunskaper som ploppar upp i hjärnan utan att han kan kontrollera det.

Något för hjärtat. Det skulle han behöva med tanke på vad han nyss blev vittne till. Pulsen dunkar så hårt på halsen att det känns som om något ska gå sönder.

1

Vattnet omsluter mig. Bubblorna yr och skallen spränger. Det är fruktansvärt kallt. Jag sjunker. I panik tänker jag att jag måste ta mig upp. Jag vill inte dö, det är för tidigt, jag har mycket kvar att göra. Men armar och ben lyder inte.

Jag sjunker längre ned i mörkret, öppnar munnen och försöker skrika. Det är lönlöst. Vattnet rusar in i mig som en kall arm som trycks ned i halsen. Jag gapar ännu större, men den enda plats mitt skrik hörs på är i mitt eget huvud. Diafragman drar ihop sig i en häftig kramp, som om en häst sparkar mig i magen, men vattnet är mycket starkare. Det är överallt nu, har övermannat mig och tycks få ökad styrka när det märker att segern är nära.

Jag hör röster från en kör i djupet. Jag tänker på älgen som sägs ha drunknat här, på gubben Eriksson som föll i från båten när han ställde sig upp för att pissa. Kommer jag att möta dem nu?

Tankarna rusar och jag är förvånad över att jag tänker så klart. Bättre än jag någonsin har gjort förut.

Kroppen domnar och jag orkar inte kämpa emot. Insikten fyller mig med ett lugn jag inte upplevt tidigare. Det är inte kallt längre. En behaglig värme flödar genom kroppen, genom blod, muskler och skelett.

Här kommer jag. Jag vet att du tar emot mig.

Stimmet från festen fyller mitt huvud. Jag ser ansikten flyta förbi och hör hur de pratar till mig:

Du är fantastisk. Tack för att du gjorde mig frisk.

Varför ville du egentligen att vi skulle komma?
Du får inte göra det, fattar du det?

Ansiktena glider bort och det blir tyst. Det enda som hörs är rösterna från kören som växer sig allt starkare. Det är en manskör med öppna munnar utan ord.

Jag känner inte längre min kropp och vattnet finns inte mer. Nu är allt bilder som flimrar förbi i mitt inre, korta sekvenser som klippts ihop till en mix utan logik eller ordning.

Pappa kommer in i köket. Han har den där minen som jag avskyr. Nej, ta mig härifrån.

Min hand på Agnetas rygg. Utan ett ord vänder hon sig bort och släcker sänglampan.

Carl i duschen efter basketträningen, hans förvåning när jag kommer in genom dörren.

Bilderna bleknar bort och försvinner.

Nu är det nära. Ett lugn söver och vaggar mig.

Jag löses upp och blir till det jag alltid har varit.

Frid.

2

Johan Axberg lyfte hammaren och slog i den sista spiken i nockplåten. Äntligen var han klar. Han vände ansiktet mot eftermiddagssolen och torkade svetten ur pannan. Det här hade han gjort bra. Nu återstod bara att bättra på färgen på några av fönsterfodren så var renoveringen klar. Men det kunde vänta till i morgon.

Huset skulle ut till försäljning först om en vecka, så det var gott om tid. Inte för att han visste om han tyckte att det var en bra idé att Lotta sålde villan, men hon hade bestämt sig. Hon ville inte bo kvar i huset där hon och Stefan hade levt tillsammans. Det kunde han förstå med tanke på hur han hade behandlat henne. Hon ville köpa ett nytt hus, gärna på Alnön, där hon och pojkarna kunde börja om från början.

Johan tog ett djupt andetag av luften, som var mild för att vara i början av oktober, och blåste ut den med en suck. Lotta ville även att han skulle flytta ihop med henne i det nya huset. Han hade svarat med ett vagt kanske, som hon tolkat som ett ja. Visst älskade han Lotta och kom bra överens med Sebastian och Elias, men han visste inte om han var beredd att ta steget att bli sambo.

Han hade ett stort behov av att dra sig undan och tänka sina egna tankar, men genom åren hade han lärt sig att det inte var särskilt uppskattat i ett förhållande. Och han ville för allt i världen inte mista Lotta, så nu var han trots sin ambivalens indragen i jakten på ett gemensamt hus. Kanske inte så långt bort som på Alnön, men ändå. Dessutom tänkte han behålla sin lägenhet i Hirschska huset.

Han såg på klockan. Kvart i fyra. Eftersom det var måndag innebar det att Lotta snart skulle komma hem med killarna från skolan. Egentligen borde han gå ned och sätta på pastavattnet, men han var trött efter två timmars arbete och behövde pusta ut.

Han njöt av det sköna vädret och utsikten över staden. Försökte se vindflöjeln på Hirschska huset, men lyckades bara identifiera två av tornen på Hotel Knaust. Röken från fabrikerna suddades ut mot en fond av grönt, gult och rött som var träden på Södra berget. Ett X2000-tåg gled in mot stationen. Avståndet gjorde att det såg ut som ett tåg på en modelljärnväg, och det kändes som han skulle kunna luta sig fram och lyfta upp det.

Konstiga tankar jag har, tänkte han och ruskade på huvudet. Kanske beror det på att jag har gått hemma för länge. Han hade varit avstängd från jobbet i tre veckor, och trots att han haft fullt upp med renoveringen, började rastlösheten sätta sina spår. Han sov oroligt och hade dålig aptit. Men snart skulle internutredningen komma med sitt utslag. Då skulle han börja jobba igen. Att han inte skulle få återgå i tjänst fanns inte på kartan, åtminstone inte i dagsljus. Utan sitt jobb som chef för länskriminalen var han ingen. Jobbet var hans enda fasta punkt i tillvaron, hur ogärna han än ville erkänna det.

Bilderna av hur han slog ner Stefan, när han försökt tränga sig in i lägenheten, flimrade förbi bakom ögonlocken. I fredags hade han mött honom i tingsrätten. Stefan hade varit lugn och sansad, men kastat ilskna blickar mot Johan när han drog sin version av det som hänt. Det hade varit märkligt att sitta på den anklagades bänk i en rättssal. För första gången hade han insett hur det kändes att vara den som skulle granskas av rättvisan. Så liten och vilsen hade han inte känt sig på många år. Som tur var hade Lotta varit oerhört stark när hon vittnat mot Stefan. Utan att darra på manschetten hade hon sett sin exman rakt i ögonen och berättat hur han trakasserat dem.

Johan var stolt över henne. Utan hennes utsago hade ord stått mot ord och då skulle det ha varit svårt för rätten att gå på hans linje.

På onsdag skulle domen falla. Sedan var det bara att vänta på internutredarnas beslut. Han visste att de ofta ville veta tingsrättens dom innan de bestämde sig.

Ja, ja, det ordnar sig, tänkte han och loskade mot gräsmattan.

I morgon skulle Lotta möta Stefan i rätten igen. Då gällde det både hennes anmälan om att han slagit henne och slutförhandlingen i vårdnadstvisten. Under de gångna veckorna hade hon träffat Stefan flera gånger tillsammans med socialtjänsten. Hon stod fast vid sitt krav att få vårdnaden om barnen, men han vägrade. Det hade varit uppslitande möten, och Johan hade försökt stötta henne så gott han kunde. Han tyckte att hon gjorde rätt med tanke på hur Stefan behandlat henne. Framförallt tog han inte hand om Sebastian och Elias på ett bra sätt. Slarvade med mat, kläder och skolarbete, drack sig berusad i deras sällskap.

Eftersom han visste att vårdnadstvister kunde dra ut på tiden hade han ringt en av sina kontakter på socialtjänsten och bett om ett snabbyttrande. Ett tag hade han skämts för att han utnyttjade sin position i privata syften, men de tankarna hade han slagit undan. Det enda viktiga var att Stefan mer eller mindre försvann ur Lottas och pojkarnas liv.

Lotta hade hela tiden varit bestämd med att hålla honom utanför. Han hade inte ens fått vara med när socialtjänsten gjorde sitt obligatoriska hembesök. Han fick inte heller följa med till rätten i morgon. Det här ville hon klara upp själv.

Med viss tvekan hade han accepterat. Han hade lämnat sin version av misshandeln till sin kollega Sofia Waltin, som ansvarade för fallet, och fick nöja sig med det. Fallet var glasklart och Stefan skulle säkert bli dömd. En dom som sedan skulle stödja Lottas krav i vårdnadstvisten.

Han var övertygad om att Lotta skulle få som hon ville. Samtidigt som det gladde honom kände han sig nervös inför att bli extrapappa åt pojkarna. Skulle han klara av det?

Han tog fram paketet med nikotintuggummi och stoppade ett i munnen. Bäst att inte smygröka innan killarna kommer. Lotta känner det direkt. Med tanke på Elias astma är det bäst att jag avstår, även om det fläktar bra häruppe.

En granne cyklade förbi på gatan och vinkade. Han lyfte handen och följde henne med blicken tills hon försvann bakom raden av grannens hängbjörkar.

Nu passerar hon snart Sofias barndomshem och villan där Maria Sjögren bodde, tänkte han. Han var van vid att påminnas om olika brott vart han än vände sig i staden. Trots att han vanligtvis inte tog illa vid sig kändes det jobbigt att gå förbi de husen.

Måste bero på att jag har för mycket tid att älta, resonerade han. Dubbelmordet på sjukhuset var uppklarat och han borde lämna det bakom sig. Men det var frustrerande att gärningsmannen fortfarande gick fri – visserligen på andra sidan Atlanten och fallet låg inte länge på Sundsvallspolisens bord – men ändå. Det skulle kännas bra att höra honom erkänna. Trots allt var han bunden till endast ett av morden, och känslan av att de hade förbisett något fanns kvar.

Han knäppte loss säkerhetslinan och klättrade nedför stegen. Nu fick det vara nog för i dag. När han hade krängt av sig snickarbyxorna gick han in i köket och satte på en kastrull med vatten. Radion stod på och sextonnyheterna började.

Ny larmrapport om att ozonlagret var tunnare än någonsin och att polarisarna skulle börja smälta ännu fortare.

Han dukade fram glas, tallrikar och bestick. Saltade vattnet och när den första bubblan spräckte vattenytan bröt han ned spaghettin.

Nästa nyhet: Mirakelmannen Chris Wiréns kropp hade fortfarande inte hittats trots intensiva draggningsförsök. Polisen trodde att det var drunkningsolycka och hade inga misstankar om brott.

Johan ställde plattan med köttfärssåsen på svag värme, tog en Norrlands Guld ur kylskåpet och satte sig i kökssoffan. Uppläsaren pratade vidare om andra nyheter, men han lyssnade inte.

Han tänkte på Chris Wirén. Egentligen hette han Christer, men på senare år hade han börjat kalla sig för Chris. De hade varit klasskamrater och även tränat simning ihop under uppväxten i Bråsjö. Men efter att Johan som tolvåring flyttat till farmor och farfar på Frösön hade de inte haft någon kontakt. Han hade dock följt Chris framgångssaga med Symfonikliniken i massmedia. Han var inte det minsta förvånad.

Chris Wirén var en av de mest karismatiska personer han hade mött. Den intensiva blå blicken, sättet han rörde sig på och förmågan att vinna en diskussion och få folk dit han ville. Minnena var många och det var konstigt att Chris, som hade varit så levande, nu låg död på botten av Bråsjön.

Bråsjö. Han hade inte varit där sedan flyttlasset gick för tjugoåtta år sedan. Mycket hade förändrats sedan dess, ekonomin blomstrade som aldrig förr tack vare kliniken, och byn var en av få i Norrlands inland där befolkningsmängden inte stadigt minskade. Men många av människorna från den tiden fanns kvar, och det var anledningen till att han aldrig återvänt. Han kunde fortfarande bli förbannad när han påminde sig hur han hade blivit sviken. Hur kunde man göra så mot ett barn?

Han drack två klunkar, torkade sig om munnen. Situationen blev ännu märkligare av att Carolina hade rest hem till byn. Hennes nyfödde son var tio dagar gammal när hon hade lämnat den där skitstöveln Thomas och återvänt hem för att få hjälp av sina föräldrar.

Johan tog fram mobilen och knappade fram bilden som Carolina mms:at honom. Betraktade det rosiga ansiktet och det hårt knutna händerna.

Johan Alfred Lind. Ett vackert namn på en söt kille.

Han hade inte sagt något till Lotta och aktade sig noga för att hon skulle se bilden. Hon stelnade till och fick något strävt i rösten varje gång Carolina kom på tal, och han undvek i möjligaste mån att nämna henne. Efter förlossningen hade Carolina ringt och sms:at honom några gånger när hon varit ledsen. Han hade tröstat henne, trots att han fortfarande var besviken för att hon lämnat honom när han vägrat att genomgå en fertilitetsutredning, efter två års resultatlösa försök att göra henne gravid.

Handen kramade hårt om mobilen. Och nu sitter jag här och tittar på resultatet av hennes strävan. Ett barn vars pappa inte vill ta sitt ansvar. Tankarna snurrade i skallen och gjorde honom yr. Hur kunde hon falla för den där Thomas? Insåg hon inte från början att han inte var att lita på? Vad hade hänt om jag hade ställt upp och testat mig? Hade det varit hon och jag nu? Hade jag varit pappa?

Han tryckte bort bilden och tog en klunk öl. Nej, nu får jag skärpa mig. Det var bäst det som skedde. Jag älskar Lotta. Och jag har inte förlåtit Carolina för att hon blev gravid innan hon gjorde slut. Med Lotta behöver jag dessutom inte bekymra mig om mina möjligheter att bli pappa, eftersom hon inte vill ha fler barn. Som vanligt skänkte den tanken inte bara lättnad utan även en känsla av tomhet.

Det fräste till på spisen. Pastavattnet kokade över och han skyndade sig att lyfta av locket och dra ned värmen. Köttfärssåsen hade bränt fast i botten och han lyfte grytan till diskbänken.

I samma stund hörde han klampet av steg på farstubron. Dörren flög upp och Sebastian tumlade in tätt följd av lillebror Elias. De sparkade av sig skorna och slängde jackorna på byrån.

– Tjenare grabbar, hur var det i skolan i dag? frågade han.

– Bra, svarade pojkarna i kör och kom inspringande i köket.

– Vad blir det för mat? frågade Sebastian och styrde stegen mot spisen.

– Spaghetti och köttfärssås, sa Johan och skyndade sig att lägga locket på grytan. Men ni måste tvätta händerna först.

– Okej.

Med snabba rörelser skopade han över köttfärsen i en ren kastrull, hällde diskmedel i grytan och spolade med vatten så att det skummade rejält.

Lotta kom in med pojkarnas ryggsäckar i händerna. Hon suckade när hon såg jackorna på byrån och log utmattad mot honom. Han tyckte att hon var som vackrast i de här ögonblicken av resignation och tacksamhet över att hon klarat ännu ett moment av dagens körschema.

– Hej, sa han och tog hennes kappa. Jag är klar med taket.

– Bra. Då är det bara fönstren kvar, sen ger jag klartecken till mäklaren.

– Mm.

De gick in i köket. Just när de fått maten på tallrikarna ringde Johans mobil. Instinktivt reste han sig innan han kollade displayen. När han såg på riktnumret att det var från Bråsjö utgick han från att det var Carolina.

– Det är från jobbet, sa han och gick ut i hallen.

Han tog trappan till övervåningen i fem kliv och svarade.

– Hej Johan, det är Mattias … Mattias Molin i Bråsjö.

Förvånad blev han stående mitt på golvet i vardagsrummet. Mattias Molin var även han en gammal klasskamrat, men framförallt hans bästa vän från barndomen. Han var den enda som han haft kontakt med i byn efter flytten till Frösön. Vid några tillfällen hade Mattias hälsat på hos farmor och farfar, men när de kom upp på högstadiet hade kontakten glesnat och nu inskränkte den sig till högst sporadiska julkort ungefär vart tredje år. Senaste gången de träffades var för några år sedan då de av en slump stötte ihop utanför Ikea i Birsta. Då hade Mattias sett trött och sliten ut, och den tidigare magre killen hade fått både ölmage och rondör. Mattias var vaktmästare på skolan i Bråsjö och ryktesvägen hade Johan hört att han hade problem med spriten.

– Tjenare, Mattias! Det var längesen!

– Int' i går om man säger. Jag fattar om du blir förvånad att jag ringer, men det är en sak som ...

Han avbröt sig och hostade några gånger. Johan konstaterade att han sluddrade på rösten och verkade nervös. Säkert hade han tagit sig några järn. Det konstiga var att han lät så uppjagad. I vanliga fall brukade han vara lugn som en filbunke.

– Det är en sak som jag måst' berätta, fortsatte Mattias. Du ... Du måst' komma hit.

– Vad är det som har hänt?

– Kan jag int' säga på telefon ... det är för komplicerat ... måst' sägas direkt, liksom.

Pojkarna skrattade under honom, en mås flög förbi utanför fönstret mot gatan.

– Det blir nog svårt, svarade han. Kan du inte säga vad det är?

– Nej, fan, det går int'.

Det blev tyst i luren. Johan gick ett varv runt ena fåtöljen. Han kunde höra Mattias andas och såg honom framför sig som han sett ut på parkeringen utanför Ikea. Till slut fortsatte Mattias:

– Du vet det här med Chris och drunkningen ...
– Ja?
– Det var ingen olycka.
– Va?
– Nej, fan, int' drunknade han.
– Vad är det du säger? Hur vet du det?

Ny tystnad och nya varv runt fåtöljen. Var det här bara något fyllesnack eller skämt? Nej, det var inte Mattias stil.

– Om du vet något måste du gå till polisen i byn som utreder fallet. Jag är avstängd från min tjänst och jobbar inte för tillfället.

– Det går int'... det är därför jag ringer dig. Du måst' komma hit. Och du får int' berätta för någon om det här, lova det.

– Ja ... jag vet inte ...

– JOHAN FÖR FAN! brast Mattias Molin ut. Du måst' lyssna nu. Det är bråttom. Jag vet int' hur länge ...

Mattias avbröt sig för ännu en hostattack. Johan kände pulsen dunka i tinningarna. Nyfikenheten var väckt och det tog bara en halvtimme att köra till Bråsjö. En hastig blick på klockan på dvd:n. Tjugo över fyra. Om han körde direkt efter middagen kunde han vara tillbaka redan i kväll.

– Okej, sa han. Jag kommer. Var bor du?
– Du vet det röda huset bortanför ridhuset?
– Ja ... det finns väl bara ett hus där?
– Jo, det stäm'.

Johan Axberg fyllde lungorna med luft, överlade med sig själv.

– Okej, sa han. Jag kommer.

3

Ånge, 20 juni 1999

Hjärtat slog i bröstet och svetten trängde fram i armhålorna. Snart skulle hon få veta om hennes nye husläkare hade hittat något fel i blodproverna. En del av henne önskade att det äntligen skulle finnas något som kunde förklara tröttheten och muskelvärken, samtidigt var hon livrädd för att hon hade någon allvarlig sjukdom.

MS. Cancer. ALS. Alternativen var många och lika hemska att tänka på.

Hon vände blicken ned i ett vältummat exemplar av *Amelia* och försökte läsa om en revolutionerande GI-diet. Den var oerhört enkel att följa. På en månad skulle man gå ned tio kilo. Och det bästa av allt var att man aldrig behövde känna sig det minsta hungrig!

Bokstäverna började snurra och hon insåg att hon var för stressad för att läsa vidare. Istället tittade hon på fotografierna av den smala brunbrända kvinnan som leende visade upp rätterna i menyn. Hon suckade och drog in magen. Visserligen vägde hon några kilo för mycket, men just nu var det hennes minsta bekymmer.

För sex månader sedan, strax innan jul, hade värken i axlar och nacke kommit smygande. Först hade hon trott att det berodde på att hon suttit för mycket vid skrivbordet inför terminens sista tenta. Hon hade varit orolig för provet och hade säkert bara spänt sig. Men trots att skrivningen gått bra och att hon vilat upp sig på jullovet hos sina föräldrar, hade smärtorna spridit sig till armar och rygg.

Samtidigt hade en förlamande trötthet kommit över henne. Hon sov tio timmar per natt, men trots det kände hon sig aldrig utsövd. När hennes mamma väckte henne vid tiotiden låg hon ofta kvar i sängen en halvtimme innan hon orkade stiga upp och äta frukost.

Hon hade slutat gå till gymmet och värken gjorde att hon dagligen tog både Alvedon och Magnecyl. Till en början lindrade tabletterna bra, men på sistone blev hon aldrig fri smärtorna. Tröttheten gjorde henne apatisk på ett sätt som skrämde henne: hon orkade knappt läsa tidningen, lyssna på musik eller ringa sina väninnor. Från morgon till kväll följde tröttheten henne likt en skugga som gjorde allt omkring luddigt och grått. Det enda hon förmådde var att ligga i soffan och slötitta på teve.

Vårterminen hade varit en plåga. Hon hade svårt att hänga med i undervisningen, och den sista tentan före sommarlovet gick hon inte ens upp på. Nu hade hon sommaren på sig att läsa ikapp, men med tanke på hur hon mådde skulle hon knappast orka. Då skulle CSN kanske göra allvar av sina hot att dra in hennes studiemedel. Men om det blev kris fick hon säkert låna pengar av sina föräldrar. Det största problemet var att hon riskerade att mista sin plats på kursen.

Nej, så fick det inte bli. Hon måste be doktor Lindstam skriva ett intyg där det framgick att hon på grund av sjukdom måste göra ett uppehåll i studierna.

Försiktigt lyfte hon blicken och såg sig omkring. En pappa rullade en barnvagn fram och åter över en tröskel samtidigt som han höll en snorig femåring i handen och förmanade henne att stå still. En man och kvinna i åttioårsåldern satt tätt intill varandra med händerna hårt klamrade om varsin käpp, en kraftigt byggd man i blåställ stirrade ut genom rummets enda fönstret mot raden av blommade syrener.

Mellan hägg och syren, tänkte hon. En skön tid för de flesta. För henne hade den i år varit en pina. Att inte må bra när man förväntades göra det gjorde allting värre.

Hon kastade en blick på väggklockan och avgjorde att doktor Lindstam var fem minuter sen. Det gjorde henne ingenting. Hon var van vid att vänta.

De senaste två månaderna hade hon suttit här tre gånger för att träffa ännu en i raden av stafettläkare som passerade revy på mottagningen. Ingen hade kunnat tala om vad det var för fel på henne.

En hade sagt att det var många som var trötta nu för tiden, och att lite värk inte var mycket att göra något åt. Börja motionera och ta en Magnecyl. Sedan hade han sneglat på klockan och frågat om det var något mer hon ville.

Nummer två hade undrat om hon var utbränd eller deprimerad – vilket hon inte alls var även om värken inte direkt gjorde henne på gott humör. Den tredje hade tagit lite prover och sagt att hon var fullt frisk. När hon bad att få en kopia av proverna visade det sig att han bara hade kontrollerat blodvärdet och sänkan.

Det värsta var inte att läkarna inte kunde förklara varför hon mådde dåligt. Nej, det var deras ointresse hon retade sig mest på. Hon kände sig inte sedd som människa, snarare som om hon var en trasig maskindel som skulle lagas, kanske helst skrotas. Hon visste att hon överdrev, men det var så hon kände. Hennes självömkan var så stark att hon inte ens kunde skratta åt eländet.

Men nu skulle det förhoppningsvis bli ändring på det. Nu när hon hade fått en egen husläkare. Doktor Lindstam var nyinflyttad i byn, och trots att hon bara hade talat med honom på telefon, kände hon förtroende för honom. Han hade låtit lugn och saklig och inte det minsta fördömande. Och han hade ordinerat ett trettiotal olika blodprover för att gå till botten med hennes symptom. Bara hon fick veta vad som var fel skulle symptomen bli lättare att bära.

När hon var som piggast försökte hon själv söka svar på frågorna som surrade i skallen. Hon läste om sina symptom på nätet och varje gång kvällstidningarna hade löpsedlar som "200 000 SVENSKAR HAR DOLD HJÄRTSJUKDOM – SÅ VET DU OM DU ÄR DRABBAD" köpte hon tidningen med skräckblandat hopp om att hitta just sin diagnos. Hittills hade hon inte lyckats.

En mörkhårig man i vit rock blev synlig och ropade hennes namn. Hon reste sig och kände hur det stramade i ryggen. Doktor Lindstam var i fyrtioårsåldern, hade markerade drag i ett solbränt ansikte och ett stadigt handslag. Hon kände att hon var fuktig i handflatan och log generat, men doktorn var redan på väg bort i korridoren med rocken fladdrande runt benen.

Han bad henne sätta sig och frågade hur han kunde hjälpa henne. I kronologisk ordning började hon redogöra för sina symtom med stöd av papperet hon skrivit före besöket. Doktorn såg på henne och med jämna mellanrum hummade han instämmande och skrev i sitt anteckningsblock. Efter tre minuter började han titta i datorn, klicka på musen och mumla mer frånvarande. Hon kände igen reaktionen alltför väl.

– Lyssnar du på vad jag säger? sa hon.

Han såg frågande på henne.

– Det är klart jag lyssnar, jag stämmer bara av med vad som sagts vid dina tidigare besök.

– Dom var inte särskilt givande.

– Nej, jag förstår att du har det besvärligt.

Ännu en blick i datorn, två klick på musen, sedan såg han på henne igen.

– Alla prover såg normala ut.
– Vad betyder det?
– Att det inte finns några tecken på allvarlig sjukdom.
– Men varför har jag då så ont? Varför är jag så trött att jag inte orkar någonting?

Tårarna steg i ögonen. Hon skämdes och bet ihop. Ingen skulle få se henne gråta.

– Jag vet inte, sa han och reste sig. Nu ska jag undersöka dig. Kan du ta av dig tröjan?

Förtroendet hon känt på telefon var som bortblåst. Hon kände sig besviken och dum. Värken i axlarna fick henne att grimasera när hon krängde av sig tröjan. Behån, som hon hade valt med omsorg, tänkte hon inte ta av. Den svala luften i rummet kylde fukten under armarna och hon hoppades att hon inte luktade svett. Varför kände hon sig alltid så klumpig när hon skulle klä av sig? Det var som om hennes kropp inte länge tillhörde henne. Den var en stel värkande massa som bara var till besvär.

– Aj, stönade hon när doktor Lindstam trycke in tummarna i nacken.

– Gör det ont här?

Försiktigt nickade hon, rädd för att det skulle göra ännu ondare. Hårdhänt trycke han på fler punkter på axlarna och ryggen. Han bad henne sträcka och böja på armar och ben, slog reflexer och lyssnade på hjärta och lungor. Avslutningsvis tittade han i hennes hals och kontrollerade blodtrycket. Det hela gick så fort att hon knappt hann förstå vad som hände.

– Du är spänd i nacke och axlar, sa han när han åter sjönk ned i sin kontorsstol.

Berätta något jag inte redan vet, tänkte hon.

– I övrigt ser allt som sagt bra ut.

Nya klick med musen och hans fingrar trummade över tangentbordet lika snabbt som när han undersökt henne. Hon kände sig som överkörd av en ångvält. När hon till slut fått på sig tröjan satte hon sig åter i besöksstolen. Andades, bet ihop, andades igen.

– Du ska få en remiss till en sjukgymnast, sa han. Det är det enda som finns att göra.

– Där har jag ju redan varit, svarade hon.

– Jaså? Det står det inget om här, replikerade han med en nick mot datorn.

– Det hjälpte i alla fall inte, sa hon med tunn röst.

Han suckade, lutade sig fram i stolen och slog handflatorna mot låren.

– Nej, då vet jag inte vad vi ska göra.

– Men något måste ju vara fel? fick hon fram. Jag är ju bara tjugoåtta år. Ska jag ha det så här resten av livet?

– Det tror jag inte. Du kanske är lite spänd just nu. Det kommer att gå över, lita på mig.

I två sekunder stirrade de på varandra utan att säga något. Hon kände sig tillintetgjord. Som hon hade hoppats på det här besöket. På en förklaring, på förståelse, på en hjälpande hand.

Han betraktade henne, men blicken var främmande. Som om han inte såg henne utan bara ännu en i raden av dagens patienter. En klump växte i hennes hals. Istället för att fråga om intyget till CSN reste hon sig. Snabbt följde han hennes exempel, svepte förbi henne och öppnade dörren.

– Då säger vi så, sa han och sträckte fram sin brunbrända hand.

Utan att ta den lämnade hon rummet och skyndade mot utgången. Vad skulle hon nu ta sig till?

4

Erik Jensen stängde av datorn och lutade sig bakåt i kontorsstolen. Nu fick det räcka för i dag. Klockan var kvart i sex och han orkade inte fatta fler beslut. Som vanligt hade den första arbetsdagen på vårdcentralen varit stressig – dels var han ovan att arbeta som husläkare, men framförallt var det jobbigt att sätta sig in i alla nya rutiner och ett datasystem som blev mer komplicerat för varje år. Ändå var det femte året i rad som han arbetade som stafettläkare på vårdcentralen i Bråsjö, men eftersom det bara var en vecka varje gång, hann han glömma det mesta mellan varven. Till viss del kunde han skylla på att han inte sovit mer än fyra timmar den gångna natten, men det var inte hela förklaringen. Minnet var inte lika bra som när han som nittonåring lärde sig skelettets alla 206 ben på latin inför första tentan på läkarlinjen.

Han gäspade och tittade på listan över dagens patienter. Tjugofem stycken. Som vanligt om måndagarna fanns det ett uppdämt behov av vård efter helgen. Han hade träffat patienter i alla åldrar – från en tvåveckors bebis till en dam som nyss fyllt nittioåtta. Det var som om hela livet hade passerat revy på rummet, och han hade behandlat allt från snuva, ångest och eksem till magsmärtor, ryggvärk och hemorrojder.

Tjugofem besök innebar att han hade tjänat 500 kronor i bonus. Vårdcentralen var privat och som läkare fanns det möjlighet att tjäna extra om man höll ett högt tempo. Egentligen var han emot den typen av ersättning. Risken fanns att man som läkare inte lät patienten få den tid hon behövde. Men när bonusen flöt in på kontot i slutet av månaden vägde hans principiella invändningar lätt.

Trots det höga tempot hade han lyckats samla in tre nya patienter till sin forskningsstudie om högt blodtryck. Han hade redan ett tillräckligt antal patienter sedan tidigare år, men eftersom Sara inte ville ändra den traditionsenliga veckan hos kusinen Göran Hallgren och hans fru Karin, hade de bestämt sig för att resa.

I år var dock första gången som barnen inte var med. Sanna och Erika bodde hos svärföräldrarna för att Sara skulle skriva på sin roman. Dessutom var det tänkt att de skulle få tid att lappa ihop äktenskapet, men på grund av det som hänt Göran hade det varken blivit något av det ena eller det andra. De hade suttit uppe till klockan två och försökt lugna honom. Det hade inte gått något vidare och till slut hade Erik fått ge honom en sömntablett.

Erik suckade. Han och Sara behövde komma varandra nära igen. Två vilsna själar som sökt kärleken på annat håll. Kunde de mötas igen på neutral mark, lägga ned vapnen och se varandra bortom lögnerna och sveken?

Ur ena rockfickan fiskade han upp plånboken och letade fram begravningsannonsen som var noggrant instoppad mellan raden av plastkort.

Maria Sjögren.

Varje gång han såg hennes namn kände han ett styng i bröstet. Trots att hon hade varit död i drygt tre veckor var det fortfarande overkligt. I drömmarna var hon lika levande som när de möttes första gången, men så fort han försökte röra eller tala med henne, löstes hon upp och försvann. Han hade varit på begravningen, lagt en röd ros på kistan och tänkt att den betydde mer än alla andra blommor som låg där.

Känslorna för henne hade blivit starkare efter hennes död, men han intalade sig att det berodde mer på sorg och skuldkänslor än på kärlek. Förhållandet med Maria hade varit fyllt av passion och åtrå, men hade han älskat henne? Varje gång han ställde sig den frågan svarade han instinktivt nej.

Han hade bestämt sig för att stanna hos Sara och flickorna. Det var vad han ville, och viljan var en viktig del av kärleken. Fanns inte viljan bröt kärleken förr eller senare upp och gav sig av.

Han stoppade tillbaka annonsen i plånboken. Sara visste inte att han hade varit otrogen, och det var som kollega han hade gått på begravningen, inget annat.

Det knackade på dörren. Innan Erik hann svara stormade doktor Borg in och slog sig ned i en av patientstolarna. Doktor Per-Olov Borg var en kort korpulent man i femtioårsåldern med yvigt skägg och bruna ögon som ramades in av ett par runda glasögon. Han hade aldrig läkarrock utan gick oftast omkring i rutig flanellskjorta, brun skinnväst och slitna blåjeans som hölls på plats av ett par röda hängslen.

– Har du överlevt dagen? frågade han med ett flin.

– Jo, tack, svarade Erik. Bara datorn gör som man vill är det inga problem.

– Kul att du använde magnetkameran. Håll med om att det är en bra service för patienterna att slippa vänta ett halvår på att bli undersökta inne i stan.

Erik höll med. Först hade han inte trott sina ögon när doktor Borg hade visat den nyinköpta magnetkameran. Vårdcentralen i Bråsjö var definitivt den enda husläkarmottagningen i landet med en egen magnetkamera. När Erik hade frågat vem som hade betalat, hade han fått veta att det var en gåva från Symfonikliniken, som tack för ett gott samarbete. Doktor Borg hade berättat att han brukade rycka in ibland och hjälpa till på kliniken, och Erik hade inte frågat mer om saken. Nu hade doktor Borg arbetat i tre månader på röntgenavdelningen i Sundsvall och lärt sig att använda magnetkameran. Det var han mäkta stolt över.

– Det var skönt att den var blank, fortsatte doktor Borg, tog upp en dosa General ur rockfickan och kramade en pris.

– Ja, sa Erik. Jag var nästan säker på att det var något när hon beskrev huvudvärken och domningarna i armen.

Doktor Borg tryckte in prillan under läppen, borstade bort smulorna och log.

– Du anar inte vilka uttryck ångesten kan ta sig, sa han. Jag ser nog fler fullt friska personer med diverse symptom än du gör på akuten.

– Kanske det.

Erik tänkte på sina egna anfall av hypokondri som drabbade honom med jämna mellanrum. Men de senaste veckorna hade han haft annat att bry sig om än muskelryckningar och oregelbundna födelsemärken. Förutom det som hänt Maria bekymrade han sig för hur Hälso- och sjukvårdens ansvarsnämnd skulle bedöma överläkare Pia Fjällstedts anmälan mot honom för att han inte hade tagit EKG på den MS-sjuka kvinnan. Patienten hade fått hjärtstillestånd, men hade skjutits igång med defibrillator och var fullt återställd.

Egentligen var anmälan en petitess med tanke på vad som hade hänt Pia. Men det var första gången han blivit anmäld och det hade tärt hårt på honom.

Ångesten är konstant men orsakerna skiftar, som han brukade intala sig själv. Som läkare hade han lärt sig att alltid försöka lugna patienten. Men när det gällde honom själv hjälpte det dåligt. Han bytte samtalsämne:

– Jag såg förresten att du hade Chris Wiréns fru som patient. Hon måste ha det tufft nu.

I två sekunder stirrade doktor Borg granskande på honom innan han vände blicken ned mot sina händer. Erik tolkade det som att han inte ville prata om det. Först tänkte han att det kanske var tystnadsplikten som hindrade honom, men doktor Borg brukade inte skräda orden kollegor emellan. Nej, det fanns något annat där, något som inte hade med jobbet att göra, men Erik hade svårt att sätta fingret på vad. Därför blev han förvånad när doktor Borg svarade:

– Jo, det är klart hon har det jobbigt. Särskilt som de inte hittat kroppen.

Erik nickade.

– Sjön är rätt djup, har jag hört?

– Jo. Runt trettio meter på sina ställen.

– Brukade han åka ut och fiska så där mitt i natten?

– Ja. Han tyckte om det.

– Många av patienterna pratade om Chris i dag. Berättade hur ledsna och chokade dom är.

– Samma hos mig, instämde doktor Borg. Det här är en svår situation för hela byn. Jag menar: vad ska hända med kliniken nu? Visst finns det folk som kan ta över, men det fanns bara en Chris Wirén, om man säger så.

Erik kände hur ansiktet drog ihop sig i en skeptisk min.

– Mirakelmannen, mumlade han, halvt för sig själv.

– Jag håller med om att det är ett överdrivet namn, sa doktor Borg. Men han har gjort en del saker som får en att höja på ögonbrynen. Patienter som jag har gett upp hoppet om men som han har lyckats bota.

Med en suck reste sig doktor Borg och sa adjö. När han hade gått satt Erik kvar, vände blicken ut genom rummets enda fönster. Solen var på väg ned men bladen på björkarna fångade upp ljuset och skapade en symfoni av färger, från limegrönt genom gult till purpurrött. Men det var inte vad Erik såg. Han befann sig åter på Symfoniklinikens stora höstfest, som han, Sara och Karin hade varit på i lördags kväll. De hade gått dit trots att Göran inte var bjuden, eftersom Karin hade insisterat. Hon tänkte minsann inte vika sig för dumma rykten. Det konstiga var att hon och Erik och Sara överhuvudtaget hade blivit bjudna.

Chris Wirén bugar så djupt att hans blonda hår nästan når ner till scengolvet. Bredvid honom står kvinnan som nyss vittnat om hur han har botat henne från en svår astma. Alla gäster – en bra bit över trehundra – har lyssnat andaktsfullt på hennes berättelse. Hur hon efter tio besök på kliniken nu mådde så bra att hon inte längre behöver ta några mediciner.

Applåderna haglar. Det lyser ur Chris ögon som är så blå att Erik ser det där han står längst bak i salen. Det barnsliga ansiktet med de rena dragen är rosigt i skenet från strålkastarna, och det ser ut som om han svävar på golvet av händer som breder ut sig framför honom. Erik får syn på doktor Borg som står i utkanten av publiken några meter till höger om scenen. Även han applåderar.

Det här händer inte, tänker Erik och ser sig omkring. Det är sådant här man läser om i romaner eller ser på film. Trots att han kände till en del om Chris Wirén sedan tidigare, överträffar det här allt han har föreställt sig. Som om han hamnat på ett väckelsemöte där alla redan är frälsta.

Mirakelmannen.

För Erik har namnet bara varit ett slagfärdigt smeknamn, ett sätt att skapa publicitet i media. Nu inser han att det är på allvar. Mannen på scenen utför mirakel och han har hela byn i sin hand.

Erik känner irritationen växa. Han tror inte ett dugg på kvinnans berättelse om astman, eller de andra underverk som Chris Wirén påstår sig ha uträttat. Medicinens lagar kan ingen kringgå, och det är bedrägeri att lura folk på det här sättet. Visst kan alternativmedicinen hjälpa vissa patienter, men det får vara måtta med vad man påstår sig kunna uträtta. Och med tanke på det Chris beskyller Göran för har han ingen lust att stanna längre.

Han drar i Saras hand, säger att han vill gå hem. Hon skakar på huvudet och nickar mot scenen där en bioduk rullas ned. Fascinationen i hennes ögon gör honom rädd. Han stannar och ser kvinnan med astman lämna scenen och ge plats för klinikens styrelseordförande, Chris storebror, Henric Wirén. Med ett leende greppar han mikrofonen och säger:

– Och nu mitt herrskap kommer en hälsning från andra sidan Atlanten!

Det flimrar till på duken och en man och en kvinna kommer gående på en sandstrand. Havet brusar och palmer vajar i utkanten av bilden. Ett sus går genom publiken när mannens ansikte zoomas in.

Erik känner genast igen honom. Det är Tom Shawman – Hollywoodstjärnan som för två år sedan blev frisk från sin skelettcancer på Symfonikliniken. En cancer som läkarna påstod var obotlig. De hade sagt till Tom Shawman att han hade högst ett halvår kvar att leva. Då hade han i desperation sökt upp Chris Wirén, som hade lagt in honom på kliniken och botat honom. Ingen visste hur det hade gått till, men flera oberoende läkare – däribland en av dem som hade gett Tom dödsdomen – hade intygat att Tom Shawman nu var fullt frisk.

Ryktet om Tom Shawmans tillfrisknande hade spridit sig som en löpeld. Nu strömmade folk från hela världen till kliniken. Chris blev känd som Mirakelmannen, och för varje gång uttrycket stod på pränt, blev det mer sant.

Erik släpper Saras hand och suckar. Han tror lika lite på den här historien som den om kvinnan med astman. Förmodligen är det något fuffens bakom, även om det är svårt att förklara vad.

Tom Shawman drar handen genom håret och ler sitt patenterade leende. Han intygar att han mår bättre än någonsin och tackar Chris och kliniken för hjälpen. När han berättar att han har donerat en halv miljon kronor till kliniken vet jublet inga gränser.

Erik lämnar salen och går ut i baren och beställer en Hof på flaska. Det här är sista gången jag åker hit och jobbar, tänker han.

Eller är det fel inställning? Kanske borde jag vara här oftare, som motvikt till skojarna därinne?

Sessionen inne i salongen avslutas och folk strömmar ut i lokalen till den väntade buffén. Sara och Karin frågar om han inte ska äta, men han avböjer. Han har just bestämt sig för att ta ett snack med Chris Wirén om Göran.

Mirakelman eller inte, någon slags reson måste karlen kunna ta. Och när Sara och Karin går mot buffén, ställer Erik ifrån sig ölen och återvänder in i salongen.

Scenen är tom, bioduken upprullad. Han går till baksidan och hittar en dörr märkt "loger".

Han trycker ned handtaget och går in. En soffa, ett piano och en ställning med färgsprakande kläder. Väggarna är tapetserade med affischer från ortens lokalrevy. Just när han ska ropa hör han upprörda röster från en korridor till höger bortanför pianot. En mansröst säger:

– Varför ville du egentligen att vi skulle komma?

Erik går dit, kikar försiktigt runt hörnet. I rummet i slutet av korridoren står Chris och en äldre man och diskuterar högljutt. Erik känner igen Chris pappa, Gerard Wirén, som äger sågverket i byn. Han gestikulerar och är den som verkar mest upprörd.

Instinktivt drar Erik tillbaka huvudet och går mot dörren. Han hittar inte Sara och Karin vid buffén eller vid något av långborden. När han tar upp mobilen ser han Sara komma springande in genom huvudentrén. Hon ser upprörd ut och han skyndar sig att möta henne.

– Han är här, utbrister hon och hämtar andan.

– Vem? frågar Erik.

– Göran. Han är på väg in för att göra upp med Chris. Karin står därute och försöker hindra honom. Jag tror att han har druckit.

Erik går före ut genom glasdörrarna. Karin och Göran står på parkeringen och han gormar åt henne att hålla tyst. Sara har rätt. Det hörs på rösten och syns på gesterna att Göran är berusad. Vanligtvis rör han sig koordinerat och smidigt på ett sätt som skvallrar om att han i sin ungdom var elitgymnast. Nu är det bara den grönvitrandiga träningsoverallen och gympaskorna som minner om detta. Erik frågar vad som står på.

– Jag ska in och säga den jäveln ett sanningens ord, ryter Göran och ser stint på Erik.

Ett blodkärl har spruckit och färgat ena ögonvitan röd. Hans mörkbruna hår, som vanligtvis är prydligt kammat i sidbena är rufsigt.

– Nej, det ska du inte, säger Erik. Det gör bara saken värre om du visar dig så här. Hur mycket har du druckit?

– Skit i det, du.

– Nej, jag skiter inte i det. Jag vill bara ditt bästa, fattar du väl?

De diskuterar en stund. Sara och Karin håller med Erik, och till slut ger Göran upp. Med en plötslig fokusering, som om han nyktrat till under samtalet, går han bort till cykeln, häver sig upp och ger sig iväg in mot centrum.

– Jag ska visa den jäveln, är det sista han ropar innan han är utom hörhåll.

Erik vill följa efter, men Karin säger att det inte är någon idé.

– Bäst att han får vara ensam en stund. Han åker säkert hem, eller till skolan. Kom så går vi in och äter. Jag tror inte att någon såg oss.

Sara nickar och ser uppfordrande på Erik. Efter två sekunder av tvekan gör han som hon redan har bestämt.

En hård knackning på dörren fick honom att hoppa till. Syster Elisabeth stack in huvudet och såg frågande på honom.

– Ska inte du gå hem snart? Jag tänkte låsa nu.

– Jo ... Jag var just på väg.

Som väckt ur en dröm reste han sig, krängde av sig läkarrocken och tog jackan och portföljen ur klädskåpet. Sedan lämnade han mottagningen med ett försök till leende och ett *vi ses i morgon.*

Händerna kramade hårt om styret på mountainbiken när han cyklade hemåt. Irritationen från dagdrömmen hängde kvar, men han gjorde inget försök att resonera bort den, som han brukade när destruktiva känslor trängde sig på. Istället kanaliserade han kraften till tramporna och kände den svala höstluften fladdra kring ansiktet.

I samma ögonblick som han steg in i hallen förstod han att något hade hänt. Upprörda röster hördes från köket och han skyndade sig dit. Göran satt lutad över köksbordet med ansiktet dolt i händerna. Karin kramade med händerna om hans axlar och Sara stod lutad mot diskbänken och såg olycklig ut.

– Vad är det som har hänt? frågade Erik och tog av sig jackan.

Göran tittade upp. Blicken var glansig och frånvarande, som om han såg rätt igenom Erik. Andhämtningen var tung och gång på gång bet han ihop, så att käkbenet syntes tydligt i det magra ansiktet. Så harklade han sig och sa:

– Han fick som han ville, den jäveln.

Erik fattade ingenting.

– Vem då? frågade han och tog av sig jackan.

– Chris Wirén.

– Vad är det som har hänt?

Utan att svara dolde Göran ansiktet i händerna igen. Karins händer kramade de uppdragna axlarna gång på gång, men det var som att försöka mjuka upp en staty. Sara tittade uppgivet på Erik. Hon var blek och det röda håret hängde livlöst över axlarna. Hon tuggade på underläppen och det var tydligt att hon inte tänkte säga vad som hänt.

Plötsligt reste sig Göran och började gå av och an över golvet. Orden forsade ur honom och rösten var bruten.

– Rektorn kallade upp mig i dag och sa att han måste ta mig ur tjänst ... att situationen var ohållbar ... att skolan inte kan ha en lärare som misstänks för att smygtitta på pojkarna i duschen.

Med en häftig rörelse slog han ut med armarna och träffade ett glas på diskbänken som föll omkull.

– Det är fan inte klokt! Jag har aldrig smygtittat på några ... i någon jävla dusch! Det är befängt! Jag har arbetat som lärare i tio år och har aldrig haft några klagomål. Inte förrän Chris Wirén fick för sig att jag var något slags pedofil. Bara för att jag masserade axlarna på hans grabb när han hade kramp under en match ... Och vilken idrottslärare går inte in i omklädningsrummet ibland? Det värsta är att alla verkar tro på hans beskyllningar. Plötsligt kan man inte gå och handla utan att det viskas bakom ryggen. Jag är faktisk glad att han är död! Han var en ond människa och förtjänar att ligga där på sjöns botten.

– Men Göran! utbrast Karin, men det var för döva öron.

– Och den där skitstöveln Mattias Molin som påstår att han ofta sett mig i omklädningsrummet ... var fan har han fått det ifrån? Jag trodde han var en hederlig karl ... vi har ju jobbat ihop i över tio år... nu inser jag att jag inte kan lita på någon längre. Enligt rektorn så var det Mattias påstående som tvingade honom att stänga av mig.

Göran knöt nävarna så att ådrorna blev tydliga på handryggarna. Han vände, tog tre steg mot Erik och vände igen.

– Vad ska vi ta oss till? Kan vi överhuvudtaget bo kvar här?

Karin var nära gråten. Med vädjan i röst och ögon såg hon på Göran och sa:

– Kan du inte ta det lite lugnt nu. Kom så sätter vi oss ...

Han vände sig mot henne och röt:

– LUGNT! Hur fan kan du säga så? Lugnt? Det var det dummaste jag har hört!

Med de orden rusade Göran ut i hallen. Han slet åt sig träningsjackan och slog igen ytterdörren med en smäll.

Tystnaden som följde var påtaglig och hastiga blickar utbyttes.

Så hörde de bilmotorn. Erik skyndade sig fram till fönstret och såg gruset sprätta under däcken på den mörkblå Volvon sekunden innan den svängde ut på gatan och försvann.

5

Klockan kvart över sex satte sig Johan Axberg i sin Saab 9-3 och gav sig iväg. Det hade tagit tid att övertyga Lotta om att han måste åka. Först hade han fått göra i ordning köket, hänga tvätten och ladda en ny maskin. Hon hade inte tid eftersom hon var tvungen att hjälpa pojkarna med läxorna. Det var deras vanliga arbetsfördelning, och istället för att ödsla energi på att diskutera saken hade han jobbat på så fort han kunde.

Hela tiden hade han funderat på vad Mattias skulle berätta. Gång på gång hade han rekapitulerat deras telefonsamtal, men det enda han blev säkrare på var att han gjorde rätt som åkte. Om Chris inte hade drunknat fanns det bara ett alternativ, åtminstone i hans polishjärna. Vad det i så fall skulle kunna föra med sig vågade han inte ens tänka på.

Han tryckte in Bob Dylans *Desire* i cd-spelaren och till den drivande pulsen i *Hurricane* styrde han längs gatorna i Haga ned mot centrum. Solen hade gått ned bakom stadsbergen och färgade molnen ovanför havet röda, som om den inte ville släppa taget om dagen. Det gällde att kämpa in i det längsta mot det stundande vintermörkret då solen bara visade sig så pass att man inte glömde bort att den existerade.

På Statoil utanför Idrottsplatsen stannade han och tankade innan han fortsatte E14 västerut inåt landet. Snart fick han upp farten och såg stadens ljus i backspeglarna.

Nu var han på väg. För första gången på tjugoåtta år skulle han återse byn där han växte upp.

Tjugoåtta. På papperet var det bara en siffra, abstrakt och intetsägande. Men uppväxtsåren var en ofrånkomlig del av honom som fortfarande levde i allra högsta grad.

Hur det skulle kännas att återse sin barndoms trakter efter så lång tid? Skulle han överhuvudtaget känna igen sig? Han räknade inte med att träffa någon mer än Mattias eftersom han skulle köra tillbaka till Sundsvall direkt efter besöket. Men han var nyfiken på vilka som levde och var döda, hur folk hade förändrats och hur snacket gick på torget mellan Ica, Konsum, Systembolaget och Folkets hus.

Och vad skulle hända med Symfonikliniken nu när Chris var död? Skulle den kunna fortleva när Mirakelmannen inte längre kunde lägga sin hand på de obotligt sjuka?

Chris Wirén. Han hade varit speciell redan som liten pojke. Johan mindes när Chris stoppade ett slagsmål utanför mellanstadiet. Två av bråkstakarna i femman rök ihop med varandra på en rast. Båda var kända för att aldrig ge upp. Alla klasskamrater stod i en ring runt om och betraktade skådespelet. Blodet rann från tjock-Ingemars näsa och Johan hade känt en stark vilja att ingripa. Han tyckte inte om när folk slogs och blev bestört över att ingen lärare fanns i närheten. Men han vågade inte göra någonting. Själv gick han bara i trean och det hade varit som att tigga om stryk att säga något.

Då hade Chris trätt in på arenan. Men sitt sedvanliga lugn hade han gått fram till de två kämparna som tumlade runt på asfalten. Med en förvånansvärt myndig röst hade han sagt: "Nu räcker det."

Till alla förvåning hade slagskämparna hejdat sig. När Chris upprepat sina ord hade de rest på sig och försvunnit utan ett ljud åt varsitt håll. Kamraterna hade buat och skrikit, men de flesta hade varit lättade att det var över. Johan återvände ofta till det minnet och funderade över hur Chris hade burit sig åt.

Det som hade hänt den där dagen på skolgården hade – förutom omständigheterna kring mammas och pappas död – bidragit till att han valde att bli polis. Aldrig mer ville han stå bredvid med skammen över att inte våga göra det rätta.

Han påminde sig att Chris – trots att han var den som simmade snabbast i gruppen – aldrig var intresserad av att tävla. Han visste hur snabb han var och behövde inte visa upp det i tävlingar, som han hade sagt en gång. Ett obegripligt resonemang hos en nioårig pojke.

Nästa minne var hur pappa tog honom i handen och med snabba steg lämnade gården där Chris bodde. Sammanhanget var oklart, och han visste inte vad de hade gjort eller varför de hade så bråttom iväg. Han begrep inte heller varför hans undermedvetna valde att projicera händelsen.

Det hade varit höst och skymning och kallt i luften. Kanske är det så enkelt att det inträffade vid samma tidpunkt som nu, resonerade han. En skymning med likadant ljus, fast tjugoåtta år senare.

Han tog upp mobilen och ringde till farmor Rosine på Frösön. Hon svarade efter åtta signaler, lät trött och förvirrad på rösten.

– Hej farmor, det är Johan.
– Hej min lilla pojke. Varför ringde du inte klockan tre?
– Det gjorde jag ju. Minns du inte det?
– Nu ska jag ta mina mediciner och lägga mig. Anna är här och hjälper mig.
– Har du ont?
– Det vet du, men tabletterna gör att jag får sova. Ringer du i morgon?
– Självklart. Gott natt.

Klick. Han såg henne framför sig. Lösständerna som hon lade i glaset på nattduksbordet innan hon tog medicinen, läppstiftet runt munnen och hennes underben med åderbråcken som skiftade i blått och lila. När hon och farfar tagit hand om honom hade hon varit ung och smidig, mitt i steget i ett liv som rymt mer umbäranden än han kunde föreställa sig – född som nummer åtta i en syskonskara av tolv i utkanten av Arjeplog.

Han kände sig sugen på en cigarett. Det gäller att passa på, tänkte han och stannade på en parkeringsficka. Rökte en Blend Menthol och såg skymningen krypa upp och täppa igen gliporna av ljus mellan grantopparna som omgav vägen som en svarttaggig vägg.

Han tog upp mobilen, kopplade in snäckan i örat och ringde Mattias. Sa att han var framme om tjugo minuter. Mattias verkade lättad och tacksam. Han snubblade fortfarande över konsonanterna. När Johan frågade vad han hade druckit fick han till svar att han bara hade tagit en grogg.

– Drick inte mer innan jag kommer.

– Närå. De' e' ingen fara.

Johan hatade att vara moralpolis, men samtidigt ville han att Mattias skulle vara någorlunda nykter när han kom fram. Annars skulle det bli omöjligt att värdera det han berättade.

Åter i bilen påminde han sig att Erik var i Bråsjö på sin årliga stafettläkarvecka. Han knappade fram numret ur telefonboken och ringde. Han hade inte snackat med Erik sedan senaste onsdagsölen, vilket var över tre veckor sedan. Det var ett ovanligt långt uppehåll, men det spelade ingen roll. Eftersom han kände Erik skulle det alltid kännas som i går, även om det gått månader.

– Erik Jensen.

– Tjenare, det är Johan.

– Hej, kan jag ringa dig lite senare? Jag är lite upptagen nu.

Upprörda röster hördes i bakgrunden. Johan tyckte sig urskilja en man och en kvinna som pratade i mun på varandra.

– Inga problem, vi hörs.

Han lade ifrån sig mobilen, slog på helljuset och såg hur de vitgula konerna fördubblade sikten av asfalt och vägpinnar. Han knappade fram *Sara* på cd:n och höjde volymen. Trummade i tretakt mot ratten och mindes hur Carolina försökt lära honom att dansa vals till sången.

Skulle han ringa Carolina? Fråga henne om han skulle svänga förbi på hemvägen och säga hej? Nej, det var ingen bra idé. Ingen bra idé alls.

Han släppte tanken och koncentrerade sig på vägen och mr Zimmerman.

Tio minuter senare tog han sista kurvan in mot Bråsjö, såg ljuset från byn dallra i sjön på andra sidan järnvägsspåret. Hjärtat slog oroligt i bröstet och han var hela tiden tvungen att hålla koll på hastighetsmätaren för att inte köra för fort.

Trots att det var mörkt konstaterade han att husen och sågverket såg likadana ut som han mindes dem.

Han blickade upp mot kyrktornet som stack upp ovanför grantopparna i Enelund. Ilskan kom över honom och trängde undan känslorna av sentimentalitet. Han hade fortfarande inte förlåtit morbror Åkes svek. Inte heller hade han fått klarhet i varför Åke hade handlat som han gjort.

Första tiden efter flytten till Frösön hade allt varit så tumultartat, och han hade varit för ung för att våga ifrågasätta. När han blivit äldre och frågorna och modet växt i honom, hade händelsen känts så avlägsen att den inte var värd att ta tag i. Han hade ett nytt liv hos farmor och farfar och försökte glömma sorger ur det förflutna. Men nu när han såg framför sig hur Åke stod i predikstolen kom frågorna över honom igen med full kraft. Som om han åter var tolv år och fick det smärtsamma beskedet.

Egentligen borde jag söka upp honom och fråga. Men inte just nu. Nu är det Mattias som gäller.

Han körde in i byns centrum. Såg att Ica var dubbelt så stort som förr och att både kommunhuset och Folkets Hus var upprustade och försedda med nya utbyggnader. Affärerna längs genomfartsleden var alla nya och det hade tillkommit två restauranger och en pizzeria. Tågstationen såg nymålad ut och hade en stor vänthall i genomskinligt glas som vette mot torget där centrumkiosken och turistbyrån låg sida vid sida.

Cigarettpaketet var tomt och han svängde in på parkeringen. Ställde Saaben mellan två stora jeepar och gick in på kiosken. Två män i fyrtiofemårsåldern stod vid tidningsstället. De tystnade tvärt när de fick syn på honom. Johan tyckte sig känna igen den ene och nickade till hälsning. Mannen nickade till svar och vände sig åter till den andre mannen och fortsatte samtalet med att fråga något om älgjakten.

Johan köpte två paket Blend Menthol och en ask Läkerol och skyndade sig ut till bilen. Frågade sig själv om männen hade känt igen honom, eller om de tystnade inför en främling. Om de kände igen mig måste det bero på att de sett mig på teve eller i tidningarna, avgjorde han. Det vore inte konstigt om det var så. Alla i byn visste vad som hade hänt hans föräldrar, och även om han inte satt sin fot här på 28 år, pratades det säkert om honom eftersom han då och då förekom i media.

Han erinrade sig skvallret från mammas kafferep och pappas pokerkvällar som han ibland tjuvlyssnat på från övervåningen, och tänkte att han förmodligen var mer välkänd här än i Sundsvall.

Ute på vägen bestämde han sig för att ta en sväng förbi barndomshemmet innan han fortsatte till Mattias. Han körde som i trans, samma väg som hans pappa alltid tog, och tänkte att det här var första gången han själv körde sträckan som han åkt och cyklat så många gånger.

Huset var knappast ett hus länge. Med välvilja kunde det kallas ett ruckel, och fast han var beredd på det, blev han förvånad. Tomten var igenvuxen med högt gräs och sly. Det tidigare röda staketet var murket, snett och saknades bitvis helt. Farstutrappen var sprucken och det sköt upp kvastar av gräs i hålen mellan brädorna. Huset lutade betänkligt och den grå färgen hade flagnat så att det såg ut som om det aldrig varit målat. Halva taket var borta och en plåt svajade i vinden.

Han körde därifrån. Undrade varför huset inte jämnades med marken istället för att stå och förfalla. När hans föräldrar hade dött hade farmor och farfar sålt huset till en gammal skomakare i byn. Han hann bara bo i huset i två månader innan han dog, och på grund av att hans tre barn inte kunde komma överens, hade det blivit stående. Ibland kom idén över honom att han skulle köpa tillbaka och rusta upp det, men det var hugskott som han snabbt slog undan.

Han styrde fronten mot Mattias hus. Efter fem minuter körde han förbi Carolinas föräldrars mexitegelvilla på Sparvgatan. Han släppte på gasen och tittade in genom fönstren, men ingen syntes till. När han upptäckte den röda barnvagnen som stod på altanen, kände han en stöt i bröstet.

Han körde ut ur samhället och fortsatte in i skogen på grusvägen, som såg mindre ut än han mindes den. Han stängde av musiken och lät tystnaden och mörkret omsluta honom.

Strax före ridhuset kom två punkter av ljus emot honom. Han bländade av och saktade in för möte under en gatlykta. En mörkblå Volvo S80 körde förbi i en hastighet som var onödigt hög med tanke på den smala vägen.

Ridhuset var större än han hade trott med fyra hagar som var byggda i harmoni med den kringliggande skogen. Tankarna gick till hans och Eriks senaste besök på Bergsåker då de hade vunnit 7 000 kronor på V5, pengar som redan var förlorade på nya satsningar och god maltwhisky.

Mattias hus låg på en höjd omgiven av granskog i samtliga väderstreck. En rektangel av uthuggen yta i ett ingenmansland, tänkte Johan och körde upp dit på vägen, som var formad av traktordäck. Till höger låg ett långt uthus. Han påminde sig att Mattias skrivit något om det på ett julkort några år tidigare. Det lyste i två av fönstren på undervåningen och i ett på övervåningen.

Johan såg mot dörren. Han undrade om Mattias skulle komma ut och möta honom. Oron över vad han hade att berätta i kombination med det fallande mörkret gjorde honom obehaglig till mods.

Han steg ur bilen. Tystnaden var kompakt och han smällde igen dörren onödigt hårt för att Mattias skulle höra. Ingen reaktion kom från huset. Istället hördes ett prasslande ljud i skogen bakom honom. Med en snabb rörelse vände han sig om.

Vingar flaxade och en fågel skrek. Han skakade på huvudet. Det var tydligt att han hade bott i stan för länge. Med raska steg började han gå mot huset. När han kastade en blick mot sidobyggnaden konstaterade han att den var nedgången och knappast hyste några djur längre. På baksidan av uthuset stod en traktor som saknade två däck och rutan till förarhytten var sprucken.

Stentrappen var ställvis täckt av lav. Han tog den i tre kliv och märkte till sin förvåning att dörren stod på glänt. Ringklockan fungerade inte. Han knackade på rutan och ropade hallå. Inget svar. Hallen låg i mörker. Han kände en doft av stekos och något unket han inte kunde definiera. Han ropade igen:

– Hallå Mattias! Jag är här nu!

Fortfarande alldeles tyst. Obehaget växte sig starkare. Hade Mattias supit sig full och somnat?

Beslutsamt öppnade han dörren och gick in.

6

Hon ställde sig på bryggan och blickade ut över vattnet. En sval vind krusade ytan, som fångade upp det falnade ljuset från kvällshimlen. I kontrast mot den svarta barrskogen som stod tät längs stränderna såg det ut som om det strålade ljus från sjön. Det var ett milt sken som nådde en meter ovanför vattenytan.

Hon tänkte på Chris. Någonstans därnere på botten låg han. Hon kände hans närvaro i vinden och det vilsamma ljuset, som om han fyllde hennes lungor och ögon och hjärta.

Men hon kände ingen sorg, snarare en lättnad. Äntligen var hon fri. Nu kunde hon röra sig fritt i huset, träffa vem hon hade lust med och vara tillsammans med sin son utan förbehåll. Och hon kunde handla utan att behöva tigga om mer pengar till hushållskassan. Trots att Chris hade tjänat en förmögenhet på kliniken var han snål och ifrågasatte varenda krona hon bad om.

Hon visste att det egentligen inte handlade om pengar – för honom hade det bara varit ett sätt att visa makt. Så det var inte konstigt att situationen var som den var. Hon hade också sina behov. Det han förvägrat henne hade hon hittat på annat håll. Men nu skulle hon inte behöva ljuga mer – i alla fall inte för honom.

Jag är fri, upprepade hon för sig själv, men lättnaden punkterades av ett styng av oro. Hon hade varit tillsammans med Chris i över femton år – varav de senaste tio som hans fru – och även om han förtryckt henne hade han funnits vid hennes sida.

Nu var han för evigt borta, även om det inte kändes så där hon stod. På sjöns botten låg han och skulle så göra tills han löstes upp och blev till ett med vattnet. Det kändes symboliskt att det slutade så för honom: han som alltid predikat det naturliga kretsloppet som människan måste vara en del av för att må bra. Nu skulle han och hans vision fortsätta att flöda genom människorna, vare sig de ville det eller inte.

Många hade förfärats över att polisen inte hade hittat kroppen, men för henne spelade det ingen roll. Chris hade ofta sagt att han ville att hans aska skulle spridas över havet. Nu blev det inte så, men hon trodde att han hade varit lika nöjd med att vila i Bråsjön – närmare än så kunde han inte komma sitt livsverk.

Hon hade inte protesterat när polisen beslutat att avbryta sökandet föregående kväll. De hade kört med ekolod över sjön hela dagen i går utan resultat. Med tanke på hur liten sjön var, borde de ha funnit honom om det var möjligt. Men det var djupt på vissa ställen och förmodligen hade kroppen sjunkit för långt ned för att ekolodet skulle reagera.

En ensam alfågel lyfte från mitten av sjön. Strimmorna i vattnet efter den darrade en stund innan de suddades ut av krusningarna från vinden. Hon började frysa. Hon slog armarna omkring sig, vaggade fram och tillbaka och hörde bryggan knarra.

Hur begravningen skulle gå till visste hon inte – men Åke hade sagt att det inte var något problem – och hon litade på honom. Han hade ju varit präst i byn i över trettio år och hade säkert begravt folk utan deras kroppar förut.

Det största bekymret var alla gäster. Tillsammans med svärföräldrarna och klinikens styrelse hade hon bestämt att begravningen skulle vara öppen för alla. För klinikens fortlevnad var det viktigt att de fick så positiv publicitet som möjligt.

Hela byn oroade sig för framtiden. Det var inte konstigt eftersom de flesta på ena eller andra sättet var beroende av kliniken. När det blev känt att Chris hade drunknat hade de flesta av patienterna valt att checka ut. Nu var kliniken inte fullbelagd för första gången på flera år. Förhoppningsvis var det tillfälligt. Hon litade på att Per-Erik, Åke och Henric skulle reda ut situationen.

Förmodligen skulle Henric bli ny vd för kliniken. Det var naturligt eftersom att han var Chris storebror. Med tanke på alla konflikter Henric och Chris hade haft om verksamheten skulle det säkert bli en del förändringar. Det skulle bli skönt att slippa medla mellan dem. Hur många gånger hade hon inte fått gå runda efter runda för att få dem att enas om petitesser, som ingen av dem egentligen brydde sig om? Det värsta var att hon alltid tyckte likadant som Henric, fast det hade hon aldrig vågat visa.

Hon vände sig mot huvudbyggnaden, såg hur det lyste i sovrummet. Mindes sitt sista samtal med Chris. Hur obetydligt det hade varit då. Hur viktigt det var nu.

Hon snörvlade till, men det var inte för att hon var ledsen. Hon drabbades alltid av snuva den här tiden på året, och med tanke på alla timmar hon stått här och följt polisens arbete var det inte konstigt.

Tankarna gick till Carl. När han inte hade suttit instängd på sitt rum hade han stått vid hennes sida och följt försöken att hitta Chris. Hon tyckte det var konstigt att han inte var mer ledsen över sin pappas död, men han var förstås chockad. Hans tystnad var nog bara ett sätt att försöka förtränga smärtan. Han hade inte sagt många ord sedan hon och Åke gav honom beskedet på söndagsmorgonen. Men nu när Chris var borta kunde hon ge honom all den kärlek och det stöd han behövde. Det var särskilt viktigt med tanke på det som hänt i skolan.

Alfågeln återvände ur mörkret på andra sidan sjön. Den gjorde en gir och landade invid en vassrugge tjugo meter ifrån henne. Den svartvita teckningen fick henne att tänka på Åke med sin prästkappa och krage. Stressen över allt som skulle ordnas till begravningen kom åter över henne. Det var tur att doktor Borg hade skrivit ut lugnande medicin.

Besöket hos doktor Borg hade varit det bästa hon gjort i dag. Han kunde verkligen lyssna. För honom kunde hon berätta allt – och det hade hon gjort –, givetvis med vissa undantag. Han hade lovat att hålla saken hemlig, och hon visste att han höll sitt ord. Dessutom hade han tystnadsplikt, vilket var en nödvändighet i en by där alla ändå visste det mesta om de flesta.

Hon mindes hur doktor Borg hade uppvaktat henne när hon kom till byn. I början hade hon tyckt att han var för gammal, men efter några månader hade hon börjat ge vika för hans inviter, åtminstone i tanken. Men då stormade Chris in i hennes liv och svepte henne med på en resa som fick henne att glömma alla andra.

Han var snygg, rolig och fräck på ett sätt hon aldrig upplevt tidigare. Och framförallt hade hon fascinerats av hans mystiska sida, den som hon med åren kom att avsky mer än något annat.

Hon fyllde lungorna med luft, kände att det hade blivit kyligare. Skuggorna växte omkring henne och det kom inte längre något ljus ur sjön. Plötsligt blev hon rädd, men hon visste inte för vad. Instinktivt vände hon blicken mot sovrumsfönstret. Ljuset strålade starkare än nyss, som om skymningen hade snabbspolats en timme framåt.

Chris ord ekade i skallen. Hans beslut, lika oeftergivligt som vanligt. Hennes ord i telefonen.

Hon återvände med blicken till vattnet. Kunde det ha blivit på något annat sätt?

Nej, intalade hon sig. Det var bäst det som hänt.

Med den slutsatsen skyndade hon sig tillbaka upp mot huset. När hon var halvvägs tog hon upp mobilen och ringde.

– Hej, det är jag.

– Jag är upptagen. Är det något viktigt?

Rösten var irriterad och stressad vilket fick henne att gå ännu fortare.

– Jag ville bara höra hur det är, sa hon.

– Ringer dig sen. Vi hörs.

Hon hörde klicket i örat och kramade mobilen så att det gjorde ont i handen.

7

I hallen stannade han och ropade igen. Orden möttes än en gång av tystnad. Det enda som hördes var ett knäppande ljud från element någonstans i huset. Johan Axberg stängde dörren bakom sig, kände hur vinddraget mot benen upphörde. Hallen låg i mörker, men det föll en ridå av ljus från ett rum till vänster några meter in. Han fyllde lungorna med luft och gick dit.

Synen kom som ett slag i magen. Han böjde sig framåt och tog stöd med handen runt dörrkarmen.

Mattias låg framstupa på köksgolvet med ansiktet bortvänt. Ur ett sår i bakhuvudet hade blod runnit ut på det gulbruna linoleumgolvet och bildat en mörkröd pöl som sträckte sig halvvägs mot tröskeln till hallen.

Johan kände att han vara nära att kräkas. Han tålde inte synen av blod. Han bet ihop, tvingade sig att hålla emot, och gick fram så att han kunde se Mattias ansikte. Han var blek som gips och blicken var tom. Johan tog tag i axeln och ruskade honom. Ingen reaktion, men han var fortfarande varm och muskler och leder var inte stela. Han satte två fingrar på halsen men hittade ingen puls.

Fanfanfan, tänkte han och stäckte på sig. Såg sig hastigt omkring. En av köksstolarna låg omkullvält på golvet, en annan stod på trekvart med ryggstödet mot väggen. Trasmattan som Mattias ben låg på var snodd ett varv runt sig själv på mitten. Fyra ölburkar och en tallrik med vad som liknade resterna av pyttipanna med rödbetor stod på köksbordet. På spisen låg en hemsnickrad fågelholk och en stekpanna.

Illamåendet sköljde över honom igen. Den här gången kunde han inte stå emot. Han kastade sig fram och spydde i vasken. Såg resterna av köttfärssåsen komma i tre obönhörliga uppkastningar som gjorde väggarna i diskhon prickiga. Han sköljde munnen och försökte spola bort spyorna, men insåg att det inte skulle gå utan att han rensade vasken. Han svor högt för sig själv.

När han hörde sin egen förtvivlan insåg han hur irrationellt han handlade. Att städa undan spyor var det sista han borde ägna sig åt. Han kastade en blick på Mattias, slet upp mobilen och ringde 112.

Han presenterade sig och sa att en man blivit nedslagen. Troligen är han död, men det är inte säkert, definitivt har det hänt alldeles nyss. Skicka ambulans och polis med blåljus, högsta prioritet. Kvinnan på andra sidan luren ställde några kontrollfrågor och lovade att göra som han hade sagt.

Han tryckte bort samtalet, gick fram till Mattias igen. Böjde sig fram och inspekterade såret i bakhuvudet. En brunröd krater med levrat blod, stor som en femkrona. Blodet hade runnit ned genom Mattias hår, som var brunt och fett, och vidare ut på golvet. Enstaka öar hade inte torkat. Johan gissade att han inte hade varit död mer än en halvtimme.

Det knarrade till i taket rakt ovanför honom. Han reste sig och stirrade upp på de grova plankorna. Är mördaren kvar i huset? Kanske hade det just hänt när jag kom, och istället för att fly, gömde han sig på övervåningen. Men varför? Polisen är snart här och då åker han fast.

Hjärtat bultade och svarta punkter dansade i utkanten av synfältet. Han insåg att det inte fanns tid för några djupare resonemang. Han visste också att den som nyss har dödat kan handla på det mest irrationella sätt.

Reflexmässigt kände han med handen mot innerfickan på skinnjackan, men den var tom. Tjänstevapnet låg i tryggt förvar på polishuset i väntan på internutredningen.

Han smög ut i hallen, stannade vid trappen till övervåningen och lyssnade. Allt var tyst. Tredje trappsteget knarrade och han stannade till. Det var mörkt på övervåningen, men ett svagt kilformat ljus lyste på räcket, och han påminde sig att det hade lyst från ett av fönstren på övervåningen. Riktningen sa honom att ljuset troligen kom från det rummet.

– Hallå? Är det någon där? Jag heter Johan Axberg och kommer från polisen.

Orden kändes ovana i munnen. Formellt sett var det till och med en lögn eftersom han var avstängd. Inget svar den här gången heller, det enda han hörde var pulsen som bultade i öronen. I fem kliv tog han trappan. Ljuset kom från en glipa till ett rum på framsidan. Han rusade dit och öppnade.

Tomt.

Ett skrivbord, en bokhylla och tre garderober. Johan gick in och öppnade reflexmässigt garderoberna, som var fulla med kläder och annat bråte. Tre av fyra lådor på skrivbordet var utdragna. I lådorna såg han diverse papper, en sax, några gem och tre passfoton av Mattias, troligen tagna helt nyligen. På skrivbordet låg ett kollegieblock, två pennor och en sladd till en dator bredvid en telefon med snurrskiva. Några A4-papper låg på golvet bredvid två böcker som såg ut att ha trillat ur en bokhylla.

Johan svalde och kände den äckliga smaken i munnen. Var det här han satt när han ringde mig? Varför lät han så stressad? Vad var det han tänkte berätta om Chris?

Han fortsatte ut i trapphallen och hittade strömbrytaren. Rummet var slitet och det var betydligt svalare här än på undervåningen. Vinden susade utanför fönstren och det drog kallt längs golvet.

Med snabba steg fortsatte han till nästa rum. Dörren var stängd. Det var härifrån knarret kom, konstaterade han och satte örat mot dörren. Genom det regelbundna dunket från pulsen tyckte han sig höra hur det knakade till igen.

Han sköt upp dörren och stormade in. I tre sekunder stirrade han in i de stora pupillerna som stirrade på honom. Sedan släppte han luften ur lungorna och skakade på huvudet. Den svarta katten sänkte raggen, slank ut genom dörren och försvann utan ett ljud nedför trappan.

Metodiskt gick han igenom de övriga rummen, sovrum, toalett, vindsförråd, städskrubb. Det fanns ingen där. Åter ute i trapphallen hörde han ljudet av sirener. Han gick fram till fönstret i arbetsrummet där han börjat sin rundvandring och såg blåljusen blixtra nere på vägen. Nu var det så mörkt att han bara kunde skönja konturerna av Saaben, som stod bortanför det svaga ljus som huset spred omkring sig.

Han stirrade på blåljusen som arbetade sig upp mot huset. Synen fick det att rista till i honom. Det här var ingen mardröm. Det var på riktigt och det var för jävligt. Mattias låg död därnere och han kunde inte göra någonting åt det. Hade han kunnat förhindra det om han hade struntat i att hjälpa Lotta med köket? Om han inte hade stannat och köpt cigaretter? Om han hade kört lite fortare?

Mattias ord ekade i skallen:

Du vet det här med Chris och drunkningen … Det var ingen olycka.

Med tunga steg gick han nedför trappan och ut på farstubron. Drog in den svala luften genom öppen mun och huttrade till. Ju mer han försökte distansera sig och tänka klart, desto overkligare kändes situationen. Avstängd från sitt arbete som polis blir han vittne till ett nyss begånget mord. På en gammal barndomsvän. Det var bara för mycket.

Han väcktes ur sina tankar av att fyra personer närmade sig. Längst fram gick en kvinnlig polis och en mörkhyad manlig kollega. Bakom dem gick Rut Norén, chefen för tekniska rotein, tillsammans med en av sina assistenter. Han och Norén hade jobbat ihop vid många komplicerade fall, och han visste att hon var den bästa, även om hon var kort i tonen.

Han gick nedför trappan och hälsade. Den manlige polisen hette Sanchez och var polisaspirant. Den andra var en robust kvinna i fyrtioårsåldern som han vagt kände igen. Cendréfärgat hår i pagefrisyr, runda bruna ögon och trubbig näsa.

– Elin Forsman, sa hon och skakade hans hand. Det är du som är Johan Axberg, eller hur?

– Ja.

– Vi har setts på polishuset i stan, sa Elin Forsman. Jag hörde från LKC att du var här. Vad är det som har hänt?

Han berättade så detaljerat han kunde. Elin Forsman skrev i ett block och ställde kontrollfrågor. Det kändes märkligt att vara den som svarade istället för att ställa frågorna. För första gången insåg han hur svårt det kunde vara att ge tydliga svar när tankarna blockerades av känslor.

När han var klar med redogörelsen insåg han att han inte hade nämnt att Mattias ville berätta något om Chris. Han hade bara sagt att Mattias hade något viktigt att säga, och svarat undvikande på frågan om vad. Innan han hann fundera vidare på saken fortsatte Elin Forsman:

– Du är avstängd från tjänst, va?

– Hm.

– Okej, då går vi in. En rättsläkare från Sundsvall är på väg.

Hon stegade uppför trappan med teknikerna i släptåg. Johan tvekande en stund innan han följde efter. När han steg in i hallen förnam han åter oset från pyttipannan och kände hur magsäcken drog ihop sig. Han svalde och tvingade sig att fortsätta in i köket.

Blodfläcken på golvet hade mörknat något. Stillheten och den kompakta tystnaden runt kroppen bröts upp av ljudet från teknikerna som bytte om till sina vita overaller och plockade upp sina väskor. Skoskydden prasslade när de gick runt i rummet och gjorde en första inspektion.

– Som ni ser har det hänt alldeles nyss, sa Johan med en nick mot kroppen.

– Det får rättsläkaren avgöra, svarade Elin Forsman.

– Och det verkar ha varit tumult, fortsatte han och följde Elins blick mot stolarna.

– Kanske det.

– Ser ut som han har blivit nedslagen bakifrån med hammare eller något liknande tillhygge, konstaterade Rut Norén där hon satt böjd över kroppen och inspekterade såret.

Hon hade samma bistra ansiktsuttryck som vanligt och det gick inte att gissa sig till vad hon kände.

– Vet du om han har några anhöriga? frågade Sanchez.

– Jaa ... hans föräldrar kanske ... men jag vet inte var dom finns. Han hade inga syskon och ingen fru, vad jag vet.

– Vi får kolla upp det, sa Forsman och gjorde en anteckning.

Sedan såg hon upp på honom och frågade:

– Förresten, du har inte sett något tänkbart mordvapen?

– Nej, i så fall hade jag väl sagt det?

Han började bli irriterad på hennes attityd. Han stirrade på Mattias och kände ilskan växa inom sig. Den som hade gjort det här skulle inte komma undan. Och det var bråttom. Gärningsmannen var troligen kvar i närområdet.

– Kommer det några kollegor från Sundsvall? frågade han.

Hon gav honom en vass blick.

– Vi får se, jag ska lämna rapport till jourhavande när jag har skaffat mig en överblick.

– Vem är jour?

– Kommissarie Dan Sankari. Men glöm inte att du är avstängd och bara är här som vittne.

Han ignorerade de avslutande orden och såg sin jovialiske vän Dan Sankari framför sig. Med sina sextiofyra år var han äldst på krimroteln och den som Johan hade mest förtroende för. Även om Sankari inte var den mest aktive polis han kände, var han den mest rutinerade.

– Nu kan du visa mig övervåningen, sa Forsman och gick ut i hallen.

Johan Axberg följde efter. Mattias arbetsrum var det enda av intresse. Han pekade på de utdragna skrivbordslådorna och papperen och böckerna på golvet.

– Ser ut som om någon har letat efter något, konstaterade han.

Elin Forsman pressade ihop läpparna till ett smalt streck och nickade. Plötsligt kom Johan att tänka på katten. Dörren till rummet hade varit stängd. Det var knappast troligt att Mattias hade stängt in den. Han redogjorde för sina tankar.

– Han kanske inte såg katten och stängde av misstag, sa Elin. Men vi ska givetvis undersöka saken. Det ser ut som om han druckit. Han hade problem med spriten. Vid några tillfällen har vi fått hämta upp honom på byn när han sovit ruset av sig på någon bänk.

Johan tyckte att utvikningen var irrelevant. Frustrationen inom honom växte och hjälpte honom att tänka klart. Han insåg hur dum han varit som inte sagt något om Chris från början.

– Mattias visste något om Chris Wirén, sa han.

Hon såg frågade på honom.

– Vadå?

– Han sa det när han ringde. Det var något om drunkningsolyckan. Att det inte var en olycka.

– Vad menade han med det?

– Det sa han inte. Det var *det* han skulle berätta när jag kom hit. Jag skulle ha sagt det direkt, men ... det här är ... han ringde och ...

Orden tog slut. Han vände blicken ut genom fönstret. Mörkret låg tätt mot rutorna och tycktes sippra in i huset och vidare in i honom. Vinden susade allt starkare och fick honom att frysa. Plötsligt hörde han Elin Forsmans röst och återvände till verkligheten:

– Chris Wirén drunknade, det är ingen tvekan om saken. Han åkte ut ensam för att fiska mitt i natten utan flytväst. Han var berusad och trillade i. Vi hittade ekan med hans fiskegrejor i ute på sjön. Det fanns definitivt inget som tydde på brott.

– Men Mattias sa ...

– Det vet du väl hur det kan vara? Folk kan få för sig de mest konstiga saker, särskilt i en sådan här liten by. Och du får inte glömma att Mattias drack. Med tanke på ölburkarna där nere var han knappast nykter när han ringde.

Av hennes ansiktsuttryck förstod han att det inte var någon idé att diskutera saken.

De återvände nerför trappan. I hallen mötte de en man i femtioårsåldern som Johan inte sett tidigare. Han presenterade sig som Alf Jansson och vikarierade tillfälligt som rättsläkare i Umeå eftersom Jeff Conrad var sjukskriven på grund av ryggskott.

Elin Forsman satte in honom i situationen och de fortsatte in i köket. Rut Norén och hennes adept var i full färd med att plocka ned ölburkarna i plastpåsar.

Johan stod kvar på tröskeln och såg när Alf Jansson började undersöka Mattias. Återigen hörde han vännens desperata röst:

Du måst' lyssna nu. Det är bråttom. Jag vet int' hur länge ...

Händerna slöt sig krampaktigt runt dörrkarmarna. När Elin Forsman tittade ned i vasken kände han doften av sin egen uppkastning. Vad var det som var så bråttom?

Som genom en tunnel såg han hur rättsläkaren lyste med en ficklampa i Mattias ögon, hur han böjde armbågsleden och tog prov från blodet på golvet.

– Det måste ha hänt nyligen, va? sa han, halvt som ett påstående.

Innan han fick svar tog Elin Forsman ett steg mot honom och sa:

– Du får ursäkta, men det är kanske bäst om du väntar utanför.

– Va?

– Nu är det jag som för befäl här. Glöm inte att du är avstängd.

– Men nu får du väl ge dig, sa han. Vet du inte vem jag är?

– Jo, men det förändrar ingenting. Är du snäll och går ut?

Han tog sats för en protest, men det räckte med att han såg Rut Noréns blick för att han skulle hålla tyst. Det var inte läge att ta den diskussionen här och nu. I vredesmod gick han ut på trappan och tände en cigarett.

Ytterligare en radiobil hade svängt upp på tomten och kollegorna Karlsson och Bäcklund från ordningen kom gående i mörkret. När de med förvåning i rösten frågade vad han gjorde där viftade han bara med cigaretten och tog ett steg åt sidan. Bakom ryggen hörde han hur Elin Forsman gav dem instruktioner om att spärra av uppfarten.

– Och för ordningens skull får ni kolla Saaben och ta de nödvändiga uppgifterna från vår kollega här. Vi måste följa rutinerna.

Först fattade han inte vad hon menade. När det gick upp för honom att hon på fullt allvar avsåg att undersöka hans bil, kände han sig alldeles matt. Utan att orka protestera följde han med Karlsson, som pliktskyldigast tittade igenom bilen och skrev upp registreringsnumret.

Han kände sig förvirrad och visste inte vad han skulle ta sig till. Det enda säkra var att han inte kunde uträtta mer här i nuläget.

Jag måste bort härifrån för att kunna tänka klart, avgjorde han och fimpade.

När han satte sig bakom ratten kom han på en sak. Bilen som han mötte. Varför hade han inte reflekterat över det tidigare? Han slängde upp dörren och skyndade sig tillbaka mot huset. Genom köksfönstret såg han skuggor röra sig på väggarna, och av det skarpa ljuset att döma hade Norén monterat upp sina strålkastare.

Bäcklund spärrade av stentrappan med ett blåvitt plastband. Johan bad att få tala med Elin och tio sekunder senare stod hon framför honom på gårdsplanen.

– Jag glömde att säga en sak, inledde han. Jag mötte en bil när jag var på väg hit. Precis på mötesplatsen femtio meter före ridhuset. Det var en mörkblå Volvo S80.

– Jaha? Såg du registreringsnumret?

Han slöt ögonen, spelade upp den korta filmsekvensen som fanns lagrad i minnet. Modellen och färgen var han säker på. En person på förarplatsen, osäkert om det var en man eller kvinna. Något litet och rött blixtrade förbi just innan filmen tog slut, men när han försökte framkalla det igen, såg han bara mörker.

– Nej, svarade han. Men jag är säker på att det var en mörkblå Volvo S80. Och att jag bara såg en person i bilen.

Elin Forsman rynkade pannan och noterade uppgifterna.

– Något mer?

– Inte just nu. Men du kan väl be teknikerna kolla efter spår på vägen?

– Om det är möjligt. I så fall blir det i morgon när det har ljusnat.

– Har du kontaktat Sankari?

Med en grimas som var svår att tyda i det svaga skenet från lampan ovanför ytterdörren vände hon på klacken och gick in i huset. Johan nickade adjö till Bäcklund och återvände till Saaben.

Han vaggades fram och tillbaka av ojämnheterna när han körde backen ut från tomten. Nere vid grusvägen stod ytterligare en kollega från ordningen. Han lösgjorde avspärrningen och Johan gled förbi utan att stanna. En sista blick upp mot huset och han var på väg. Kände den sura smaken i munnen och trots att händerna darrade av adrenalinet som rusade i blodet tog han ett nikotintuggummi.

När han passerade stället där han mött Volvon föreställde han sig vad den som hade kört Volvon hade sett i samma stund. En Saab 9-3 som saktar in och glider åt sidan för möte. Var det mördaren jag mötte? Vad tänkte han eller hon i så fall? Visste han eller hon att jag var på väg?

Han kopplade in hörluren och ringde Sankaris mobil.

– Jo, det är Sankari här.

– Hej, det är Johan. Ja, du har väl hört vad som hänt?

– Jo. Jag beklagar. Det måste kännas för jäkligt.

– Stämmer det att du är ansvarig för utredningen?

– Jo, sa Sankari. Jag åker dit och tittar i morgon, har ingen möjlighet nu. Vi har en man, som blivit utvisad ur landet och hotar att ta livet av sig och sin familj i Granloholm. Han har hällt ut bensin runt huset och säger att han ska tända på. Men vi har ju den lokala polisen på plats, Elin Forsman för befäl.

– Men du vet hur det är. Sådant här ska skötas av proffs. Och mellan mig och dig verkar hon inte särskilt rutinerad.

– Jag har fullt förtroende för Elin Forsman, sa Sankari. Hon är en duktig polis, dessutom känner hon byn och dess invånare, vilket är en fördel i sådana här fall.

Johan passerade ridhuset, såg en häst dricka vatten ur ett badkar i en hage invid vägen.

– Men hon var ganska avvisande mot mig, sa att jag inte fick vara kvar på brottsplatsen ... och vet du vad? Hon bad till och med kollegorna från ordningen att ta en titt i min bil!

Det dröjde några sekunder innan Sankari svarade. Johan hörde ett sörplande ljud och såg framför sig hur Sankari tog en klunk ur burken med Coca Cola som tillhörde standardutrusningen på hans skrivbord.

– Jo, men du får inte glömma att du är avstängd. Gör nu inget dumt som försämrar din situation. Du måste lita på oss, vi tar hand om det här.

Han kapslades in i en stum tystnad, som om alla porer slöt sig och han för ett ögonblick tappade kontakten med omvärlden. Han insåg att han ensam var beredd att frångå rutinerna i jakten på den skyldige. Samtidigt var det som Sankari sa: i nuläget kunde han inte riskera fler repressalier. Samtalet avslutades.

Vad gör jag nu? frågade han sig. Väggen av granar och ljudet av gruset mot däcken gav inget svar. Han körde i tystnad och efter några minuter såg han belysningen på E14 flimra mellan barrträden.

Om tjugo minuter kan jag vara hemma, tänkte han. Hälla upp en sexa Lagavulin och försjunka i sorgen. Glömma att jag är polis och överlåta arbetet till dem som är satta att göra det.

I en minnesblixt såg han Mattias lägga en ros på mammas och pappas kistor. Kostymen han hade lånat var för stor och det vanligtvis rufsiga håret var vattenkammat i en prydlig sidbena. Ansiktet var lika blekt som det var nu. Han var den enda klasskamraten, förutom Chris Wirén, som hade kommit på begravningen.

Du vet det här med Chris och drunkningen ... Det var ingen olycka.

Han greppade mobilen och ringde till Lotta. I korta ordalag berättade han vad som hade hänt. Lotta lät förskräckt och sa att hon väntade på honom och att han skulle köra försiktigt.

– Jag kommer inte hem. Jag måste stanna tills vi vet vem som gjorde det.

– Men du är ju avstängd, Johan. Det är väl inte ditt ...

– Jo, avbröt han. Det är det. Jag tar in på hotellet. Ringer igen om en timme.

– Jag ska ju möta Stefan i rätten i morgon ... även om jag inte vill att du är med skulle det ju kännas skönt om du är hemma.

– Tyvärr... jag kan inte. Och du kan ju ringa mig när du vill. Du måste förstå mig.

Det blev tyst en stund innan Lotta fortsatte:

– Men huset då? Du skulle ju hjälpa mig med försäljningen. Och fodren behöver målas innan ...

– Det får vänta. Just nu har jag annat att tänka på. Jag ringer snart igen. Hej då.

Han svängde höger ut på E14, såg ljusen från byn nere i dalgången och visste att han fattat rätt beslut.

8

Gerard Wirén hällde tvättmedel i maskinen och tryckte igång den. Reglagen var inställda på förtvätt, 90 grader och extra vatten. Det gjorde ingenting om kläderna krympte eller färgade av sig. Då fick han helt enkelt slänga dem. Allt han brydde sig om var att de blev rena. Det som hänt var så obehagligt att han inte ville tänka på det.

Han gick ut i köket, såg på klockan. Tio minuter över åtta. Då skulle Edith snart komma hem från affären. Vad skulle han säga till henne om hon undrade över tvätten? Han fick tänka ut något. Det var nödvändigt att han själv tömde maskinen när den var klar.

Han slog sig ned vid köksbordet, tog en klunk av det gröna teet med mintsmak som han drack varje kväll. Den varma drycken gjorde honom lugnare, och just nu behövde han det verkligen. Han hade inte sovit många timmar och troligen skulle det bli likadant i natt.

Ute var det redan mörkt och han såg sig själv reflekteras i fönsterrutan. Han lutade sig mot rutan och betraktade sina anletsdrag.

Jag liknar Chris, tänkte han. Fast egentligen är det han som liknar mig. Eller *liknade* mig, får man väl säga nu. Det är ofattbart att han är död. Utan tvekan är han den mest levande människa jag träffat.

Gerard Wirén slöt ögonen och kände efter. Hur han än sökte i sig själv hittade han inget som kunde kallas sorg. Hans son var död, men det hade han varit i många år. Efter att Chris flyttat hemifrån samma dag han fyllt arton, hade de inte pratat med varandra om annat än det som var absolut nödvändigt. Så det var inte konstigt att det inte fanns något mer att sörja än minnet av en sedan länge förlorad son.

Egentligen hade han förlorat honom den där kvällen för tjugoåtta år sedan. Efter det som hände då hade de inte länge varit far och son för varandra.

Han hörde hur tvättmaskinen gick upp i varv i tvättstugan och öppnade ögonen. Om han hade fått leva om sitt liv skulle han ha gjort många saker annorlunda. Men nu var det för sent. Det var bara att bita ihop och försöka förtränga vem han var.

Han slet blicken från sig själv. För att slippa sitt eget mörker började han tänka på hur fantastiskt bra Chris hade lyckats i livet. Han hade grundat Symfonikliniken och blivit världsberömd för sin förmåga att bota sjuka människor. Vem hade kunnat tro det?

Han utgick från att Chris hade blivit förmögen. Men Chris skulle aldrig komma på tanken att skänka pengar till sina föräldrar, oavsett hur rik han blev.

Nu skulle Agneta och Carl ärva honom, men ingen visste något om klinikens framtid. Förhoppningsvis blev det Henric som fick ta över. Han hade alltid fått stå tillbaka för Chris, så det var inte mer än rättvist. Henric var dessutom mer pålitlig och lättare att prata med.

Han trodde inte att Henric visste något om det som hade hänt – i varje fall hade han aldrig sagt något om det. Han visste inte heller om Chris hade sagt något till Agneta eller Carl. Det var bara att hoppas att han hade förskonat dem från den sanningen.

Själv hade han gjort sitt bästa för att förtränga händelsen. Efter pensionen hade han begravt sin hjärna i rutiner, som hindrade honom från att rota i gamla minnen. En grå vardag där sysslorna avlöste varandra enbart i syfte att få tiden att gå: korsord, bridge, golfrundor och släktforskning.

Det hade gått ganska bra ända till Chris plötsligt ringde – för första gången på fem år – och bjöd dem till klinikens höstfest. Han och Edith hade aldrig tidigare varit inviterade, och han hade blivit både glad och misstänksam. Hade Chris förlåtit honom efter alla dessa år, eller hade han något annat i kikaren?

Med tvekan hade de gått dit. Det skulle de inte ha gjort.

Egentligen ville han inte minnas samtalet med Chris, men han var tvungen.

De står nere i logerna bakom scenen. Chris har bett honom följa med efter framträdandet inför den saliga publiken. Han vill tala med honom i enrum. Edith har gått med en väninna till buffén.

Det slår honom att det är första gången på över tjugo år som de träffas på tu man hand. Chris stirrar på honom med sina blå ögon, torkar svetten ur pannan med handryggen. Vänligheten och upprymdheten rinner av honom och stämningen blir obehaglig. Nu kommer det, tänker han. Nu kommer hämnden. Han vill gå därifrån, men inser att det är lönlöst. Istället frågar han:

– Varför ville du egentligen att vi skulle komma?

– Vad tror du?

Han svarar inte, tungan är som fastlödd mot gommen.

– Vad tycker du om sanningen? fortsätter Chris och sveper undan en blond lock ur pannan.

Som fastnaglad i golvet står han, oförmögen att svara.

– Den är som vattnet, säger Chris med mjuk röst. Den kommer alltid fram.

– Nej, hör han sig själv kraxa.

Han harklar sig och fortsätter:

– Nej. Ibland är det bäst om den inte gör det.

– Bäst för vem?

– För alla.

Ådrorna på halsen sväller och ansiktet hettar.

– Vad vill du egentligen? frågar han.

– Jag tänker berätta. Vad du gjorde. Jag tänker inte längre hålla det för mig själv.

– Nej! Det får du inte. Tänk på din mor! Förstår du inte vad det skulle innebära?

– Redan i kväll ska sanningen komma fram. Jag har väntat länge nog.

– Nej!

– Nej!

Han hoppade till när han hörde sin egen röst. Förvirrat slog han upp ögonen och såg sig omkring i köket. Höll han på att bli tokig? Eller var det sömnbristen som tog ut in rätt?

Ännu en klunk te och ett djupt andetag förde honom åter till nuet. Varför hade Chris bestämt sig för att avslöja vad som hände efter så många år? Han hade kunnat göra det för längesedan. En sådan hämnd hade varit lättare att förstå. Nu begrep han ingenting.

Men det viktiga var att Chris inte hade hunnit säga något. Efter samtalet i logen hade han och Edith gått hem. Han hade fått panik och mindes inte mer än osammanhängande detaljer från kvällen. Det hade känts som om hela hans liv skulle rivas upp, som om Chris skulle slita av honom gummimasken han hade över ansiktet och avslöja vem han egentligen var. Då hade han förmodligen tagit sitt liv. Vem kunde leva med den skammen?

Men nu var Chris död. Det var en lättnad. Förhoppningsvis hade han tagit med sig sanningen till sjöns botten.

Han såg ljuset samtidigt som han hörde motorljudet. Edith parkerade bilen invid farstubron, som hon alltid gjorde när hon hade handlat. Instinktivt reste han sig och gick ut i tvättstugan. Maskinen gick för fullt och det var fyrtioåtta minuter kvar av programmet. Det var inte mycket att göra åt. Han återvände ut i köket samtidigt som hon kom in.

– Hej, sa han. Gick det bra?

– Ja, men dom hade slut på jäst.

Han tog kassarna ur hennes händer och satte dem på köksbordet.

– Jag hörde förresten att Johan Axberg är i byn, sa hon och ställde in två tetror mjölk i kylskåpet.

– Va?

– Ja, det var Traktor-Anders som sa det. Han hade sett honom på centrumkiosken.

Håret i nacken reste sig, som av en plötslig vind genom rummet. Johan Axberg var son till Lars Axberg, som jobbat hos honom i sågverket i många år innan han omkom i den där bilolyckan. Efter Chris död hade han tänkt flera gånger på både Lars och Johan. Ett oroande minne som han gjort sitt bästa för att förtränga.

Tre dagar efter att *det avskyvärda* hänt hade Lars Axberg ringt och bett att få tala med honom. Han hade inte sagt vad det gällde, bara att det inte hade med jobbet att göra. Han hade trott att det gällde Chris och Johan – de var klasskompisar och brukade leka på fritiden – och de hade stämt träff dagen därpå.

Men det blev aldrig något möte eftersom Lars och hans fru aldrig återvände. Några dagar senare hade han fått höra av en granne att han hade sett Lars och Johan på gatan utanför villan samma kväll som *det onämnbara* hade hänt.

Under många sömnlösa nätter hade han frågat sig om Lars hade sett något och att det var därför han ville träffas. Något svar hade han inte fått.

Det var kusligt hur mycket situationen påminde om den efter Chris död. Alla som hotar att avslöja mig dör. Märkligt, men sant. Och framför allt nödvändigt för mitt eget liv.

Att Johan Axberg visste något verkade inte troligt. Hade han vetat något hade det kommit fram vid det här laget. Nu hade det gått så lång tid att det var preskriberat – i alla fall rent juridiskt. Men trots det hade han följts av en gnagande oro efter att han fick veta att Johan blev polis. Det var inte alls bra att han var här.

– Så ja, sa Edith. Då var allt instoppat. Jag går och läser en stund.

– Gör du det, svarade han.

Han hällde i sig den sista slurken te och ställde koppen i diskhon. När han hörde Ediths steg i trappen upp till övervåningen smög han in i tvättstugan. Kläderna snurrade runt i en blandning av skum och vatten. Kanske hade han hällt på för mycket tvättmedel?

Han bestämde sig för vad han skulle svara när hon frågade varför han satt på tvätten själv. Sedan gick han ut i badrummet och tvättade händerna i flera minuter.

9

– Hej Johan, det är Erik. Nu kan jag prata, det var lite körigt sist när du ringde. Hur är läget?

– Inget vidare ... Jag är faktiskt i Bråsjö. Kör just förbi OKQ8. Var är du?

– Hemma hos Saras kusin.

– Som jag hoppades. Kan jag komma förbi en sväng ... det har hänt något som ...

Halsen blev tjock och han svalde. Han kunde inte förmå sig att säga att Mattias blivit ihjälslagen. Det blev för påtagligt, för rakt på sak, för banalt och för jävligt. Han harklade sig, men det hjälpte dåligt. När han talade var rösten grötig och svag.

– Det har hänt något som jag måste få snacka om ... jag stannar inte länge ... har bokat ett rum på hotellet i natt.

– Men varför... ?

Erik lät påtagligt förvånad, men han fullföljde inte frågan. Istället sa han:

– Okej, jag fattar. Vänta ett slag.

Han hörde hur Erik pratade långt borta, som om han lagt en hand över mobilen. Någon svarade något och Eriks röst hördes tydligt igen.

– Det går bra. Jag och Sara och Karin är hemma. Göran är ute en sväng.

Johan fick adressen och en vägbeskrivning. En gata i Gröndal som han inte kände till, men han visste var området låg. Det hade byggts i samma veva som han lämnat byn. Han tackade Erik och avslutade samtalet. Kände en tacksamhet mot sin ende riktige vän för att han alltid var så tillmötesgående.

En kvart senare satt han mittemot Erik och Sara i soffan i vardagsrummet hos familjen Hallgren. Karin, som han träffade för första gången, stod mitt på golvet och gungade sakta fram och tillbaka. Hon var i fyrtioårsåldern, hade brunt hår och var smal och vältränad. Ansiktet var plufsigt med mörkar ringar under ögonen och då och då gäspade hon in i armvecket. I handen höll hon en servett som blev skrynkligare och skrynkligare allteftersom Johan berättade vad som hade hänt.

När han första gången nämnde Mattias Molin vid namn drog hon häftigt efter andan och vände blicken ned i parketten. När hon tittade upp igen efter en halv minut hade hon nya rynkor kring mun och ögon, som om hon hade åldrats tio år. Även Erik och Sara stelnade till när han nämnde Mattias namn.

– Det är för jävligt, avslutade han och tog en klunk av kaffet, som han blivit serverad när han kom.

Han hade redogjort för hela händelseförloppet och det var en lättnad att formulera det fruktansvärda i ord. Det enda han inte hade nämnt var att Mattias påstått att Chris död inte var en olycka.

Ingen sa något på en lång stund. Karin tog upp en mobil och gick ut i hallen. Sara stirrade ut genom fönstret mot vägen och höll hårt i Eriks hand.

– Vad tänker du göra nu? frågade Erik till slut.

– Vet inte. Jag bor på hotellet i natt. Måste stanna tills den som gjorde det här är gripen.

– Men du är fortfarande avstängd?

– Mm, sa Axberg och undrade hur många gånger han skulle behöva svara på den frågan.

Sara reste sig och gick ut i köket. Johan hörde hur hon sa något till Karin och fick en suck till svar. De båda kvinnorna återvände in i rummet, sökte Johans blick. Karin fingrade på servetten och bet sig i underläppen.

– Vad tror du har hänt? sa Sara.

Han ryckte på axlarna, tänkte efter. Det fanns ingen anledning att inte berätta som det var.

– Mattias påstod att Chris inte drunknade. Att det inte var en olycka. Det var därför han ville att jag skulle komma.

– Vad menade han med det? utbrast Karin.

– Det finns väl bara ett sätt att tolka det på. Att Chris Wirén blev mördad. Han också.

Karin ryckte till och spärrade upp ögonen.

– Men Chris drunknade ju, det vet vi ... han åkte ut för att fiska och trillade i.

– Inte enligt Mattias.

Servetten föll ur Karins händer och landade på golvet. När Karin inte reagerade böjde sig Sara ned och plockade upp den.

– Sa han något mer? frågade Erik. Jag menar, om vad som i så fall skulle ha hänt?

– Nej. Han ville säga det mellan fyra ögon, men ...

Johan avbröt sig och skakade på huvudet. Synen av Mattias på köksgolvet fanns ständigt på hans näthinnor och blev tydlig så fort han inte koncentrerade sig på att hålla den borta. Erik drog handen genom sina blonda lockar och såg skeptisk ut.

– Men varför skulle han berätta det för dig? Ni har väl inte haft så mycket kontakt de senaste åren?

– Vet inte.

– Och varför skulle han göra det först nu? inflikade Sara, som stod med armen runt Karins axlar. Det var ju natten mot söndag som Chris drunknade.

Johan slog ut med händerna i en uppgiven gest. Han hade inga fler svar, bara frågor. Det enda han visste var att han inte skulle ge sig förrän han fick reda på sanningen. Om det överhuvudtaget var möjligt. Mattias var död och skulle aldrig kunna berätta. En plötslig trötthet kom över honom. Han satte handflatorna mot låren och gjorde sig redo för att resa sig.

– Nu ska jag inte störa er mer, sa han. Det var snällt att jag fick komma förbi. Synd att Göran inte var hemma. Ni får hälsa. Är han på jobbet?

– Nej, sa Karin. Jag tror att han skulle handla något.

Sara kände hur Karin lutade sig mot henne, som för att ta stöd för lögnen. De visste mycket väl att Göran inte var och handlade. Erik hade varit utanför både Ica och Konsum och kollat tre gånger utan att se skymten av bilen. Han hade även kört runt i samhället utan resultat.

Nu hade Göran varit borta i över tre timmar. Karin hade ringt hans mobil säkert tjugo gånger, men fast den inte var avslagen, svarade han inte. För varje gång hade hon blivit mer och mer orolig, och för en timme sedan hade Erik varit tvungen att ge henne en Sobril. Det hade gjort henne något lugnare, men nu kände Sara att Karin var nära bristningsgränsen. Beskedet om att Mattias hade blivit mördad var för mycket. Även om ingen av dem trodde att Göran var inblandad, insåg de att han riskerade att stå överst på listan över misstänkta. Det var inte direkt någon hemlighet i byn att Mattias hade påstått att Göran ofta varit inne i pojkarnas omklädningsrum efter gymnastiklektionerna.

Påståendet att Chris inte drunknat gjorde inte saken bättre. Sara såg framför sig hur Göran cyklade iväg över parkeringen i lördags när de hade stoppat honom från att gå in och prata med Chris.

Snälla, kom hem nu, tänkte hon. Berätta var du har varit och låt oss dra ett streck över det här.

I samma ögonblick hörde hon ljudet av en bil på gatan. Blixtsnabbt var hon framme vid fönstret. Med en blandning av förvåning och glädje såg hon den blå Volvon köra upp på garageuppfarten. Lampan på garaget tändes. Efter några sekunder öppnades dörren och Göran steg ur.

– Det är han! ropade hon och sprang efter Karin ut i hallen.

Ute på gården kastade sig Karin om halsen på sin man och kramade honom en lång stund. Sara hörde hennes andetag mot hans axel, såg hur händerna gröpte sig in i tyget på träningsjackan. Till slut släppte hon greppet, tog hans ansikte i sina händer och såg på honom.

Ögonen var röda och svullna och håret fuktigt, som om han nyss hade duschat.

– Var har du varit någonstans? frågade Karin. Fattar du inte att jag har varit orolig?

Han öppnade munnen för att svara men hon hann före.

– Varför svarade du inte på mobilen? Jag har ringt och ringt och ringt.

– Jag orkade inte. Behövde vara för mig själv en stund.

– Men var har du varit?

– Jag har kört runt och tänkt ... sedan var jag på skolan och bastade.

– Fattar du inte att jag har varit orolig, sa hon igen, men det var mer ett påstående än en fråga.

Han bet ihop käkarna, stirrade på en henne, nickade.

– Jo, det var dumt. Men det blev bara för mycket.

Johan och Erik stod på farstubron. När Karin kramade om Göran igen och sa att det skulle ordna sig, vände sig Johan till Erik och frågade så tyst han kunde:

– Vad är det som har hänt?

Erik tvekade en stund innan han svarade.

– Han har blivit av med jobbet. Fick reda på det i dag.

Johan nickade och frågade inget mer. Då var det inte svårt att sätta sig in i hur Göran kände sig. Förmodligen skulle han reagera likadant om han inte blev friad i internutredningen.

Det blinkade till i lampan ovanför garageporten, som av ett kort strömavbrott, och när den åter lyste med full kraft lade Johan märke till blänket från motorhuven på bilen.

En blå Volvo S80. Han stirrade på den ett tag, återkallade bilderna från mötet på grusvägen, och kände sig ännu säkrare än innan. Det var en sådan han hade mött på vägen till Mattias.

Frågan var om han skulle få användning av den vissheten. Det fanns säkert ett tjugotal sådana bilar i Bråsjö. Han fyllde lungorna med den svala höstluften och rullade filmen igen. En mansperson och något rött som flimrade förbi, lika flyktigt och suddigt som tidigare.

Han blev avbruten i sina tankar av att Göran stegade fram till honom. De tog i hand och sa sina namn. Erik förklarade vem Johan var och fortsatte:

– Det har hänt något tråkigt. Johan är uppväxt här i byn och gick i samma klass som Mattias Molin ...

I Görans ögon tändes en ilska som lyste genom hinnan av tårar. Johan blev förvånad och kände sig obehaglig till mods. Han hade sett den där ilskan förut. Oftast sittandes mittemot en misstänkt i förhörsrummet på polishuset. Med ett halvt öra lyssnade han när Erik redogjorde för situationen.

– Och när Johan kom fram hittade han Mattias ihjälslagen, avslutade Erik.

Görans mun formades till en oval av förvåning.
– Va?
– Ja, det är tyvärr sant. Mattias Molin är död.

Ilskan sjönk undan och Göran hoppade med blicken mellan Johan och Erik, som för att söka bekräftelse på det han nyss fått höra. Ingen sa något på en lång stund. Karin ställde sig bredvid Göran. När hon försökte ta hans hand ryckte han till, som väckte ur en hypnos, och återvände till bilen. Han öppnade ena bakdörren, tog ut en sportbag och gick in i garaget.

– Var det där nödvändigt? sa Sara.

– Han måste ju få veta, svarade Erik.

– Du kunde ha väntat lite.

– Har jag missat något här? sa Johan.

Tystnad och blickar av tvekan mellan Erik, Karin och Sara. Efter en stund harklade sig Karin och sa:

– Chris Wirén spred ett rykte om att Göran visade intresse för ... att han var inne i pojkarnas omklädningsrum ovanligt ofta efter gympan. När Mattias Molin höll med Chris trodde alla att det var så. Men det ligger inte någonting i det! Alltihop är bara skitsnack!

– Är det därför han har blivit av med jobbet? sa Johan.

– Han har bara blivit avstängd ... tills vidare, svarade Karin och såg honom trotsigt i ögonen.

Johan gick ett varv runt Volvon och letade efter något rött, men hittade inget. Han blev stående vid bakluckan, såg de skeptiska blickarna från Karin och Sara och tänkte att han borde åka till hotellet. Men han hade frågor han ville ställa om Görans relation till Chris och Mattias. Varför hade Chris spridit ut ett sådant rykte? Vad hade Mattias egentligen sagt?

Lampan ovanför garaget blinkade till igen. Han hörde en bil närma sig. När han vände sig om såg han till sin förvåning att det var en polisbil. Den stannade utanför på vägen och två uniformerade kollegor steg ur. När de kom in i ljuset från huset såg han att det var Elin Forsman och inspektör Bäcklund. Bakom sig hörde han hur någon drog efter andan.

Elin Forsman nickade mot honom, tittade på Volvon och gick fram till Karin.

– Hej Karin. Är Göran hemma?

– Ja, han är ...

– Här är jag, sa han och kom ut ur garaget.

Johan noterade att han hade ställt ifrån sig sportbagen.

– Bra. Vi vill att du följer med till stationen. Vi har några frågor.

– Va? Vadå?

Han flackade med blicken mellan Karin och poliserna.

– Varför det?

– Vi tar det på stationen, sa Elin Forsman och tog ett steg fram mot Göran.

Han korsade armarna över bröstet och sa med hög röst:

– Ni måste väl säga vad det gäller! Ni kan väl inte bara hämta in folk utan att tala om varför?

– Det gäller mordet på Mattias Molin, konstaterade Elin Forsman.

Adamsäpplet rörde sig på Görans hals när han svalde. Han stirrade på Elin, som inte vek undan med blicken.

– Nu får ni väl ge er, sa han. Ni tror väl inte att jag ...

– Vi tror ingenting, men du måste följa med till stationen. Och helst ser jag att du gör det frivilligt.

– Det här är ju inte klokt, sa Karin och ställde sig bredvid sin man, grep tag i hans arm.

Johan stod tyst. Egentligen skulle han kunna ställa tusen motfrågor, protestera mot tillvägagångssättet och ifrågasätta på vilka grunder de ville plocka in Göran. Men han ville inte. Elin hade säkert sina skäl och skulle knappast ändra sig, dessutom var det viktigt att händelseförloppet blev kartlagt så fort som möjligt. Och om Göran hade dödat Mattias ville han inte vara den som avslöjade det.

– Förstår du vad jag säger? frågade Elin Forsman när Göran inte svarade.

Han såg uppgivet på Karin och sedan på Elin igen.

– Okej, jag har väl inget val. Jag vet inte vad ni har fått för er, men låt oss få det här tramset avklarat så fort som möjligt.

Tennisskorna gjorde tydliga avtryck i gruset när han gick mot Volvon. Inspektör Bäcklund höjde en avvärjande hand och sa:

– Du åker med oss. Bilen är beslagtagen tills vidare. Ingen får röra den förrän våra tekniker har undersökt den.

Göran tog sats för ännu en protest, men hejdade sig och skakade uppgivet på huvudet. Sedan satte han sig i baksätet på polisbilen och smällde igen dörren. Karin satte händerna för ansiktet. Gång på gång drog hon in luft genom näsan i allt häftigare drag. Sara lade sin arm runt hennes axlar, men det gjorde bara att hon började snyfta ännu högre.

Ännu en bil kom körande längs gatan, stannade bakom polisbilen. Johan kände genast igen Rut Noréns gamla Audi. Trots att hon var uppdaterad med den senaste utrustningen inom kriminaltekniken, envisades hon med att köra en bil som var över tjugo år gammal. Hon och hennes kollega steg ur och hälsade, diskuterade kort med Elin Forsman, och började undersöka Görans Volvo. Polisbilen gjorde en U-sväng och körde mot centrum. Göran syntes bara som en mörk skugga i baksätet och han tittade inte på Karin, som nu hade börjat gråta mot Saras axel.

– Kom, så går vi in, sa Sara och ledde Karin mot dörren.

Johan och Erik blev stående, såg hur Norén öppnade samtliga dörrar på bilen inklusive bakluckan. Ett fönster i grannhuset tändes. Johan såg konturen av två personer avteckna sig i några sekunder innan de försvann.

– Jag fattar inte vad som händer, sa Erik. Varför tror de att Göran är inblandad?

– Vet inte, sa Johan. Men vad jag förstår hade han motiv.

– Göran skulle aldrig kunna döda någon! protesterade Erik. Visserligen kan jag förstå om han är … var förbannad på Mattias, men det är ju en helt annan sak att …

Erik avlutade inte meningen. Johan gick ut på gräsmattan

och ringde Sankari. Redogjorde för det som hänt och ställde sina frågor.

– Jo, sa Sankari. Elin ringde och pratade om saken med mig. Vad jag förstår så har han motiv, enligt rektorn på skolan så blev han uppsagd i dag på grund av ...

– Jag vet, avbröt Johan.

– ... dessutom mötte du ju en mörkblå Volvo på vägen till offret, fortsatte Sankari. Och enligt rättsläkaren skedde mordet strax innan du kom fram.

Johan nickade för sig själv i mörkret. Det var som han hade trott. Elin hade lagt ihop ett och ett och bestämt sig för att slå till direkt.

Återigen befann han sig i Mattias hus. Korta glimtar av ett helvete han helst ville glömma. Men han visste att han var tvungen att göra tvärtom. Han måste göra allt för att minnas så mycket som möjligt. Gång på gång skulle han återvända till det han sett, hört och känt för att ta reda på sanningen. Och det var något han hade lagt märke till i huset som sa honom att Göran inte var skyldig. Eller var det Göran han hade mött på vägen? Onekligen fanns det en hel del som talade för det.

Han avslutade samtalet och återvände till Erik. Han frågade och fick veta att Chris fått höra skvallervägen att Göran hade masserat axlarna på hans son under en basketmatch. Hur ryktet om besöken i omklädningsrummet hade växt till en sanning på grund av Mattias. Erik undrade vad som skulle hända nu, och Johan förklarade.

– Det bästa du kan göra nu är att gå in till Karin och Sara.

– Och du? frågade Erik.

– Åker till hotellet.

– Tror du att han kommer hem i kväll?

– Vi får hoppas det. Förresten, när åkte Göran hemifrån?

Erik höjde ögonbrynen och såg granskade på honom.

– För tre timmar sedan, vid sextiden.

Johan tänkte efter. Då skulle han i praktiken ha hunnit besöka Mattias innan jag kom dit.

De skildes åt med en handskakning. När Johan var halvvägs till Saaben hörde han hur ytterdörren slog igen. Då kom han på en sak. Norén och hennes kollega var fullt upptagna med Volvon och såg honom inte.

Så tyst han kunde skyndade han sig mot garaget. Dörren var olåst och han gick in. Lyset var tänt och han tittade sig omkring.

Ser ut som vilket garage som helst, konstaterade han. Sportbagen stod på golvet bredvid en gräsklippare. Utan att tveka gick han fram och öppnade den.

En fuktig handduk, en T-shirt med Brosjö Sportklubbs logotyp, ett par shorts och två hoprullade strumpor. I ett sidofack låg en flaska schampo, en borste och en deodorant.

Stämmer med vad han berättade, konstaterade han och gick ut till Norén. När hon tagit hand om väskan satte han sig i Saaben och vred liv i motorn.

10

Hotell Skvadern låg intill E14 vid byns södra utfart. En stor display utanför parkeringen visade att klockan var 21.12 och att det var fem plusgrader. Johan Axberg ställde Saaben på en ledig plats och steg ur. Tände en cigarett och såg sig omkring.

Anläggningen var imponerande. Tre våningar med två L-formade sidolängor gjorde att hotellet säkert rymde 100 rum. Bortanför den östra knuten syntes golfbanan, som enligt vad han läst i tidningarna var den största i Norrland.

En kall vindpust fick några löv att dansa förbi framför honom på asfalten och försvinna in under en släpvagn. Han rökte och lyssnade till suset från den omkringliggande granskogen, en dov och dyster ton som stämde bra med hur han kände sig. I mörkret och stillheten växte sig insikten om att Mattias var död allt starkare. Det gjorde ont, men han tvingade sig att vila i smärtan utan att, som vanligt, analysera sönder känslorna i hanterbara fragment.

Efter en halvminut orkade han inte mer. Han krossade den halvrökta cigaretten under skon och skyndade sig mot entrén, som lyste likt en hägring av ljus.

När han steg in i foajén kände han den välbekanta doften av motorvägshotell: en blandning av matos, rengöringsmedel, parfym och heltäckningsmattor inpyrda med rök. Till höger fanns en bar och en restaurang. I en soffgrupp i lobbyn satt ett tiotal kvinnor med bagage och väntade på en buss.

Johan ställde sig vid receptionen bakom en kvinna – som var reseledare för sällskapet – och väntade. På en skylt läste han om erbjudanden om vildmarkssafari, golfkurser och fisketurer. Han mindes när Carolina för några år sedan hade tagit med honom till golfbanan på Alnön. Det hade varit en rolig utmaning att försöka få iväg bollen så långt som möjligt, och efteråt hade han – ivrigt påhejad av Carolina – anmält sig till en nybörjarkurs. Men av någon anledning hade det runnit ut i sanden.

Kvinnan framför honom steg åt sidan. När han klev fram till disken såg han till sin förvåning att kvinnan i receptionen var Jenny Lind, ännu en klasskamrat till honom, Chris och Mattias. Hon hade varit den populäraste tjejen i klassen och hade kvar sitt docksöta ansikte, även om kinderna hade blivit rundare.

– Hej Johan! utbrast hon och log osäkert.

– Så du känner igen mig?

– Det är klart. Men du minns väl inte mig?

– Jo. Jenny Lind. Snyggaste tjejen i klassen.

Hon log igen men blev plötsligt allvarlig.

– Men vad gör du här? Jag hörde om Mattias ... det är ju så hemskt att man inte kan tro att det är sant.

Hur vet du det? tänkte han och frågade.

– Det var någon som sa det. Lastbils-Janne, tror jag. Han hörde det på Konsum alldeles nyss.

Just det, tänkte Johan. I den här byn sprids en nyhet fortare än via det snabbaste bredband.

– Det måste ha varit en förfärlig syn, fortsatte Jenny. Jag menar, du kanske är van vid sånt där, men ändå ... Det trodde man aldrig skulle hända i våran by. Jag menar, först Chris och sen det här.

Munvädret har hon kvar, konstaterade han.

– Har du något ledigt rum? Jag tänkte stanna över natten.

– Ja visst. Vad ska du göra? Ska du vara med och utreda mordet?

– Nej.

82

Hennes ljusblå ögon såg frågande på honom och han kände sig tvungen att komma med en förklaring. Samtidigt gissade han att hans svar snart skulle vara känt av alla som var intresserade.

– Det är av en helt annan anledning. Jag har en bekant här som jag ska hjälpa med en sak.

– Jaha, vem då om man får fråga?

– Har du något ledigt rum?

Hon snörpte på munnen, tittade på datorn.

– Rum 101 är ledigt. Vi serverar frukost mellan klockan sju och tio.

– Bra, är restaurangen öppen nu?

– Nej, men det går att få enklare rätter i baren, typ mackor och så.

Hon pekade till höger mot en glasad dörr. När hon åter vände uppmärksamheten mot datorn gick han bort till dörren och tittade in. En bardisk med ett uppstoppat älghuvud vakande över sig, en svängd skinnsoffa, ett dussin bord i mörkt trä och två Jack Vegas-maskiner. Tre män satt vid ett av borden, i övrigt var det tomt förutom bartendern som sköt in ölglas i kopparskenor i taket.

Johan kände hur han stelnade till. Han kände genast igen en av männen. Även om han hade blivit både vithårig och magrare, fanns det ingen tvekan. Den höga pannan och de buskiga ögonbrynen ovanför de blåbärsblå ögonen som omgav den beniga näsan. Och prästkragen som skymtade under koftan bekräftade det Johan redan visste.

Det var Åke Ekhammar. Byns präst sedan över trettio år.

Barnadöparen, konfirmandvägledaren och begravningstalaren. Den stränga, pedagogiska och högtidliga.

Men för Johan var han bara *Svikaren*. Han skulle aldrig glömma när han kom in i vardagsrummet den där fredagskvällen för tjugoåtta år sedan.

– Johan, det är en sak vi måste tala om.

Åke stänger av teven och sätter sig mittemot honom på en fotpall. Han har prästkappan på sig, nyss hemkommen från ett bröllop. Med allvarlig blick betraktar han Johan en stund under tystnad, knäpper sina händer i knäet, som han brukar när han vill vara förtrolig.

– Johan, du kan inte bo kvar här. Det fungerar inte av olika skäl. Jag har pratat med din farmor och farfar i dag. Du får flytta hem till dom på Frösön.

Först fattar han inte. Han ska visst bo här. Morbror Åke och Cecilia är ju hans gudföräldrar. Två veckor har gått sedan mamma och pappa dog och han fått ett eget rum.

– Vadå? är det enda han får ur sig.

Åke lägger pannan i djupa veck och nickar stilla.

– Dom kommer och hämtar dig i morgon bitti. Du får packa det du vill ha med dig nu på en gång. Cecilia har ställt in en väska på sitt rum. Jag är ledsen att det blev så här, men det är bäst för oss alla.

Inte för mig, tänker Johan. Vad ska hända med skolan? Med simträningen? Med Mattias och Chris och alla andra kompisar? Gråten och ilskan trängs i halsen och han borrar in naglarna i filten han sitter på.

– Men varför? hör han sig själv säga.

De blå ögonen betraktar honom en lång stund. Så reser sig Åke och klappar honom på axeln.

– Det blir bäst så, Johan. Tro mig. Du får det bättre där.

Så lämnar Åke rummet. En svart skugga som blir suddig när ögonen fuktas. När ytterdörren slår igen rinner den första tåren nedför kinden.

Plötsligt ryckte Johan till, som väckt ur en ytlig dröm. Genom den glasade dörren stirrade morbror Åke rakt på honom. Det var samma blick som den gången, fast skärpan hade mattats av. Och han såg betydligt mer förvånad ut.

En plötslig ilska kom över Johan. Instinktivt ville han rusa fram och gripa tag i Åke. Fråga honom varför han hade svikit och inte släppa taget förrän han hade fått ett svar. Så påminde han sig det som hänt med Stefan. Att han var avstängd för att han hade brusat upp och tappat kontrollen.

Han återvände till disken. Jenny gav honom en nyckel och han satte sin signatur på ett papper som han inte bryddes sig om att läsa.

– Vad blek du är, sa hon. Du ser ut som om du har sett ...

Hon tystnade och drog efter andan. Sambandet växte fram i hennes blick och hon nickade inkännande. Givetvis känner hon till det som hände, konstaterade han och frågade:

– Vilka är de två männen som sitter med Åke därinne?

– Det är PE, ja alltså Per-Erik Grankvist. Det är han som äger hotellet ... och så är det Chris bror, Henric Wirén. De har haft styrelsemöte i dag. Ja, på grund av det som hänt med Chris ... De brukar träffas här och ta en öl.

– Jag förstår. Vad gör Henric nuförtiden?

– Han äger Ica, sportaffären, två klädbutiker och så Bråsjös Deli förstås. Där säljer de allt från renskinn till hjortronsylt och getost.

Johan nickade. Henric var Chris storebror och född affärsman. Han var alltid den som sålde mest majblommor, jultidningar och kokosbollar som barn. Sedan hade han läst ekonomi på universitetet och återvänt till sågverket och jobbat under pappa Gerard som ekonomichef. Men nu hade han tydligen bytt inriktning.

– Ja, sågverket går inte så bra längre, fyllde Jenny i, som om hon hade läst hans tankar. Men i och med kliniken kommer det så mycket folk att vi knappt har rum för alla.

Ord, ord, ord. In genom ena örat och ut genom det andra. Johan funderade på vad han skulle göra nu. Det naturliga var att gå till rummet, ta en dusch och gå och lägga sig. Men synerna och lukterna och ljuden från Mattias hus trängde sig på så fort han slappnade av.

Han återvände till baren. När han sköt upp glasdörren noterade han att Åke hade gått. På hans plats stod ett glas fyllt till brädden med öl. Per-Erik Grankvist och Henric Wirén tystnade och vände sig mot honom. Han nickade kort till hälsning, gick fram till bardisken och beställde mellanöl och en nachotallrik. Hela tiden kände han blickarna i ryggen, men han tog det medvetet lugnt och hejdade impulsen att vända sig om.

De vet vem jag är, tänkte han. Undrar vad Åke sa innan han gick?

Han tyckte att han kände igen även Per-Erik Grankvist. Var det inte honom jag såg i kiosken på vägen hit?

Efter två minuters väntan fick han det han hade beställt. När han vände sig om konstaterade han att Per-Erik och Henric hade tagit upp sitt samtal.

Tre steg och han var framme vid deras bord.

– Hej, är det okej om jag slår mig ned?

De tittade upp, betraktade honom granskande en sekund, såg på varandra och på honom igen. Plötsligt lyste Henric upp, som om han kände igen honom först nu.

– Är det inte Johan Axberg? sa han och reste på sig.

Johan tog den framsträckta handen. Henric Wirén liknade sin bror, men hans blå ögon var smalare och ansiktet kraftigare, men fortfarande gracilt med rena drag och en fint mejslad näsa som förde tankarna till antikens Grekland. Det blonda håret var klippt i en prydlig frisyr och han hade kvar sitt förtroendeingivande leende.

– Hej Henric. Det var inte i går.

– Nej, men du är dig lik.

Henric presenterade honom för Per-Erik "PE" Grankvist.

– Visst var det dig jag såg i centrumkiosken?

– Jo, sa Per-Erik, log brett och tryckte hans hand. Hade jag vetat vem du var hade jag givetvis hälsat redan då. Trevligt att träffas!

Johan visste att Per-Erik hade flyttat till Bråsjö med sin familj för tio år sedan när han hade tagit över det konkurshotade hotellet. Per-Erik Grankvist var i femtioårsåldern, hade ett öppet ansikte med mörkt vågigt hår i sidbena, kaffebruna ögon och en välansad mustasch som var kammad i sidbena så att stråna pekade i riktning mot de markerade skrattgroparna. Johan tänkte att han liknade en bedagad dansbandscharmör från sydligare breddgrader.

Han slog sig ned, tog en klunk öl och betraktade de båda männen, som åter blev allvarliga och dystra.

– Som du förstår är vi skakade av det som hänt, sa Henric Wirén.

– Jag beklagar, sa Johan.

Henric vände blicken ned i bordet och bet ihop.

– Vi hörde att det var du som hittade Mattias? sa Per-Erik.

Än en gång fick han svara på frågor han helst ville slippa. Utan att berätta vad Mattias hade sagt om Chris redogjorde han för det som hänt. Sedan ljög han och sa att han var här för att hjälpa en vän, men han såg i deras ögon att de inte trodde honom. De blev en paus när de drack av ölen.

– Varför fick Åke så bråttom? sa Johan.

Henric slog ut med händerna i en ovetande gest. Det rasslade till och Johan noterade den feta guldklockan kring den smala handleden.

– Han skulle väl hem, antar jag.

– Hur har han det nuförtiden?

– Som vanligt, svarade Henric. Inga stora nyheter.

– Förutom att han sitter i styrelsen för kliniken tillsammans med er.

Per-Erik lutade sig bakåt i stolen, korsade armarna över bröstet.

– Det har han ju gjort de senaste sju åren.

– Hur går det med kliniken nu när Chris är borta?

Med en suck vände Henric blicken ned i bordet igen. Per-Erik svarade:

– Vi vet inte. Men vi försöker fortsätta som vanligt, i den mån vi kan. Chris hade velat ha det så. Och han har ju spridit sin kunskap till oss, så vi kommer fortfarande att kunna ta hand om våra kunder.

– Jag antar att ni var på festen i lördags?

Det glänste till i Henrics ögon när han tittade upp, men det var så snabbt att Johan inte hann tolka vad det stod för.

– Visst, intygade Henric med en suck.

– Hände det något speciellt under kvällen?

Per-Erik och Henric växlade en blick.

– Nej, svarade Per-Erik. Varför undrar du det?

Johan svarade inte. Han kände att samtalet mer och mer började likna ett förhör.

– Jag menar om Chris var som vanligt? frågade han.

– Ja, svarade Henric. Han var på gott humör, kliniken har aldrig gått så bra som nu ... eller fram tills nu, kanske man ska säga, avslutade han med en suck.

– När gick Chris hem?

Ny blick mellan Per-Erik och Henric. Rynkade pannor och tre sekunders betänketid.

– Jag tror att klockan var ungefär halv tolv, sa Per-Erik och fingrade på mustaschen. Jag gick hem strax efter.

– Det stämmer, bekräftade Henric. Jag gick samtidigt som Chris och var väl hemma runt midnatt.

– Var det folk kvar då? undrade Johan.

– De flesta hade gått hem, sa Per-Erik. Vi var bland dom sista.

– Och Mattias Molin, var han där?

– Ja, svarade båda i korus.

– Men han gick hem ganska tidigt, fortsatte Per-Erik. Han blev rätt berusad, som vanligt.

Johan tuggade sönder ett chips mellan tänderna, sköljde ned det med en klunk öl och sa:

– Vad hade Mattias för relation till Chris?

– Ingen särskild, svarade Henric. Vad är du ute efter?

– Att Mattias bekräftade Chris påståenden om att Göran Hallgren ofta var inne i killarnas omklädningsrum på gymnastiken ...

– Jaså det, sa Henric utan att röra en min. Men Chris och Mattias hade inget att göra med varandra i övrigt, vad jag vet. Visserligen jobbade Mattias som vaktmästare ibland på kliniken, men det var inte ofta. Men ni gick väl i samma klass alla tre i lågstadiet?

– Vad anser ni om anklagelserna mot Göran?

Henric Wirén masserade näsroten en stund innan han svarade.

– Jag vill inte säga något om det där. Som du förstår har jag det tillräckligt jobbigt ändå. Men det är förstås värst för Carl ...

Han fäste blicken på Johan och fyllde i:

– ... ja, det är alltså min brorson.

Det blev en paus. Johan hörde hur bartendern klirrade med glasen. Han tog en klunk öl och funderade på nästa fråga.

– Hade Chris några fiender?

– Nej, svarade Per-Erik. Han var älskad av alla. Varför undrar du det?

– Han var en enastående människa, mumlade Henric, åter med blicken ned i bordet.

För varje svar Henric gav sjönk han djupare ihop och rösten blev grumligare. Johan frågade sig om han skulle falla i gråt. Det var inte likt den Henric han hade lärt känna en gång i tiden, men det var å andra sidan över tjugo år sedan. Han tömde glaset och reste sig.

– Tack för pratstunden, vi ses.

När han kom in på hotellrummet ringde han till Dan Sankari. Fick veta att Göran nekade till brott, att han saknade alibi och att de skulle behålla honom i häktet över natten. De hade topsat honom för DNA och Norén var i full färd med att undersöka Volvon. Mattias kropp var på väg till rättsmedicin i Umeå och arbetet på brottsplatsen skulle återupptas i morgon.

– Jag tror inte att Göran Hallgren är skyldig, sa Johan.

– Varför då? sa Sankari.

Även fast han visste att det lät dumt svarade han:

– Det är en känsla jag har.

Sankari suckade.

– Johan, du vet att man inte kan förlita sig på känslor. Du hade gjort samma bedömning som jag om du suttit här.

– Jag vet.

Med de orden lade de på. Johan öppnade minibaren, knäppte upp en burk Coca-Cola. Tog två klunkar och funderade på vad han skulle göra nu. Innan han kom till något beslut ringde mobilen. Det var Lotta.

– Hej, var är du?

– På hotellet, skulle just ringa till dig.

– Jag vill inte att du stannar där. Kan du inte komma hem?

Han kände igen hennes retorik från alla gånger hon försökt övertala honom: ett påstående som gränsade till befallning, följt av en fråga. Men den här gången kunde inget få honom att ändra sig.

– Jag tycket att det är dålig stil, fortsatte hon. Att bara lämna mig med huset så här. Och i morgon ska jag ju möta Stefan i rätten …

Så tålmodigt han kunde svarade han. När han hörde sina egna ord insåg han hur självisk han var, men han kunde inte göra på något annat sätt. Efter tio minuter slutade hon att säga emot, men hon lät inte mindre sur för det. Samtalet avslutades utan att de önskade varandra god natt.

Med luren i handen blev han sittande, stirrade ut mot ljusen från gatlyktorna på E14.

Tankarna halkade runt i skallen utan att få fäste. Vad var det i Mattias hus som inte stämde med Göran som gärningsman? Varför var Elin Forsman så avvisande mot honom? Vad var det Mattias hade tänkt berätta om Chris?

Vad, varför, hur? Frågorna avlöste varandra i en allt snabbare ringdans och han kände sig yr.

Beslutsamt reste han sig, krängde på sig skinnjackan och lämnade rummet.

11

Sara vandrade med blicken längs de mörka prickarna av kvist i trätaket. Hon hade legat vaken så länge nu att hon skulle kunna rita av dem ur minnet i morgon bitti. För att försöka skingra tankarna hade hon delat upp dem i grupper, som om de vore stjärnbilder, och även gett dem namn. *Spjutet, svalan* och *skölden*.

Försöken till distraktion hade varit lönlösa. Klockradion på nattduksbordet visade halv tre och hon tvivlade på att hon överhuvudtaget skulle få sova. Eriks andhämtning var lugn bredvid henne i dubbelsängen. Hon avundades honom hans förmåga att somna så fort han slöt ögonen. Han brukade förklara att det var en överlevnadsfråga med tanke på alla nattjourer han gick: hade man inte förmågan att somna när man fick chansen, fick man vara vaken hela natten.

Hon fyllde lungorna med luft och blåste ut den genom näsan så långsamt hon kunde. Ett knep som hennes mamma hade lärt henne för att komma till ro. Inte heller det fungerade. Så fort hon slutade tänka aktivt på att slappna av, återkom tankarna på Göran. Bilder av hur polisen hämtade honom trädde fram för hennes inre syn. Det var lika obehagligt varje gång.

Hur kunde de tro att han var skyldig till mord? Göran hade väl aldrig gjort en fluga förnär? Visst förstod hon att han var förbannad på Mattias, men det var uteslutet att han slagit ihjäl honom. Hon trodde inte ett ögonblick på att han var intresserad av pojkarna han hade i gymnastik. Visserligen hade han erkänt att han masserat axlarna på Chris son under en basketmatch, men att misstänka att han var pedofil på grund av det var löjligt. Snart kunde väl en lärare inte ta i en elev utan att bli misstänkt för våldtäkt. Samhället hade drabbats av pedofilhysteri. Erik hade rätt när han påstod att flera av filmatiseringarna av Astrid Lindgrens böcker hade sett annorlunda ut om de gjorts i dag, eftersom det var tabu att filma nakna barn.

Ännu ett steg mot ett mer onaturlig samhälle, tänkte hon och frågade sig om även Erika och Sanna hade blivit lidande av det. De fick inte springa nakna på tomten, som hon själv alltid hade gjort som barn. Men å andra sidan kanske inte det var det viktigaste i deras liv.

Hon skakade på huvudet åt sina funderingar. Flickorna trivdes bra hos mamma och pappa, och även om det varken blivit mycket av hennes skrivande eller hennes tid tillsammans med Erik, så var det positivt för framtida möjligheter till barnvakt. Det viktigaste var att tjejerna verkade harmoniska och glada, trots det som hänt efter skrivarkursen i våras.

De pratade aldrig om det. Ibland när Erik satt försjunken i tankar gissade hon att han funderade på just det, men hon hade aldrig frågat. Det var tillräckligt jobbigt när hon själv ställde sig frågan hur hon hade kunnat vara otrogen med en kvinna. Något entydigt svar hade hon inte och kanske ville hon inte heller veta. Händelsen var som en blind fläck i hennes synfält som det var bäst att inte försöka fokusera på.

Hon lutade kinden mot Eriks rygg och kände sig tacksam över att han inte hade lämnat henne. Deras relation hade till och med blivit bättre efter hennes snedsprång: han hjälpte till mer med barnen, de gjorde mer saker tillsammans på helgerna och sexlivet hade blivit mer spontant och varierat. Dessutom verkade det som om han hade accepterat att hon bara jobbade halvtid i klädbutiken för att få tid att skriva.

En plötslig skam kom över henne. Hur kunde hon ligga här och tänka på sig själv med tanke på det som hänt Göran? Hon krängde tillbaka på rygg, fixerade blicken på de sex prickarna i *Skölden*.

Hon återkallade Johans ord om att kanske även Chris hade blivit dödad. Var det möjligt? Var det därför polisen hade gripit Göran?

Aldrig skulle hon glömma raseriet i Görans ögon när han kom till festen för att prata med Chris. Hur han hade cyklat iväg efter att de hindrat honom från att gå in. Hade han åkt till sporthallen och bastat som han sa? Hade han varit där när Mattias blev mördad? Var han oskyldig?

Ja. Ja. Ja!

Hon blev besviken för att hon tänkte i de banorna. Insåg att hon var lika dum som alla andra i byn, som redan hade gett Göran sin dom. Hon visste hur lätt det var att följa strömmen. Med en rysning påminde hon sig hur hon för några veckor sedan hade skvallrat på Erik och sett honom bli hämtad av Johan för förhör. Som tur var hade Johan inte sagt till Erik att det var hon som hade skvallrat.

Ännu en fläck i hennes synfält som hon inte ville se.

En ny blick på klockan. De röda pinnarna lyste 02.42. Snart var det morgon och då skulle polisen säkert ha insett sitt misstag och släppt Göran. Hon vågade inte tänka på hur Karin skulle reagera om han blev kvar i häktet. Hon hade varit nära sammanbrott hela kvällen, och hade inte Erik gett henne en sömntablett hade hon förmodligen suttit kvar vid köksbordet och pillat på sin näsduk.

Jag borde också ha tagit en tablett, men nu är det för sent. Bättre att försöka göra något vettigt nu när jag ändå är vaken. Tankarna gick till kapitlet hon höll på att skriva. Snart var romanen färdig och hon hade redan ringt och pratat med några förlag. Alla var intresserade av att läsa och hon hade fått instruktioner om hur de ville att manuset skulle se ut. Tanken på att hon snart var färdig fick det att pirra i kroppen. Tänk om hon blev utgiven! Båda kursledarna från skrivarkursen i Saint-Paul-de-Vence hade läst delar av texten och tyckte att den var bra, så det fanns hopp.

Instinktivt reste hon sig ur sängen, tog sin laptop och smög sig ut ur rummet. Längtan efter att skriva drabbade henne ibland så häftigt att hon följde den utan att tänka. Det fanns inget som dämpade hennes ångest så effektivt som det rytmiska klickandet från pekfingervalsen och känslan av att vara helt fri.

Fri från sig själv och omvärlden, fri att bestämma allt.

Hon passerade den stängda dörren till Görans och Karins sovrum och fortsatte trappen ned till undervåningen. Paradoxalt nog var köket den plats där hon tyckte bäst om att skriva.

När hon var halvvägs nedför trappan hördes ett distinkt slammer. Hon stannade hon upp och vred huvudet i riktning mot ljudet. Genom trappfönstret såg hon garaget, och det lät som om bullret hade kommit därifrån.

I tio sekunder stod hon stilla och lystrade, men ingenting mer hördes. Allt var stilla och garagelampan tecknade samma varmgula cirkel som alltid över den grusade uppfarten. Blodet rusade i ådrorna och ansiktet hettade. Hon manade sig till lugn. Vad skulle någon göra i garaget? Ljudet måste ha kommit någon annanstans ifrån, troligen från grannen på andra sidan garaget. Men den förklaringen gick hon upp igen. Hon ville trots allt inte sitta ensam i köket.

Kanske borde hon väcka Erik?

Nej, det var ingen bra idé. Han skulle säga att hon var själpig och sedan somna igen som om inget hade hänt. Och det hade det ju inte heller. Hon visste att hennes fantasi ibland var lite för livlig.

Åter i sovrummet gick hon fram till fönstret. Alla fönster i garaget var släckta, tomten låg öde och inte en själ syntes till. Hon drog en lättad suck. Kanske hade hon inbillat sig alltihop?

Hon var alldeles för uppjagad för att sova, men hon ville vara nära sin man. Hon ställde ifrån sig datorn och kröp ner i sängen. Lade armen runt Eriks mage och pressade brösten mot hans skuldror. Försökte andas i takt med honom, men lyckades inte. Hjärtat slog så hårt att hon var rädd att det skulle väcka honom.

Plötsligt hörde hon ljudet från en bilmotor. Hon spratt upp i sängen och rusade fram till fönstret. Brummandet kom från vägen. Genom raden av rönnarna på grannens tomt såg hon två röda ljus glida bort i mörkret.

Hon kastade sig på sängen, grep tag om Eriks axlar och ruskade honom.

12

Johan Axberg lättade på gasen och blickade upp mot Mattias hus. Avspärrningen vid uppfarten var kvar, men gården låg öde. Endast farstulampan var tänd. Huset såg dystert och spöklikt ut i det vita ljuset. Runtomkring huset kunde han ana granskogen som en mörkare nyans av det omgivande mörkret. Allt var stilla, som om han betraktade en tavla.

Bra, tänkte han. Det var som Sankari hade sagt: kollegorna hade åkt hem och skulle komma tillbaka först i morgon bitti. Klockan på instrumentbrädan visade 22.27. Sannolikheten för att någon skulle återvända i kväll var i det närmaste obefintlig. Det passade honom perfekt.

Sakta körde han framåt i ljuset från gatlyktorna, hörde grusvägen knastra mot däcken. Först hade han tänkt stanna vid uppfarten, men eftersom risken fanns att någon skulle lägga märke till bilen, hade han bestämt sig för att vara mer diskret.

Några hundra meter längre fram, strax före vändplatsen, hittade han en skogsbilväg som hade börjat växa igen. Han parkerade, tog en ficklampa, en skruvmejsel och en kniv ur bagageutrymmet och började gå tillbaka mot huset.

Det hade börjat blåsa kraftigare. Luften var fuktig och kylde hans ansikte och händer. Bara det inte börjar regna, tänkte han och ökade takten.

Förhoppningsvis hade ingen sett att han lämnade hotellet. Innan han gav sig iväg hade han kontrollerat att Per-Erik och Henric hade gett sig av. Och receptionen hade varit obemannad när han skyndat sig ut. Om Jenny hade sett honom, skulle hon ha förstått att det hade med mordet att göra – och hon skulle inte ha tvekat att dela med sig av den nyheten till andra.

Det blåvita plastbandet fladdrade i vinden. På en av grindstolparna satt den gula varningsskylten:

Avspärrat område. Överträdelse beivras.

Efter en hastig blick omkring sig smet han under bandet. Så fort han vågade, med tanke på att han inte såg var han satte fötterna på den knöliga vägen där grästuvorna gjorde sitt bästa för att få honom ur balans, började han gå upp mot huset.

När han var halvvägs kände han den första regndroppen mot pannan, men han brydde sig inte. I tanken var han redan inne i huset, försökte återkalla vad det var han hade sett som talade emot att Göran var inbladad. Svaret rörde sig i hans undermedvetna, men det vägrade komma upp till ytan. Dock gav övertygelsen honom kraft och mod att fortsätta framåt.

Han tänkte på Lotta. Trots att han inte kunde handla annorlunda än han nu gjorde kände han dåligt samvete. Kanske kunde han köra hem i morgon och skjutsa henne till tingsrätten?

Tvärs över stentrappan satt ännu en plastremsa som han tog sig under. Dörrhandtaget var svartprickigt av fingeravtryckspulver. Han såg framför sig hur Norén hade suttit på huk och granskat varenda kvadratmillimeter av det förnicklade handtaget. Kanske hittar hon mina avtryck, resonerade han, men insåg att det inte spelade någon roll.

I jackfickan hade han skinnhandskarna som Lotta köpt till honom av Sara i Kjells Boutique. Han tog på sig dem och kände på dörren. Låst.

Även om han inte hade väntat sig annat kände han sig besviken. Nu skulle han förmodligen bli tvungen att bryta sig in. Han fingrade på skruvmejseln i jackfickan och tänkte att det var bra att han tagit med den.

Plötsligt hörde han ett ljud från insidan. I några sekunder stod han stilla och lyssnade. Ett kvidande jämmer hördes gång på gång och det växte sig allt starkare. Det kom i riktning från golvet och när han spetsade öronen hörde han krafset mot dörren.

Katten, avgjorde han. De lämnade kvar den.

Han började gå runt huset för att leta efter alternativa ingångar. Han tänkte inte ge upp nu när han var så nära. Skulle han ha en chans att ta reda på vad som hänt Mattias var det nu eller aldrig. I morgon skulle kollegorna återvända och vända upp och ned på de delar av huset som de inte redan hunnit med, och då var det för sent.

På husets västra sida fanns en stentrapp som ledde ned till en dörr som såg ut att leda in i en källare. Han lyste med ficklampan in genom ett sidofönster i markhöjd, och tyckte sig ana en vattenblandare och en värmepanna. Han kände på dörren, som även den var låst. Men den hade ett fönster där en skärva av glaset var borta i nedre kanten. Tyvärr var hålet inte tillräckligt stort för att han skulle kunna pressa in armen och låsa upp dörren inifrån.

Han fortsatte sin vandring runt huset. Regnet tilltog och han hörde knäpparna från takplåten och kände vätan mot huden. Alla fönster var stängda och det fanns inga fler ingångar.

Finns bara en sak att göra, intalade han sig och återvände till källardörren. Han greppade skruvmejseln och slog till rutan strax ovanför hålet. Glaset sprack i tre bitar som han lyckades få loss utan att de föll i marken. Han lade skärvorna på trappan och bestämde sig för att det var bäst att ta med dem tillbaka till bilen när han var färdig. Det var onödigt om Norén började misstänka att det hade varit inbrott.

Nu var hålet så pass stort att han kunde sträcka in armen och nå låset på insidan. Som tur var satt nyckeln i och han vred om. Det gnisslade i gångjärnen när han drog upp dörren. Han hittade en strömbrytare, men hejdade sig. Risken fanns att någon passerade nere på vägen och undrade varför det lyste i huset. Även om sannolikheten var minimal, var det en risk han inte ville ta. Dessutom räckte det bra med ficklampan. Han tog två steg in och lät strålen svepa i mörkret.

En källare med stenväggar och jordgolv. Till höger stod två sparkar, en kratta, ett par skidor med tillhörande stavar och en emaljerad potta. Till vänster brummade värmepannan och en vattenblandare. Det luktade fukt, jord, sten och potatis.

En smal trappa ledde upp till ännu en dörr, som turligt nog var olåst. Han öppnade den och steg ut i hallen på bottenvåningen. Till vänster låg ytterdörren och när han lyste mot den glimmade det till av två ögon och sekunden efter hörde han det bekanta jamandet från katten. Han satte sig på huk, riktade ljuset på golvet framför sig. Den svarta katten strök sig mot hans framsträckta hand. Svansen träffade honom på kinden när den gick ett varv runt honom innan den jamande fortsatte in i köket.

Han försökte stålsätta sig. Egentligen ville han vända om, men han kunde inte ge upp nu. Han gick in i köket. Ljuskäglan sökte sig genast till blodpölen på golvet. Den blänkte mörkröd och kunde lika gärna ha varit en färgfläck. Men lukten av blod som blandade sig med stanken av spyan i diskhon gick inte att ta miste på.

Johan koncentrerade sig på att andas genom näsan när han gick fram till skafferiet där katten väntade. Mycket riktigt hittade han en påse kattmat. Han fyllde skålen under spisen. Katten väntade tills han även hade fyllt vattenskålen innan den började äta.

Han stod stilla och lät ljuset vandra i rummet. Det såg exakt ut som när han var här senast, med undantag för att Mattias var borta. Tallriken med pyttipanna, den omkullvälta stolen, den vridna trasmattan.

Vad är det som har hänt? frågade han sig. Mattias sitter och äter. Han har nyss pratat med mig på telefon och vet att jag är på väg. Han har druckit några öl, och dricker förmodligen ännu en till maten. Då kommer någon, förmodligen personen i den blå Volvon.

På vägen hit hade Johan stannat till vid mötesplatsen och försökt framkalla synen av det röda märke han hade sett svischa förbi. I korta undflyende ögonblick tyckte han sig se ett mönster, men han var inte säker. När han hade stått där på vägen var det som om mörkret omkring honom även fördunklat minnesbilden, och efter en halvminut hade han gett upp.

Han fortsatte det tänkta händelseförloppet: Mattias hör och ser förmodligen Volvon när den kör upp på tomten. Vet han vem det är som kommer? Är han eller hon väntad? Släpper han frivilligt in vederbörande i huset? Troligen, eftersom de sedan går in i köket. Tumult uppstår och Mattias blir ihjälslagen bakifrån av något hårt tillhygge. Hade mördaren med sig det hit eller tog han bara något som låg nära till hands? Var mordet planerat eller en impulshandling?

Frågorna trummade i skallen i takt med regnet som föll allt hårdare mot tak och fönster. Nu försvinner alla tänkbara spår av mördaren, såväl fot- som däckavtryck, tänkte han och lyste med ficklampan på fönstret ovanför köksbordet. Vattnet som rann nedför rutan fångade upp ljuset och glittrade till i hastiga glimtar, som gjorde mörkret utanför ännu tydligare.

Vad var det jag såg när jag var här senast som var viktigt?

När han vände ficklampan mot hallen kände han en rörelse mot underbenet. Han flyttade ljuskäglan och såg hur katten satte sig bredvid honom och slickade pälsen.

Just det, påminde han sig. Matskålen. Det är möjligt att Norén har noterat att den var skinande ren. Han sköljde ur den, torkade den på en handduk och ställde tillbaka den i samma skick som den varit när han kom. Sedan fortsatte han ut i hallen och började gå i trappan till övervåningen. Det tredje trappsteget knarrade på samma sätt som förra gången, och ljudet fick katten att ila förbi honom likt en svart vind som på en sekund var uppslukad av mörkret.

I arbetsrummet såg inget ut att ha blivit rört, även om han misstänkte att Norén hunnit göra en första besiktning. Metodiskt svepte han med ljuset genom rummet. Rakt fram vid fönstret mot gården stod skrivbordet. Tre av fyra lådor var utdragna. På golvet bredvid bordet låg fyra linjerade A4-papper. De såg ut som om de hade ramlat ned från bordet. Han gick fram och tittade på dem, och med sina handskbeklädda händer vände han på dem, ett efter ett. Ingenting stod skrivet.

Han reste sig och noterade kollegieblocket och kulspetspennan på skrivbordet. Papperen på golvet kom med säkerhet från blocket, det var samma linjer, samma miljövänliga papper. Med viss svårighet bläddrade han igenom blocket utan att hitta något.

Han lyste på bokhyllan till höger. Två böcker hade rasat ned på golvet, och här och där var några ryggar utdragna utan synbar logik. *Robinson Crusoe,* del fem och sju av *Nordisk familjebok, Teknikens värld* samt *Ormens väg på Hälleberget.*

Slutsatsen var klar. Även om Mattias inte var en vän av ordning, var det knappast troligt att han hade rört till det så här. Nej, någon – med all sannolikhet gärningsmannen – hade letat efter något. Vad?

Ljuset ilade genom rummet i jakt på svar. När han såg datorsladden på skrivbordet hejdade han sig. Han gick fram och konstaterade att den liknade den han själv hade till sin bärbara dator. Men var var datorn? Hade mördaren tagit med sig den?

Tankarna vandrade till Göran. Plötsligt kom han på vad det var som talade mot honom som gärningsman. Konstigt nog hade han inte kommit på det förrän nu, när han åter betraktade röran i rummet. Om motivet var att Mattias hade intygat att Göran hade varit inne i pojkarnas omklädningsrum, fanns det ingen anledning för honom att leta efter något här. Skadan var redan skedd i och med att Göran hade blivit avstängd från jobbet.

Dessutom fanns det ingen anledning för Mattias att be mig komma hit för att berätta något som redan var känt.

Han kände sig säker i sin slutsats. Göran Hallgren var oskyldig. Han fick lust att ringa till Sankari, men avstod. Det kunde vänta till i morgon.

Vad hade gärningsmannen letat efter? Hade Mattias suttit här och skrivit något innan han gick ned för att äta?

Katten jamade bakom honom i mörkret och han kände sig frustrerad. Det var svårt att få en överblick av rummet när han bara kunde lysa upp en bit i taget. Han släckte ficklampan, tittade ut genom fönstret. Gatlyktorna anades som små dimmiga ljuspunkter nere på vägen.

Med tre steg var han framme vid strömbrytaren och tände taklampan. Ljuset stack till i ögonen och han blinkade några gånger. Rummet tycktes växa till det dubbla och han såg hur dammigt och smutsigt det var. Blicken fångade in det han tidigare sett som enskildheter, och det slog honom att det fanns en tydlig symmetri i oordningen. Det var enbart i högra delen av rummet som lådor och böcker var utdragna. Bokhyllan och kommoden till vänster verkade orörda.

Kanske blev han avbruten, tänkte Axberg. Någonting kanske hände som fick honom att ge sig av. Snabbt var han framme vid kommoden, drog ut alla lådor men hittade inget av intresse. I bokhyllan stod böcker, som av dammet att döma inte hade blivit lästa på länge. På nedersta hyllan hittade han dock något som intresserade honom. En kartong märkt "pappersinsamling". Han drog ut den och såg att den var fylld till hälften.

Pulsen steg när han upptäckte att det översta papperet var av samma sort som de i kollegieblocket på skrivbordet. Tre tecknade gubbar som rökte cigarr och sedan tre rader med något som han tolkade som Mattias signatur, som om han hade övat på sin namnteckning.

Nästa papper var skrynkligt och vikt på mitten. Han vecklade ut det och läste. När han greppade innebörden blev han alldeles kall i kroppen, som om regnet därutanför föll rakt igenom honom.

Handstilen var darrig. Inom sig hörde han Mattias sluddriga röst.

Det här är sanningen om vad jag, Mattias Molin, såg vid strandhuset i förrgår natt, vid tolvtiden den första oktober.

Chris Wirsén drunknade inte. Han blev mördad.

Jag hade varit på klinikens fest och var på väg hem. Då upptäckte jag att jag hade tappat min plånbok. Jag förstod att det hade hänt i närheten vid bryggan. (Vid tiotiden gick jag dit och tog en rök. Jag gissade att plånboken var där eftersom jag suttit på bryggan och räknat hur mycket jag gjort av med på festen.)

Jag gick tillbaka för att leta.

Då såg jag att det lyste i strandhuset. Jag går fram för att titta och upptäcker Chris i ena fönstret. Han skrek och var upprörd, men jag hörde förstås inga ord. Plötsligt får han ett slag i skallen av ett föremål, kanske en hammare, och faller ihop.

Den som skr…

Där var texten överkluddad och inget mer stod skrivet. Johan Axberg tog ett andetag, som kändes som det första på väldigt länge. Han såg allt som genom Mattias ögon och ryste. Det var som om han själv blivit vittne till ett mord.

Han läste texten igen. Det fanns inte längre någon tvekan. Han hade haft rätt i sina misstankar. Chris Wirén blev mördad. Det var därför Mattias hade ringt. Varför hade han inte kontaktat polisen? Johan hörde hans röst igen:

Det går int'… det är därför jag ringer till dig. Du måste komma hit. Och du får int' berätta för någon om det här, lova det.

Han lade papperet på skrivbordet. Nu hittar de det i morgon, tänkte han. Då kommer Elin Forsman att börja utreda mordet på Chris. Fast han borde vara nöjd med sitt fynd kände han ingen lättnad. Mattias var död för att han hade kommit för sent. Det kunde ingenting ändra på.

Ivrigt gick han igenom de övriga papperen i lådan men hittade bara gamla räkningar, reklam och en och annan kvällstidning. I samma ögonblick som han ställde tillbaka lådan tyckte han sig höra han ett avlägset brummade, men det var svårt att avgöra säkert genom regnets smatter.

Han reste sig upp, släckte taklampan och gick fram till fönstret. Ljudet växte sig starkare. Det var inte inbillning. En bil nere på vägen, gissade han men såg inga ljus.

Han såg på klockan. 22.52. Är någon på väg hit? I några sekunder stod han som fastfrusen med ljudet borrande mot trumhinnorna. Så såg han hur grusvägen lystes upp nere vid avspärrningen till tomten. Det var svårt att se genom regnet, men det verkade som om fordonet stod stilla, även om ljuset rörde sig hit och dit i dropparna på rutan.

Någon står därnere och tittar upp mot huset, tänkte han. Vad gör jag nu?

Instinktivt gick han ut ur rummet, trevade sig fram till trappräcket och gick ned. Han anade kattens lätta steg bakom sig. Längst ned i trappen fanns ett fönster. Försiktigt tittade han ut och konstaterade att den som stod därnere inte hade flyttat på sig.

Vad är det som händer? frågade han sig, men fann inga tänkbara svar. Det enda han visste var att han måste bort från huset så fort som möjligt. Han letade sig fram till källardörren, stängde den bakom sig och tänkte att katten skulle bli upptäckt i morgon.

När han kom ned i källaren var han tvungen att tända ficklampan för att hitta dörren ut. I stentrappen påminde han sig glasbitarna han hade lagt där och efter en stunds famlande med handskarna hittade han dem. Han tog dem och smög mot husknuten som vette mot vägen.

Ljuset från farstulampan nådde inte dit där han stod och han lutade sig försiktigt fram. Synen kom som ett slag i magen. Motorljudet hördes plötsligt tydligt, som om någon hade tryck på en bandspelare. En ensam strålkastare borrade sig som en lans upp längs vägen mot huset. Någon hade tagit sig under avspärrningen och var på väg upp. Men av ljudet och ljuset att döma var det inte en bil.

Johan tryckte sig mot väggen och såg sig omkring. Tjugo meter bakom huset började granskogen. Om han tänkte gömma sig var det bästa stället. Men han ville se vem som kom. Han torkade pannan och blinkade fukten ur ögonen. Tänkte på tjänstevapnet och saknade tyngden av det i handen.

Plötsligt dog motorljudet. Så sakta han kunde lutade han sig fram. En man på flakmoppe blickade upp mot huset, men det gick inte att urskilja några detaljer i regnet.

Johan drog tillbaka huvudet, tryckte sig mot väggen. Vad skulle han göra nu?

Innan han hann bestämma sig hörde han ett klirrande ljud under sig. Med ett ryck vände han ned blicken och upptäckte att en av glasskärvorna hade glidit ur handen och gått i tre bitar mot en sten.

Han svor tyst och tittade fram runt knuten. Mannen såg sig oroligt omkring och startade motorn. I nästa sekund körde han ned mot vägen igen. Johan sprang efter för att försöka se vem mannen var, men insåg att han var för långsam. Mitt på vägen blev han stående och såg hur mannen svängde höger och körde tillbaka mot byn.

I en halvminut stod han stilla och kände svetten blandas med regn i panna och nacke. Sedan kastade han en sista blick mot Mattias hus och började gå tillbaka mot Saaben.

13

Sundsvall, 18 augusti 1999

Sommaren hade varit ett helvete. Solen hade lyst från en blå himmel och överallt pratades det om rekordvärme. Semester, strandliv och brunbränd hud. Alla var glada och lyckliga. Men det gällde inte henne. Hon hade knappt varit ute: bara när mamma hade serverat lunch eller middag på altanen hade hon tvingat sig själv att lämna huset. Kanske hade det blivit en eller två cykelturer till badstranden, inte mer. Hennes liv höll på att krascha. Det värsta var att hon inte orkade göra något åt det.

Efter besöket hos doktor Lindstam i början av sommaren hade smärtorna spridit sig och blivit värre. Muskler som hon aldrig tidigare tänkt på tidigare hade gjort sig påminda genom stelhet och värk. Smärtan flyttade hela tiden runt mellan olika ställen: nacke, axlar, armar, rygg, lår, vader och fötter – hon visste aldrig var den skulle slå till nästa gång. Det enda beständiga var att hon alltid hade ont någonstans. Tröttheten låg konstant som en blöt filt över henne och fick henne att röra sig som i slowmotion. Bara att klä på sig på morgonen tog en halvtimme.

Av hennes studier hade det inte blivit någonting. Redan första veckan på sommarlovet hade planeringen fallerat, och efter tre veckor hade hon gett upp. Hon kunde inte koncentrera sig. Det hon läste passerade genom skallen utan att hon mindes någonting efteråt. Som om orden inte betydde något längre, meningar och sammanhang gick förlorade någonstans på vägen. Ibland frågade hon sig om hon höll på att bli dement, trots att hon inte ens fyllt trettio.

Resttentan, som hon skulle ha gjort förra veckan, hade hon struntat i. Just nu kändes det som om hon aldrig skulle klara av den. Förmodligen skulle hon tvingas hoppa av studierna och gå hemma resten av livet. Varv efter varv i villan med mamma snurrande omkring sig: *Hur mår du lilla gumman? Är du ledsen för något? Vad är det som är fel?*

Ingen visste. Allra minst läkarna på vårdcentralen. Smärtan hade flyttat in i hennes kropp och skulle stanna där, som om den hade blivit en del av hennes själ, omöjlig att särskilja från hennes tidigare jag. Det var för jävligt.

Det enda ljuset i mörkret var att hon hade ringt till doktor Lindstam och förmått honom att skriva ett intyg så att hon fick behålla sina studiemedel och platsen på högskolan terminen ut. Vad som skulle hända sedan stod skrivet i stjärnorna.

Bussen svängde in på sjukhusområdet. Hon stängde av cd-spelaren mitt i refrängen av Michael Jacksons *Bille Jean,* och blickade upp mot den enorma tegelbyggnaden som glödde röd i förmiddagssolen. I en halv sekund blev hon bländad av en vass reflex från något av de hundratals fönstren, som lyste som om de var av silver.

Hon såg på klockan. Tre minuter i tio. Nu satt hennes kursare och väntade på höstterminens upprop. Kanske undrade några varför hon inte var där. Kanske skulle Tove, Åsa eller Said ringa i kväll och fråga.

Hon hade inte berättat för någon om studieuppehållet. Det var ett misslyckande hon ville behålla för sig själv. Hon visste att hon var dum som tänkte så, men skammen hade låst hennes tunga när hon pratat med kursarna. Det enda hon hade berättat var att hon känt sig lite trött. Som om värken och tröttheten var hennes eget fel.

Hon visste att skuldkänslorna till stor del berodde på hur dåligt hon blivit bemött på vårdcentralen. Läkarnas arroganta attityd hade fått det att kännas som om hon själv bar skulden för att hon mådde dåligt.

Hur kunde läkare, som var utbildade för att hjälpa människor, vara så ointresserade? Själv utbildade hon sig till ett yrke där hon kunde bidra med något bra till samhället. Så trodde hon att blivande läkare också resonerade. När hon tvingats inse att det ibland inte alls var så hade känslan av besvikelse växt sig stark.

Inte heller sjukgymnasterna hade kunnat hjälpa henne. Visserligen lindrade deras akupunktur och rörelseövningar värken, men det var temporärt. Så fort behandlingen var över fick hon lika ont igen.

Hennes mamma hade fått henne att söka en gynekolog. Hon hade konstaterat att hon led av polycystiskt ovarialsyndrom – för många cystor på äggstockarna – vilket gjorde det svårare för henne att bli gravid. Någon förklaring till sina symptom hade hon inte fått och hon hade lämnat mottagningen med ännu ett besked som sänkte självkänslan.

Bästa behandlingen av syndromet var att gå ned i vikt. Hur skulle hon klara det när hon hade så ont? Hon hade alltid varit lite överviktig, men det berodde på att hon var kraftigt byggd. Nu vägde hon mer än någonsin på grund av att hon hade slutat träna och det ständiga tröstätandet framför teven.

Mamma hade blivit förtvivlad av beskedet, fast hon hade gjort sitt bästa för att dölja det.

Pressen att skaffa barn hade alltid funnits där. Hon var enda barnet och förväntades leverera barnbarn. Även om det inte uttalades ordagrant, var undermeningen i pratet om bebisar och hur underbar hon hade varit som liten inte svår att förstå.

Bussen stannade och hon gick av. Låren stramade och det högg obehagligt i vaderna. Sjukhuset såg ännu större ut när hon stod på marken. Mitt sista hopp, tänkte hon och följde strömmen av människor mot huvudentrén.

Hon skulle gå till akuten och inte ge sig förrän hon fick en bedömning av en riktig specialist. Att hon inte tänkt på det tidigare förvånade henne. Det var klart att hon skulle träffa en specialist, inte en allmänläkare som bara tog hand om snuvor och skrubbsår.

Med långsamma steg passerade hon in genom glasdörrarna och fortsatte korridoren mot akuten. Hon hade inte varit på sjukhuset tidigare, om man räknade bort att hon var född här, men det var bra skyltat och efter fem minuter var hon framme i ett stort väntrum med utsikt mot skogen.

Hon tog ett könummer, satte sig på en orange plaststol och väntade på att bli uppropad. Reflexmässigt greppade hon tidningen överst i högen på bordet bredvid henne. Det var ett nummer av *Veckorevyn* hon redan läst. Hon slog upp en sida på måfå och vilade blicken på de färgglada bilderna. Reklam för hårschampo och nagellack. Tips för sommarflirten och hur man blev snyggt brun utan att bränna sig. Hon tog ett djupt andetag i ett försök att dämpa oron som alltid drabbade henne i väntrum.

Efter fem minuter i den hårda plaststolen började det värka i korsryggen. Hon såg att det var nio nummer kvar till hennes tur. Med tanke på att det stod en man och tjafsade vid inskrivningsdisken skulle det säkert dröja en bra stund.

Hon kände tröttheten komma krypande och bestämde sig för att ta en nypa luft. Utan brådska gick hon ut genom entrén på sjukhusets baksida. Hon var noga med att inte röra sig för häftigt för att inte sträcka sig. Det hade hon gjort under en av sina få cykelturer i somras, och värken på baksidan av vänster lår kändes fortfarande.

Solen stack i ögonen. Den varma förmiddagsluften låg som ett orörligt block av värme mellan huskropparna som ramade in parkeringen. En ambulans stannade utanför akutintaget och två ambulansmän rullade in en bår med en äldre dam som gnällde högljutt. Två kvinnor i vita rockar stod och rökte under en skylt där det stod "förlossning", men de såg varken på henne eller på ambulansen.

Hon slöt ögonen, vände ansiktet mot solen. Kände sig blek och tjock och tänkte att hon var ett troll som kanske skulle spricka. Det vore en befrielse. Då skulle hon slippa smärtorna. Hon öppnade ögonen, såg sig generat omkring, som om någon hade hört vad hon tänkte. Höll hon på att bli galen? Kanske borde hon söka hjälp på psykakuten istället?

Med snabba steg återvände hon in. Fem nummer kvar. Hon gick till en snurra i ena hörnet som var fylld med tidningar och broschyrer. Mest olika råd från apoteket som hon redan hade läst. Längst ned i stället hittade hon en färgglad folder hon inte hade sett tidigare. Hon drog upp den och såg en bild på vad som såg ut som en herrgård – ett stort gulvitt hus omgivet av grönskande björkar.

Symfonikliniken stod det tryckt med guldglänsande bokstäver, och underrubriken löd: *bli frisk i harmoni med naturen*.

Hennes nyfikenhet var väckt och hon återvände med broschyren till sin plats. Hon hade hört talas om Symfonikliniken, men visste inte mer än att det var ett hälsocenter i Bråsjö, där den så kallade Mirakelmannen Chris Wirén verkade.

Hon öppnade häftet och började läsa. Symfonikliniken tog emot människor som ville bli botade med naturliga metoder, som enbart gjorde nytta. Man behandlade personer som inte den så kallade "skolboksmedicinen" kunde hjälpa. Kliniken tog sig an allt från led- och muskelvärk, amalgamförgiftning, elallergi, hudsjukdomar, utbrändhet och kroniskt trötthetssyndrom till depressioner, hjärt-lungsjukdomar och tumörer.

Alla patienter fick ett individuellt behandlingsprogram utformat av hälsoprofeten Chris Wirén. Metoderna omfattade bland annat akupunktur, kristall- och ljusterapi, varma bad, spikmatta, massage och yoga.

Klinikens filosofi var att se hela människan – kropp och själ i ett. Sjukdom innebär en obalans i denna helhet som man måste komma tillrätta med. När den traditionella medicinen bara ser ett sjukt organ, plockar ut det ur sitt sammanhang och försöker bota det, ser Symfonikliniken individen och hjälper patienten att hela sig själv.

Chris Wirén log mot henne. Han hade ljuslockigt hår till axlarna, stora blå ögon och ett varmt och förtroendeingivande leende.

Tveka inte att kontakta oss. En hemsida, en mejladress och ett telefonnummer.

Hon kände sig varm och upprymd, men det var inte det vanliga obehaget med svettningar och oro utan något annat. En positiv känsla hon inte upplevt på flera månader. Det här var precis vad hon hade letat efter. Enbart genom texten och bilderna i broschyren kände hon sig förstådd. Hon hade själv funderat i de här banorna: det var fel i balansen på hennes kropp och hon behövde finna harmoni. Det som alla läkarna hon träffat hade rynkat på pannan åt.

Helheten. Hon var faktiskt människa också, inte bara ett symptom.

Det plingade till i sifferräknaren ovanför receptionen. Till sin förvåning upptäckte hon att det var hennes tur. Hon skyndade fram till luckan. En kvinna, som enligt en skylt på den vita bussarongen hette Maja och var sjuksköterska, log avmätt. Hon fick visa legitimation och patientbricka och berätta vad hon sökte för. När hon talade om att hon hade svår värk i hela kroppen sedan ett drygt halvår stirrade Maja uppgivet på henne och frågade om hon hade kontaktat sin vårdcentral.

– Fyra gånger i sommar.

– Har du haft ont så länge låter det inte särskilt akut.

– Men det är akut. Jag får ingen hjälp och smärtorna blir bara värre.

– Jag tycker ändå att du i första hand ska söka din husläkare.

– NEJ! Nu har jag tagit mig hit och jag vill träffa en specialist.

Hon märkte att hon hade höjt rösten, men det struntade hon i. Innan hon fick svar blev de avbrutna av ljudet av ambulanssirener. Instinktivt vände hon sig om, såg en ambulans stanna utanför akutintaget. Vände sig åter till sköterskan, som suckade och skrev på datorn.

– Okej, jag sätter upp dig på medicinsidan. Men du kan få vänta många timmar, jouren har mycket att göra.

Hon kastade demonstrativt en blick mot ambulansen, såg sedan på henne igen.

– Du har prioritet fyra, vilket innebär att patienter som är sjukare kommer att gå före dig.

– Men, jag har ju ...

Orden fastnade i halsen, tårarna stack i ögonen. Hon svalde, rafsade åt sig plastkorten och nickade stumt. Sedan steg hon åt sidan och lämnade plats för en mörkhyad man med armen i bandage. Irritationen och förnedringen fick henne att vilja skrika. Så tittade hon på broschyren som hon höll i handen. Den hade blivit lite skrynklig, men det gjorde ingenting.

Hon stoppade ned den i handväskan och lämnade väntrummet med beslutsamma steg.

14

Kaffet var för svagt men han drack ändå i hopp om att koffeinet skulle jaga tröttheten ur kroppen. Det hade inte blivit många timmars sömn. Så fort han hade sjunkit ned i dvalan hade tankarna på Mattias fört upp honom till ytan igen och gjort honom klarvaken.

Vem var mannen på flakmoppen? Vad hade han gjort vid Mattias hus?

Sorlet från frukostgästerna i restaurangen var så högt att han hade svårt att höra sina egna tankar. Han vände blicken ut genom fönstret. Dimman låg som en rök över parkeringen, och han fick kisa för att se att de röda siffrorna på vägtavlan visade 07.34 och plus fem grader. Solen lyste som en svag ficklampa över skogsranden i öster, men här och där sköt den tunna kvastar av ljus genom dimman.

Allt som hänt sedan han återvänt till byn var så overkligt att han svårt att förhålla sig till det. Två av hans gamla klasskamrater hade blivit mördade. Han mindes vartenda ord av Mattias brev, och frågorna hade gått rundgång i skallen hela natten. Det var bra att han hade hittat brevet. Snart skulle kollegorna hitta det och Elin Forsman skulle inse att även Chris Wirén blev mördad.

Då kan jag lämna den här utredningen bakom mig och åka hem till Lotta. Hon hade ringt klockan sju och undrat när han skulle komma. Hon var sur och gjorde inget försök att dölja det. Det hjälpte inte att han upprepade att han måste stanna och reda ut situationen. Han hade sagt att han skulle försöka komma hem och skjutsa henne till rättegången, men då hade hon slängt på luren.

Han tömde kaffekoppen och gick. När han borstat tänderna och hämtat jackan skyndade han sig ut till Saaben, som stod utom synhåll från entrén. Ingen hade sett honom när han återvänt i natt, och Jenny hade ersatts i receptionen av en ung man, som inte verkade känna igen honom.

Det var inga problem att hitta till Symfonikliniken, trots att den låg i slutet av en grusväg två kilometer norr om själva samhället. Dels hade han varit där som barn – men då hade huvudbyggnaden varit en ombyggd herrgård som fungerat som vandrarhem –, dels var det så välskyltat att man kunde köra fel både en och två gånger utan att villa bort sig.

Det var disigt och gråkallt när han klev ur bilen utanför huvudentrén. Flera byggnader hade tillkommit sedan han var här senast och huvudbyggnaden var dubbelt så stor som han mindes den. Allt var tyst och inte en levande själ syntes till. Han gissade att det berodde på att det var så pass tidigt. Det passade honom utmärkt. Han hade ingen lust på att svara på frågor om vem han var och vad han gjorde där.

Med snabba steg gick han över den grusade vändplanen och fortsatte stigen ned mot vattnet. Snart såg han strandhuset och bryggan, som var upplyst av två lyktor.

Sjön var omgiven av granskog och enstaka vassruggar. Dimman rörde sig i stora sjok över vattnet. En fågel skrek någonstans därute, tre snabba stötar följt av en mer långdragen, som ett morsemeddelande han inte kunde tolka.

Plötsligt såg han Chris ansikte växa fram i dimman. Det blonda håret böljade som på en älva. Chris stirrade rakt på honom och sa något på ett språk som han aldrig tidigare hade hört.

Johan blinkade två gånger och bilden försvann. Måste vara sömnbristen som tar ut sin rätt, tänkte han. Han samlade sig och fortsatte ned till bryggan. En eka med tillhörande åror låg förtöjd vid en påle, och längst ut försvann en stege av metall ned i vattnet. Han betraktade ekan och antog att det var Chris. Den innehöll inget särskilt och den var inte fastlåst.

Vem som helst hade alltså kunnat låna den. Han utgick från att Elin Forsman inte gjort någon grundligare undersökning av ekan eftersom hon inte misstänkte att brott hade begåtts. Men snart skulle det bli ändring på det.

Han sjönk ned på huk, drog med handen över det fuktiga träet. Såg framför sig hur Mattias hade suttit på bryggan efter festen. Hur han rest sig och tappat plånboken. Kanske hade den trillat i vattnet, men då borde han väl ha hört plasket? Han gick ett varv runt bryggan men såg inget av intresse.

Det blir teknikernas sak att undersöka, avgjorde han och satte sig på knä och kikade in under bryggan men såg bara en badboll från Hemglass som hade tappat luften.

Metodiskt sökte han sig upp längs stigen, gick i stora svängar med blicken i backen. Det vore bra om han hittade plånboken. På så sätt skulle han kunna stärka Mattias version av det som hänt.

Efter fem minuters letande gav han upp. Han stod på stigen mitt emellan bryggan och parkeringen. Antingen ligger plånboken i vattnet eller så har någon hittat den före mig, avgjorde han. Såvida inte ...

Han lyfte blicken mot strandhuset, en avlång träbyggnad i gult och vitt med snickarglädje. Huset hade åtta fönster. Han frågade sig i vilket som Mattias hade sett Chris. Kanske hade Mattias stått på samma ställe som han stod?

Johan mätte avståndet till huset. Tjugofem meter. Han stod på den punkt på stigen som låg närmast strandhuset, och han kunde se in i de fyra fönster som låg närmast upp mot huvudbyggnaden.

Han föreställde sig Mattias stående på stigen.

Det är snart midnatt och beckmörkt ute. Det lyser i fönstren på strandhuset. Chris syns i ett av fönstren till vänster. Han är upprörd och skriker. Så får han ett slag i huvudet och segnar ned. Mattias får panik och rusar mot parkeringen.

Johan gissade att det hade gått till ungefär så. Sedan måste mördaren ha släpat Chris till båten, rott ut på sjön och hävt i honom. Även om Chris var liten och spenslig måste det ha varit både besvärligt och riskabelt. Johan blickade upp mot kliniken och alla fönster med utsikt mot vattnet. Visserligen hade det varit mitt i natten, men det fanns lyktor längs stigen ned mot vattnet. Även om mördaren hade kunnat undvika dem måste han ha passerat lyktorna vid bryggan.

Sammantaget talade det mot att mordet var planerat. Något hade hänt i strandhuset som fick gärningsmannen att slå ned Chris. Frågan var vad?

Plötsligt kom han på en sak. Om mordet hade skett i affekt hade mördaren kanske inte tänkt på att förse Chris med tyngder. Då skulle han med all sannolikhet flyta upp när förruttnelseprocessen började. Ungefär en vecka brukade det ta, om han inte mindes fel vad Jeff Conrad sagt i samband med en drunkningsolycka i Sidsjön några år tidigare. Då om inte förr skulle Mattias version bli bekräftad.

Med blicken svepande över det daggvåta gräset gick han sakta framåt. Ingen plånbok eller något annat av intresse. Han kikade in genom fönstret till vänster om ingången. Hela flygeln bestod av en sal med en liten scen vid ena kortväggen. På scenen stod en flygel och två mikrofoner i stativ. Längs väggarna stod ljusa trästolar som ramade in ett vitlaserat parkettgolv.

Ser ut som en skolaula, tänkte Johan och såg framför sig hur Chris stod på scenen och predikade om hur man lever ett hälsosammare liv. Han tittade efter fläckar på golvet men såg inga. Således ännu en uppgift för Rut Norén.

Två av fönstren i huvudbyggnaden tändes och han anade silhuetten av en person bakom rutan. Han skyndade sig tillbaka till parkeringen. Som tur var mötte han ingen, och han drog en lättnadens suck när den gula huvudbyggnaden ersattes av granskog i backspegeln.

Han såg på klockan. 08.12.

Bra, nu borde kollegorna vara på plats hemma hos Mattias. Då dröjer det inte länge innan de hittar brevet. Han greppade mobilen och ringde Dan Sankari. Inget svar och han lämnade ett meddelande. När han svängde ut på E14 igen ringde mobilen och han antog att det var Sankari. Han hade fel.

– Hej, det är Carolina.

– God morgon.

– Väckte jag dig?

– Nej, ingen fara.

– Tänkte väl det. Du brukar ju vara uppe med tuppen.

Han undrade vad hon ville. Hennes röst var varm och mild. Den rösten hade han inte hört sedan hon lämnat honom, men det kändes så länge sedan att han inte var säker. Kanske var det minnet som lurade honom. Nio månader och nio dagar var en lång tid.

– Hur har du det? frågade han.

– Sådär. Lite speciellt att vara hemma hos mamma och pappa igen. Men samtidigt väldigt skönt. De hjälper mig verkligen med Alfred.

Johan Alfred Lind, tänkte han. Tur att du inte vet vad som händer omkring dig.

– Tyvärr ska mamma och pappa resa till Stockholm i eftermiddag på ett bröllop, så jag blir ensam här i två dagar, men jag är ju van ...

Han tog in informationen, men visste inte hur han skulle tolka den. Var det en upplysning i största allmänhet, eller ville hon säga honom något?

– Förresten träffade jag Sara Jensen i går, fortsatte Carolina. Jag trodde inte mina öron när hon berättade vad som hänt. Det är ju förfärligt!

– Ja.

– Vill du prata om det?

– Inte just nu.

– Var är du?

– I bilen, på väg till Mattias Molins hus.

– Hur länge stannar du?

– Vet inte.

Det blev en paus. Han hörde ett gnyende ljud och Carolina som vyssjade. Efter en stund sa hon:

– Vill du komma förbi? Jag menar och titta på honom?

Han tvekade. Såret som Carolina hade gett honom hade inte läkt, även om han ibland trodde det, särskilt när han var tillsammans med Lotta.

Johan Alfred Lind. Hon hade lämnat honom för att få det barnet med en annan man.

– Kanske senare, svarade han. Jag har lite bråttom.

– Jag förstår.

Samtalet avslutades och han lät mobilen glida ned på passagerarsätet. Överlade med sig själv om han skulle ringa till Lotta, men bestämde sig för att avstå.

När han passerade Carolinas föräldrahem såg han barnvagnen på verandan. Kände att han hade fattat ett riktigt beslut. Just nu hade han viktigare saker för sig än att beundra hennes unge.

Tio minuter senare steg han ur Saaben på grusvägen nedanför Mattias hus. Dimman hade lättat och solen spred ett blekt ljus över omgivningarna. Himlen var ljusblå och öppen, som om den skrubbats ren av nattens regn, och det doftade friskt av gräs och jord. Till ljudet från en hackspett smet han under avspärrningen.

En polisbil och två civila bilar stod utanför huset, och Johan kände genast igen Noréns gula Audi och Elin Forsmans röda Mitsubishijeep. Inspektör Bäcklund kom ut genom dörren.

– Hej, sa han och såg frågande på Axberg.

– Är Sankari här?

– Nej, han har fått problem med gallan och kunde inte komma.

Typiskt, tänkte Axberg. Han visste att Sankari åkte in till sjukhuset två tre gånger per år på grund av gallsten, men han vägrade att låta sig opereras.

– Vem för befäl?

– Elin Forsman.

– Är hon här?

– Ja.

– Får jag prata med henne?

Bäcklund försvann in i hallen. Johan tog tre steg fram mot husknuten där han stått och sett mannen på flakmoppen. På marken bredvid stuprören såg han glasskärvorna och stenen som spräckt glaset.

– Vad gör du här?

Rösten var Elin Forsmans. Hon stod på stentrappan och stirrade uppfordrande på honom. Genast blev han irriterad på hennes mästrande attityd. Han var faktiskt kommissarie och chef för krimroteln. Hon borde visa mer respekt för honom även om han för tillfället var avstängd. Istället för att anslå en kollegial ton gick han rakt på sak:

– Har ni hittat brevet?

Hennes bruna ögon smalnade av.

– Vilket brev?

Han hejdade sig. Insåg att han måste gå försiktigt fram för att hon inte skulle misstänka att det var han som hade lagt det på skrivbordet.

– Ja, alltså, jag kom att tänka på det i natt ... Jag glömde att säga det i går, men jag tyckte att jag såg ett brev på skrivbordet i arbetsrummet på övervåningen. Det var en minnesbild som dök upp, jag läste det inte eller så, men jag tänkte att det kanske var viktigt. Det såg ut som om det var skrivet på halva sidan ...

Han blev irriterad på alla ord som strömmade ur honom. Hoppades att hon inte tyckte att svängningen från visshet till tvekan blev övertydlig.

– Nej, vi har inte hittat något brev, avfärdade hon. Och som jag sa i går, får du inte vara här. Det är bäst för oss alla om du respekterar det.

– Har Norén undersökt arbetsrummet?

– Ja, svarade Elin Forsman. Hon är precis klar med det. Men nu är det bäst om du åker.

– Får jag växla ett ord med Norén först?

Det lät mer som en order än en fråga. Elin Forsblad rynkade sin trubbiga näsa och suckade. Sedan ryckte hon på axlarna och försvann in i huset. Han hörde ljudet av röster och efter ett tag kom Norén ut. Hon behövde bara böja lite grann på överkroppen för att smita under plastremsan. Som vanligt såg hon barsk och koncentrerad ut.

– Har du hittat något? frågade han.

– Nej, inte mer än vanligt. Jag har säkrat en del hårstrån och fingeravtryck.

– Har du undersökt arbetsrummet på övervåningen? frågade han och pekade mot fönstret.

– Ja, vi är precis färdiga med det.

– Hittade du något brev på skrivbordet?

Hennes mun drogs samman i en nekande grimas och hon skakade på huvudet.

– Vad skulle det vara för brev?

Han drog samma redogörelse som för Elin.

— Nej, det fanns inget brev. Och hade det gjort det hade jag hittat det. Du måste minnas fel.

Något krängde till inom honom och han kände en sekundkort svindel. Vad är det hon säger? Han hade ju lagt brevet på skrivbordet. Men hade det funnits där hade Norén hittat det.

— Är du säker? hörde han sig själv säga.

— Klart jag är. Har jag någonsin missat något av vikt på en brottsplats?

Han svarade inte. Han hade fullt upp med att försöka förstå. Någon måste ha tagit brevet. Och det fanns inte många att välja på. Att mannen på flakmoppen skulle ha kommit tillbaka var knappast troligt. Han frågade:

— Vilka fler än du har varit i rummet i dag?

— Min assistent och inspektör Forsman. Kanske att Bäcklund var inne en sväng också.

— Ingen mer?

— Nej, det är ju bara vi här. Och vi kom hit i samlad trupp i morse efter mötet på stationen.

— Var är aspirant Sanchez?

— Sjuk, influensa, tror jag.

— Vem var först? fortsatte Axberg. Jag menar inne i rummet?

Rut Norén korsade armarna över bröstet och rynkade pannan. Den svarta katten kom ut på trappan, satte sig ljudlöst och betraktade honom med pupiller som krympte när de mötte ljuset. Pulsen bultade i tinningarna och slog sönder alla försök till vettiga tankar. Till slut harklade sig Norén och sa:

— Jag tror att Forsman var uppe när vi gjorde klart undervåningen, sa Norén. Varför undrar du det?

— Tack, det var allt, svarade han och gick tillbaka till bilen.

15

Adrenalinet rusade genom kroppen och han körde för fort på den smala grusvägen. Vad är det som händer? Gång på gång ställde han sig den frågan, men varje försök till analys blockerades av förvirringen inom honom. Vart hade brevet tagit vägen? Hade han verkligen lagt fram det på skrivbordet, eller mindes han fel?

Han såg framför sig hur han lade brevet på skrivbordet och hur det låg kvar där när han lämnade rummet. Han mindes inte fel. Någon hade tagit det. Vem?

Han hade ingen anledning att misstänka Norén, hennes kollega eller inspektör Bäcklund. Och enligt Norén var det Elin Forsman som först hade varit inne i rummet. Således var det troligast att det var hon.

Men varför? Svaret var lika enkelt som skrämmande: hon vill inte att det ska komma fram att Chris Wirén blev mördad. Han huttrade till och stängde fönstret. Passerade ridskolan och såg en flicka i femtonårsåldern leda en häst ut ur stallet.

Elin Forsman hade varit avog mot honom från första början. Hon hade kategoriskt avvisat hans teorier om att Chris inte drunknade. Det resonemanget gick till viss del att förstå. Han hade trots allt inga bevis. Men hade hon tagit brevet var det en handling som inte gick att bortförklara med att hon var rigid och fantasilös.

Problemet var att han aldrig skulle kunna bevisa det. Att anklaga en kollega för en så allvarlig sak var inget man gjorde ostraffat. Inom kåren höll man varandra om ryggen så långt det var möjligt: han tänkte på hur han själv hade ljugit för att skydda Sven Hamrin då han hade tagit emot en muta av den lokala maffian.

Och han kunde inte avslöja att han brutit sig in i huset, särskilt inte nu när internutredningen snart skulle komma med sitt beslut. Han var bakbunden på ett sätt han aldrig tidigare hade varit i sitt vuxna liv.

Känslan var lika förlamande som den han hade burit med sig i flera år efter Åkes svek. Då hade han inte vågat ifrågasätta att han blev ivägskickad. Istället hade han själv tagit på sig skulden. Det skulle aldrig ha hänt i dag. Nu accepterade han inga dolda agendor, och ville han veta något så frågade han.

Han kände sig arg och stridslysten. Vem som än hade tagit brevet skulle han avslöja det tillsammans med sanningen om Chris och Mattias. Han tog upp mobilen och ringde Sankari.

– Hej, det är Johan. Hur är det med dig?

– Jodå, det är bättre. Läkarna säger att jag får gå hem i dag.

– Skönt. Är det gallan igen?

– Jo. Det blev för mycket fläsk till raggmunken i går.

De pratade en stund om Sankaris hälsa. Så fort han var på benen skulle han komma och ta en titt på brottsplatsen. Men det var ovanligt mycket på gång i stan, bråk mellan ungdomsgäng, mordbrand och misshandel, så han visste inte när.

– Hur går det med Göran Hallgren? frågade Axberg.

– Han nekar i sten, svarade Sankari. Men vi håller honom ett tag till. Fridegård har gett oss 72 timmar. Han har ju motiv och saknar alibi – när Mattias Molin mördades var han ute och körde i sin Volvo. Han påstår att han körde på småvägar norr om byn, alltså inte i närheten av Mattias hus. Sedan var han och tränade i sporthallen innan han åkte hem. Problemet är att ingen kan styrka det han säger.

– Hittade Norén något i Volvon eller i sportväskan?
– Nej, inget av intresse.

Johan Axberg stannade vid utfarten mot E14 och släppte förbi två timmerlastbilar. När han svängde ut sa han:

– Jag tror inte att det är han.

– Du har sagt det, suckade Sankari. Men som jag sa, Johan, vi kan inte förlita oss på känslor.

– Det är mer än så, invände Axberg.

Han redogjorde för att någon hade rotat igenom arbetsrummet och att Mattias bärbara dator var försvunnen.

– Mördaren letade efter något, fortsatte han. Varför skulle Göran göra det? Han hade ju redan förlorat jobbet?

Sankari svarade inte. Johan Axberg överlade med sig själv en stund, vägde orden innan han sa:

– Min teori är att Chris Wirén blev mördad och att Mattias visste vem som gjorde det.

– Vad får dig att tro det?

– Mattias sa det inte rakt ut, men nu i efterhand har jag förstått att det var vad han ville berätta. Han gav antydningar i den riktningen.

Det blev tyst i luren. Fan, att jag inte har brevet, tänkte Johan. Han hörde att det han sa lät flummigt. När Sankari svarade visste han redan vad han skulle säga:

– Jag hör vad du säger, Johan. Men jag kan inte gå till Fridegård med så ospecifika uppgifter.

– Kan du inte försöka övertala henne att göra ett nytt försök att få upp Chris? Då kommer ni se att jag har rätt ...

Ny suck från Sankari. Johan såg framför sig hur han kliade sitt skägg och funderade. Han såg även åklagare Gunilla Fridegårds skeptiska blick och visste att chanserna var små.

– Jo. Jag ska fråga, svarade Sankari. Men vi har ju kört med sjöugglan över sjön i över tio timmar utan resultat.

– Var det någon likhund där?

– Nej.

– De borde det ha varit. Deras näsor är bättre än allt ekolod i världen.

– Jo, kanske det, men ... Okej, jag ska se vad jag kan göra.

– Dessutom tycker jag att ni måste byta ut Elin Forsman, fortsatte Axberg. Jag litar inte på att hon sköter sitt jobb.

– Något nytt som har hänt?

Han såg brevet framför sig. Hennes skeptiska blick när han frågade om hon hade sett det.

– Nej, du får lita på mitt omdöme. Jag fick samma intryck i dag som i går: hon är inte tillräckligt kompetent.

– Jag kommer dit så fort jag kan, sa Sankari. Måste bara bli av med det här jäkla droppet först.

Genom luren hörde Johan en melodi, som han visste kom från Sankaris jobbmobil. Själv hade han ringt på den privata eftersom han utgått från att han var kvar på sjukhuset. Mycket riktigt ursäktade Sankari sig och under en minut hörde Johan honom prata utan att uppfatta några ord. Så hördes ett avlägset *hej då* och Sankaris röst kom nära igen:

– Johan, jag fick just ett samtal från Karlsson på ordningen. Han är hemma hos Göran Hallgren och har hittat ett misstänkt mordvapen i hans garage.

– Va?

– Jag glömde att nämna det, men vi fick ett anonymt tips för någon timme sen om att mordvapnet kunde finnas i garaget. Fridegård beslutade om husrannsakan och jag skickade dit Karlsson. Nu har han tydligen hittat en blodig hammare ...

Johan blev kall inombords. Hade han haft fel? Var det Göran som hade slagit ihjäl Mattias?

– Men officiellt vet du inget om det här, Johan. Nu måste jag ringa Elin Forsman. Vi hörs.

Fem minuter senare steg Johan ur Saaben utanför familjen Hallgrens villa. En målad bil stod på garageuppfarten och han såg Karlssons silhuett genom fönstret. Sara och Karin stod på bron med armarna i kors och pratade med varandra. Trots att de hade sina ytterjackor på sig såg de ut att frysa, som om det var minus tjugo grader ute.

Sara sa något till Karin och kom emot honom över gräsmattan. Fräknarna i hennes ansikte syntes tydligare än vanligt mot den bleka huden.

– Det här är inte klokt, Johan. Du måste hjälpa oss. Det där är inte Görans hammare, avslutade hon med en nick mot polisbilen.

– Vad är det som har hänt? sa han så lugnt han kunde.

Hon slog ut med armarna i en frustrerad gest.

– Vet inte. Polisen kom hit för en stund sen och sa att han skulle titta i garaget. Sen gick han in och hittade en blodig hammare.

Hon grep honom om överarmen och kramade hårt.

– Det är inte klokt, upprepade hon. Karin säger att hon inte har sett hammaren förut.

En snyftning hördes från bron och Sara vände sig mot Karin. Johan höjde handen till hälsning men fick inget svar. Sara såg allvarligt på honom och viskade:

– Och i natt hörde jag ett märkligt ljud från garaget. Det slamrade till, lät precis som om någon tappade något därinne. En eller två minuter senare hörde jag en bil starta ... jag stod i sovrumsfönstret och såg den försvinna ditåt.

Hon lyfte armen och pekade österut mot några rönnar på granntomten. Johan kände den där plötsliga svindeln igen, som ett sekundkort mellanrum i tankarna.

– Såg du vad det var för bil?

– Nej, jag såg bara ljuset från baklyktorna. Två röda punkter som gled iväg i mörkret.

– Har du berättat det för polisen?

– Ja, men han verkade inte lyssna.

– Då får du säga det igen. Snart kommer hon som håller i utredningen förmodligen hit.

Sara pressade ihop läpparna och nickade. När hon gick tillbaka till Karin gick Johan fram till polisbilen och knackade på rutan. Karlsson ryckte till och öppnade dörren.

– Tjenare Axberg! Fan vad du skräms. Är du tillbaka i tjänst, eller?

– Har du hammaren här?

– Javisst, sa Karlsson och lyfte upp plastpåsen som låg bredvid honom på sätet.

I påsen låg en vanlig hammare med svart skaft. Axberg konstaterade att den såg precis ut som den han själv hade köpt inför renoveringen av huset. En modell så vanlig att han inte ens visste om det fanns några andra. Karins ord om att det inte var Görans hammare skulle kräva att hans hammare såg väldigt annorlunda ut om någon skulle tro henne.

Han lutade sig fram och stirrade på de mörkröda fläckarna på den silverfärgade slagytan. Kunde mycket väl vara blod. Mattias blod, tänkte han och kände hur det brände till bakom bröstbenet.

– Kan du visa mig vart du hittade den?

– Inga problem, sa Karlsson och gick före Axberg in i garaget.

Han pekade på en låda i arbetsbänken som var utdragen. Johan konstaterade att den var tom. Han såg inte heller några blodspår.

– Är Forsman på väg? frågade han.

– Ja, det trodde jag att du visste, sa Karlsson.

Johan nickade och såg sig omkring. Mindes hur Göran hade gått in hit med sportväskan efter mordet på Mattias. Hade han varit så dum att han tagit med sig mordvapnet hem? Eller hade någon lagt den här efteråt? Var det mördaren som Sara hade hört i natt?

De hörde ljudet av bilmotorer och Karlsson återvände ut. Axberg stod kvar, såg sig omkring. Om någon hade varit inne i garaget under natten fanns möjligheten att han eller hon hade lämnat något spår efter sig. Han insåg att han hade ungefär trettio sekunder på sig att leta. Metodiskt svepte han med blicken över arbetsbänken, han tittade under den, på golvet och längs väggarna. Ingenting väckte hans intresse.

Det slog i dörrar och han hörde ljudet av steg över gruset. Med en svordom gav han upp och drog sig motvilligt mot dörren. Två meter framför utgången såg han något vitt fladdra till på golvet mellan två räfsor som stod lutade mot väggen. Instinktivt satte han sig på huk och greppade tag i det vita som rörde sig i golvdraget.

Det var en papperslapp på fem gånger fyra centimeter. Han vände på den och konstaterade att det var ett kvitto.

Pizzeria Bellissimo. 2009-10-01. 12.07.

Han räknade. Det var samma dag som Chris dog.

55 Kr. Välkommen åter!

Ljudet av rösterna steg. Utan att tänka stoppade han kvittot i jackfickan. När han steg ut på gårdsplanen såg han Elin Forsman stå mellan Bäcklund och Karlsson vid patrullbilen och inspektera hammaren. Forsman lyfte blicken och såg irriterat på honom.

– Vad gör du här? frågade hon. Jag trodde att vi var överens om att du inte skulle lägga dig i.

– Jag är här som privatperson, svarade han. Jag är bekant med paret Jensen, som är här och hälsar på.

Elin Forsman reagerade knappt på svaret och han antog att hon redan visste.

– Vad gjorde du i garaget? frågade hon.

– Karlsson visade mig var han hittade hammaren.

Elin Forsman gav Karlsson en ilsken blick. Han vände sig mot Axberg och sa:

– Jag trodde ju att du var här som polis.

– Jag kommer att rapportera det här, snäste Elin. Att du försvårar utredningen.

Johan Axberg svalde orden som vibrerade av ilska i munnen. Han betraktade Elin Forsman. Undrade om hon hade brevet i någon av fickorna på anoraken.

– Det ser ut som om jag har rätt, konstaterade hon med en nick mot hammaren. Kommer blodet från Mattias är ju saken klar.

Hon stegade fram till Karin och Sara på farstubron. Axberg följde efter.

– Hej Karin, inledde Elin med myndig stämma. Åklagaren har beslutat om husrannsakan av villan och garaget. Vi kommer att gå igenom huset nu på en gång.

Karin lutade sig mot Saras axel och nickade. Hennes ansikte var stelt och blekt. Hon tog ett häftigt andetag och sa:

– Det är inte Görans hammare.

– Hur vet du det? frågade Forsman.

– Han har en med blått handtag.

– Vet du var den finns?

– Nej, någonstans i garaget, antar jag. Det är bara Göran som brukar använda den.

Elin Forsman tog upp ett fickminne och antecknade. När Sara såg på Johan gav han henne en blick och nickade mot garaget.

– Jag vill berätta en sak, skyndade hon sig att säga.

Hon redogjorde för det hon hade upplevt den gångna natten. Elin Forsman såg skeptisk ut, men noterade noggrant. Johan Axberg såg rapporten framför sig och insåg att händelsen knappast skulle gå att bevisa. För en sekund tänkte han ta fram kvittot, men avgjorde att det var bäst att behålla det. Annars fanns risken att även det försvann. Han kom på en viktig sak och frågade:

– Var garaget olåst i natt?

– Ja, intygade Karin. Vi låser aldrig när vi är hemma. I natt var inget undantag. Det var ju öppet när han kom hit, sa hon med en blick på Karlsson.

– Okej, då sätter vi fart, sa Elin Forsman. Jag och Bäcklund börjar i huset och du, Karlsson, väntar härute på Norén. Och se till att ingen går in i garaget.

16

Äntligen var det över. I drygt två timmar hade poliserna rotat runt i hennes och Görans hem. De hade tittat igenom varenda vrå och rört vid deras personliga saker. Det kändes som ett övergrepp. Det här huset skulle aldrig vara enbart hennes och Görans längre. Flera gånger hade hon tänkt att det var så här det måste kännas när man hade haft inbrott: främmande personer som gör intrång i ens privata rum utan att man har en aning om vad de gör.

Klockan var halv elva och poliserna hade nyss lämnat dem. Tystnaden var påtaglig. När poliserna gjort sin undersökning hade hon, Sara och Johan Axberg suttit i köket. Det kändes skönt att Johan var här. Hon kände honom inte, men han verkade vara en lugn och trygg person.

Konstigt nog hade poliserna inte hittat Görans hammare i garaget. Visserligen kunde hon inte säga säkert när hon senast hade sett den, men hon hade ett tydligt minne av att skaftet var blått. Det värsta var att hon inte fick prata med Göran. Hon ville höra hans röst, veta vad han tänkte och känna hans starka armar runt sig.

Snart, intalade hon sig. Elin Forsman hade lovat att hon skulle få besöka Göran i häktet i eftermiddag. Tanken på att han satt i en cell i polishuset hade hållit henne vaken hela natten, och hon visste att han inte heller hade kunnat sova. Ett häftigt medlidande växte i henne och fick henne att snörvla till.

Stackars älskade Göran, kom hem till mig. Jag klarar mig inte ensam.

Mekaniskt fyllde hon på Johans halvtomma kaffekopp. Sedan fångade hon hans blick och sa:

– Du måste hjälpa oss. Göran är ingen mördare.

– Det här är ju inte klokt, inflikade Sara. Får polisen göra så här? Klampa rakt in och rota runt i folks hem?

– Ja, om åklagaren beslutar det, svarade han.

Han hade själv haft så många liknande uppdrag att han knappt reflekterade över hur jobbigt det var för den som drabbades. Men när han hade sett hur Karin lidit, hade han förstått hur påfrestande det kunde vara. Det som för den drabbade kunde bli ett obehagligt minne för resten av livet, var för honom ett rutinuppdrag. Med tanke på mycket annat som ingick i jobbet var det till och med ett relativt lättsamt.

Han vandrade med blicken mellan Sara och Karin. Under timmarna som gått hade han tänkt igenom allt som hänt från det att Mattias ringt. Nu kände han att han måste berätta vad han kommit fram till. Skulle han ha en chans att reda ut det här var han tvungen att få hjälp.

Han reste sig, började gå av och an i köket. Metodiskt och detaljerat redogjorde han för allt som hänt. Sara och Karins ansiktsuttryck växlade mellan förvåning, bestörtning och uppgivenhet.

– Mattias blev alltså mördad för att han tänkte avslöja vem som dödade Chris Wirén, summerade han. Någon inom den lokala polisen, troligen Elin Forsman, vill inte att det ska komma ut att Chris blev ihjälslagen.

Han gjorde en paus, lutade sig mot diskbänken och fortsatte:

– Mördaren försöker sätta dit Göran för mordet. Hur otroligt det än låter var han förmodligen här i natt och la hammaren i garaget. Han vet att Göran har motiv och såg möjligheten att rikta skulden mot honom.

Karin dolde ansiktet i händerna och skakade på huvudet. Johan fortsatte:

– Alltså har vi både polisen och gärningsmannen emot oss. Det gör att vi inte kan lita på någon. Det här får bara vi tre och Erik veta. Är det förstått?

Sara svarade ja och Karin nickade, fortfarande med händerna för ansiktet. Johan stod tyst en stund och samlade sig. När han hörde sina egna ord slogs han än en gång över hur osannolik situationen var.

Han tog på sig ena skinnhandsken, plockade fram pizzakvittot ur jackfickan och lade det på bordet.

– Det här hittade jag i garaget innan polisen kom. Ni får inte röra det.

Kvinnorna betraktade kvittot en stund, så tittade Karin upp och sa:

– Det är från pizzerian här i byn. Den ligger bredvid polisstationen.

Johan mindes att han hade passerat den när han anlänt till byn.

– Men klockan tolv den första oktober var jag och Göran i Sundsvall, fortsatte Karin. Vi kom hem först vid tretiden.

– Och ni? frågade Johan när han vänt sig till Sara.

– Vi kom hit klockan fem. Bara någon timme innan vi gick till festen.

Han såg åter på Karin som nickade.

– Kan någon ha varit inne i garaget efter dess?

– Nej, inte vad jag vet, men det brukar ju stå olåst som jag sa.

– Har du en ren plastpåse? frågade han.

– Visst, sa hon och flackade med blicken mellan honom och kvittot.

Han såg hur insikten växte fram i hennes ögon.

– Menar du att den som la dit hammaren tappade kvittot?

– Har vi tur är det så.

Karin reste sig som i trans och tog fram en förpackning med treliterspåsar ur en kökslåda. Johan släppte ned kvittot och gjorde en knut.

– Går det att ta reda på vem som köpte pizzan? frågade Sara.

– Kanske. Jag ska försöka.

– Ska du inte lämna det till polisen? undrade Karin.

– Nej, med tanke på det jag berättat är det ingen bra idé.

– Vad tänker du göra nu? sa Sara och tvinnade en slinga av sitt röda hår framför ena kinden.

Åter lutad mot diskbänken svarade han:

– För att ta reda på vem som dödade Mattias måste jag veta vad som hände Chris Wirén. Allting börjar med honom, och troligen rör det sig om samme gärningsman. Därför måste jag veta allt om Chris: vilka vänner och fiender han hade, hur han levde, vad han gjorde de sista timmarna av sitt liv, om hans relation till Mattias och Göran.

Han satte sig vid bordet och tog upp ett anteckningsblock. Ställde de frågor han var så van vid, men som nu kändes nya när han uttalade dem. Sara och Karin svarade så utförligt de kunde, men han fick inte fram något av vikt. Chris Wirén var navet vilket byn hade snurrat kring. Han hade inga ovänner, förutom Göran – men deras konflikt hade börjat först i och med anklagelserna. Och ingenting särskilt hade hänt på festen.

– Vad gjorde Göran när ni var på festen?

Karin och Sara växlade en hastig blick, sedan sa Karin:

– Vet inte. Han var hemma här, tror jag. Kanske att han var nere på skolan och tränade.

Sara satt tyst. Hon undrade om det inte var bäst att berätta att Göran hade kommit till festen för att prata med Chris. Men hon förstod varför Karin ljög, och förhoppningsvis spelade det ingen roll. Det viktiga var att Göran var oskyldig.

Efter det Johan hade berättat kände hon sig stärkt i den övertygelsen.

Johan reste sig, såg på klockan. Halv tolv. Plötsligt kom han på en sak. Han hade haft så många frågor att han glömt bort den viktigaste.

– I natt när jag var i Mattias hus kom det en man på en flakmoppe uppkörande på tomten. Vet ni vem det kan vara?

– Ja, konstaterade Karin med ett snett leende, som var det första han sett i hennes ansikte. Det måste ha varit Stjärn-Sixten. Han är nog den ende här i byn som kör flakmoppe.

– Stjärn-Sixten?

– Ja, han är väldigt speciell. Har någon form av autism, tror jag, säger nästan aldrig någonting. Han bor ensam i en lägenhet i Tallbacken, om du vet var den ligger?

Han nickade och hon fortsatte:

– Han är runt femtio år. Hela dagarna åker han runt på sin moppe. På flaket har han en tubkikare som han tittar på stjärnor med. Jag har hört att han ofta är ute på nätterna och kör.

– Kan man prata med honom?

En axelryckning kom från Karin.

– Vet inte, har aldrig försökt. Men han hälsar alltid med en nick när han passerar.

– Hade han något otalt med Mattias eller Chris?

– Nej, sa Karin. Det kommer du att förstå om du träffar honom. Han hade säkert hört talas om mordet och var bara nyfiken.

– Okej. Nu tänker jag köra till kliniken för att försöka ta reda på mer om Chris. På vägen ringer jag till Erik och informerar honom.

Karin och Sara följde honom till dörren. Han gick in i garaget och såg sig omkring. Allt var sig likt. Han tittade i lådan där hammaren legat och undrade om Norén hade hittat något.

Det blodiga såret på Mattias huvud kom för hans inre syn igen, men den här gången kände han inget obehag, bara en kokande vrede som löste upp allt annat.

Han tänkte vända på varenda sten i byn för att hitta den skyldige.

17

– Du kan hämta medicinen på apoteket. Jag har mejlat receptet, så du behöver bara säga ditt personnummer. Om du inte mår bättre om tre fyra dagar får du höra av dig.

– Det ordnar sig nog. Tack då, doktorn, det är synd att du inte alltid är här. Vi skulle behöva fler som du.

Fru Gustavsson plirade med ögonen innan hon greppade handtagen om rollatorn och hasade sig ut ur rummet. Erik Jensen stängde dörren och skrev en journalanteckning. Den blev kort och slarvig eftersom han hade tankarna på annat håll. Just innan han skulle ropa in fru Gustavsson hade Johan ringt och berättat om hammaren som polisen hittat. Erik hade inte trott sina öron. Då hade Sara kanske haft rätt, trots allt.

Han hade blivit irriterad när hon väckt honom. Motvilligt hade han tagit på sig morgonrocken och gått ut till garaget. Ingenting tydde på att någon hade varit där. Åter i sängen hade han lugnat henne och somnat om.

Sara brukade väcka honom ibland om nätterna för att hon var orolig, och han hade tolkat nattens händelse som ett uttryck för att hon var nervös med tanke på det som hänt Göran.

När han nu insåg att någon sannolikt hade varit inne i garaget kände han sig obehaglig till mods. Enligt Johan var det troligen den som mördade Mattias som lagt dit hammaren för att sätta dit Göran. Hur osannolikt det än lät, var det den enda logiska förklaringen. Det innebar att gärningsmannen var både desperat och beräknande. Tänk om Sara hade gått ut för att titta efter. Vad hade hänt då?

Efter samtalet med Johan hade han ringt till Sara, som lät förvånansvärt samlad. Hon såg som sin stora uppgift att ta hand om Karin och då fanns det inte plats för hennes egen oro.

Det började rycka i ena ögonlocket, och han blinkade några gånger tills det slutade. Det var tur att Johan var på plats. Var det någon som kunde reda ut det här så var det han.

Hur länge tänkte polisen hålla Göran? Han skulle vara helt förstörd när han kom ut. Först anklagelserna om att han var intresserad av småpojkar och beskedet om att han var avstängd, och sedan häktad för ett mord han inte hade begått.

Nya ryckningar i ögonlocket. Han visste hur det kändes att bli oskyldigt misstänkt. Johans ord ekade i skallen:

"Du har inte talat sanning om Maria. Jag vill veta varför. Du kan snart bli officiellt misstänkt för mord, Erik, fattar du det?"

Han rycktes upp ur sina tankar av en distinkt knackning på dörren. Syster Elisabeth tittade in.

– Hej, du vet att du har en patient till innan lunch?

Han hörde hennes steg i korridoren och hur hon ropade upp patienten. Han skyndade sig att skumma igenom journalen, kolla medicinlistan och de senaste blodproverna. Sixten Bengtsson hade Aspbergers syndrom, depressiva besvär och sömnsvårigheter. Tidigare hade han gått hos en psykiatriker i Sundsvall, men sköttes nu sedan flera år på vårdcentralen. Han hade svårt att kommunicera med ord och föredrog att uttrycka sig i skrift eller med bilder. Han bodde ensam i en lägenhet utan telefon, hade hemtjänst två gånger i veckan och arbetade halvtid på Samhall. Övrig tid körde han omkring på sin flakmoppe.

Erik reste sig och tittade ut genom fönstret. På parkeringen såg han flakmoppen, precis som han förmodat. Det var mannen som gick under öknamnet Stjärn-Sixten som var nästa patient. Erik återkallade Johans ord om vad som hänt i natt och kände hur pulsen steg. Den första ingivelsen var att fråga Sixten rakt ut om han varit vid Mattias hus. Samtidigt måste han vara försiktig. I första hand var han läkare och han hade ingen rätt att fråga om annat än det som gällde patientens hälsa.

Sixten Bengtsson uppenbarade sig i dörren. Han var huvudet längre än Erik och kraftigt byggd. Klädd i en lång brun skinnrock, solkiga gabardinbyxor och ett par tennisskor som var snedtrampade och hade en reva över höger stortå. I ena handen höll han sin tubkikare och i den andra en brun skinnmössa med öronlappar.

När Erik gick fram för att hälsa fick han en kort nick och ett knappt hörbart mummel till svar. Syster Elisabeth stängde dörren och Erik tecknade mot besöksstolen och slog sig ned bakom skrivbordet. Sixten lutade kikaren mot väggen och satte sig. Rummet fylldes av en lukt av urin, smuts och svett. Erik tyckte synd om mannen framför sig.

Sixten undvek ögonkontakt och hade blicken riktad mot sina händer. Erik slogs av att allt i mannens ansikte tycktes sträva nedåt. Det cendréfärgade håret rann som ett vattenfall runt skallen, ögonbrynen var snåriga och korvade sig ned mot ögonen, örsnibbarna liknade två vattendroppar som just höll på att falla, mungiporna var halvvägs ned mot hakan och axlarna sluttade.

– Hur står det till? inledde han.

Sixten hostade till och ryckte på axlarna.

– Jag förstår av journalen att du har svårt att sova?

Inget svar. Sixten pillade på en av knapparna i skinnrocken. Erik tog en penna och ett block och lade framför honom på skrivbordet.

– Om du vill kan du skriva svaren. Det kanske är lättare?

Med en ryckig rörelse grep Sixten Bengtsson pennan, började knäppa stiftet upp och ner i en oregelbunden rytm. Det här blir svårare än jag trodde, tänkte Erik. Han klickade med musen och såg att tabletterna som motverkade depression förmodligen var slut. Istället för att ställa de öppna frågor han lärt sig under utbildningen gick han rakt på sak:

– Behöver du nya mediciner?

Sixten nickade och skrev:

Imovane. Kan inte sova.

– Men du fick ju hundra stycken för en månad sen. Är dom slut?

Ja. Hjälper dåligt. Måste ta flera.

– Vad beror det på? Har det hänt något?

Sover dåligt. Måste ta tablett. Ibland två.

– Det är inte bra att ta för många tabletter, sa Erik. Du kan bli beroende. Du får max ta en per natt.

Jag vet.

– Vad gör du när du inte sova?

Ser på teve. Åker omkring.

– Vart åker du då?

Runt i byn.

– Hur ofta gör du det?

Ibland.

– Var du ute i natt?

Sixten riste till, tittade upp på honom för första gången. Blicken var vaksam och rädd. Han skakade på huvudet och tittade ned på sina händer igen. Erik bytte fokus.

– Hur mår du annars? Hur är det med humöret?

Okej.

Erik gick vidare med de vanliga kontrollfrågorna vid sömnbesvär och depression. Trots att Sixten svarade att det mesta var som vanligt, fick Erik intrycket av att han var orolig för något.

Trots den bristfälliga kommunikationen tyckte han att han fick kontakt med Sixten. När han hade förnyat recepten bokade han in ett återbesök följande dag. Sixten vek noggrant ihop lappen med återbesökstiden och stoppade den i innerfickan på skinnrocken.

Erik öppnade dörren och sa adjö. Han blev stående i dörren och betraktade Sixten när han med lunkade steg lämnade mottagningen. Just när han skulle återvända in på rummet öppnades dörren hos doktor Borg och Agneta Wirén kom ut i korridoren. Hon log osäkert mot Erik, tog på sin kappa och gick med klapprande steg mot utgången.

Det är inte bara jag som arbetar med täta återbesök, reflekterade han. Undrar hur hon skulle reagera om hon fick veta att Johan misstänker att Chris blev mördad?

Dörren gled igen bakom henne och hon svängde åt vänster och var borta. Erik kom åter att tänka på bråket på festen mellan Chris och hans pappa. Agneta visste säkert vad det rörde sig om.

När Erik hade berättat för Johan om incidenten hade han lyssnat uppmärksamt och sagt att allt som rörde Chris var viktigt. Skulle han berätta att Agneta hade besökt doktor Borg trots att det var ett brott mot sekretessen? Skulle han berätta om mötet med Stjärn-Sixten?

Med dessa frågor i skallen återvände han till rummet. Stanken av Sixten fanns kvar i rummet och var nästan mer påtaglig än när han hade varit därinne. Erik öppnade ett fönster och tog jackan ur klädskåpet. Journalföra besöket fick han göra efter lunch.

Som vanligt, när han visste att inga patienter var på rummet, öppnade han doktor Borgs dörr en halv sekund efter att han knackat på. Doktor Borg satt vid skrivbordet. När han fick syn på Erik lade han snabbt undan en mapp han tittat i. Han rättade till de runda glasögonen och såg frågande på Erik.

– Lunch?
– Javisst. Utan mat stannar människokroppen. Vart ska vi gå?
– Bestäm du, för mig spelar det ingen roll.
– Vad sägs om pizzerian?

18

Johan Axberg parkerade utanför Symfonikliniken och klev ur. Solen lyste honom i ögonen, men det var ett mjukt ljus och inte det minsta obehagligt. En man i svårbestämbar medelålder iklädd träningsoverall och stegräknare kom i rask takt gående över grusplanen och försvann in genom dörren till kliniken. Johan kände vagt igen honom. Om han inte missminde sig var han en politiker som han sett på teve.

Aktiviteten har tydligen inte avstannat helt, konstaterade han. Men alla tror att Chris död var en olycka. Vad skulle hända om det kom fram att han blev mördad?

Han kände på sig att det här var rätt ställe att börja på om han skulle ta reda på vad som hade hänt Chris. Kliniken var hans liv och mordet hade skett strax efter den årliga höstfesten, så det troligaste var att motivet gick att finna här.

Med en cigarett i munnen styrde han stegen mot Bråsjön. På vägen hit hade han ringt till Dan Sankari. Han var kvar i stan eftersom det hade kommit fram nya bevis i fallet med mordbranden. Sven Hamrin förhörde en man som troligen sålde GHB på gymnasieskolorna, Sofia Waltin utredde en våldtäkt och Pablo Carlén var hemma med sjukt barn. Elin Forsman var tills vidare kvar som ansvarig för utredningen.

Johan hade inte orkat argumentera mer om saken. I morgon skulle domen mot honom falla, och han räknade med att återgå i tjänst senast i övermorgon.

Rut Norén hade ännu inte lämnat rapport från undersökningen av hammaren eller husrannsakan i Karins och Görans hus – men det var tydligt att Sankari var övertygad om att Göran var skyldig och hoppades på ett snart erkännande. Johan hade gjort samma invändningar som tidigare, men inte fått någon respons.

Ljudet av grus försvann under kängorna och ersattes av ett mjukt kippande från stigen, som var fuktig efter nattens regn. Sankari hade även berättat att Jeff Conrads obduktion visade att Mattias hade dött på grund av ett slag från ett hårt föremål i bakhuvudet – möjligen en hammare. Mattias hade druckit öl och whisky och hade en alkoholhalt på 0,6 promille. Således inget som de inte redan visste. Och hans bärbara dator var fortfarande försvunnen.

Nu var han halvvägs ned mot vattnet där stigen delade sig och man kunde välja att gå mot strandhuset eller bryggan. Han stannade och tog ett bloss. Allt var lika stilla som när han var här i morse, men nu var dimmorna borta och han såg till andra sidan sjön utan problem. Granskogen färgade vattnet svart längs strandkanterna och bildade en ljusare oval på mitten. Tanken på åklagare Fridegårds beslut att inte söka mer efter Chris fick honom att fylla lungorna med ännu ett bloss.

Återigen framkallade han bilden av hur Mattias såg Chris bli nedslagen.

Vad hade han tänkt? Hur visste gärningsmannen att Mattias hade sett mordet? Såg han honom när han sprang härifrån? Men varför i så fall vänta i två dagar med att tysta honom?

Jag kommer inte längre här, avgjorde han och styrde stegen mot huvudbyggnaden.

Han såg på klockan. Kvart över tolv. Om en kvart skulle Lotta möta Stefan i rätten. Han hade glömt tiden och skulle inte hinna skjutsa henne. Han tog upp mobilen och ringde, men den var avslagen. Han kände ett styng av dåligt samvete, men känslan försvann lika snabbt som den kom. Han var för uppfylld av det som hände för att känna skuld.

När han hörde ljudet av grus under sina kängor igen såg han en mörkblå Volvo S80 parkera framför huvudentrén. För en sekund befann han sig åter på vägen till Mattias. Det fanns ingen tvekan. Det var en sådan bil han hade mött.

Han fimpade och gick mot Volvon. Dörren på förarplatsen öppnades och en kvinna i brun kappa steg ur. Eftersom hon hade mörka solglasögon på sig var det svårt att avgöra hennes ålder, men han gissade att hon var runt fyrtio. Hon var rak i ryggen, hade håret uppsatt i en hård knut på huvudet och utstrålade integritet. När hon hörde hans steg vände hon sig om med ett ryck.

– Hej, ursäkta om jag skrämde dig, inledde han.

– Ingen fara, sa hon. Kan jag hjälpa till på något sätt?

Rösten var ljus och stram och stämde väl överens med hennes utseende. I handen höll hon en påse från apoteket. Av hennes fråga att döma antog han att hon arbetade på kliniken.

– Jag heter Johan Axberg och är uppväxt här i byn. Jag var klasskompis med Chris Wirén ...

Hon riste till, knappt märkbart, och han tystnade. Med en snabb rörelse tog hon av sig solglasögonen och stirrade på honom med ögon som var förvånade och rödsprängda. Huden i ansiktet låg stram över höga kindknotor, men under ögonen hade hon antydan till påsar som inte ens det smakfullt lagda sminket lyckades dölja.

– Jaha, mumlade hon. Då vet jag vem du är ... Chris pratade om dig ibland. Du är polis, va?

– Ja.

Tvekande sträckte hon fram handen. Han tog den och kände hur liten och fuktig den var.

– Det är jag som är Agneta Wirén, Chris fru, fortsatte hon med svag stämma.

– Jaha, jag förstår, sa han och släppte hennes hand. Jag beklagar sorgen ... Chris var en fantastisk människa.

– Mm.

Det blev tyst. Johan svepte med blicken över Volvon men såg inget rött märke. Han frågade sig hur han skulle gå vidare. Han tänkte inte avslöja vad Mattias hade skrivit i brevet. Chris mördare kunde vara vem som helst och han hade inget att vinna på att berätta.

– Det är förfärligt det som hänt, inledde han. Man kan inte fatta att Chris är död. Vad var det som hände egentligen?

Agneta Wirén suckade, lyfte blicken över hans axel. Han gissade att hon betraktade sjön, men han vände sig inte om för att se efter. Några sekunder förflöt i tystnad innan hon åter mötte hans blick.

– Jag tror inte att jag orkar prata om det, om du ursäktar.

– Som du säkert känner till har Mattias Molin blivit mördad. Det var jag som hittade honom ...

Hon bleknade.

– Oj, då. Det visste jag inte.

– Och Mattias var ju också klasskamrat till mig och Chris. Som du förstår är det viktigt för utredningen att samla så mycket information som möjligt ...

I tre sekunder betraktade hon honom avvaktande. Han utgick ifrån att hon inte kände till att han var avstängd. Om hon gjorde det skulle hon garanterat inte svara på hans frågor. Till hans lättnad nickade hon och sa:

– Ja, okej. Vad vill du veta?

– Kände du Mattias Molin?

– Nej, det kan jag inte säga. Men jag visste förstås vem han var.

– Vad hade han och Chris för relation?

– Ingen alls, replikerade hon. Varför undrar du det?

– Vad jag förstår var det Mattias som bekräftade Chris påstående att Göran Hallgren var intresserad av pojkarna på gymnastiken?

Hon snörpte på munnen.

– Jaha, du har hört om det? Ja, vad ska man säga? Jag tycker att det är skönt att han är avstängd. Ingen rök utan eld, som man säger. Och det skulle inte förvåna mig ett dugg om det var han som slog ihjäl Mattias.

Snacka om att vara dömd på förhand, tänkte Johan och tog ett djupt andetag för att behålla lugnet.

– Vad gjorde Göran mot Carl egentligen?

Hennes hand kramade om handtaget på apotekspåsen.

– Jag vill inte prata om det.

– Jag förstår. Orkar du berätta om vad som hände med Chris?

Hon fyllde lungorna med luft och andades ut i en tung suck.

– Han gav sig ut för att fiska ... det var mitt i natten ... efter klinikfesten. Sen kom han aldrig tillbaka ...

– Hade han inte flytväst?

– Nej.

– Hur fick du reda på det?

Hon såg på honom, men blicken var fjärran.

– Jag somnade och fick inte veta vad som hänt förrän jag blev väckt morgonen efter ...

– Vem var det som upptäckte det?

– En av terapeuterna på kliniken såg ekan ute på sjön. När den var tom förstod vi ju vad som hade hänt ... Men jag fattar det fortfarande inte.

– Hade han druckit?

Hon ryckte på axlarna.

– Kanske några glas, men Chris drack sig aldrig berusad.

– Var han som vanligt på festen?

– Vad menar du?

– Jag vet inte, svarade han och imiterade hennes axelryckning – ett bra sätt att skapa samförstånd enligt kursen i förhörsteknik som han gått i våras. Jag menar, om han sa eller gjorde något speciellt?

– Nej. Kliniken hade haft sitt bästa år någonsin, så han var väldigt glad. Varför frågar du?

Johan såg framför sig hur Chris blev nedslagen i strandhuset. Hur mördaren släpade honom till ekan.

– Var det någon som såg när han gick till båten?

– Nej, inte vad jag har hört. Men det var inte så mycket folk här, hela kliniken var tom ... vi har inga gäster natten efter höstfesten eftersom nästa dag är den stora städdagen. Chris kallade det för "stillhetens natt". Då behövde även huset vila, sa han.

Mordet kanske var mer planerat än jag trodde, reflekterade Axberg och sa:

– Var det någon mer än du som visste att han skulle fiska?

– Jag tror inte det. Han fick idén när vi var på väg hem. Hurså?

– Vad händer nu med kliniken?

– Vet inte. Vi försöker hålla ställningarna. Chris hade velat ha det så. Fast det är klart: det blir aldrig samma sak utan honom.

– Vem tar över som vd? Blir det någon i styrelsen?

Det blänkte till av misstänksamhet i hennes ögon.

– Känner du till styrelsen?

– Ja, jag träffade Henric, Per-Erik och Åke på krogen i går kväll.

Hon tog på sig bågarna igen. Johan såg bilden av sig själv reflekteras i glasen.

– Då är det bäst att du frågar dom, svarade hon. Jag är inte så insatt. Dom har förresten ett extra styrelsemöte härinne just nu på grund av ...

Hon avbröt sig och snyftade till, tog av sig glasögonen och torkade bort en osynlig tår ur ena ögat. Johan tyckte att reaktionen var mekanisk och forcerad, som om hon plötsligt kom på att hon borde visa sorg.

– Hade du och Chris det bra tillsammans?

Hennes läppar blev ett blodlöst streck.

– Vad är det för fråga? Du har väl inte med det att göra?

– Nej, förlåt, det var dumt ...

Nästa lektion i förhörsteknik: om du klampar fram för hårt – backa två steg och vänta. Mycket riktigt fyllde hon i luckan som uppstod:

– Vi hade det bra tillsammans. Han var underbar.

Samma mekaniska oberördhet som tidigare.

– När blir begravningen? fortsatte han.

– Nu på söndag.

– Måste vara mycket att ordna?

– Ja, men det är han värd. Jag fick ett mejl från Tom Shawman, du vet Hollywoodskådisen, och han tänker komma för att hedra Chris minne.

En dörr öppnades på den gula villan till vänster om huvudbyggnaden. En gänglig kille med ljust axellångt hår och bakvänd keps kom ut. Agneta lyfte handen till hälsning och han svarade med en nick. I handen hade han tre golfklubbor. Med nonchalanta steg gick han till en bil – ytterligare en mörkblå Volvo S80 som stod en bit bort på parkeringen – och lade klubborna i bagageluckan. När han försvunnit in i huset igen vände sig Agneta till Johan och sa:

– Det där är Carl, vår son.

– Han måste ha det tufft nu.

– Ja, svarade hon och puffade till knuten i håret, som för att känna efter att den satt där den skulle. Men han har ärvt sin pappas inre styrka, så han kommer att klara sig.

Johan nickade mot Volvon.

– Vems bil är det där?

– Den tillhör kliniken. Jag tror att det är Henric som använder den – han och Carl ska slå några slag på drivingrangen vid hotellet senare i dag. Kliniken har drygt tio bilar, som ett slags bilpool, där den som behöver får låna en.

– Är alla av samma modell?

Oron blandade sig med besvikelse i hans röst. Han hade redan anat svaret när hon sa:

– Ja, det är till och med samma färg.

Han suckade. Sannolikheten att han skulle kunna dra nytta av vetskapen att den som mördat Mattias flytt i en blå Volvo hade krympt betänkligt. Såvida han inte kom på vad det röda märket var för något.

Han påminde sig Eriks ord om samtalet mellan Chris och pappa Gerard på festen och bestämde sig för att växla spår.

– Hur var Chris relation till Gerard?

Sakta lyfte hon blicken och såg frågande på honom.

– Jag och Chris lekte en del ihop som barn, så jag träffade ju Gerard och ...

– Edith, fyllde hon i.

– Just det. Min pappa jobbade dessutom på sågverket ...

Några sekunder förflöt under tystnad. Johan mindes hur han och Chris hade skjutit rönnbär ur ärtrör på arbetarna när de bar bräder ut ur sågverket. Den skräckblandade förtjusningen när de hade blivit jagade tillhörde barndomens höjdpunkter. Agneta fångade hans blick och sa:

– Det är ingen hemlighet att Chris och Gerard inte kom överens. De hade inte mycket kontakt de senaste åren.

– Varför då?

– Gerard var avundsjuk på Chris framgångar. Han ville bestämma över Chris även när han blivit vuxen. Om du har träffat Gerard vet du ju hur han är ... auktoritär och allvetande. Han tror att han definierar världen, att allt snurrar kring honom. På äldre dar har han tvingats att inse att det inte är så. Och en sådan livslögn gör det förstås ont att möta.

Färgen hade återvänt till hennes kinder under svaret, som var det längsta under samtalet. Johan tolkade det som att han träffat en känslig nerv och att hon i affekt talat sanning. Det var första gången hittills som han kände sig säker på det.

– Så Gerard har ingen koppling till kliniken?
– Nej.

Vinden rasslade till i hängbjörkarna bredvid den gula villan, och en halvsekund senare kände Johan samma vind i ansiktet. Återigen kom han att tänka på den gången då pappa tog honom i handen och skyndade bort från familjen Wiréns hus i höstkvällen.

De står på farstubron. Ljuset från lampan omsluter dem i en varmgul cirkel. Pappa sätter tummen mot ringklockan. Ingenting hörs. Han försöker igen. Den fungerar inte. Han ler mot honom och höjer handen för att knacka.

Nästa sekvens: Pappa håller hårt i handen och drar honom upp mot vägen. Han får springa för att hålla jämna steg. Gruset glider hit och dit under skorna.

– Vad gör du pappa? Får jag inte leka med Chris?
– Tyst, Johan. Nu är du bara tyst.

Vinden försvann och det blev stilla igen. En häst med en pojke i sjuårsåldern på ryggen kom gående på en av stigarna i den omgivande skogen. Två tonårsflickor gick vid sidan om hästen. De gjorde en lov och vände åter in på stigen. Johan sökte Agnetas blick.

– Vi har ett stall där borta, förklarade hon. Det är en del av vissa av behandlingarna – att koppla av genom att rida.
– Vem var pojken? frågade han.
– Känner du Elin Forsman, polisen här i byn?
Han nickade.
– Det är hennes son, William. Han lider av svår autism

och går i ett program här. Han mår aldrig så bra som när han rider.

– Program? Vad menas med det?

– Han får behandling av en världsledande barnpsykiatriker som jobbar här – doktor Jacques Durand, om han är bekant?

– Tyvärr inte. Vem betalar det? Det måste kosta en förmögenhet?

– Jag vet inte.

– Vem är pappan?

– Det vet jag inte heller. Elin har angett honom som okänd.

Johan blev förvånad. Elin Forsman var inte typen som inte visste vem som var pappa till hennes barn.

– Nu får du ursäkta mig, jag är trött och måste gå in och vila.

– Bara en fråga till: hade Chris någon mobiltelefon?

Hon såg oförstående på honom.

– Klart han hade. Han hade alltid med sig den ... troligen försvann den ner i ... men varför undrar du det?

Han ryckte på axlarna.

– Tack för pratstunden. Sköt om dig ... Jag beklagar verkligen.

Han stod kvar och följde henne med blicken när hon styrde stegen mot den gula villan, där han antog att hon och sonen bodde. Tankarna gick till sonen Carl. Själv visste han inte hur det var att förlora enbart sin pappa. För honom hade båda slagen – mamma och pappa – kommit samtidigt och gick inte att skilja åt. Men han visste att livet aldrig skulle bli sig likt igen.

Han gick mot huvudbyggnaden. Om han hade vridit huvudet åt vänster hade han kanske sett hur Agneta Wirén betraktade honom genom ett fönster med mobilen tryckt mot örat.

19

Bråsjö, 28 augusti 1999

Hon sjönk ned i en skinnfåtölj och såg sig omkring. Väntrummet på Symfonikliniken liknade inget hon tidigare hade varit i. Takhöjden var minst tre meter, två valvformade fönster med djupa nischer vette mot en trädgård med prydliga blomrabatter, grönskande björkar och en välklippt gräsmatta, som sluttade ned mot Bråsjön.

Till skillnad från de hårda plaststolar hon var van att vänta i, kunde man bekvämt sjunka ned i en fåtölj eller soffa av mörkbrunt skinn och titta i någon av de tidningar eller böcker som låg aptitligt utlagda på bord av körsbärsträ. Från osynliga högtalare hördes mjuka toner av klassisk musik. I övrigt var det tyst förutom porlandet från ett akvarium, som upptog halva väggen i receptionen, där hon nyss anmält sig.

Hon fyllde lungorna med luft, anade ett stråk av lavendel från kvistarna som hängde på väggarna, och undrade hur mötet med Chris Wirén skulle bli.

Mirakelmannen. Han som kunde bota sjukdomar som läkarna inte klarade av.

Om tio minuter var det dags. Konstigt nog var hon inte lika nervös som hon brukade när hon sökte hjälp. Från det att hon öppnat dörren till kliniken hade hon känt sig välkommen. I trygga händer, som det stod i broschyren hon hittat på sjukhuset.

Visst pirrade det i kroppen, men det var mer behagligt än besvärande. Och hon hade varken hjärtklappning eller svårt att andas.

Det var en månad sedan hon tagit bussen till sjukhuset i Sundsvall. På vägen hem hade hon läst foldern tre gånger. För varje gång hade hon känt sig mer övertygad om att klinikens filosofi var rätt för henne. Här om någonstans skulle hon få hjälp att bli av med muskelvärken och tröttheten. Bara vissheten om att hon skulle få träffa Chris Wirén hade gjort att smärtorna minskat.

När hon hade kommit hem från sjukhuset hade hon låst in sig på sitt rum och gått in på klinikens hemsida. Där fanns flera beskrivningar från patienter om hur de blivit botade.

Hon hade särskilt fäst vid en kvinna i hennes egen ålder som fått diagnosen fibromyalgi. I tio år hade hon sökt olika doktorer utan att få hjälp. På fyra månader hade smärtorna försvunnit med hjälp av behandlingsprogrammet som Mirakelmannen tagit fram. Hemsidan var full av liknade berättelser och efter en timmes surfande hade hon tagit mod till sig och ringt.

Hon hade fått prata med en sjuksköterska, som tagit sig tid att fråga om alla hennes symtom, vad hon gjorde och hur framtiden såg ut. Hon hade till och med undrat vad hennes föräldrar arbetade med, hur hon bodde och vad hon gjorde på fritiden.

Efter en halvtimmes samtal hade hon fått en tid. När hon frågade vad det kostade fick hon veta att avgiften för första besöket var 1 800 kronor, sedan berodde det på vilket behandlingsprogram som blev aktuellt.

1 800 kronor. Det var betydligt dyrare än besöken på vårdcentralen, men hon var beredd att ge vad som helst för att bli frisk igen.

Ljudlöst gled en dörr av mörk ek upp i bortre ändan av väntrummet. En kvinna i hennes egen ålder med röd kjol och svart jumper log och sa hennes namn. På jumpern hade hon en guldfärgad namnbricka med klinikens symbol – den medicinska ormen ringlad till en G-klav – som visade att hon hette Angelica.

– Välkommen. Följ med mig så ska du få träffa Chris Wirén.

Hon reste sig och hälsade. Angelicas handslag var varmt och stadigt, vilket var förvånande eftersom hon var liten och smal. De gick genom ett rum som låg i fil med väntrummet och hade likadan inredning. I slutet av rummet stannade Angelica framför en dörr med en mässingsskylt.

Chris Wirén.

Angelica knackade på och en ljus, men stark röst ropade kom in. Med en mjuk rörelse öppnade Angelica dörren och bad henne stiga på.

Rummet var dubbelt så stort som väntrummet med fönster i tre väderstreck. I taket hängde en stor kristallkrona. Bakom ett skrivbord av mahogny satt en ljuslockig man med stora blå ögon och log förtroendegivande mot henne. Hon kände genast igen honom från fotografierna hon hade sett.

Mirakelmannen.

Solen föll in genom fönstret som vette mot sjön. Ljuset glittrade i hans blonda hår och det såg ut som om han hade en aura av ljus kring huvudet. Utan att för en sekund släppa henne med blicken reste han sig och kom långsamt emot henne.

Han var kortare än hon hade tänkt sig. Ansiktet var harmoniskt, som skapat i ett drag, och kinderna var rosiga, som om han nyss tagit en promenad. När han tog hennes hand i sin och mötte hennes blick kände hon sig sedd in i varje vrå.

De slog sig ned på varsin sida om ett runt bord där det stod två glas och en tillbringare med vatten och tre gurkskivor. Han bad henne berätta.

– Från början. Ta god tid på dig.

Och hon berättade. Först trevande, men allteftersom han nickade och hummade instämmande kände hon sig mer avslappnad, och orden rann ur henne allt fortare. Utan att hon visste hur det hade gått till hade hon berättat hela sin historia. För första gången kände hon sig inte ifrågasatt när hon beskrev smärtorna och tröttheten.

Chris förstod precis vad hon pratade om och ställde de rätta följdfrågorna. Tankar och känslor, som hon inte visste att hon bar inom sig, kom upp till ytan och han fångade hela tiden upp dem och vägledde henne vidare.

När hon var klar såg hon på väggklockan att det bara hade gått trettio minuter, fast det kändes som hon pratat i flera timmar. Munnen var torr och när han fyllde hennes vattenglas drack hon hälften i tre klunkar.

Hon betraktade honom i smyg när han skrev i sitt block. Då och då nickade han och de ljusa lockarna vajade framför hans vackert välvda panna. Efter en stund tittade han upp på henne, log sitt trygga leende och sa:

– Nu ska jag be att få undersöka dig. Om du är snäll och tar av dig allt utom underbyxor och behå. Du kan gå in där. Det finns rock och tofflor du kan låna.

Han nickade mot ett mörkrött draperi av sammet som satt på en U-formad metallskena på väggen. Sedan slog han sig ned bakom skrivbordet, tryckte på en knapp som var nedsänkt i den blanka mahognyytan. I nästa sekund öppnades dörren och Angelica kom in. Utan att säga någonting ställde hon sig bredvid dörren med händerna på ryggen och väntade. Samma milda leende som tidigare, en blick som såg utan att stirra, en närvaro som var tillgänglig utan att tränga sig på.

Hon drog undan draperiet och kom in i ett litet utrymme som påminde om en provhytt utan spegel. Hon klädde av sig, trädde fötterna i två vita bomullstofflor och svepte den vita frottérocken kring sig.

När hon åter steg ut i rummet bad Chris Wirén att hon skulle sätta sig på en pall som stod på mattan under kristallkronan. Varligt men bestämt tog han tag om hennes axlar och snurrade henne så att hon hamnade med blicken mot norr. Genom fönstret såg hon en fågel landa i en hängbjörk nere vid sjön.

– Känns det bra? frågade Chris och log, fortfarande med händerna om hennes axlar.

– Ja.

En mild värme strömmade från hans händer och ut i hennes kropp.

– Du fryser inte?

– Inte alls.

Händerna försvann från hennes axlar. Han tog en ficklampa och lyste i hennes ögon. Bad henne titta i olika riktningar och fixera olika punkter i rummet. Sedan fick hon gapa stort när han undersökte halsen. Efter det tog han fram en tratt av trä och lyssnade på bröst, rygg och mage. Han rörde sig lugnt och behagligt runt henne. Ögonen var fyllda med en koncentration och nyfikenhet som fick henne att känna sig som den viktigaste personen i världen.

När han tog fram en nål blev hon först lite orolig, men när han förklarade att han skulle känna av spänningarna i hennes kropp med akupunktur, behärskade hon sig. Smärtan när nålen trängde in i muskeln mellan tummen och pekfingret var inget jämfört med vad hon var van att uthärda. Efter några sekunder började hon svettas över hela kroppen. Armar och ben skakade. Då snurrade han på nålen och drog ut den några millimeter. Då blev hon alldeles kall, fick gåshud över skalpen och blev kissnödig.

Han drog ut nålen och frågade vad hon hade känt. Hon

berättade så noggrant hon kunde, men det var svårt, som om känslorna var för starka för att orden skulle räcka till. Det var märkligt med tanke på att hon knappt ägnat sig åt annat det senaste halvåret än att försöka beskriva hur hon mådde.

– Nu ska jag känna på dina muskler, sa han. Du får säga till om det gör ont eller känns obehagligt.

Hon förmådde bara nicka till svar. Metodiskt började han undersöka hela hennes kropp. Varje gång han pressade tummarna mot två nya punkter frågade han om det gjorde ont. Hon svarade ja varje gång. Kring axlar och skuldror gjorde det så ont att hon fick behärska sig för att inte skrika rakt ut.

När han var klar kändes det som om hon blivit manglad. Svetten rann och hon fick koncentrera sig för att kunna stå upprätt. Chris skrev i sitt block. Angelica gav henne en handduk och ett glas vatten.

– Jag förstår att det var jobbigt, sa Chris. Du är otroligt spänd och har många låsningar i kroppen. Men vi kommer att kunna hjälpa dig att bli av med dom.

De stora blå ögonen såg på henne igen, som två himlar att sväva i, tyngdlös och utan smärta.

– Jag har några undersökningar kvar, fortsatte han och hämtade en U-formad magnet från skrivbordet.

Hon var för omtöcknad för att fråga vad han skulle göra. Tidigare hade hon varit skeptisk när hon hört talas om magnetterapi och magnetfältens inverkan på hälsan. Hon hade inte ens snuddat vid tanken att hennes smärtor hade något med det att göra. Men när Chris svepte omväxlande med magneten och sina händer runt hennes kropp och förklarade att han kände av hennes aura, kändes det som den naturligaste sak i världen. Hon såg på honom att han visste vad han gjorde.

När han efter några minuter sa att han var klar, reagerade hon både med lättnad och med besvikelse. Han hade gärna fått hålla på ett tag till. Hon hade fyllts av ett lugn, som till och med fått smärtorna när han klämt på hennes muskler att kännas uthärdliga.

Hon gick in i den lilla hytten och klädde på sig. När hon återvände ut i rummet satt Chris och väntade vid det runda bordet där de hade haft sitt inledande samtal. Angelica var försvunnen. Solen hade gått i moln och rummet vilade i ett behagligt gråaktigt ljus.

Hon satte sig mittemot Chris, som förklarade att han var nöjd med undersökningen. Han hade fått en klar bild av hennes besvär och var säker på att kunna bota henne.

Nu skulle hon åka hem. Han skulle ta fram ett personligt terapiprogram, helt fokuserat på hennes besvär. Redan i morgon skulle hon bli kontaktat av Angelica och få en tid för första kuren. En förutsättning för att behandlingen skulle lyckas var att hon sov över på kliniken, åtminstone två nätter. Det var avgörande för honom och de andra hälsoterapeuterna att kunna följa henne dygnet runt.

– En människa är ju så mycket mer än ett femminutersbesök hos en läkare, sa han och log.

Hon besvarade leendet och nickade. Samtidigt som det lät hur bra som helst, kom en reflexmässig oro över henne.

– Men vad kostar det? frågade hon.

Chris lutade sig bakåt i stolen, knäppte händerna som till bön och log. En kaskad av ljus föll in genom fönstret, bildade en kil över den röda mattan och gnistrade i hans gyllene lockar.

– Det ska du inte oroa dig för, sa han. Du betalar bara vad du tycker att det är värt.

Hon vilade sin blick i hans och visste att det skulle ordna sig.

20

Johan Axberg såg sig omkring. Mot sin vilja blev han imponerad. Symfoniklinikens entré liknade en exklusiv hotellobby. Flickan bakom disken log ett gnistrande vitt leende, som förde tankarna till en flygvärdinna, och bad honom att slå sig ned och vänta. Henric Wirén, Per-Erik Grankvist och Åke Ekhammar var upptagna och fick inte störas. Men hon skulle meddela att han sökte dem. När han sjönk ned i skinnsoffan mittemot receptionen lyfte hon lyfte luren och sa några ord, som han gissade handlade om honom.

Han frågade sig hur han skulle lägga upp samtalet med styrelsen. Det skulle vara svårt att träffa Åke utan att prata om det som varit. Egentligen skulle han vilja fråga varför han svikit honom, men det fick han göra senare. Nu var han här för att ta reda på vad som hade hänt Chris och Mattias.

En dörr öppnades långt ner i korridoren till höger om receptionen. Trots att korridoren enbart lystes upp i bortre änden, där solen föll in genom ett fönster, kände han genast igen Åke Ekhammar. Hans rufsiga hår och prästkragen fångade upp solljuset och lyste i vitt mot prästkappan. Med händerna på ryggen och blicken i golvet började han gå rakt mot Johan.

Johan reste sig upp, hela tiden med blicken fäst på Åke, och utan att lyssna på receptionistens undran om vart han var på väg styrde han stegen mot korridoren. Henric Wirén och Per-Erik Grankvist kom ut i korridoren bakom Åke. De blev stående vid dörren, inbegripna i en lågmäld diskussion.

Åke gick med blicken i den rutmönstrade heltäckningsmattan utan att ta notis om honom. När det skilde tio meter mellan dem sa Johan med hög röst:

– Hej Åke.

Åke stannade i steget. De buskiga ögonbrynen drog ihop sig och han spetsade Johan med sin blå blick.

– Hej, svarade han med en röst som lät precis som Johan mindes den.

Den sträva och ljusa stämman hade inte åldrats på samma sätt som mannen i övrigt. Än en gång förflyttades han till soffan i prästgården och hörde orden:

Jag har pratat med din farmor och farfar i dag. Du får flytta hem till dom på Frösön.

Den isande blicken och det stränga draget kring munnen. Det var som om Åke hade uttalat orden igen.

Åke Ekhammar borrade blicken i mattan och började gå dubbelt så fort som tidigare. När han passerade Johan var ljudet av kappan och lukten av rakvatten samma som då. Ett ljud och en lukt som hörde ihop med bilden av en man som alltid var på språng, som inte tog sig tid att sitta ned förutom när han var i kyrkan.

Johan följde Åke med blicken tills han svängde vänster och försvann ut genom huvudentrén.

– Vad gör du här?

Rösten var Per-Erik Grankvists och Johan vände sig om.

Utan att han märkt det hade Per-Erik och Henric ställt sig intill honom. Båda såg frågande på honom, men utan större förvåning. Henric Wirén var propert klädd i mörk kostym, Per-Erik Grankvist hade svart skinnväst, skjorta och blåjeans. Båda hade en portfölj i handen.

– Jag skulle vilja prata med er en stund, inledde han så lugnt han kunde. Åke fick tydligen bråttom ...

Han pekade med tummen över axeln.

– Om vadå? undrade Henric Wirén och tittade på sin guldklocka. Jag är lite upptagen.

– Kan vi tala ostört någonstans?

Henric växlade en blick med Per-Erik, harklade sig och sa:

– Okej, men det får gå fort. Följ med här.

Han blev visad in i rummet, som de tre herrarna nyss hade kommit ut ur. Det var ett konferensrum med ett dussin stolar runt ett ovalt bord. Han slog sig ned mittemot Henric och Per-Erik på ena långsidan, noterade att han hade utsikt mot sjön genom fönstren bakom dem.

– Jaha, vad var det du hade på hjärtat? inledde Per-Erik Grankvist förtroligt och strök handen över sitt svartvågiga hår.

Johan hade bestämt sig för att gå så rakt på sak som möjligt utan att avslöja vad han visste om Chris. Han sa:

– Jag försöker ta reda på vem som dödade Mattias Molin.

Henric Wirén höjde förvånat på ögonbrynen.

– Är inte du avstängd?

– Jo, men det är bara en tidsfråga. Som ni förstår vill jag hjälpa till att lösa det här ... Har ni problem med det?

En axelryckning kom från Henric.

– Nej, vi är glada om vi kan hjälpa till.

– Hur går det med kliniken? fortsatte Johan och öppnade en Ramlösa.

Per-Erik Grankvist fingrade på mustaschen och såg forskande på honom.

– Vi håller ställningarna. Som du förstår har vi ett ansvar för alla som jobbar här. Skulle vi stänga skulle halva byn bli utan jobb.

– Jag tyckte att jag såg en känd politiker här utanför?

De båda männen bytte en blick. Per-Erik svarade:

– Våra klienter kommer ofta från samhällets toppskikt, det

är politiker, affärsmän och så vidare. Sen har vi även kända artister, skådespelare och tv-folk.

– Jag förstår inte, söker de hit när de blir sjuka, eller?

– Nej, log Per-Erik. Men kliniken erbjuder även mental coachning och ett program som bromsar åldrandet. Och som du förstår så håller vi våra klienter hemliga, vi har sekretess på samma sätt som i sjukvården. Men vad har vår verksamhet med Mattias Molin att göra?

– Jobbade inte han här ibland?

– Jo, visserligen, men det var högst sporadiskt, svarade Henric. Han hjälpte till ibland med småsaker, lagade sådant som gått sönder.

– Hur visste du att vi var här? frågade Per-Erik.

– Jag träffade Agneta Wirén här utanför.

– Vad sa hon? utbrast Per-Erik. Jag menar: orkade hon prata överhuvudtaget?

Innan Johan hann svara fyllde Per-Erik på:

– Som du förstår är det här ett oerhört hårt slag för henne.

– Och för Carl, sa Henric Wirén och rättade till slipsnålen som glänste ikapp med guldklockan.

– Vad hände egentligen mellan Göran och Carl? frågade Axberg.

Per-Erik såg på Henric, som vände blicken ut genom ett av fönstren på husets gavel. Solens strålar föll in genom rutan, vilade i hans rena drag och gav hyn en vit lyster. Johan betraktade honom och tänkte att han liknade en staty av en grekisk gud. Som Chris fast grövre, och håret var kortare och ögonen inte lika intensivt blå. Efter en halv minut vände Henric sig till Johan och sa:

– Vi vet inget mer om det än senast du frågade. Varför undrar du?

– För att Mattias intygade Chris påstående att Göran visade intresse för pojkarna i skolan.

– Jag förstår, men det finns inget mer att säga om det. Och att det skulle gå så långt att Göran hämnades på Mattias kunde väl ingen föreställa sig?

Johan betraktade de båda männen. Det fanns ingen tvekan i deras ögon. Han sa:

– Jag är inte säker på att det var Göran.

– Det är väl uppenbart, invände Per-Erik. Vem skulle det annars vara?

Frågan blev hängande i luften tills Johan sa:

– Vad hade Chris för relation till Göran Hallgren?

– Ingen särskild, svarade Henric. Inte mer än att han var lärare åt Carl.

– Och Chris relation till Mattias Molin?

Henric Wirén suckade.

– Som jag berättade på hotellet umgicks de inte privat. Och när Mattias jobbade här var det jag som skötte kontakten.

– När jag pratade med Mattias sa han att han hade tappat sin plånbok på festen, fortsatte Johan. Vet ni om man har hittat den?

Det glimmade till i Per-Eriks bruna ögon.

– Nej, svarade han. Men för säkerhets skull kan du fråga i receptionen. Där förvaras alla upphittade saker.

– När gick ni hem från festen?

– Hurså? utbrast Henric indignerat. Vad har det med saken att göra?

– Varför blir du så irriterad? replikerade Axberg.

Guldklockan rasslade till när Henric Wirén höjde armen och kastade en blick på den.

– För att du upptar vår tid. Vi har viktigare saker för oss än att sitta här och svamla. Dessutom har vi redan svarat på den frågan.

En rodnad växte fram i Henric Wiréns ansikte och irritationen lyste i ögonen.

– Nu tar vi det lugnt, sa Per-Erik Grankvist. Vi är alla pressade av det som hänt. Du måste förstå att vi har det jobbigt just nu.

Johan nickade utan att ta blicken från Henric Wirén, som lade händerna på bordet framför sig och knäppte med ena tumnageln mot den andra.

– Jag och Chris gick hem klockan halv tolv, konstaterade Henric. Vi var kvar bland de sista.

– Och jag gick strax efter, fyllde Per-Erik i.

– När fick ni reda på vad som hänt?

– Morgonen efter, svarade båda samtidigt.

– Vi blev uppringda av Åke, förtydligade Henric Wirén.

– Vad hade Chris för relation till sin pappa?

Henric Wirén ryckte till och tog sats för ännu en invändning. Innan han kom till skott tillade Axberg:

– Jag hörde av Agneta att de inte hade mycket kontakt med varandra ...

– Nej, svarade Henric torrt. De kom inte så bra överens, men jag förstår fortfarande inte vad det har med mordet på Mattias att göra.

– Vet ni varför Chris bjöd sina föräldrar till festen?

Henric Wirén skakade på huvudet.

– Jag visste inget innan de dök upp.

– Enligt vad jag har hört bråkade Chris med Gerard på festen. Vet ni vad det handlade om?

Han hoppade med blicken mellan de båda herrarna för att läsa av deras reaktioner. Det enda han såg var förvåning, som han bedömde som uppriktig. Men när Henric svarade att han inte hade en aning, tappade Per-Erik fokus och började pilla på kodlåset på portföljen.

Säg vem Chris inte hade konflikter med, tänkte Per-Erik. Han såg framför sig hur de hade bråkat på styrelsemötet före klinikfesten, hörde Chris upprörda stämma:

– Så kan vi inte göra, det är oetiskt. Hur tänker ni egentligen?

– Vi tänker på klinikens bästa, svarar Per-Erik.

– Det här har vi ju pratat om så många gånger, fyller Henric i. Och vi är en majoritet i styrelsen som vill det här.

Chris reser sig upp, slår näven i bordet. Sänker rösten till en väsning:

– Men utan mig går det inte. Det är jag som är den här kliniken, och det vet ni.

– Ska vi ta ett beslut? frågar Henric och vänder sig mot Åke.

Som vanligt sitter han tyst när det är bråk.

– Ni är inte kloka, ryter Chris, rusar ut ur rummet och slår igen dörren med en smäll.

– Hur är din och Gerards relation? frågade Axberg och såg på Henric Wirén.

– Bra. Vi äter söndagsmiddag ihop varje vecka.

– Men Chris var aldrig med?

– Nej.

Svaret var bestämt. Johan insåg att han inte skulle få Henric att berätta mer om Chris relation till Gerard. Genom fönstret mellan Per-Erik och Henric såg han en reflex av ljus från taket på strandhuset.

– Vad används huset nere vid stranden till? frågade han med en nick mot huset.

Per-Erik Grankvist vände sig om, som för att se vilket hus han menade. Under tiden svarade Henric Wirén.

– Vi har en del föreläsningar för våra klienter där.

– Vilka har nyckel dit?

En lodrät rynka växte fram i Henrics panna.

– Varför undrar du det?

Istället för att svara satt Axberg tyst och fixerade Henrics ljusblå ögon. Var det bara irritation han såg där, eller fanns det något mer? Rädsla? Förakt? Det var svårt att avgöra, trots att han var bra på att läsa människor. Henric hade ett majestätiskt drag som gjorde det svårt att avgöra vad han tänkte och kände.

– Alla som jobbar på kliniken har tillgång till strandhuset, det vill säga runt hundra personer, konstaterade han.

– Har ni tjänstebil?

Henric Wirén kastade ett öga på armbandsuret och reste sig.

– Nej, nu måste jag tyvärr gå. Jag har lovat att ta med Carl till golfbanan.

– Jag hörde av Agneta att kliniken förfogar över ett antal Volvo S80, fortsatte Axberg och fäste blicken på Per-Erik som satt med tummarna i fickorna på skinnvästen och trummade med fingrarna mot sin rutiga skjorta.

– Ja, det stämmer, sa han.

– Har ni i styrelsen egna bilar?

– Vi förfogar över varsin bil i poolen, snäste Henric och tog två kliv mot dörren.

Johan Axberg reste sig, insåg att pratstunden snart var över. Han hade en fråga kvar. Den hade han sparat till sist eftersom den var obefogad och kunde klassificeras som rent skvaller.

– Förresten såg jag Elin Forsmans son, William, här utanför. Agneta berättade om vilken fin vård han får. Det måste kosta en förmögenhet ... Vet ni vem som är pappan?

Med en ilsken blick vände sig Henric Wirén mot honom.

– Nu får du väl ge dig?

Sedan tryckte han ned dörrhandtaget och lämnade rummet. Johan såg på Per-Erik Grankvist, som reste sig och log överslätande.

– Som jag sa har vi det inte så lätt nu. Men nej, det är ingen som vet vem pappan är. Det är en väl förborgad hemlighet. Och vi har ju ingen anledning att snoka i det.

De gjorde sällskap ut i korridoren. Henric Wirén hade redan försvunnit. Per-Erik låste och under tystnad gick de ut till receptionen. På väggen till vänster om utgången fick Johan syn på ett bekant ansikte på ett inramat fotografi, som satt under en stor älgkrona.

Han stannade till, undrade om han såg rätt. Tio män och två kvinnor i jaktkläder stod uppställda på två rader och log mot kameran. Framför dem låg två gråhundar, fonden var en vägg av granskog. Under fotografiet satt en mässingsskylt med gravyren: *Symfoniklinikens jaktlag*.

Johan stirrade på mannen och konstaterade till sin förvåning att han hade sett rätt. Det var Dan Sankari. Till höger om honom stod Per-Erik Grankvist och Henric Wirén. Kvinnan som satt på knä längst ned i mitten var Elin Forsman.

Tankarna irrade i skallen. Visserligen visste han att Sankari var med i ett jaktlag i Bråsjötrakten, men de hade aldrig pratat närmare om det. Han vände sig mot Per-Erik som stod bredvid honom och tittade på fotot.

– Jag ser att min kollega Dan Sankari är med i ert jaktlag, sa han.

– Jajamän, log Per-Erik. Han har varit med i laget längst av alla. En mycket duktig hundförare.

Johan mindes hur nöjd Sankari hade varit när han återvänt från årets jakt för några veckor sedan. Hur glädjen hade punkterats av beskedet att Axberg var avstängd och att han fick ta över utredningen om dubbelmordet.

Han bet sig i läppen, hörde Sankaris finlandssvenska eka i skallen:

Jag har fullt förtroende för Elin Forsman. Hon är en duktig polis.

– Hur länge har Elin Forsman varit med?
– Tre år, svarade Per-Erik Grankvist.
– Kommer ni bra överens?

Per-Erik Grankvist såg frågande på honom, sedan log han.

– Självklart. Det är en förutsättning för att jaga ihop.

Johan nickade och drog sig mot dörren. När han tagit Per-Erik i hand och tackat för pratstunden sa han:

– Det börjar bli lunchdags. Finns det några bra matställen här?

– Jaa ... Här på kliniken serverar vi vegetarisk buffé varje dag.

– Men om man vill ha något rejälare? Finns det någon pizzeria i byn?

– Ja, bredvid polishuset.

– Är det bra pizzor?

I en svårtydbar gest slog Per-Erik Grankvist ut med armarna och gav honom sitt breda leende.

– Jovars, helt okej, svarade han.

– Brukar du äta där?

– Det händer.

När Johan steg ut på verandan såg han Volvon, som Carl lagt ned golfklubborna i, åka iväg mot samhället. Han antog att Henric satt bakom ratten med sin brorson bredvid sig. Han svepte med blicken över den runda grusplanen och noterade tre blå Volvo S80 som stod bredvid varandra cirka 100 meter bort vid ett garage. Johan gick dit. Han antog att det var tjänstebilar som tillhörde kliniken, och gick slalom mellan dem och betraktade dem noggrant.

Till sin besvikelse såg han inga röda dekaler eller något annat som fångade hans intresse. Han återvände till Saaben. Det kändes som om minnet av mötet med den mörkblå Volvon gled allt längre och längre bort. Som om det röda han sett löstes upp och försvann i det omgivande mörkret och aldrig skulle bli tydligt igen.

Han fällde ned solskyddet, startade motorn och gav sig av.

Tänkte på allt som hade hänt sedan samtalet från Mattias. Han vred och vände på pusselbitarna av fakta för att få dem att passa ihop.

I samma ögonblick som han passerade skylten med texten *Välkommen till Bråsjö* fick han en tydlig känsla av att det var något som inte stämde med fyndet av hammaren i Görans garage.

Framför sig såg han hur Göran gick mot garaget med sportbagen i handen. Polisbilen som kom körande längs vägen och det förskräckta uttrycket i Karins ögon.

21

Polisinspektör Elin Forsman stoppade nyckeln i låset och vred om.

– Åklagaren har beviljat tjugo minuter.

Hon öppnade dörren till cellen och återvände med raska steg i korridoren som de nyss hade kommit i. Sara och Karin följde henne med blicken tills hon försvann bakom den vita metalldörren. Smällen när dörren gick igen studsade mot de gula tegelväggarna och sedan blev det knäpp tyst. Karin gav Sara en hastig blick och de gick in.

Rummet var två gånger fyra meter. Högst upp på väggen rakt fram, just ovan marknivå, släppte en fyrkantig glugg in en ridå av ljus som föll över en grågrön linoleummatta och vandrade upp på fotändan på en brits med en inplastad madrass och ett lakan som en gång i tiden kanske hade varit vitt. Det var svalt och fuktigt, som om jorden som omgav cellen i tre väderstreck hade trängt in och gjort den till sin.

Göran satt på britsen med ansiktet dolt i händerna. Han hade sin grönvitrandiga träningsoverall och tennisskorna på sig. Karin kände att det luktade svett och undrade om han inte hade fått duscha sedan de plockade in honom. Hon satte sig försiktigt bredvid honom, lade armen runt hans axlar.

– Hej, vi är här nu. Hur mår du?

Långsamt såg han upp på henne. Det fanns en sorg och uppgivenhet i hans blick som gjorde henne rädd. Tårarna brände till bakom ögonlocken och hon omfamnade honom och pressade ansiktet mot hans hals. Före besöket hade hon bestämt sig för att vara stark, men nu kunde hon inte hålla emot skälvningen som gick genom kroppen. Hon skakade som av en plötslig feber och började snyfta.

Efter några sekunder besvarade han kramen och det fick henne att gråta ännu häftigare. Så blev de sittande en lång stund.

Sara kände sig förvirrad. Nu hade hon stått tyst i fem minuter med blicken planlöst vandrande över de kala tegelväggarna. Det var bara en kvart kvar innan besöket var över. Finkänslig fick hon vara en annan gång.

– Ursäkta mig, sa hon, men vi har en del att prata om.

Karin och Göran gled isär, såg upp på henne. Karin tog upp en näsduk ur handväskan och snöt sig.

– Har de varit schyssta mot dig? inledde Sara med en nick mot dörren.

Göran harklade sig och svalde. Adamsäpplet syntes tydligt på hans hals.

– Ja, men jag fattar fortfarande inte varför jag är här. Vad är det för blodig hammare de har hittat?

Sara och satte sig ned på huk, sökte Görans blick.

– Vi tror att du är utsatt för en komplott. Det är någon som försöker sätta dit dig för mordet på Mattias.

Hon redogjorde för slamret i garaget och bilen. Först stirrade Göran på henne som om han inte trodde på vad hon sa. När Karin nickade instämmande reste han sig, knöt nävarna och började gå av och an mellan Sara och väggen. Två steg i vardera riktningen och varje gång han vände sig mot väggen blinkade han till när solljuset träffade honom i ögonen.

– Det är ju inte klokt, utbrast han. Har ni sagt det här till polisen?

– Ja, men det verkar inte som de tror oss, sa Karin.

Göran började säga något, men tystnade och skakade på huvudet.

– Har de visat dig foton på hammaren? frågade Sara.

– Ja, flera gånger. Sagt att det inte är någon idé att jag fortsätter ljuga.

– Har du en sådan hammare? fortsatte Sara. De hittade ingen annan vid husrannsakan.

Han hejdade sig i steget, slog ut med armarna i en häftig gest.

– Det kan väl hända, den liknar ju vilken hammare som helst.

– Hade inte du en med blått skaft? insköt Karin med vädjande röst.

– Kanske, jag vet inte ...

Nya steg fram och tillbaka och ett knappt hörbart mummel. Så stannade han upp och såg stint på Sara, som om han just blivit väckt ur en hemsk dröm.

– Vad var det du sa om komplott?

Så koncist hon kunde berättade hon om Johans misstankar. Hon redogjorde för brevet, och att det troligen var Elin Forsman som tagit det.

Görans ögon tycktes växa till det dubbla.

– Varför tror han det? sa han med sprucken röst.

Sara förklarade. Förvåningen och ilskan blev till ännu en huvudskakning och två nävar som knöts i fickorna på träningsbyxorna.

– Jag vet inte vad jag ska säga, mumlade han.

– Nej, det är förfärligt, inflikade Karin och sträckte sig efter sin mans hand, men hejdade sig halvvägs när han ryckte till.

Sara tittade på klockan. Sju minuter kvar. Hon sa:

– Frågan är vem som kan ha dödat Chris.

I Görans ögon fanns bara en undran utan svar.

– Ingen aning, sa han. Han var väl älskad av alla ... den skithögen.

Just det, tänkte Sara. Där har vi problemet. Du är den ende som vi vet hade något otalt med honom.

– Men jag har inte gjort något, sa Göran, som om han läst hennes tankar. Visst var jag förbannad på honom, men jag skulle väl aldrig ...

Han tystnade och såg på Karin.

– Vad var det som hände mellan dig och Carl? fortsatte Sara.

– INGENTING!

Ordet studsade runt i rummet och Sara kände sig yr. Ångrade att hon ställt frågan så rakt på. Göran svalde två gånger innan han spottade fram fortsättningen:

– Det var basketmatch. Vi låg under och jag skulle ge Carl några tips. Jag stod bakom honom, lade händerna på hans axlar och kramade till.

Han lyfte händerna och betraktade dem, som för att kontrollera att de såg ut som vanligt.

– Jag brukar göra så för att peppa killarna ... understryka det jag säger. Och ingen har sagt något om det förrän ...

Istället för att avsluta meningen vände han sig mot ljuset och fyllde lungorna med luft.

– Vet du varför Chris reagerade så häftigt? sa Sara.

– Om jag det visste... Om Jag Det Visste, upprepade han med betoning på varje ord.

– Vad gjorde du efter att vi pratades vid på parkeringen utanför festen? sa Sara.

– Åkte till sporthallen och bastade. Sen åkte jag direkt hem.

– Finns det någon som kan intyga det?

Senorna på halsen spändes och han skakade på huvudet.

– Och vid tidpunkten för mordet på Mattias? fortsatte Sara och blev förvånad när hon hörde sina egna ord.

Det lät som om hon inte hade gjort annat än förhört misstänka personer i en underjordisk cell i ett polishus.

– Då åkte jag runt i bilen på småvägar runt byn, suckade han. Sen åkte jag till sporthallen och sen hem igen.

– Finns det någon som kan ha sett det? Du förstår hur viktigt det skulle vara?

– DET ÄR KLART! utbrast han med en plötslig ilska, som skrämde Sara.

Han var som en vulkan som när som helst kunde få ett utbrott av till synes harmlösa frågor. I tystnaden som följde betraktade hon honom när han åter sjönk ned på bristen och satte händerna för ansiktet. Kunde han vara skyldig? Vad hade han gjort i pojkarnas omklädningsrum? Ingen rök utan eld. Kanske skulle hon själv ha skrivit på en namnlista om det gällde någon fröken på Sannas förskola.

Hon såg på Karin som drog handen genom Görans toviga hår.

Nej, Sara, nu får du skärpa dig. Vad tar det åt dig?

Hon ruskade av sig de obehagliga tankarna och kom på att hon hade glömt en sak när det gällde garaget. Pizzakvittot. När hon redogjorde för det sjönk Göran ihop som om all luft gick ur honom. Det var som om det inte fanns kraft inom honom att bli förvånad en gång till. Han upprepade det Karin tidigare sagt om att de var i Sundsvall vid tidpunkten som stod på pizzakvittot.

– Där har vi något att gå på, avslutade Sara. Johan har kvittot och kommer att skicka det på analys. Men som du förstår får du inte säga något om det.

Ny blick på klockan, på dörren, på Göran. Tre minuter kvar.

– Nej, det är klart, sa han och lät händerna falla mot låren.

– Det kommer att ordna sig, sa Karin och strök sin man över kinden.

– Vad säger folk på byn? undrade Göran. Även om jag blir frikänd kan vi väl inte bo kvar här ...

– Det ska du inte bekymra dig om nu, sa Karin.

Sara tänkte än en gång på namnlistorna hon sett utanför Ica och Konsum där folk krävde att Göran skulle sluta som lärare.

– Förresten får vi ta hem bilen nu, fortsatte Karin. De är klara med undersökningen.

– Hittade de något? frågade Göran.

– Det sa hon inget om.

Hittade de något?

Görans ord ekade i Saras skalle. Varför frågade han det?

Hon såg hur han pillade på vigselringen som då och då glimmade till i det infallande ljuset. Efter en stund sa han:

– Att Chris blev mördad har jag svårt att tro på. Förutom mig hade han väl inga ovänner?

Han lyfte blicken till Karin som skakade på huvudet.

– Det enda jag hört är att hans äktenskap med Agneta inte var särskilt bra, fortsatte han, liksom för sig själv.

– Vadå? sa Sara. Berätta!

– Det är inget specifikt, men man hör ju en del skvaller på skolan ... Kanske att någon sa att han inte var snäll mot henne och ...

Göran slöt ögonen och tänkte efter en stund innan han fortsatte:

– ... att hon kanske hade en affär bakom ryggen på honom.

– Vem var det som sa det? frågade Sara.

– Det minns jag inte.

– Menar du att Agneta Wirén har en älskare?

– Det var vad jag hörde ... men det kanske bara är löst prat.

Sara vandrade med blicken mellan Göran och Karin.

– Har ni någon aning om vem det i så fall skulle kunna vara?

– Nej, svarade de samtidigt efter några sekunders betänketid.

Äntligen något att gå vidare med, tänkte Sara. En första spricka i Chris Wiréns välpolerade fasad. Hon hade haft på känn att de förr eller senare skulle hitta något. Ingen människa var perfekt, det gällde bara att leta på rätt ställe. Och när man väl hittade en ingång brukade det inte dröja länge förrän man hittade fler.

Det bultade på dörren. Hon såg på klockan. Inte en minut längre än avtalat.

22

Klockan halv två ställde Johan Axberg Saaben på parkeringen utanför Folkets hus. Innan han besökte pizzerian tänkte han göra en kopia av kvittot. På vägen från kliniken hade han ringt en av sina gamla kursare från polishögskolan, Dag Grenmark, som efter en skottskada vid ett bankrån för tio år sedan hade skolat om sig till kriminaltekniker och nu arbetade på Statens Kriminaltekniska Laboratorium i Linköping. Efter de sedvanliga fraserna om gamla och nya tider hade han bett Grenmark om hjälp att analysera eventuella fingeravtryck och DNA-fragment på kvittot. Grenmark hade förstått hans situation och lovat att hjälpa till.

– Dessutom blir du snart friad och kan ta över utredningen, hade Grenmark avslutat samtalet.

Hur många gånger ska jag behöva höra det innan jag får besked, tänkte Johan med en suck. En grön Peugeot gled in på parkeringen och försvann in på en av platserna i hörnet närmast Ica. Han väntade sig att se hur någon steg ur, men det var det ingen som gjorde.

I samma ögonblick som han öppnade bildörren ringde mobilen. Med en snabb blick på displayen såg han att det var Lotta. Han stängde dörren och svarade.

– Hej, det är jag, inledde hon.

Rösten var en blandning av lättnad och återhållen glädje.

– Det är klart nu, fortsatte hon. Jag fick vårdnaden om barnen! Stefan ska bara ha dem varannan helg ... och han blev dömd för misshandeln ... dagsböter, tror jag.

Orden gick igenom kroppen som en våg och gjorde hennes glädje till hans. Han sträckte på sig så att huvudet nådde taket och utbrast:

– Grattis, Lotta! Fantastiskt, jag sa ju att det skulle ordna sig.

– Ja, sa hon. Och jag tycker att det är bra att han har dem varannan helg. På så vis har de ju kvar sin pappa ...

Johan sa ingenting. Helst av allt ville han slippa se Stefan igen, men det var förstås en utopi. Han mindes Stefans ord i telefonen när han ringt och hotat honom:

Du ska fan inte bli någon jävla extrapappa åt mina grabbar!

– Jag har inte sagt något till pojkarna än, återtog Lotta. Jag vill att du är med då.

Hon andades ut genom munnen som hon ibland gjorde när hon log. Han såg henne slänga med det blonda håret, de gröna ögonen som smalnade av och glittrade som av ett eget ljus.

– Det är klart att jag är med, självklart.

– Mäklaren tipsade om ett hus på Alnön, som skulle passa oss, fortsatte hon. Jag ska åka dit med pojkarna efter skolan. Nu kan vi bli en familj på riktigt, Johan. Är det inte underbart?

– Jo, men ta det lite lugnt. Vi får inte förhasta oss. Och jag måste ju se huset först ...

Han kände sig förvirrad. Även om det här var vad han hoppats på gjorde Lottas entusiasm att han vacklade inombords. Av någon oklar anledning hörde han Carolinas röst inom sig: "Vill du komma förbi? Jag menar och titta på honom?"

Han kände sig instängd och öppnade bildörren. Satte kängorna mot asfalten och sa:

– Jag måste bli klar här först. Innan dess kan jag inte fatta några beslut.

I tystnaden som följde kunde han föreställa sig hur glittret försvann i Lottas ögon.

– Jag förstår, sa hon. Men jag tänker titta på huset.

– Visst, svarade han eftersom han hörde att hon skulle göra det oavsett vad han sa.

– Och min bror kommer hit i dag och målar klart fönstren. Han hade lite tid över och sa att det max tar två timmar ...

Anklagelsen i rösten gick inte att ta miste på, men han bet ihop och sa:

– Vad bra.

– Mäklaren säger att hon tänker ha en första visning av villan i övermorgon, fortsatte Lotta. Jag vill ju ha en köpare innan jag själv slår till.

– Det är klart.

Det blev en paus, sedan bytte hon ämne:

– Vad gör du?

Han berättade och hon lyssnade utan att ställa följdfrågor, vilket hon annars alltid gjorde.

– Ta hand om dig, avslutade hon och lade på.

– Du med, mumlade han för sig själv in i luren.

Han låste bilen och gick mot entrén. När han var halvvägs passerade han en mörkblå Volvo S80. Han gjorde en lov kring bilen, men såg inget rött märke.

Biblioteket var nyrenoverat och större än han mindes det. På väg fram till receptionen passerade han ett snurrställ som var fyllt med Chris Wiréns bok *Mirakelmannens tips för ett längre och behagligare liv.* Han stannade till och greppade en bok, läste baksidestexten och mötte Chris blå ögon.

Ditt liv var säkert behagligt, men det blev inte långt, tänkte han, ställde tillbaka boken och gick fram till disken där en kvinna i femtioårsåldern stod och bläddrade i en dagstidning. Utan att presentera sig frågade han om det fanns möjlighet att dra några kopior. Det gjorde det, och en halvminut senare stod han vid en kopieringsmaskin intill en bokhylla som skymde sikten mot receptionen.

När han hörde hur bibliotekarien åter började bläddrade i tidningen, försäkrade han sig om att ingen annan var i närheten och drog på sig plasthandskarna han hade i jackfickan. Sedan tog han fram kvittot och drog tre kopior, kontrollerade resultatet, stoppade tillbaka kvittot i plastpåsen och drog av sig handskarna.

Han gav kvinnan bakom disken tre kronor och lämnade biblioteket. Åter i bilen stoppade han påsen med kvittot i det vadderade kuvert han hade förberett och lade det på postlådan nere på torget.

När han hörde den dova dunsen när brevet nådde botten av lådan såg han sig omkring. Han tänkte på Mattias brev. Kunde ett avgörande bevis i en mordutredning försvinna, kunde ett brev på posten också göra det. Egentligen borde han ha kört till stan och sänt det rekommenderat.

Han började gå tillbaka mot Saaben. Något svart fladdrade till bakom bilen längst till höger på parkeringen utanför Folkets hus. När han riktade blicken dithåt var allt stilla. Bilen var en vit Saab 9-5 med takbox. Till vänster stod den gröna Peugeot han sett parkera strax efter honom.

Med blicken fäst på parkeringen småsprang han de femtio metrarna till vägen som delade torget i två delar. Han korsade den och var snart framme vid den vita Saaben. Ingen syntes till. Med en känsla av obehag återvände han till sin egen bil. Efter ett sista svep med blicken över torget öppnade han dörren.

Han letade sig ut på E14, körde de 500 metrarna till Pizzeria Bellissimo och parkerade alldeles utanför på en plats som just blev ledig. Polisstationen var nästa hus längs genomfartsleden och tankarna gick till Göran som satt därinne och våndades.

Sara hade ringt strax innan han kom fram till biblioteket och berättat att hon och Karin hade hälsat på honom.

Besöket hade gett dem ett oväntat uppslag: om Agneta Wirén hade en älskare var det av högsta intresse att ta reda på vem det var. Han mindes hennes ord utanför kliniken, hennes likgiltiga tonfall:

Chris och jag hade det bra tillsammans. Han var en underbar person.

Förhoppningsvis var Sara redan på väg till kliniken för att snappa upp eventuella ledtrådar. Han greppade mobilen och ringde till Sankari.

– Jo, men hej, Johan.

– Hej, hur går det? Är du på väg?

En suck följdes av ljudet av en dörr som slog igen.

– Nej, vi har tjockt här med en massa annan skit ... och magen krånglar ... jag tror att jag har fått feber igen.

– Borde du inte kolla upp det?

– Jo, men det är som sagt en del att styra upp här först. Och du vet hur det är: det finns ingen annan som kan göra det.

– Du får aktivera Ståhl.

Sankari skrockade.

– Det är nog enklare att själv operera gallan än att få honom att göra något vettigt.

Det är sant, tänkte Johan. Länspolismästare Ulf Ståhl var endast på hugget när det gällde att synas i media.

– Har du fått resultatet av husrannsakan hos Göran Hallgren?

– Jo, sa Sankari. Men officiellt får jag ju inte säga något till dig ... men visst: vi hittade ingenting av intresse i vare sig Volvon, huset eller garaget.

– Mattias Molins plånbok eller dator?

– Nix.

– Där ser du, sa Axberg. Jag sa ju att Göran är oskyldig.

– Men han är den ende misstänkte vi har. Och glöm inte att han har motiv och saknar alibi. Just nu väntar vi på analysen av hammaren.

Johan Axberg frågade sig om det skulle räcka för åtal om det var Mattias blod på hammaren. Än en gång fick han känslan av att det var något med hammaren som inte stämde. Han slöt ögonen för att försöka komma på vad det var, men aningen gled iväg och försvann.

– Har du hört något från internutredningen? sa Sankari.

– Nej, men jag räknar sekunderna.

– Det kommer att ordna sig.

– Förresten såg jag dig på ett foto i receptionen på Symfonikliniken. Jag hade inte kopplat att det var här du jagade ...

Fem sekunder rann undan i tystnad. Johan skulle just fortsätta när Sankari sa:

– Jo, men det har jag väl sagt? ... Har varit med i samma jaktlag i över trettio år.

– Varför sa du inte att du jagade med Elin Forsman när jag hade synpunkter på hennes jobb?

Ny tystnad, kortare och betydligt mer spänd.

– För att jag inte tyckte att det hade med saken att göra. Som du vet måste vi hålla isär privatliv och jobb. Skulle vi inte göra det skulle vi inte kunna utreda någonting ...

Du har rätt, avgjorde Axberg och tänkte på utredningen han avslutat för knappt tre veckor sedan där både Erik Jensen och Sofia Waltins pappa hade figurerat.

– Jo, en sak till, återtog Sankari. Jag snackade med Fridegård igen. Hon går med på att göra ett nytt försök att hitta Chris. Och den här gången använder vi likhundarna, som du föreslog. Dom är på väg upp från Gävle och sätter igång i morgon bitti.

Johan Axberg knöt näven och dunkade den mot sätet. Plötsligt var alla dubier om Sankaris lojaliteter som bortblåsta.

– Tack för det, utbrast han. Hur lyckades du?

– Jag sa som det var ... att du misstänkte att även han blev mördad. Och så har Ståhl tjatat på henne. Media ligger på och undrar varför vi inte har fått upp kroppen.

– Jäkligt bra jobbat, Sankari. Du ska få se att jag har rätt.

Efter ytterligare en minuts småprat avslutades samtalet. Han kände sig upplivad av beskedet om hundarna och gick med lätta steg in på pizzerian.

En man, som såg ut att härstamma från Iran eller Irak, kom fram och frågade vad som önskades. Han beställde en lättöl och en capricciosa och noterade att det den kostade 55 kronor, liksom tio andra pizzor på menyn.

I tio minuter åt och drack han och lät tankarna vandra. Någon var alltså här och köpte en pizza tolv timmar innan Chris mördades. Var det mördaren som hade tappat kvittot i Görans garage, eller var det någon annan som ville sätta dit honom för mordet på Mattias?

När han ätit klart och fick kvittot halade han upp kopian från biblioteket ur fickan och jämförde de båda kvittona. De var identiska, med undantag för datum och klockslag.

Han reste sig, gick fram till kassaapparaten och visade polislegitimationen för de båda herrarna, som var så lika att han gissade att de var bröder. Först såg de rädda ut, och mannen som serverat honom kastade en förstulen blick bort mot spelautomaterna som stod i ena hörnet. Men när Johan förklarade att han ville veta om de mindes vem som köpt en 55-kronorspizza klockan sju minuter över tolv den första oktober, slappnade de av och skakade på huvudena.

– Nej, det går inte, svarade servitören. Det är för längesen och mitt i lunchen ... vi har som mest folk mellan tolv och ett, du fattar?

– Går det att säga om personen satt här och åt eller tog pizzan med sig?

– Nej, svarade mannen snabbt, tittade sedan på kvittot som för att kontrollera att det stämde och ruskade bekräftande på huvudet.

Trots att Johan inte hade väntat sig något annat svar kände han sig besviken.

– Varför frågar du? sa mannen i bagarmössan, som stod nonchalant lutad mot en brödspade som var längre än han själv.

– Tack för pizzan, sa Axberg och gick mot utgången.

Plötsligt lade han märke till en grön Peugeot som stod parkerad bakom hans Saab. Det kan inte vara en tillfällighet, avgjorde han och sköt upp dörren.

När han klev ned från det sista trappsteget hejdade han sig. På trottoaren tio meter bort stod Åke Ekhammar. Han hade en svart rock över prästkappan. Kläderna stod i skarp kontrast till blekheten i ansiktet, som var påfallande i den milda höstsolen. Med händerna på ryggen och huvudet lätt på sned närmade han sig med långsamma steg, blicken var bekymrad och fientlig.

– Jaså det var du som spionerade på mig utanför Folkets hus, inledde Johan med en nick mot Peugeoten.

Utan att svara stannade Åke fem meter från honom och betraktade honom. Det fanns ingen värme i de ljusblå ögonen.

– Johan, det här är en väldigt märklig situation för oss båda. Jag beklagar det som hände Mattias, och förstår att du har tagit det hårt. Men det är ingen idé att du ... lägger dig i det här. Du river bara upp en massa gamla sår ...

Det här är inte sant, tänkte Johan.

– Vad menar du? utbrast han. Vadå för gamla sår? Är det något vi ska prata om är det väl varför du svek mig?

Åke rynkade pannan, det var många och fina vecka i den bleka huden.

– Du har varit borta för länge, Johan. Du vet inte hur det fungerar här längre.

Svarta prickar irrade framför ögonen. När han svarade hade han höjt rösten så att en tant med hund på andra sidan vägen tittade åt deras håll.

– Då får du tala om för mig hur det fungerar! Och vad är anledningen till att jag har varit borta? Va? Det var du som tvingade iväg mig!

Han märkte att han knutit nävarna. Ur en av de svarta prickarna växte bildsekvensen av hur Stefan föll nedför trappan.

– Åk hem, Johan. Du har inget här att göra!

Johan blev alldeles kall inombords, samtidigt som huden hettade. Det var samma känsla han hade fått för tjugoåtta år sedan när han satt i skinnsoffan i vardagsrummet hemma hos Åke och Cecilia. Budskapet var detsamma: du är inte välkommen här.

Men nu blev han inte ledsen när den initiala förvåningen släppte, nu blev han förbannad.

När Åke uttalat orden vände han på klacken och gick med bestämda steg mot Peugeoten. Johan fyllde lungorna med luft. Orden trängdes på hans tunga, men han fick inte fram ett ljud. Det var lönlöst att prata mer och han ville inte framstå som desperat genom att skrika.

Bildörren slog igen. Utan att bevärdiga honom med en blick körde Åke iväg.

Johan Axberg såg bilen försvinna åt höger in på vägen mellan polishuset och pizzerian. Länge blev han stående med blicken längs E14 som låg öde i 400 meter tills den försvann in i en vägg av granskog.

23

Sara parkerade BMW:n utanför Symfonikliniken, tog av sig solglasögonen och såg sig omkring. Allt var stilla förutom en pojke på en häst, som leddes av en tjej i tjugoårsåldern i skogsbrynet söder om huvudbyggnaden.

Görans ord om att Agneta Wirén hade en älskare hade malt i skallen under färden till kliniken. Om det var sant kanske motivet fanns att söka i skuggspelet av lögner, som alltid var närvarande när någon var otrogen.

Pojken på hästen försvann på en stig in i skogen. Hon tänkte att hon borde sätta fart, men eftersom hon inte bestämt sig för vad hon skulle göra, blev hon sittande. Öppnade handsfacket och tog ett tuggummi för att få bort eftersmaken av tonfisksalladen hon lagat till lunch.

Till hennes lättnad hade Karin ätit för första gången sedan polisen hämtat Göran. Hon var betydligt lugnare efter besöket på polishuset, även om det i praktiken inte hade förändrat något.

Sara tänkte på telefonsamtalet med Johan. Han hade blivit väldigt intresserad när hon redogjort för det Göran sagt om att Agneta Wirén kanske hade en älskare.

Försök kolla upp det, hade Johan bett henne. Åk till kliniken och se om du kan få någon att prata.

Just det, tänkte hon. Men hur? Hon var inte van vid sådant här. Det enda hon hade bestämt var att hon skulle säga att hon hade tappat ett halsband på festen. Det gav henne en förevändning att se sig omkring.

Ett ögonblick hade hon övervägt att berätta för Johan att Göran hade dykt upp på festen och sökt Chris, men hon hade låtit det bero. Efter de ovälkomna tankarna på polishuset om Görans eventuella inblandning hade hon gång på gång intalat sig att han var oskyldig tills hon övertygat sig själv om att han var det.

Hon rycktes tillbaka till verkligheten av ljudet av en bil som närmade sig. I backspegeln såg hon en blå Volvo S80 stanna framför en gul villa trettio meter bort. En man med kort ljust hår och mörk kostym steg ut från förarplatsen och sekunden därefter klev en grabb i keps och säckiga jeans ut.

Sara kände genast igen mannen. Det var Chris storebror, Henric Wirén. Hon hade sett honom stå på scenen med Chris på festen. Hon gissade att grabben var Chris son, Carl.

Henric Wirén kastade bilnyckeln till grabben och försvann in genom entrén till kliniken. Sara sköt upp bildörren och steg ut. Pojken lyfte en golfbag ur bakluckan på Volvon och låste med ett tryck på nyckeln. Sara tog tuggummit ur munnen och gick fram mot honom. När han puffade upp skärmen på kepsen såg hon att hon hade haft rätt i sin gissning. Carl Wirén hade sin pappas profil, men de bruna ögonen och det cendréfärgade håret hade han fått från sin mamma.

En sval vind fick de gulröda löven i några aspar att rassla. Förutom kraset från hennes skor mot gruset var det allt som hördes tills hon var fem meter ifrån pojken och sa:

– Hej, ursäkta mig. Jag heter Sara Jensen och är gift med en av läkarna på vårdcentralen, Erik Jensen ...

Carl Wirén vände sig om och såg förvånat på henne. Hon hörde hur konstig hennes presentation lät och log brett i ett försök att kompensera den tafiliga inledningen.

Hon sträckte fram handen. Efter några sekunders tvekan tog han den och sa sitt namn, fortfarande med en reserverad blick.

— Vi sågs som hastigast på klinikfesten i lördags, sa hon fast de inte hade hälsat på varandra. Jag beklagar det som hänt din pappa. Han var en fantastisk människa.

Carl Wirén krängde upp golfbagen över axeln och nickade vagt.

Hon kände sig dum och taktlös. Hon hade ingen rätt att börja fråga ut den här femtonåriga killen som nyss hade mist sin pappa. Så tänkte hon på Karin och Göran och insåg att hon måste försöka.

— Min man är ju kusin till Göran Hallgren, som du kanske vet ... Vi är så oroliga för honom. Vad var det som hände mellan er på gympan egentligen?

Carl Wirén ryckte till och såg på henne med förakt i blicken.

— Det vill jag inte prata om.

— Vad jag har hört så masserade han bara dina axlar under en basketmatch, och att han brukade göra det ibland för att peppa er, fortsatte hon.

Hans blick försvann bort igen. Han rättade till bagen på ryggen, klubborna skramlade mot varandra och det blev tyst igen. När det var uppenbart att han inte tänkte svara, fortsatte Sara:

— Varför reagerade Chris så hårt på det?

Carl bet sig i underläppen, skakade på huvudet och vände sig om för att gå. Dörren öppnades till den gula villan. Trots att Agneta Wirén såg betydligt mer sliten ut än på festen hade Sara inga problem med att känna igen henne.

— Hej Carl, sa hon. Är det något problem?

Hon stirrade skeptiskt på Sara, som sa:

— Nej. Jag skulle bara fråga vart jag ska vända mig ... jag tappade nämligen ett halsband på festen i lördags ... tänkte höra om någon har hittat det.

— Fråga i receptionen, sa Agneta Wirén med en nick mot huvudbyggnaden.

– Okej, tack, sa Sara och skyndade sig bort över grusplanen.

Hon kände sig som en idiot. Givetvis hade hon inte fått några vettiga svar. Hur skulle hon bära sig åt för att ta reda på om Agneta hade en älskare?

När hon steg in genom dörrarna till kliniken och såg sig omkring i foajén fick hon en idé.

24

Efter mötet med Åke utanför pizzerian hade han blivit sittande i bilen, oförmögen att ta sig för något. Han kände sig tom och rastlös, som om tusentals myror irrade omkring i hans inre utan att hitta något att arbeta med. Han spelade inte ens någon av Dylanskivorna. Just nu kändes all musik meningslös.

De första åren efter mammas och pappas död hade han känt sig sviken av dem eftersom de lämnat honom ensam kvar. Visst förstod han att det var fel att tänka så, men den känslan hade hängt kvar långt upp i tonåren och förstärkt besvikelsen gentemot Åke och Cecilia.

Åke *och* Cecilia är egentligen en felaktig benämning. Det var uteslutande Åke som fattade besluten i deras äktenskap. Det var han som hade förskjutit honom. Hade Cecilia fått bestämma hade han säkert fått stanna. Han hade sett det i hennes ögon och känt det i styrkan i hennes kram när hon tog avsked på gatan utanför farmor och farfar på Frösön.

Tankarna gick till Lotta och pojkarna. För sitt inre hörde han hennes entusiasm när hon berättade om huset på Alnön. Varför blev han så rädd när deras planer kunde bli verklighet?

Svek.

Är jag rädd för att bli övergiven igen? Är rädslan för smärtan större än drömmen om kärleken?

Hur starka är banden till Sebastian och Elias? Det var ju jag som uppmanade henne att begära vårdnaden om grabbarna. Borde jag inte ta mitt ansvar?

Svek.

Hur kunde Thomas svika Carolina? Hur skulle Alfreds relation bli med pappa Thomas när han växte upp? Skulle han förlåta honom?

Johan skakade på huvudet åt sina grubblerier. Nu fick det räcka. Om man tänker för mycket blir man tokig, som farmor Rosine brukar säga.

Han betraktade polisstationen och frågade sig hur han skulle gå vidare. Han kom inte längre med pizzakvittot i nuläget. Det var bara att vänta tills kollegan Grenmark på SKL hörde av sig. Samma sak var det med Chris Wirén – bara att vänta tills de eventuellt fick upp honom ur sjön.

Synen av mannen på flakmoppen trädde fram bakom ögonlocken. Skulle han köra till Stjärn-Sixten och se om han var hemma?

Men enligt det Erik berättat om Sixten var sannolikheten att få vettiga svar liten. I synnerhet om jag frågar honom, avgjorde Johan. Bättre att vänta och se om Erik lyckas få ur honom något.

Han masserade näsroten, funderade. Det var troligen en bättre idé att söka upp Gerard Wirén och fråga vad konflikten med Chris handlat om. Hade Gerard Wirén någon åsikt om det som hänt mellan Göran och Carl? Visste han något om Agnetas eventuelle älskare?

Innan han hann fatta något beslut såg han en polisbil komma körande på vägen mellan pizzerian och polishuset. Bilen stannade utanför garageportarna på polishuset och Elin Forsman och polisaspirant Sanchez steg ur.

Plötsligt kom han på vad det var som var så märkligt med fyndet av hammaren i Görans garage. Som vanligt när svaret utkristalliserades ur tankedimmorna blev han förvånad över att han inte kommit på det tidigare.

Inom sig såg han hur Elin Forsman och inspektör Bäcklund klev ur polisbilen utanför familjen Hallgrens villa för två dagar sedan. Hur Elin stegade fram till Karin och sa:

– *Hej Karin. Är Göran hemma?*

– *Ja, han är ...*

– *Här är jag*, svarade Göran och kom ut ur garaget.

Just det, avgjorde Axberg. Elin såg honom komma ut ur garaget. Och den som planterade hammaren i garaget måste ju ha vetat att Göran gick in där innan han togs till stationen. Om Göran inte hade gått in i garaget hade det varit enkelt för mig, Karin, Erik eller Sara att intyga motsatsen, eftersom vi såg honom hela tiden från det att kom hem från sin åktur med bilen. Den åktur under vilken han enligt polisen slog ihjäl Mattias.

Med snabba steg skyndade han sig över gatan till stationen. Synen av Elins oförstående min när han hade frågat om hon hittat något brev på Mattias skrivbord blixtrade förbi.

– Hallå där, ropade han mot hennes ryggtavla när hon var på väg in genom dörren.

Hon vände sig om, den korta och kompakta kroppen var plötsligt på helspänn. När hon fick syn på honom slappnade hon av. Först såg hon lättad ut och sedan förargad. När han gick fram till henne vände hon sig till aspirant Sanchez, som stack fram huvudet i dörren, och sa åt honom att gå in. Han nickade och försvann.

– Vad vill du? sa hon utan att försöka dölja sin irritation.

– Jag vill höra hur det går med utredningen av mordet ... på min vän Mattias Molin, lade han till för att undvika ännu en kommentar om att det inte angick honom.

Hon fnös och tittade menande på honom.

– Jaså, det låter så nu. Är det du som ligger bakom att sökandet efter Chris tas upp igen?

– Nej, det hade jag ingen aning om. Varför gör man det?

– Vet inte. Och det är ingen idé. Vi gjorde vad vi kunde i första vändan.

– Är Göran Hallgren fortfarande anhållen?
– Ja, men det vet du väl redan?
– Hur går det med förhören? Har han erkänt?

Elin Forsman drog efter andan, men istället för att tillrättavisa honom blåste hon ut luften genom näsan i en lång suck. Plötsligt såg hon trött ut.

– Nej, men det är nog en tidsfråga.
– Varför tror du det?
– Allt tyder på det: motiv, metod och möjlighet. Analysen av hans mobil visade att han ringde till Mattias vid fyratiden samma dag som han mördades ... visserligen säger han att han bara skällde ut honom för det han gjort, men varför ska vi tro på det?

Frågan var retorisk och utan att invänta svar fortsatte hon:
– Dessutom hittade vi många fotografier på pojkar som han haft i skolan i hans skrivbord.
– Vadå för bilder?
– Mest lagbilder från olika tävlingar, och en del foton från olika idrottsdagar.
– Var det komprometterande bilder, jag menar avklätt och så?
– Nej, men ändå.
– Var det inga tjejer med?
– Jo, i och för sig, men kanske ändå mest pojkar ...

Han höjde rösten.
– Det beror kanske på att han tränade pojkarna i basket och fotboll? Herregud, det där kan ni inte dra några slutsatser av.

Elin Forsman satte tummarna innanför bältet på uniformen och sträckte på sig.

– Vi har mer på fötterna än så, sa hon indignerat.
– Låt höra, sa han och ångrade genast sin kaxiga ton.

Nu skulle hon säkert avsluta samtalet just när han började komma någonvart. Till hans förvåning fortsatte hon:

– Det var Mattias Molins blod på hammaren i garaget.

– Det var väl väntat, replikerade han. Men det är ju inte säkert att det är Göran som lagt den där. Tror du att han är så dum att han skulle lämna ett mordvapen i sitt eget garage?

– Vem skulle det annars vara?

Istället för att svara höjde han på ögonbrynen och lät frågan studsa tillbaka till henne. Hon reagerade inte. Hade hon tipsat gärningsmannen var hon oerhört skickligt på att hålla masken.

– Hittade teknikerna spår från Göran på hammaren?

Hon skakade på huvudet.

– Fanns det spår från någon annan?

– Nej.

– Vad drar du för slutsats av det?

När inget svar kom fortsatte han:

– I mina öron låter det som om den som la dit hammaren såg till att ta bort alla spår ...

– Så behöver det inte alls vara, muttrade Elin.

– Har ni hittat Mattias plånbok och laptop?

– Nej.

– Har ni någon förklaring till det, och till röran på hans rum? Och brevet som låg på skrivbordet – har det kommit fram?

– Det där har vi redan pratat om, sa hon och gick mot dörren.

– Förresten, sa Johan. Jag såg din son utanför kliniken ...

Än en gång vände hon sig hastigt om.

– Jaha? Och?

– Fin grabb, fortsatte han så förtroligt han kunde. Jag snackade lite med Agneta Wirén ... hon berättade att han får bästa tänkbara vård på kliniken.

– Kalla det inte vård, snäste Elin Forsman. Det heter rehabilitering.

Johan slog ut med händerna i en avväpnande gest.

– Det måste kännas bra med alla resurser kliniken har. Är det inte väldigt dyrt?

– Det har du inte att göra med.

Med de orden vände hon på klacken och försvann in genom den bruna metalldörren.

Han började gå tillbaka mot bilen. När han satte nyckeln i låset såg han en mörkblå Volvo S80 susa förbi på vägen. Än en gång befann han sig i mörkret på grusvägen på väg till Mattias. Än en gång såg han det röda märket glida förbi utan att kunna få skärpa i bilden. Det kändes som ett hån att han gång på gång blev påmind om att han hade varit så nära mördaren utan att kunna använda sig av det han hade sett.

Tålamod, upprepade han. Blir jag irriterad minskar möjligheten att minnas till noll och ingenting.

Han greppade mobilen och ringde till Sofia Waltin. Under tiden som signalerna surrade i örat tänkte han på kvällen i julas då Carolina hade gjort slut och han sökte tröst i Sofias famn i bastun på polishuset.

Det hade tagit lång tid för Sofia att förlåta att hennes kärlek inte var besvarad, men nu trodde han att hon hade gjort det. De arbetade bra tillsammans och han misstänkte att hon hade träffat någon annan, vilket gladde honom. Samtidigt skulle åtrån till henne som då och då blossade upp i honom aldrig försvinna. Men det var skillnad på åtrå och kärlek. Något som han borde ha lärt sig vid det här laget. Om han tvekade behövde han bara återkalla Sofias iskalla blickar när han hade sagt att han inte älskade henne.

– Kriminalinspektör Sofia Waltin.

– Hej, det är Johan.

Efter några minuters lägesrapport bad han henne kolla upp hur många blå Volvo S80 det fanns i Bråsjö. Hon skulle även se efter om någon i familjen Wirén, Per-Erik Grankvist eller Åke Ekhammar fanns med i belastningsregistret.

– Inga problem, jag ringer så fort jag hinner, sa hon och avslutade samtalet.

Innan han hade hunnit lägga ifrån sig mobilen vibrerade den i hans hand. Till sin förvåning såg han att det var Carolina. Han lät melodislingan gå ett varv innan han svarade.

– Hallå, det är Johan Axberg, svarade han, som om han inte visste vem det var som ringde.

– Hej, det är jag ... Carolina.

– Hej.

Hon lät ömklig på rösten. Han undrade vad som hade hänt. Innan han kom sig för att fråga sa hon:

– Jag har fått ryggskott ... det gör så jäkla ont, jag kan knappt ta mig ur sängen.

– Oj, när hände det?

– För någon timme sedan. Det bara small till när jag böjde mig ner för att lyfta Alfred.

Hon stönade till och det lät som om hon vred sig i sängen.

– Jag har tagit två Alvedon, men det hjälper inte ... och jag vågar inte ta något starkare eftersom jag ammar.

Han återkallade hennes ord om att föräldrarna skulle på ett bröllop i Stockholm.

– Har dina föräldrar åkt?

– Ja, det är det som är så synd ... jag har svårt att klara av Alfred ... måste ju bära honom hela tiden ...

– Jag kommer förbi, sa han så instinktivt att han blev förvånad över sitt snabba beslut.

– Åh, vill du det? Det behöver du inte.

– Klart jag kommer. Jag är där om tio minuter.

Det blev tyst i några sekunder innan hon sa:

– Tack, Johan. Du är verkligen snäll.

25

Jag sitter på en bänk i Vängåvan och ser två pojkar jaga varandra runt fontänen. I händerna har de varsitt gult löv, som jag gissar kommer från någon av lindarna som susar sövande ovanför mitt huvud. De ser så oskyldiga ut, som om allt som finns är glädjen i deras ögon och skratten ur deras munnar.

För mig finns det bara problem och tvivel. Ångesten över hur jag ska göra fick mig att lämna byn. Min förhoppning var att jag skulle se saken tydligare om jag kom bort från allt och alla, men förgäves. Nu har jag suttit här i tjugo minuter utan att komma någonvart.

Ska jag gå till polisen och berätta? För en del av mig är det självklart. Jag vet att det är det enda rätta. Allt jag lärt mig om etik och moral säger att det är så. Ändå tvekar jag.

Konsekvenserna skulle bli förödande, både för de personer jag skulle svika och för hela byn.

Plötsligt står jag inte ut med pojkarnas glädje längre. Jag reser mig och går. I skyltfönstret till bokhandeln ser jag Chris senaste bok. Trots att han ler är det som om han ser uppmanande på mig. Jag skyndar vidare mot Stora torget. Hör hur mitt underjag talar till mig, det är samma ord som alltid:

Chris och Mattias är döda. Det går inte att göra något åt det. Du måste göra det som är bäst just nu. Att skvallra kommer bara att göra allt värre.

Ja. Så är det också. Hur jag än väljer gör jag både rätt och fel. Är jag beredd att offra mig själv och mina närmaste medmänniskor för sanningen? Hade Chris och Mattias gjort det?

Ja. Nej. Ja.

Med snabba steg korsar jag torget och fortsätter längs gågatan. Tittar på de färgglada stadsdrakarna mest för att ha något att fästa blicken på. Vill inte möta några blickar eftersom alla tittar anklagande på mig.

När jag kommer fram till Olof Palmes torg slår klockan i Gustav Adolfs kyrka fyra. Av någon oklar anledning får jag bråttom. Jag vänder om och börjar gå tillbaka så fort jag kan utan att det ser konstigt ut. Tänker på Chris som ligger på sjöns botten. Om han kom upp skulle allt bli annorlunda. Då skulle det otänkbara bli uppenbart.

Jag passerar Stora torget igen, kastar en blick upp mot Hirschska huset. Där bor alltså Johan Axberg.

Det bästa vore om han lämnade byn så fort som möjligt.

Bilen väntar på parkeringen utanför Kulturmagasinet. Utan att grubbla mer hoppar jag in och startar motorn. Nu har jag bestämt mig.

26

Johan Axberg parkerade utanför tegelhuset på Syrénvägen som inhyste både vårdcentral, servicehus, fotvård och apotek. Carolina hade bett honom hämta ut de smärtstillande tabletterna som Erik hade skrivit ut efter att hon ringt honom och berättat om sitt ryggskott. Dessutom skulle han köpa våtservetter, en amningspump, bomullstussar och Idominsalva.

Besöket hos Carolina hade varit omtumlade. När han hade ringt på dörren hade det slagit honom att de inte träffats sedan hon gjort slut i julas. Hur såg hon ut? Hur såg barnet ut? Gjorde han rätt som ställde upp så fort hon knäppte med fingrarna?

Hon orkade inte öppna dörren utan ropade bara: "Kom in." När han gick genom hallen hörde han joller inifrån vardagsrummet och hjärtat bankade ännu hårdare än det redan gjort från det ögonblick då han satte foten på hennes föräldrars tomt. Det gjorde honom irriterad. Han var fortfarande besviken på henne. Hon hade ljugit för honom och sagt att hon inte träffat någon ny när hon gjorde slut. Han hade absolut ingen anledning att vara nervös.

Hon låg i skinnsoffan med ett bylte på bröstet, där han anade en svart kalufs som stack upp ur en virad bomullsfilt. Hon såg på honom med tacksam min. Ansiktet var rundare än han mindes det, de höga kindknotorna nästan osynliga, huden blek men kinderna röda, det blonda håret långt och okammat. Men gnistan i de blå ögonen fanns kvar, även om den var mattare än vanligt. Och rösten var densamma. Den hade han visserligen hört på teve och telefon då och då efter att det tog slut, och hade det skett någon förändring skulle han kanske inte notera den lika tydligt.

Stolt visade hon upp pojken. Stolt sa hon hans namn. Johan Alfred Lind.

Det kändes konstigt att hon hade gett det barn, som hon lämnat honom för att få, hans namn. Som om hon ville att han skulle vara delaktig, fast han inte var det.

När han klappade pojken över huvudet och såg in i hans ögon, kände han en mild värme strömma genom armen och ut i bröstet. Vanligtvis brukade han tycka att bebisar var fula och ointressanta, men den här gången var det annorlunda. Han antog att det berodde på att Carolinas glädje och stolthet omslöt pojken.

Konstigt nog hade alla tankar på Thomas och på hennes svek i den stunden varit som bortblåsta.

Innan han hade gett sig av hade hon sagt att hon stod fast vid beslutet att lämna Thomas. Han var en egoistisk skitstövel och hon ångrade att hon fallit för honom. När Johan hade frågat hur de skulle göra med vårdnaden hade hon svarat att de inte hade pratat om det, men att Thomas inte verkade intresserad. Och mellan ett ömt leende och en kyss på pojkens huvud hade hon sagt att hon aldrig skulle släppa sitt barn ifrån sig. Efter en hastig tanke på Lotta och Stefan hade Johan tänkt invända att det kanske inte var så enkelt, men han hade hejdat sig när han sett övertygelsen i Carolinas blick.

Han styrde stegen mot entrén och tänkte på samtalet han fått från Lotta på vägen hit. Instinktivt hade han inte sagt något om Carolina. Lotta hade tittat på huset på Alnön och tyckte att det var perfekt. En trävilla från femtiotalet med sjötomt och stora ytor för pojkarna. Det fanns ett visst renoveringsbehov, men köket var nytt och det fanns både bastu och jordkällare.

Priset var 850 000 – hälften av vad hon och Stefan begärt för villan i Haga. Hon tyckte att de kunde slå till så fort villan såldes. Han hade svarat att han inte kunde fatta ett sådant beslut på stående fot. Hon hade svarat med samma demonstrativa tystnad som när han senast hejdat hennes planer.

När han öppnade dörren stod till hans förvåning Erik på andra sidan. Han hade portföljen i ena handen och cykelhjälmen i den andra. Bakom honom stod en kort trind man med yvigt skägg och runda glasögon. Förvånat hälsade Johan på Erik, som presenterade honom för doktor Per-Olov Borg.

Doktor Borgs handslag var fast och svalt, men när Johan sa sitt namn drog han snabbt tillbaka handen.

– Jag har lite bråttom, ursäktade han sig och försvann ut genom dörren.

I fönstret vid sidan om dörren såg Johan hur doktor Borg gick över parkeringen och satte sig i en röd Amazon, som inte såg ut att ha passerat besiktningen de senaste åren. Han tänkte på Görans ord om att Agneta Wirén kanske hade en älskare. Såg på Erik och adderade det han sagt om hennes täta besök hos doktor Borg.

Kunde han vara hennes älskare? Han hade lärt sig att vara försiktig med att ha förutfattade meningar om folks sexuella preferenser. Under utredningen om den mördade kvinnan i elljusspåret hade han flera gånger missat mördaren på grund av fördomar. Det skulle inte upprepas, även om sannolikheten för att Agneta med sitt fina sätt skulle ha fallit för doktor Borg var liten. Eller så var det precis tvärtom.

– Vad gör du här? frågade Erik.
– Ska in på apoteket en sväng ... och hämta medicinen du skrev ut åt Carolina bland annat.
– Har du träffat henne?
– Ja.
– Och barnet?

Johan nickade.

– Jag är på väg hem, fortsatte Erik. Har det hänt något nytt?

– Om du har tid att vänta ett tag kan vi snacka lite ... måste bara hämta ut medicinen innan dom stänger.

– Visst, jag väntar här utanför.

Johan gick in på apoteket, gjorde det Carolina bett om och köpte nikotintuggummi till sig själv. När han återvände ut hade Erik slagit sig ned på bänken utanför. Johan svepte med blicken omkring sig, avgjorde att ingen kunde höra vad de pratade om.

– Släpper de Göran snart? frågade Erik när Johan satte sig.

– Vet inte. Dom håller honom nog tills i morgon. Sen är det upp till åklagaren.

– Hur gick det på kliniken?

Johan redogjorde för mötet med Per-Erik och Henric. Han berättade även om hur Åke hade följt efter honom och det han sagt utanför pizzerian. Om samtalet med Elin och hennes ovilja att svara på frågor.

– Det känns som om alla ljuger. Men förr eller senare kommer jag att avslöja sanningen. Och det viktigaste nu är att Chris kommer upp. Om det Mattias skrev stämmer kommer det vara uppenbart för alla att han mördades.

– Förresten ringde Sara och sa att hon skulle sova över på kliniken, sa Erik. Hon ska tydligen försöka ta reda på vem som är Agneta Wiréns älskare ...

Johan vände sig åter mot Erik, såg att han inte uppskattade det.

– Det är bra, sa han. Jag behöver all hjälp jag kan få.

– Ja, suckade Erik. Kan vi hjälpa Göran är det förstås bra. Jag har förresten kollat upp klinikens verksamhet ... Socialstyrelsen gjorde en granskning förra året. De hade inget att invända. Alla patienter, eller kunder som kliniken säger, skriver på ett papper där de intygar att de är där frivilligt och genomgår behandlingarna på egen risk. Och eftersom personalen inte är legitimerad sjukvårdspersonal gäller inte kvacksalverilagen. Så länge kliniken inte bedriver behandlingar som klassas som direkt farliga, gör de alltså inget olagligt.

– Men oetiskt?

Erik ryckte på axlarna, fingrade på mässingsspännena på portföljen.

– Det håller nog inte alla som blivit hjälpa av Mirakelmannen med om. Men jag förstår vad du menar.

Det satt tysta en stund, såg tre ungar gunga utanför förskolan tvärs över vägen.

– Nu är det bäst att jag åker hem till Karin, sa Erik och reste sig.

– Hur mår hon? frågade Johan.

– Inget vidare.

Erik låste upp blocklåset på mountainbiken och frågade:

– Vad ska du göra nu?

– Åka till Carolina med medicinen. Sen ska jag prata med Chris pappa. Jag vill veta vad deras konflikt handlade om.

– Lycka till, sa Erik. Vi hörs.

– Ja, det blir väl ingen pub i morgon?

– Nej, flinade Erik. ATG får klara sig utan våra pengar den här veckan.

Han hoppade upp på cykeln och trampade iväg. När Johan svängde ut på Syrénvägen såg han Eriks knallgula hjälm försvinna bakom hyreshusen i Tallbacken.

27

Sara drog undan gardinen och tittade ut genom fönstret. Rummet var perfekt. Hon hade utsikt över parkeringen och familjen Wirséns villa, både framsidan och altanen som vette mot skogen. Idén att ta in på kliniken kändes som det bästa sättet att försöka ta reda på om Agneta Wirén hade en älskare. Nu kunde hon kanske snappa upp något från personalen, och framförallt se vilka som besökte henne.

Initialt hade Erik protesterat när hon nämnt idén för honom. Han tyckte att det var både för långsökt och dyrt. 3 000 kronor var priset för två dygns vistelse på kliniken, inklusive måltider och behandling för musarmen, som hon påstod sig lida av. Men efter viss övertalning hade han gett med sig och lovat att betala.

Karin var väldigt tacksam för hennes initiativ. Under telefonsamtalet för några minuter sedan hade Karin tackat henne tre gånger och sagt att hon inte skulle klara av det här utan hennes stöd. Karin hade frågat runt bland sina vänner om Agnetas eventuelle älskare. En av väninnorna, som arbetade i kassan på Konsum, hade också hört rykten om att Chris och Agneta hade kris i äktenskapet, men mer än så var det inte.

Sara tog det som ännu en intäkt för att hennes beslut att spionera på Agneta var det enda rätta. Uppenbarligen skötte hon en eventuell affär på ett snyggt sätt. Men kanske skulle chocken efter Chris död och den pågående polisutredningen ändra på det. Människor under press börjar ofta handla på de mest ologiska sätt, brukade Johan säga.

Och gör Agneta några oväntade drag är jag beredd, tänkte Sara och kastade en blick på BMW:n som hon parkerat på en av platserna närmast entrén. Om Agneta lämnade huset skulle hon följa efter.

Hon blev avbruten i sina tankar av att det kurrade till i magen. Armbandsuret visade att klockan var fem minuter i fem. Det var hög tid att gå ner och ta del av den vegetariska buffén, som var en del av behandlingen.

Egentligen ville hon inte lämna sin utkikspost av rädsla för att missa något, samtidigt ville hon inte dra åt sig misstankar genom att hålla sig undan. Hälsocoachen som skrivit in henne hade noggrant förklarat vikten av att följa Mirakelmannens program till punkt och pricka. Annars riskerade musarmen att bli kronisk.

När hon skulle lämna rummet såg hon två bilar köra in på parkeringen. Ena bilen hade en vit plastjolle på taket. Hon gick fram till fönstret. Två kvinnor och en man steg ut, öppnade bakluckorna och släppte ut en schäfer och en labrador.

Måste vara poliserna och spårhundarna som Johan berättat om, avgjorde hon. Tanken på att de kanske skulle få upp Chris ur vattnet gjorde henne kall inombords.

28

Besöket hos Carolina hade dragit ut på tiden mer än han tänkt sig. Klockan hade hunnit bli halv sex när han startade Saaben och gav sig iväg hem till Gerard Wirén.

Carolina hade genast tagit medicinen som Erik skrivit ut, men smärtorna hade bara mildrats litegrann, samtidigt som hon blivit trött och illamående. När han sett hur svårt hon plågades hade han instinktivt erbjudit sig att stanna och hjälpa till.

– Vad snäll du är! Vill du det?

– Ja, men jag kan inte stanna så länge.

Först hade han bytt kläder och blöjor på den lille – hela tiden under hennes överinseende, vilket var tur eftersom han aldrig hade gjort det förut. Hans händer hade känts klumpiga och grova när han höll i pojken. Till hans förvåning hade inte bajset i blöjan luktat illa.

När Carolina hade ammat hade han tagit Alfred över axeln och gått upp med honom på övervåningen. Efter fem minuters guppande hade Alfred rapat så högt att han blev förvånad att det kunde rymmas så mycket luft i en sådan liten kropp.

I en halvtimme hade han burit runt på honom innan han somnat. Han kunde fortfarande känna tyngden och värmen från kroppen mot sin vänstra axel. Han tänkte på ärret efter skottskadan i samma axel. Det påminde honom om livets ytterligheter – från den nyföddes oskuld till den beräknande ondskan, som inte tvekade att förkorta livet.

Allt i samma kopp, som farmor Rosine brukade säga.

Carolina hade varit oändligt tacksam för att hon fick sova. Till hans förvåning hade hon smekt honom på kinden, som hon brukade göra när de var tillsammans. När hon såg hur förvånad han blev hade hon snabbt dragit undan handen och slagit ned blicken med ett generat leende.

– Jag tror att de här tabletterna gör mig lite snurrig.
– Klarar du dig nu?

Nytt leende, bredare och kaxigare.

– Har jag något val?

Rak i ryggen som en fura hade hon följt honom till dörren på stapplande steg.

– Hej då, Johan. Vi ses.
– Ja, ring om det är något.
– Tack än en gång. Du vet inte hur tacksam jag är.

Han svängde vänster in på Tallbacken. Han frågade sig hur Carolina skulle klara natten. Enligt vad hon berättat var det Alfreds mest stökiga period.

I slutet av backen svängde han höger och såg slalombacken som en brun rektangel i den jämngröna barrskogen några hundra meter bort. Kvällssolen föll in genom rutan och han fällde ned solskyddet.

När han hade ringt till Gerard Wirén och sagt att han ville träffa honom hade han låtit skeptisk och frågat varför. Johan hade svarat att han inte ville ta det på telefon. Efter några minuters dividerande hade Gerard gett med sig och sagt att han kunde komma förbi klockan halv sju.

Han hade alltid haft stor respekt för Gerard, vilket till stor del berodde på att han hade varit pappas chef. Pappa hade aldrig sagt något negativt om vare sig Gerard eller arbetet. Visserligen hade han inte sagt så mycket positivt heller, så det var svårt att veta vad han hade tyckt.

Gerard hade alltid varit snäll de få gånger han hade följt med Chris hem. Samtidigt var han så auktoritär att de inte vågade göra annat än att följa hans regler om tystnad och ordning. En väldig kontrast till hur det varit hemma hos Johan, där de fick rasa av sig så mycket de ville, bara de inte blev osams.

När han svängde in på Utkiksvägen kom bilderna från hans och pappas hastiga sorti i höstkvällen åter för hans inre syn.

Han känner pappas krampaktiga grepp om handen. Snabba steg över gruset. Han måste småspringa för att inte ramla. Förtvivlat frågar han:
 — Vad gör du pappa? Ska jag inte få leka med Chris?
 — Tyst, Johan. Nu är du bara tyst.

Vad var det som hade hänt? Nu såg han träpatronvillan, som låg i ensamt majestät längst ned på Utkiksvägen. Han lättade på gaspedalen och slappnade av, försökte återvända in i världen som den hade varit när han var elva år och det inte fanns några bekymmer.

Han stannade på trottoaren utanför villan och slogs av hur oförändrad den var. Nya bilder sköljde över honom.

Pappa slår tre gånger på dörrknackaren av förgylld mässing. De väntar, men ingenting händer. Pappa knackar på igen, ser på Johan och ler nervöst. Han ska fråga om Johan har glömt sin skolväska.
Ett plötsligt slammer hörs inifrån huset, som om en kastrull åkt i golvet. Pappa lutar sig över räcket och tittar in genom köksfönstret. Ögonen blir stora och färgen försvinner från ansiktet. Johan blir rädd. Så har han aldrig sett sin pappa förut. Just när han ska fråga vad det är, griper pappa hans hand och drar honom ned från verandan.

Han ryckte till, som om han hade fått ett slag i ansiktet. Ett slag från över tjugo år tillbaka i tiden som nu träffade honom med full kraft.

Vad var det pappa hade sett? Hade Gerard slagit sin fru? Andra bilder flöt omkring i hans inre, gled in i varandra och letade efter ett sammanhang, men de var så obehagliga att han instinktivt lät dem strömma förbi.

Han öppnade grinden och kände en doft av jord och förmultnelse. Gruset under hans fötter krasade på samma sätt som han mindes det. Halvvägs ned mot villan såg han framför sig hur han och pappa småsprang upp mot vägen.

Dörrknackaren var ersatt av en ringklocka. Det plingade hemtrevligt från ett klockspel innanför de dubbla trädörrarna. En blick på köksfönstret. Ny luft i lungorna och ett försök att samla sig.

Efter en halvminut öppnades dörren. Han kände genast igen Gerard Wirén, som åren till trots var sig förvånansvärt lik. Men han hade alltid sett ut som en äldre herre med sin mörka kostym, sin barska uppsyn och den kala hjässan. Och de skarpa blå ögonen som Chris hade ärvt, lyste lika klara som alltid.

– Johan Axberg! utbrast Gerard Wirén på sitt myndiga manér när han sträckte fram handen och hälsade. Det var sannerligen inte i går.

– Nej, inte i förrgår heller, svarade Johan, men ångrade sig när han hörde hur fånigt det lät.

– Stig på, sa Gerard Wirén.

Johan följde honom in i hallen, hängde av sig skinnjackan och fortsatte in i vardagsrummet. De satte sig mittemot varandra vid ett soffbord av glas.

– Vad var det du hade på hjärtat? inledde Gerard Wirén och korsade händerna i knäet. Vi får vara lite tysta. Edith har migrän och ligger och vilar, avslutade han med en blick mot taket.

– Jag får börja med att beklaga det som hände Chris, sa Johan. Det känns verkligen sorgligt.

Gerard Wirén vred fåtöljen ett kvarts varv, vände blicken ut mot fönstren som vette mot skogen på baksidan av huset.

– Ja, svarade han. Onekligen en stor förlust för bygden ...

– Och för dig och Edith ...

– Mm. Som du säkert vet hade jag och Chris ingen kontakt. Men visst är det tråkigt att mista en son ...

Han reagerade på att Gerard Wirén uttryckte sig så mekaniskt, men eftersom han alltid hade talat på det sättet var det svårt att avgöra vad han kände. Han redogjorde för upptäckten av Mattias och sa att han trodde att Göran Hallgren var oskyldig. Medvetet nämnde han ingenting om brevet, hammaren eller misstanken att Chris blivit mördad. Gerard Wirén lyssnade utan att ta blicken från fönstret. Till Johans förvåning ställde han inga följdfrågor. När Johan var färdig med sammanfattningen frågade han:

– Varför bröt Chris och du kontakten?

Gerard Wirén ryckte till, kastade en snabb blick på honom.

– Varför undrar du det?

– Bara av nyfikenhet. Man får ju höra en del när man återvänder så här ...

Det blev en paus när Gerard Wirén överlade med sig själv. Sedan ryckte han på axlarna och sa:

– Det är en lång historia ... För att göra den kort kan man säga att vi hade olika åsikter om det mesta. Han tyckte inte om sättet som jag drev sågverket på. Jag tyckte att hans intresse för psykologi och hälsa var flummigt, eftersom han vägrade att gå en ordenlig utbildning inom området. Chris visste alltid bäst och vägrade att ta råd.

– Han lyckades rätt bra.

Gerard Wirén slog ut med händerna i en retorisk gest.

– Vet du varför man har börjat dragga efter honom igen?

– Ingen aning. Varför blev du och Edith bjudna på klinikfesten?

– Om jag det visste, svarade Gerard Wirén och drog handen över hjässan.

– Enligt vad jag har hört bråkade du och Chris på festen.

– Vem har sagt det?

– Kan jag tyvärr inte säga.

– Varför då? Du är väl inte här som polis, utan som privatperson?

– Och som privatperson bryter jag inte ett förtroende.

– Och jag far inte med lögner, sa Gerard Wirén och rättade till slipsknuten.

Johan Axberg lutade sig bakåt i fåtöljen, insåg att han måste växla spår.

– När gick du och Edith hem från festen?

– Tidigt, kom svaret med suck. Klockan var inte mer än halv tio, tror jag.

– Vad gjorde ni då?

– Gick hem och lade oss. Hurså?

En lodrät rynka trängde undan de horisontella i Gerard Wiréns solbrända panna och han såg påtagligt irriterad ut.

– Vad anser du om Chris anklagelser mot Göran Hallgren? fortsatte Axberg.

– Eftersom jag inte vet vad som låg bakom har jag ingen åsikt alls.

– Vet du om Chris och Mattias kände varandra?

Gerard Wirén vände blicken ut genom fönstret.

– Ingen aning. Men som jag sa hade jag och Chris ingen kontakt.

Några sekunder rann undan i tystnad. En skata landade på en gren i ett rönnbärsträd i trädgården och några bär föll ned på den välklippta gräsmattan. Så vände sig Gerard Wirén mot Johan med en plötslig nyfikenhet i blicken.

– Tror polisen att Göran Hallgren slog ihjäl Mattias Molin som hämnd?

— Ja. Är det inte ett märkligt sammanträffande att Chris drunknade två dagar innan?

Gerard Wiréns irisar mörknade. Han öppnade munnen, som för att säga något. Så hejdade han sig och återvände med blicken ut mot skatan. Johan betraktade hans profil, undrade om rektionen berodde på att han såg sambandet för första gången, eller om det fanns en annan anledning. Just när han skulle ställa nästa fråga reste sig Gerard Wirén och sa:

— Du får ursäkta mig ett ögonblick. Jag måste gå på toaletten.

— Visst, sa Johan förvånat.

Han såg Gerard gå ut i hallen, hörde ljudet av en dörr som öppnades och stängdes. Det var inte ovanligt att förhörda personer gick på toaletten på polishuset, men i hemmiljö hörde det till ovanligheterna. Dessutom hade han hade nyss kommit. Var det något han hade sagt?

Innan han hann fundera vidare hörde han hur Gerard spolade. Tio sekunder senare återvände han till sin plats i fåtöljen.

— Hur var Chris och Henrics relation? återtog Johan.

— Det får du fråga Henric om, svarade Gerard kort.

— Och du och Henric?

— Vi träffas regelbundet.

— Vet du om Chris och Agneta var lyckliga ihop?

— Jag har inte hört något annat, men vad har det med saken att göra?

Johan bedömde att Gerard Wirén redan hade greppat möjligheten att Chris blev dödad. Av någon anledning ville han inte låtsas om det. Varför? Han gick vidare med nästa fråga:

— Känner du Elin Forsman?

— Inte mer än att vi hälsar.

— Har du kontakt med min morbror, Åke Ekhammar?

Gerard Wirén kastade en forskande blick på honom.

— Nej, samma sak där: vi hälsar men inget mer. Och jag och Edith går väl i kyrkan högst två tre gånger per år.

— Vad har du för bil nu för tiden?

— Hurså?

— Jag såg ingen på gården när jag kom. När jag var liten hade du en svart veteranbil ... jag och Chris fick åka med till sågverket ibland, minns du?

Ett leende fick fäste på Gerard Wiréns strama kinder.

— Ja, det var tider det. Nu har jag en svart Volvo S80. Den är på reparation sedan i går ... tydligen något fel på förgasaren.

Ännu en bil av samma modell. Kan jag ha förväxlat svart med mörkblått?

— Nu ska jag inte störa dig längre. Tack för att du tog dig tid.

— Inga problem, sa Gerard Wirén och reste sig upp.

Johan noterade att han såg lättad ut fast han gjorde sitt bästa för att spela likgiltig.

— Förresten börjar jag bli rätt hungrig, fortsatte han. Vet du om pizzerian vid polishuset är bra?

— Ja, det tycker jag. Edith brukar ta hem pizza därifrån ibland när hon inte orkar stå vid spisen.

De gjorde sällskap ut i hallen. Johan tog på sig jackan, skakade Gerard Wiréns hand och tänkte på hammaren i Görans garage.

— Förlåt en sista fråga, sa han. Var befann du dig natten mot i dag?

Gerard Wirén höjde på ögonbrynen och såg ut som om han tänkte protestera. Sedan log han snett och svarade:

— Jag och Edith var hemma hela natten. Den tiden då man orkade vara uppe är tyvärr förbi sen länge.

29

Bråsjö, 17 september 1999

Det var inget mindre än ett mirakel. Trots att hon tyckte att själva ordet var överdrivet och hade något högtidligt religiöst över sig, kunde hon inte beskriva det annorlunda. Hon hade klarat det! Tjugo armhävningar i rad. Vem hade kunnat tro det?

Det senaste halvåret hade det varit otänkbart för henne att ens försöka på grund av smärtorna. Visst ömmade det fortfarande i axlarna, men det hade inte hindrat henne. Smärtan från mjölksyran när hon pressade sig igenom de sista hävningarna kändes enbart behaglig, som en bekräftelse på att hon kämpat duktigt och äntligen började bygga sin kropp igen. Och allt var Chris Wiréns och Symfoniklinikens förtjänst! Det var ett mirakel, och han gjorde verkligen skäl för sitt namn.

Efter tre dygn på kliniken kände hon sig som en ny människa. Som om hon åter hade blivit den hon egentligen var – den person som smärtorna förvridit till en kvinna hon inte ville veta av.

Det var det första som Chris hade fått henne att förstå i terapisamtalen: för att bli fri smärtorna måste hon börja tycka om sig själv igen. Och fast de bara haft tre samtal hade han fått henne att bryta sina negativa tankemönster.

Det är du själv som skapar verkligheten, hade han sagt. Det gäller att aktivt tänka positivt kring det som sker. Om du gör det medvetet kommer hjärnan att börja göra det även i dina drömmar och ditt undermedvetna – och när det sker kommer du att må mycket bättre.

Tänk dig frisk! Tänk att du är pigg, att du inte har ont. Om du tänker positivt blandar hjärnans belöningssystem till cocktails av lyckohormoner som strömmar ut i kroppen och gör dig frisk.

Det är inte hur man har det utan hur man tar det.

I början hade hon tyckt att hans ordspråk lät banala och oseriösa. Som tomma floskler hämtade ur någon flummig New Age-bok. Det hade tyckts förmätet att påstå att hon skulle bli fri smärtorna och trötheten genom att tänka på ett visst sätt. Men Chris hade varit så övertygande att hon steg för steg tagit hans ord till sig.

Chris hade också sagt att de positiva tankarna var en del av behandlingen. För att de övriga terapierna skulle fungera var det viktigt att hon var övertygad och entusiastisk.

Hon reste sig upp, betraktade sig i väggspegeln. Ansiktet var rosigt och smalare än när hon checkade in. Vågen i badrummet visade att hon gått ned tre kilo. Om det fortsatte i den här takten skulle hon snart vara tillbaka på sin vanliga vikt.

Hon sträckte händerna mot taket, kände hur det stramade i axlarna. En del av smärtorna fanns kvar, hur positivt hon än försökte tänka. Det gjorde fortfarande ont i ryggen när hon böjde sig framåt, och lår och vader ömmade så fort hon gick i en trappa. Men med tanke på att hon bara gjort sitt inledande program på kliniken var förbättringen fantastisk. Nu var hon på rätt väg.

Kanske kunde hon till och med ta upp studierna igen. Hon bestämde sig för att ringa till studierektorn så fort hon kom hem.

Med en långsam rörelse lät hon armarna sjunka ned mot sidorna. Sedan vände hon sig mot resväskan på sängen och kontrollerade att alla fack var ordentligt stängda. Såg på klockan att taxin, som skulle köra henne till tågstationen, skulle komma om tio minuter.

Handväskan hade hon ställt i fönstret. Hon öppnade den och kontrollerade att papperen från kliniken låg där. Hon hade fått med sig ett förslag på en veckomatsedel, ett stretch- och motionsprogram samt en inbetalningsblankett till postgirot.

Och betalningen?
Bara så mycket du tycker att det är värt.

Hon lyfte blicken från inbetalningskortet och såg ut över trädgården och Bråsjön, som låg blank och ljusgrå i sommarkvällens milda ljus.

Hon skulle betala bra. Flera gånger i somras hade hon sagt att hon kunde göra vad som helst för att bli frisk, och den övertygelsen levde kvar i henne. Visserligen gick det inte att mäta det Chris gjort för henne i pengar, men hon var tvungen. Hon måste själv fylla i rutan med beloppet på blanketten.

I går kväll hade hon legat vaken och funderat över vilken summa hon skulle välja. Hon hade inte vågat fråga de andra patienterna. Det hade känts fånigt att ta upp en sådan sak när alla var fokuserade på att bli friska.

Jag får diskutera med mamma och pappa, avgjorde hon. Troligen ställer de upp och betalar en del. Annars har jag en del pengar från arvet efter morfar. Det viktiga är att Chris blir nöjd.

Hon tänkte komma tillbaka igen – inte bara för den avslutande kur som Chris pratat om – utan många gånger. Och hon ville inte skämmas för att hon hade betalat för lite! Bättre då att visa uppskattning ordentligt.

Med detta beslut tog hon väskorna och lämnade rummet. Till skillnad från när hon kom orkade hon bära resväskan i trappen till receptionen.

Vid disken meddelade en ljushårig flicka att taxin hade kommit. Hon checkade ut och började gå mot utgången. En man i mörk kostym steg in genom dörren. Han log vänligt mot henne. Först såg det ut som ett artigt leende i flykten, men så stannade han till. Leendet fördjupades och de såg på varandra i två sekunder utan att säga något. Hon kände en pirrning över huden och log förläget till svar.

Han höll upp dörren. Utan brådska började hon gå och sa tack med överdrivet hög röst, som alltid när hon blev nervös. Varför kunde hon aldrig svara naturligt?

När hon passerade honom kände hon en doft av rakvatten, en blandning av ambra, trä och tobak. Pirret övergick i en bubblande känsla. Hon blev förvånad över att hon reagerade så starkt. Det här var ju löjligt. Måste ha något med terapin att göra, avgjorde hon. Klart man blir känslig efter en sådan här vistelse.

Taxin väntade. Hon skyndade sig nedför stentrappan. Chauffören fimpade en cigarett mot grusplanen och lyfte in resväskan i bagageutrymmet.

När hon hade satt sig i baksätet vände hon blicken ut genom rutan. Mannen i kostymen hade tagit ett steg ut på stentrappan och såg på henne, fortfarande med ett leende på läpparna.

Taxin började rulla. Hon såg hur han lyfte han ena handen till hälsning. Utan att kunna förmå sig till att vinka såg hon honom glida bort och försvinna.

Händerna låg tunga och klibbiga i knäet. Hon kände sig alldeles varm inombords.

30

"Efteråt skulle hon ofta fråga sig om hon hade gjort rätt."

Sara lutade sig bakåt i stolen och stirrade på dataskärmen. En halv sida hade hon lyckats prestera under de två timmar hon slitit med texten.

Hon masserade nacken och lyfte blicken ut genom fönstret. Lyktorna runt gårdsplanen kastade sitt gula ljus över bilar och grus. Allt var stilla. De kringliggande lövträden med sin symfoni av färger hade sjunkit in i mörkret och försvunnit, men hon kunde ana barrskogen som omgav kliniken som ett svartare mörker i mörkret.

Ingenting av intresse hade hänt. Efter en snabb middag hade hon skyndat sig tillbaka till rummet. Efter det hade hon bara lämnat platsen vid fönstret en gång för att gå på toaletten. Agneta Wirén hade endast visat sig vid ett tillfälle, när hon för en dryg timme sedan kom ut på altanen bakom villan och ställde två blomkrukor på ett bord. Hon hade sett sliten men samlad ut. Carl Wirén hade tagit en sväng in på kliniken och tillbaka, men i övrigt hade ingen rört sig i närheten av huset.

För en kvart sedan hade två av fönstren på undervåningen tänts, men i övrigt hade hon inte sett några livstecken. Nu var klockan halv tio och kliniken hade stängt för kvällen. Sannolikheten att det skulle hända något mer i kväll var liten, men hon tänkte inte gå och lägga sig än.

I samma ögonblick som hon tänkte den tanken blev Carl synlig i ett av fönstren på övervåningen. Av sängen, stereon och planscherna av Tiger Woods som hon sett med hjälp av kikaren hon lånat av Karin, hade hon dragit slutsatsen att det var Carls rum. Han lyfte handen och drog ned en mörkblå rullgardin. Några sekunder senare släcktes ljuset och hon antog att han hade gått och lagt sig.

Med en gäspning stängde hon av datorn. Det var ingen idé att försöka skriva mer i kväll. Nu skulle hon koka en kopp te och koncentrera sig på att hålla sig vaken i några timmar till. Om Agneta hade en älskare kanske hon tänkte träffa honom när Carl hade somnat. Även om det verkade osannolikt hade hon inte råd att missa några chanser.

När hon fyllde vattenkokaren under kranen i badrummet återkallade hon telefonsamtalet med mamma, som hon haft för en halvtimme sedan. Erika och Sanna hade till slut somnat efter att mormor hade sjungit alla vaggsånger hon kunde och gett dem bullar med mjölk på sängkanten.

Det började fräsa i vattenkokaren. Hon slet papperet av en påse Earl Grey, stoppade den i koppen och hällde på vattnet.

Sakta slog hon sig ned på stolen, hörde hur någon skrattade i rummet bredvid. Det fick henne att känna sig ödslig och kall inombords. Hon värmde sig med händerna runt koppen och smuttade på teet.

Ett löv singlade genom ljuset från en gatlykta, en igelkott korsade grusplanen. Ingenting och åter ingenting. Ögonlocken blev tyngre och tyngre.

Plötsligt såg hon en rörelse i ögonvrån. Kroppen ryckte till som om den fått en elektrisk stöt i insomningsögonblicket. Alla sinnen vidgades och hon riktade blicken mot altanen.

Det var ingen dröm. Hon såg verkligen rätt. Hon släckte lampan och kröp fram till fönstret. Sakta sträckte hon på sig så pass att hon såg ut.

Mannen hade en ljus jacka och gick tvärs över altanen. Han hade mörkt hår och var av medellängd. Mer hann hon inte se eftersom ljuset på altanen var svagt. Dessutom gick han fort, som om han var rädd för att bli upptäckt.

Altandörren öppnades och han försvann in i huset. Agneta måste ha stått och väntat på honom, tänkte Sara och ställde sig upp på darrande ben.

Vad skulle hon göra nu? Var hade mannen kommit ifrån? Hon mindes pojken på hästen. Det gick många stigar i skogen som omgav kliniken, men hon hade ingen aning om vart de ledde.

Tankarna irrade. Trots att hon hade hoppats att något sådan här skulle hända kändes det overkligt. Kunde det verkligen vara Agnetas älskare som kom på besök?

Hon grep telefonen och ringde. Eriks mobilsvar gick igång efter fem signaler. Hon ringde till Johan. Upptaget. Nytt försök. Fortfarande upptaget.

Hon manade sig till lugn. Nu hade hon chansen att göra en insats. Mannen kunde när som helst ge sig av igen. Då skulle hon ha gjort allt det här förgäves. Det var inte farligt att ta sig en titt. Det värsta som kunde hända var att hon blev avslöjad, men det var inte troligt med tanke på hur mörkt det var.

Med den föresatsen krängde hon på sig jackan, knöt upp sitt röda hår i en knut och drog på sig toppluvan. Såg sig själv i spegeln och petade in de hårtestar som stack fram. Om någon såg henne skulle de i alla fall inte känna igen henne på håret.

När hon var nöjd med resultatet stoppade hon på sig kikaren och lämnade rummet. Med ljudlösa steg på den vinröda mattan skyndade hon sig ned.

31

– God natt. Jag älskar dig också.

Han tryckte bort samtalet, blev sittande med mobilen i handen. Orden som nyss kommit ur hans mun lät mekaniska och tomma, som om han hade sagt dem så många gånger att de hade tappat sin mening. Lotta hade också varit mer avmätt än vanligt, men det berodde nog mest på hans tvekan inför huset på Alnön. Han vågade inte tänka på hur arg hon skulle bli om hon fick reda på att han nyss hade ljugit för henne. Han hörde sin egen röst som ett mummel i skallen:

Jag har nyss kommit tillbaka till hotellet. Ska ta en dusch och gå och lägga mig.

Och här sitter jag i Carolinas föräldrars kök, och har lovat att stanna i natt. Sängen i gästrummet på övervåningen var redan bäddad, där skulle han sova vägg i vägg med Carolina och Alfred, redo att stiga upp och hjälpa till. Samtidigt som situationen var märklig, kändes den naturlig.

Carolina hade ringt när han hade suttit i bilen efter besöket hos Gerard. Hon mådde illa av värktabletterna och värken i ryggen hade blivit värre.

Han hade bestämt sig för att titta till henne. När han sett hur blek och tagen hon var hade han erbjudit sig att stanna över natten. Hur skulle hon annars klara det? Hon kunde knappt stå på benen och Alfred hade energi som ett kärnkraftverk när han satte igång.

Efter några sekunders tvekan hade hon accepterat hans förslag. Han hade bäddat i gästrummet, tagit en promenad med barnvagnen tills Alfred somnat, och sedan hade han och Carolina druckit te i köket. Han hade suttit vid bordet och hon hade vankat av och an eftersom hon hade så ont. Än en gång hade hon hävdat att hon lämnat Thomas för gott, och att hon ångrade att hon överhuvudtaget träffat honom.

Han hade inte förstått resonemanget, eftersom hon i nästa andetag hade sagt att Alfred var det bästa som hänt henne.

Som alltid när han var ensam med Carolina hade samtalet flutit lätt och smidigt. Det var som om de aldrig hade varit ifrån varandra, som om nio månader krympt till nio minuter. Han gissade att det berodde på att de båda var i en situation där marken gungade under fötterna, och då var det tryggt att hoppa tillbaka till gamla beprövade tuvor.

När Carolina hade frågat hur det var med Lotta, hade han slagit ned blicken och svarat *"bra"*, med samma övertygelse som han sagt *"jag älskar dig också"* till Lotta.

Med en suck lade han mobilen på köksbordet, såg på displayen att klockan var halv tio. Han hoppades att Carolina och Alfred hade somnat, men han ville inte gå upp för att se efter. Dels ville han inte störa om de höll på att somna, dels kände han sig trots allt som en inkräktare.

Han vände blicken ut genom fönstret, såg gatlyktorna på vägen kämpa en ojämn kamp mot mörkret. Tankarna gick till besöket hos Gerard Wirén. Känslan av att han dolde något var lika tydlig som den han hade haft efter samtalet med Per-Erik Grankvist och Henric Wirén. Varför hade Gerard inte sagt ett ord om pappa? Han hade faktiskt jobbat på sågverket i över tio år, och Chris och Johan hade periodvis varit bästa kompisar. Det hade varit rimligt att nämna honom även om det var över tjugo år sedan han dog.

Johan slöt ögonen, såg pappas skrämda blick framför sig. Vad var det han hade sett genom köksfönstret?

En känsla av obehag sköljde över honom när han konstaterade att pappa aldrig hade återvänt till sågverket efter den där kvällen. Även om han visste att det var en tillfällighet – pappa och mamma hade ju krockat med en rattfull biltjuv utanför Gävle – lämnade insikten honom ingen ro.

Han tänkte på mammas dagböcker. Så länge han kunde minnas hade hon skrivit dagbok varje kväll. Om pappa berättat för någon så var det för henne. Frågan var om böckerna fanns kvar. Det troligaste var att skomakaren som köpt huset hade gjort sig av med dem. Men han hade bara hunnit bo där i två månader, och enligt ryktet var han ingen vän av ordning.

Även om möjligheten är liten är det min enda chans att ta reda på vad som hände, resonerade han. Framför sig såg han det gråa huset där han växt upp transformeras till det nedgångna ruckel det nu var, som en snabbspolning genom åren. Det skulle knappast vara några problem att bryta sig in i huset.

Så många andra uppslag hur han skulle gå vidare hade han inte. Trots alla förhör var det som om han bara skrapade på ytan av sanningen. Alla verkade ha något att dölja, men han hade ingen aning om vad som hade med morden att göra. Det enda säkra var att de flesta inte ville att han skulle lägga sig i.

Mobilen skallrade på bordet. Med en blandning av lättnad och anspänning hörde han att det var Sofia Waltin.

– Jag har kollat upp det du bad om, sa hon. Åke Ekhammar är helt ren – han finns inte i något av våra register.

Nej, tänkte Johan. Många av de större sveken människor emellan är inte straffbara.

– Chris, Agneta och Gerard Wirén finns inte heller med, återtog Sofia. Per-Erik Grankvist däremot har en del ... År 2000 fick han sitt utskänkningstillstånd indraget i ett halvår för att han sålt alkohol till minderåriga på hotellet. För fem år sedan blev han anmäld för att han anställt illegal arbetskraft ... det var polacker och thailändare som städade, diskade, klippte gräs och så vidare. Han fick böter och sen dess sköter han hotellet prickfritt.

Förmodligen började väl pengarna rulla in ändå tack vare kliniken, resonerade Johan och tog en klunk te. Spänt lyssnade han till Sofias fortsättning:

– Per-Erik Grankvist dömdes även för misshandel på en dansbana på Höga kusten 1995. Han var kraftigt berusad och knäckte näsbenet på en man efter ett bråk om en kvinna.

– Har vi hört det förr? replikerade Johan, men tystnade när han tänkte på morgondagens dom från tingsrätten.

Om någon skulle kolla upp honom i framtiden skulle de hitta honom i belastningsregistret under rubriceringen misshandel. Tanken gjorde honom nedslagen. Några sekunder förflöt i tystnad tills Sofia sa:

– Är du kvar?

– Ja, visst.

– Henric Wirén finns också med. På gatufesten 1998 slog han sönder en bilruta efter ett bråk på parkeringen utanför Statoil på Norrmalmsgatan.

– Vad handlade det om?

– Henric påstod att den andre föraren hade repat hans bil. När han kallade Henric för idiot, brast det tydligen för vår vän som tog fram en hammare ur bagageluckan och slog sönder ena bakrutan. Målsägande blev rädd och gav sig av. Han hade "aldrig sett en människa så förbannad", hävdade han i förhören.

Johan gick ett varv på köksgolvet, kände hur mobilen blev varm mot örat. Tydligen hade Henric Wirén ett häftigt temperament trots sin behärskade fasad. Och var hammaren en tillfällighet?

– Var Henric Wirén berusad?

– Nej, han skulle ju köra bil ...

– Det är ju ingen garanti.

– Visserligen inte.

– Hittade du något mer på honom?

– Nej, han fick trettio dagsböter och sedan är det blankt. Och de andra personerna du frågade om är också rena.

– Tack, Sofia. Det här ska jag komma ihåg.

– Det är lugnt. Hoppas att det går bra i morgon. Ståhl är övertygad om att du blir friad.

– Jag hoppas det. Då ska jag se till att gripa rätt gärningsman.

Det blev tyst i luren. Han insåg att Sofia inte ville ge sig in i den diskussionen. Det var professionellt av henne, och kanske hade han gjorde detsamma i hennes situation. Om han inte återfick tjänsten som hennes chef i morgon var det dumt att ha dubbla lojaliteter. Han frågade:

– Hur är det annars?

– Bra. Har basketmatch i morgon, hemma mot Alvik. Björn ska komma och titta för första gången ...

– Lycka till, vi hörs.

Björn. Det var alltså så han hette. Johan log för sig själv. Typiskt Sofia att säga det i förbigående på ett sådant odramatiskt sätt. Men å andra sidan fanns det ingen dramatik eftersom han och Sofia enbart var kollegor och inget annat.

Han gick ut i badrummet, borstade tänderna och tvättade ansiktet. På torktumlaren låg *Expressen* från i söndags med fotografiet av Chris Wirén på framsidan. Eftersom tidningen var vikt på mitten såg han bara Chris hår och ögon och halva näsa. Han greppade tidningen och vecklade ut den. Rubriken löd:

MIRAKELMANNEN DÖD – DRUNKNADE I NATT EFTER FEST.

I några sekunder blev han stående och betraktade Chris. Tänkte på när de badat tillsammans i Bråsjön, han tänkte på Agneta, Henric och på Gerard.

Ett gnyende ljud från övervåningen förde honom åter till nuet. Han lade tillbaka tidningen och skyndade sig uppför trapporna.

32

Hon hade tur. Ingen såg henne när hon smet ut genom dörrarna på kliniken. Om någon lade märke till henne skulle hon säga att hon tog en promenad.

Instinktivt stannade hon till på farstubron, blickade bort mot familjen Wiréns villa och lystrade. Det enda som hördes var det suset från träden och buskarna, som hon anade som svarta skuggor i utkanten av ljuset från lyktorna kring grusplanen.

Hon gick till vänster, i riktning bort från familjen Wiréns hus, och rundade klinikens södra husknut. Tre lyktor lyste upp stigen som ledde ned mot sjön, men de stod så glest att sfärerna av ljus inte nådde varandra. Om hon kisade kunde hon ana ljuset från lyktorna vid bryggan, men hon såg inte vattnet. Dock kunde hon ana att det fanns där eftersom vinden som träffade henne i ansiktet var råare på den här sidan huset.

Hon gjorde en lov ut på gräsmattan dit ljuset från matsalen inte nådde. Hennes plan var att runda huvudbyggnaden, smyga i skogsbrynet vid altanen och försöka se in. Hon kände hur kikaren skumpade mot bröstet och tänkte att det var tur att hon hade den med sig. Nu skulle hon i alla fall slippa gå ända fram till huset.

När hon var mitt emellan huvudbyggnaden och strandhuset tilltog vinden från sjön. Hon kastade en blick på fönstren i strandhuset, föreställde sig hur Chris blev nedslagen. Plötsligt var det som om vinden drog rakt igenom henne. Hon blev rädd. Vad var det hon hade gett sig in på?

Hennes steg var snabba över gräset och snart svängde hon runt den norra husknuten. När hon såg ljusen från Wiréns villa femtio meter bort kände hon sig paradoxalt nog lugnare. Hon gick mot skogsbrynet, hela tiden noga med att hålla tillräckligt avstånd från huvudbyggnaden. Försiktigt närmade hon sig villan. Då och då stannade hon till och lystrade, men allt var tyst.

Nu såg hon fönstret i Carls rum. Rullgardinen var neddragen och ljuset släckt. Hon smög sig närmare. För varje steg framåt kastade hon en blick mot grusplanen framför kliniken.

Ett plötsligt ljud, som från en gren som knäcktes, hördes inifrån skogen. Hon ryckte till och vred på huvudet. Hjärtat hoppade över ett slag och dunkade efter två sekunder av skräck så hårt att det kändes ända ut i fingertopparna. Något svart kom rusande mot henne ur mörkret.

Hon slöt ögonen och höll tillbaka skriket som växte i halsen. Nu dör jag, tänkte hon.

Men ingenting hände. Förvånad öppnade hon ögonen. Allt var tyst och såg ut precis som innan. Hon blinkade och tänkte att det mörka hon sett måste ha kommit inifrån henne själv. Hon hade varit med om det förr: hur rädslan lurade hennes sinnen.

Lugn nu, Sara, tänkte hon. Det var bara ett djur. Absolut inget att bli rädd för.

Plötsligt kom hon på att hon glömt mobilen på rummet. För en sekund övervägde hon att hämta den, men insåg sedan hur dum den tanken var, och fortsatte framåt.

När det var tio meter kvar till altanen gick hon in mellan två granar och fortsatte några steg in i skogen. Det blev vindstilla och tyst och mörkt. Hon vände sig om och konstaterade att hon varken såg villan eller kliniken. Hon memorerade sin position, såg framför sig hur hon skulle gå ungefär tio meter framåt för att nå stigen som Agnetas besökare hade kommit på.

Med blicken riktad mot marken gick hon långsamt framåt. Till sin lättnad hade hon räknat rätt och snart stod hon på stigen. Till vänster anade hon villan, till höger försvann stigen in bland träd och åter träd. Tanken slog henne att hon kunde följa stigen och se vart den ledde, kanske stod mannens bil parkerad i närheten.

Hon tog två steg men hejdade sig. Det var ingen bra idé. Dels kanske mannen hade gått långt, dels fanns risken att hon skulle stöta ihop med honom om han återvände. Nej, det var bättre att smyga fram och använda kikaren.

Stigen var klädd med barr och löv. Då och då prasslade det under hennes skor. Nu stod hon i skydd bakom en gran och hade full uppsikt över huset. Hon lyfte kikaren och ställde in skärpan på fönstren.

Rummet längst till höger verkade vara en tvättstuga. Nästa fönster var litet och rektangulärt och hade frostat glas. Badrum.

Sedan dök en soffa och en teve upp i bilden. I nästa sekund såg hon dem. De var så nära att det kändes som om hon kunde ta på dem. De stod mitt på golvet i vardagsrummet med armarna om varandra. Han sa något och flinade. Hon log, knäppte händerna om hans nacke och kysste honom.

En sekund, två och tre sekunder. Sara ryckte bort kikaren, såg konturerna av det kyssande paret i naturlig storlek. Först nu gick det upp för henne att det här inte var någon bisarr dröm.

Kikaren mot ögonen igen. Nu pratade de på nytt med varandra.

Hon betraktade mannen. Det fanns ingen tvekan. Det var han. När hon tänkte efter blev hon inte förvånad.

Så fort hon vågade återvände hon på samma väg hon nyss hade kommit.

33

Gnyendet tystnade när Alfred fick tag om bröstet och började suga. Hans huvud är lika stort som bröstet, tänkte Johan och log mot Carolina över kaffekoppen. Hon besvarade leendet, vände blicken mot Alfred och strök honom över de knappt synbara fjunen på hjässan.

– Jag dukar av, sa han och tog sin och Carolinas tallrik och ställde dem på diskbänken.

– Du anar inte hur tacksam jag är, sa hon. Jag känner mig mycket piggare.

– Det syns.

Själv kände han sig fortfarande sömndrucken trots morgonens tio armhävningar, två koppar kaffe och nikotinplåstret på underarmen. Men det var inte konstigt med tanke på att han stigit upp minst fem gånger under natten för att bära Alfred till mammas bröst, byta blöjor och vagga honom.

– Hur är det med ryggen?

– Bättre, svarade hon och bytte position på stolen så att Alfred för en sekund tappade greppet. I dag har jag bara tagit Alvedon, och det strålar inte längre ned i benet.

– Så du klarar dig?

Med en mjuk rörelse drog hon handen genom sitt blonda hår och lade huvudet på sned. Rörelsen fick hennes gröna irisar att blänka till i det skira morgonljuset som silade in genom fönstret.

– Har jag något val? flinade hon.

Han vände blicken mot de urdruckna kaffekopparna och lyfte dem från bordet.

Vad menar hon med det? Är det en invit?

Nej, hon retas bara.

Dessutom spelar det ingen roll. Det är över. Nu är det Lotta som gäller.

Innan han återvände till bordet tog han disktrasan. Alfred ammade som om han nyss hade börjat, fastän han hade legat vid bröstet i mer än tio minuter. Carolina fångade hans blick. Till hans lättnad var hon åter allvarlig.

– Vad ska du göra i dag? undrade hon.

– Jag har en del att ta itu med, sa han svävande och svepte ned några smulor i handen.

Carolina hade nog med sitt, och ju mindre hon visste, desto bättre. Men han fick behärska sig för att inte avslöja vad han hade fått reda på igår kväll. Just när han skulle lägga sig hade Sara ringt. Med upphetsad röst hade hon berättat att en man smugit in bakvägen till Agneta Wirén. Hon hade sett en omfamning och en kyss som inte lämnade några tvivel. Den hemlige älskaren var avslöjad.

När Sara hade berättat vem det var hade han inte blivit överraskad. Det som förvånade honom mest var att han själv inte hade tänkt tanken.

Per-Erik Grankvist. Vem annars? Han var snygg, charmig och var ofta på kliniken.

Frågorna som snurrat i skallen mellan blöjbyten och annat pyssel var många:

Hur länge hade det pågått? Hade Per-Erik något med Chris död att göra? Visste hans fru att han vänsterprasslade? Visste Chris?

Hade han varit i tjänst hade han kunnat förhöra både Per-Erik och Agneta igen, men nu var det lönlöst.

Sara hade ringt igen för en halvtimme sedan och sagt att

Per-Erik hade lämnat villan och återvänt samma väg som han kommit. Hon hade inte vågat följa efter, vilket var bra. De fick inte ta onödiga risker, i synnerhet inte hon. Därför hade han till en början varit tveksam till hennes förslag att åka till hotellet för att spionera på Per-Erik. Men eftersom Per-Erik inte visste vem hon var, och hon hade lovat att vara diskret, hade han gett med sig. Dessutom behövde de DNA för att jämföra med eventuella analyser av pizzakvittot.

Sara hoppades att hon kunde få tag på något som de kunde använda för att läsa av Per-Eriks genetiska kod. Kanske var det han som hade lagt hammaren i Görans garage?

Känslan av att de plötsligt hade något påtaglig att arbeta med gjorde dem båda upprymda. Själv skulle han leta efter mammas dagböcker, men inte heller det ville han berätta för Carolina.

Carolina reste sig mödosamt och började gunga Alfred på axeln.

– När kommer beskedet från internutredningen? frågade hon.

– Vet inte. I dag ... hoppas jag.

– Det kommer att gå bra, sa hon.

Han mötte hennes blick, vilade en stund i hennes övertygelse. Det fanns inte ett spår av tvekan i hennes ansikte. Han sa:

– Nu sticker jag. Det är bara att ringa om det är något.

De såg på varandra under tystnad. *Om det är något*, tänkte han. Också ett sätt att uttrycka sig på. Var det inte alltid något? Var orden en freudiansk önskan om att hon skulle ringa honom igen?

Nej, Johan. Skärp dig nu.

Alfred rapade och Carolina vände på honom och torkade bort en sträng av mjölk i mungipan.

– Hej då, sa han och började gå mot hallen.

– Tack för allt, hörde han hennes röst i ryggen.

Han lyfte handen till avsked utan att vända sig om. När han steg ut på farstubron stannade han och drog upp dragkedjan på skinnjackan. Stråken av dimma, som han sett när han steg upp för två timmar sedan, var upplösta i det milda solljuset. Det skulle bli ännu en vacker höstdag, men han kunde inte bry sig mindre.

När han lyfte blicken mot Saaben såg att det var något som inte stämde. Var det inte en underlig lutning på taket? Jo, definitivt. Det sluttade bakåt, hela bilen lutade. Han svepte med blicken över bilen. När han nådde ena bakhjulet hejdade han sig. Däcket var ihopsjunket och endast en centimeter skilde fälgen från den asfalterade uppfarten.

Säg inte att jag har fått punktering, tänkte han. Han satte sig på huk och kände på däcket, som var mjukt och sladdrigt. Typiskt, vilken förbannad otur!

Blicken gled vidare till det andra bakhjulet. Först trodde han att han såg fel, att trötheten spelade honom ett spratt. Han blinkade två gånger och skärpte blicken. När det gick upp för honom att det däcket också var utan luft reste han sig så häftigt att han slog högra knäet i kofångaren. Det var inte sant. Han kunde inte ha fått punktering på *båda* bakdäcken!

I samma ögonblick som han formulerade orden gick det upp för honom att det troligen var värre än så. Snabbt inspekterade han däcken. Det tog honom tio sekunder att hitta de båda jacken.

Pulsen dunkade mellan öronen. Någon hade varit här under natten och skurit hål på däcken! När han hade vakat över Alfred hade någon smugit sig in på tomten med kniven beredd.

Benen darrade när han reste sig. Han tänkte på hammaren i Görans garage och hörde Åkes ord utanför pizzerian:

– Åk hem, Johan. Du har inget här att göra!

Förvåningen sjönk undan och ersattes av en beslutsamhet som fick honom att småspringa in i huset. Carolina satt fortfarande vid köksbordet med Alfred på armen.

– Hej, glömde du något? sa hon, men när hon såg hans upprörda ansiktsuttryck frågade hon istället:

– Vad är det som har hänt?

– Jag har fått punktering. Har du numret till Ronnys bilverkstad?

– Oj, vilken otur. Kolla i katalogen på kommoden i hallen.

Han gick dit, hittade numret och ringde. Ronny svarade och lovade att hämta bilen på en gång. Skulle bara fixa med lite grejer först, dricka förmiddagskaffe och ta hand om några kunder.

– Kan jag låna din bil? sa han när han åter steg in i köket. Jag har några ärenden på byn.

Alfred började skrika. Carolina vyssjade honom, försökte ge honom ett bröst han inte ville ha och vyssjade igen. Hon pekade på handväskan på köksbänken.

– Visst, nycklarna ligger där. När kommer du tillbaka?

– Ronny lovade att fixa bilen under förmiddagen.

Alfreds skrik steg några decibel, och istället för att svara nickade hon och vinkade adjö.

När han svängde ut från garageuppfarten ringde han nummerupplysningen och blev kopplad till Åke och Cecilia Ekhammar. Efter tre signaler lyftes luren och han hörde den nasala stämman:

– Åke Ekhammar.

– Hej, det är Johan Axberg.

Det blev tyst. Han kunde höra Åkes andas, eller om det bara var vinddraget runt bilen.

– Vad vill du?

– Varför vill du att jag ska åka härifrån?

Ny tystnad, kortare än den tidigare.

– Det trodde jag att jag talade om för dig. Du gör folk illa när du rotar runt i saker som du inte har att göra med.

– VADÅ INTE ATT GÖRA MED? brast han ut. Jag hittade Mattias ihjälslagen i sitt kök!

Orden och pulsen dunkade mot trumhinnorna och han kände sig yr. Han ångrade att han brusat upp. Han visste att Åke tolkade det som ett tecken på svaghet och det övertaget ville han inte ge honom.

– Jag hör vad du säger, Johan, fortsatte Åke. Som sagt: det är bäst för alla om du reser härifrån

Johan tvingade sig att lätta på gasen när 50-vägen blev till 30-väg utanför daghemmet Älgen där han tillbringat tre år innan han började skolan. Nästa fråga var idiotisk, men han ställde den ändå:

– Var det du som var här i natt och skar hål på mina däck?

– Vad säger du? Nu får du förklara dig.

Han tryckte bort samtalet och slängde mobilen på sätet bredvid sig.

Nej, det var inte Åke som hade punkterat däcken. Det var han alldeles för feg och bekväm för. Frågan var om han hade bett någon att göra det?

Egentligen borde jag göra en polisanmälan, resonerade han. Men när han såg Elin Forsmans oförstående ansikte framför sig, insåg att det inte var någon idé.

När han närmade sig bilverkstan såg han Ronny stå lutad över en brun Chevrolet Caprice Classic, som liknade den som kollegan Sven Hamrin ägde. Han svängde in och parkerade Carolinas Toyota utanför garaget med texten *Ronnys bilverkstad*.

– Tjenare Johan, utbrast Ronny när han fick syn på honom.

Ronny tog av sig sin oljiga keps och kramade hans hand. Han var sig lik med sitt runda ansikte och sneda ögon. Men både ölmagen och flinten hade växt sedan senast.

– Jaha, det är finfrämmade från stan, skrockade Ronny förnöjt.

– Jag vet inte det ja'.

– Ska bara fixa förgasaren här så fixar jag din bil sen, sa Ronny med en gest mot Chevan. Vad är det som har hänt?

Johan berättade. Skadorna på däcken gick inte att prata bort. Ronny strök med handen över sin skäggiga haka och sa:

– Ja, mycket jäkelskap har en ju sett, men aldrig något sånt här ... och båda däcken sa du? Det är ju för jävligt.

Johan nickade och granskade garaget. I ena hörnet stod en svart Volvo S80. Han påminde sig Gerard Wiréns ord och frågade om det var hans.

– Ja visst, sa Ronny, och svarade i mobilen som ringde på arbetsbänken.

När Ronny gick en lov på garageuppfarten och snackade om priset för en lackering, gick Johan ett varv runt Gerards bil. Han hade alltså talat sanning. Ingenting rött fanns på bilen, inte minsta dekal, ingenting.

Ronny avslutade samtalet och de kom överens om att bilen skulle vara klar klockan tre.

Åter i Carolinas bil styrde han färden mot barndomshemmet. Klockan på instrumentbrädan visad fem minuter i tio. Nu måste de ha kommit igång med likhundarna. Ett kort ögonblick övervägde han att ringa till Sankari, men avstod. Hittade de Chris skulle han få reda på det ändå inom tio minuter – längre än så skulle det inte ta innan djungeltelegrafen nådde alla i byn.

Han drabbades av en plötslig oro över att Chris inte skulle komma upp. Då skulle det aldrig gå att bevisa att han blev ihjälslagen. Tankarna gick till Erik och återbesöket med Stjärn-Sixten. Han ringde, men mobilen var avstängd och han lade på utan att lämna något meddelande.

Fem minuter senare körde han in på den igenvuxna grusplätten framför huset där han hade växt upp. Han tog dyrken ur handskfacket och steg ur.

En svag västlig vind fick det midjehöga gräset på tomten att vaja stillsamt. Solen lyste från en klar himmel, men plåttaket och fönsterkarmarna var för rostiga för att reflektera något ljus. Det enda grannhuset inom synhåll låg hundra meter bort och skymdes delvis av en vedbod och några hängbjörkar.

När han satte foten på den gistna farstutrappen ringde mobilen.

– Hej, det är Lotta, vad gör du?

– Eeh ... jag står utanför huset där jag ...

– När kommer du hem? avbröt hon honom.

Han suckade och hoppades att hon hörde det.

– Jag har ju sagt att jag inte vet.

– Har du hört något om ...

– Nej, klippte han av.

Orkade inte höra den förbannade internutredningen nämnas igen.

– Jag ringde till hotellet och sökte dig i går kväll, fortsatte Lotta. Du hade stängt av mobilen ... men du var inte där, sa dom ...

Fan. Vad ska jag säga nu? Jag kan inte berätta om Carolina.

– Jag sov hemma hos Eriks kusin. De är knäckta över det som hänt och behövde mitt stöd.

– Men JAG då? Vad tror du JAG behöver?

Klick.

– Hallå? Lotta?

Linjen var död. Han stirrade på displayen som slocknade. Mobilen blev varm i handen. Det var första gången hon hade slängt på luren i örat på honom. Han slog hennes nummer men hon hade stängt av. Han talade in ett meddelande, bad om ursäkt och sa att han skulle ringa snart igen.

Han började gå runt huset, noga med var han satte föt-

239

terna för att inte kliva snett. Den grå färgen hade flagnat och blottade de murkna träplankorna som var spruckna, böjda och ådriga efter år av snö, regn och vind.

Åter på framsidan dyrkade han upp låset och gick in. I hallen var det kallt och rått och luktade mögel. Lampan fungerade inte. Han stod stilla, lät ögonen vänja sig vid dunklet och lyssnade.

Det finns en tystnad i övergivna hus som inte påminner om någonting annat, tänkte han. Som om den som sist gick härifrån hade tagit alla ljud med sig. Han hörde inte ens vinden susa genom den gistna dörren.

När han började gå knastrade det till under ena kängan. Det plötsliga ljudet fick honom att haja till. Han lyfte på foten och satte sig på huk. När han konstaterade att han klivit på intorkad råttspillning kunde han inte låta bli att le.

Till höger i hallen låg rummet, som hade varit hans. När han tittade in såg han till sin förvåning att det verkade vara orört. Allt såg ut som han mindes det fast i mindre format. Sängen, det rödmålade skrivbordet, bokhyllan med skivspelaren och LP-skivorna.

En stund blev han stående i dörröppningen och lät blicken och minnet vandra. Så påminde han sig att han inte var här för att återuppleva sin barndom, och tog trappen upp till övervåningen.

I mamma och pappas sovrum letade han igenom garderoberna, nattduksborden och chiffonjén utan att hitta några dagböcker. Men han kände sig ändå nöjd eftersom det såg ut som om skomakaren inte hade hunnit röja i huset. Ivrigt letade han igenom resten av övervåningen innan han fortsatte upp till vinden.

En takplåt hade lossnat och solen fladdrade som en ridå av ljus mitt i rummet. Han fick syn på mammas brudkista i ena hörnet och skyndade dit. Han mindes att den hade stått i deras sovrum och att hon hade haft dagböckerna i den.

Ljusblå med påmålade röda rosetter och kopparbeslag. Han tog inte miste. Nycken satt i låset som klickade efter några försök. Förväntansfullt lyfte han på locket och en vit duk som låg överst. Och där under låg de: mammas dagböcker med vaxade omslag i olika färger. Det var minst trettio stycken. I kistan låg även en del lösa papper och en hög med noggrant vikta spetsdukar.

Han greppade den blå boken från 1979 och bläddrade fram till den sista sidan som det stod något skrivet på. Synen av mammas harmoniska handstil gjorde honom varm inombords. Framför sig såg han hennes små händer och kände hur hon strök honom över kinden när han inte kunde somna.

Sidan var daterad till den fjärde oktober. Det var tre dagar före bilolyckan.

Han mindes inte exakt vilket datum han och pappa hade varit hemma hos Chris, bara att det var några dagar innan mamma och pappa hade rest till Gävle.

Ivrigt skummade han texterna, letade sig bakåt på jakt efter något som handlade om den aktuella kvällen. På tredje sidan bakifrån, den första oktober, hittade han det han sökte. Även om varken Chris eller Gerard var nämnd vid namn förstod han av sammanhanget att det var dem som mamma skrivit om.

Han läste avsnittet från början. Än en gång befann han sig på farstubron utanför familjen Wiréns villa, men den här gången tittade han själv in genom köksfönstret. Mammas prydligt nedtecknade ord blev till hemska bilder och ljud inne i skallen. Han började må illa.

Med en knappt medveten rörelse slog han igen kistan och satte sig på locket. Damm från golvet virvlade upp i kaskaden av ljus från taket. Han stirrade in i detta moln och försökte stålsätta sig.

Länge blev han sittande där innan han orkade resa på sig.

34

Erik Jensen stängde dörren och tecknade till Sixten Bengtsson att sätta sig. Klockan var kvart över tio på onsdagsförmiddagen. Han hade bokat av tjugo minuter för återbesöket. Om han skulle vinna Sixtens förtroende och få honom att berätta vad han gjort vid Mattias hus gällde det att ha gott om tid. Samtidigt hade syster Elisabeth redan gått upp i limningen eftersom hon inte kunde tillmötesgå alla patienter som ringde och krävde att omedelbart få träffa en läkare. Så tjugo minuter fick det bli, varken mer eller mindre. Dessutom hade han ju sin bonus att tänka på.

Sixten lutade tubkikaren mot skrivbordet och flackade med blicken längs golvet. Han hade behållit sin bruna skinnmössa och skinnrocken på och såg om möjligt ännu mer sjaskig ut än i går.

– Hur står det till? inledde Erik och sköt fram ett block och en blyertspenna över bordet.

De redan sluttande axlarna sjönk ännu mer och Sixten började knäppa tum- och pekfingernaglarna mot varandra i en enerverande rytm.

– Du får gärna skriva svaren som du gjorde i går, fortsatte Erik med en nick mot blocket.

Sixten slutade knäppa med naglarna och grep med en förvånansvärt snabb rörelse pennan.

– Har du sovit något i natt? fortsatte Erik.

Sixten förde pennan mot blocket och skrev:

Sådär. Ett par timmar.

– Var det svårt att somna?

Ja. Tog två tabletter.

– Jag förstår. Hur känns det nu?

Sixten hostade till och ryckte på axlarna. De blev avbrutna av att Eriks mobil ringde i rockfickan. Han bad om ursäkt, såg på displayen att det var Sara, och stängde av. Hon hade ringt för en kvart sedan och berättat att hon var på väg in på hotellets taverna där Per-Erik Grankvist just hade slagit sig ned.

Vad ville hon nu? Han bestämde sig för att vänta med att ringa tillbaka tills han hade avslutat mötet med Sixten.

Sixten Bengtsson tittade undrade på honom, och han insåg att han tappat tråden. Han tog upp den genom att fråga om Sixtens humör och sömnvanor, men fick samma korthuggna svar som vid förra besöket. Han reste sig, tog av sig rocken och stängde fönstret. Sedan satte han sig, tog ett block och skrev:

Hur går moppen?

Det ryckte i Sixtens mungipa, och den ljusgrå blicken letade sig i sicksack halvvägs över skrivbordet. Så skrev han:

Bra.

Vart brukar du köra?

Sixten pillade på ena öronlappen en stund innan han svarade:

Runt i byn. Till båthamnen, slalombacken och fågeltornet.

Jag förstår. Till Bråsjön?

En knappt märkbar skälvning gick genom Sixtens kropp, som om han drabbats av en sekundkort frossa. Men handen var stadig när han skrev.

Det händer. Fin stjärnhimmel.

Kände du Chris Wirén?

Nej.

Svaret var tveklöst och Erik bedömde att det var sant. Det kändes som om han hade etablerat kontakt med Sixten, och han bestämde sig för att ställa de frågor han egentligen ville ha svar på.

Kände du Mattias Molin?

Kort tvekan under det att Sixten fingrade på en lös knapp i den bruna skinnrocken.

Han var snäll.

Brukade du hälsa på honom?

Det hände. Han bjöd på kaffe.

Erik såg på klockan att det var tio minuter till nästa patient. Han ställde nästa fråga på vinst och förlust.

Var du där natten efter att Mattias dog?

Ny blick från de grå ögonen och det glimmade till långt därinne. Sixten rafsade ned ett ord och sköt över blocket till Erik.

Ja.

Erik blev förvånad. Han hade utgått från att han skulle behöva lirka ur Sixten sanningen. Nu verkade det som om han inte hade något att dölja. Om han svarade lika uppriktigt på alla frågor fanns det säkert mycket att hämta.

Vad gjorde du hos Mattias?

Inget. Var ute och körde, kunde inte sova.

Ny kontrollfråga:

Var du uppe vid huset?

Ja.

Såg du någon där?

Sixten drog handen över pottfrisyren där vartenda hårstrå låg spikrakt, som om det blivit vattenkammat och insmort med gelé. Håret verkade vara det enda som Sixten bryddes sig om när det gällde utseendet. Troligen en form av selektiv uppmärksamhetsstörning, tänkte Erik medan han väntade på svaret.

Ja, någon var vid huset. Jag körde hem.

Erik nickade. Ännu en bekräftelse på att Sixten höll sig till sanningen.

Har du berättat det för polisen?

Med ett ryck sköt Sixten stolen bakåt och greppade krampaktigt om armstöden. Borrade blicken ned i golvet och ruskade på huvudet så att öronlapparna fladdrade. Erik väntade tills han hade lugnat sig innan han ställde nästa fråga.

Varför inte?

Sixten satt så stilla att Erik undrade om han överhuvudtaget andades.

Tycker du inte om polisen?

En huvudruskning var det enda svar han fick.

Har de varit dumma mot dig?

Sixten gjorde en grimas och utstötte ett ljud, men Erik kunde inte avgöra om det var ett tics eller om det betydde något. Därför upprepade han frågan. Sixten skakade på huvudet igen, mindre övertygande än förra gången.

Känner du Elin Forsman?

De sluttande axlarna åkte upp. Erik bedömde att det inte var någon idé att ställa fler frågor. Klockan på datorn visade att han hade dragit över fem minuter på besöket.

– Då säger vi så. Har du medicin så du klarar dig?

Sixten fattade pennan, men istället för att skriva svaret nickade han och gav Erik ett hastigt ögonkast.

– Är det något mer du vill säga? frågade Erik och reste sig.

Spetsen på pennan rörde sig i otydbara figurer ovanför blocket, som om Sixten funderade. Erik kände på sig att det kunde komma något viktigt och satte sig ner igen. Rummet fylldes av ett skrapande ljud när blyertsen träffade papperet.

När Sixten var klar reste han sig och gav Erik papperet. Det var inga ord, utan en bild.

När Erik såg att den föreställde en båt på en sjö reste sig nackhåret, som av en plötslig vind genom rummet. Sixten greppade tubkikaren och det knackade på dörren. Erik förstod att det var syster Elisabeth som ville påminna om att han hade en patient som väntade.

Reflexmässigt bokade han in ett nytt besök med Sixten redan nästa dag. Han skrev ut ett tidkort och gav till Sixten, som nickade och gick.

Syster Elisabeth stack in huvudet och sa något, men Erik lyssnade inte.

35

Sara smuttade på juicen och tittade upp från morgontidningen. Per-Erik Grankvist satt vid ett fönsterbord på andra sidan tavernan mittemot en vithårig man och drack kaffe. Hon hade fått syn på dem när hon steg ur bilen på parkeringen. Efter viss tvekan hade hon tagit mod till sig, gått in och fyllt en frukostbricka och slagit sig ned så långt ifrån de båda männen som möjligt.

Mannen med det vita håret var utan tvivel byns präst och Johans morbror, Åke Ekhammar. Hon trodde inte att någon av männen kände igen henne, men för säkerhets skull hade hon satt upp håret i en knut och tagit på sig läsglasögonen.

Hon täckte munnen med handen och gäspade. Det hade inte blivit många timmars sömn. När hon kommit tillbaka till rummet på kliniken – turligt nog utan att någon sett henne – hade hon åter satt sig vid skrivbordet och tittat ut mot familjen Wiréns villa. Efter en kvart hade ljuset i vardagsrummet slocknat och sedan hade det inte hänt något mer under natten.

Hon tömde juiceglaset och kastade en blick mot Per-Erik och Åke, som fortfarande satt inbegripna i ett lågmält samtal. Per-Erik såg trött ut och hon antog att han inte heller hade sovit tillräckligt. Hon kunde mycket väl tänka sig honom och Agneta tillsammans, men det var oerhört fräckt att besöka henne så tidigt efter Chris död.

Klockan nio i morse hade Per-Erik lämnat villan samma väg som han kommit. Efter en snabb dusch och samtalen till

Erik och Johan hade hon kört till hotellet på vinst och förlust och det hade blivit vinst. Nu var det bara att hoppas på att hon fick tag på något som de kunde skicka till Johans kompis för DNA-analys.

Tänk om det visade sig vara Per-Eriks DNA på pizzakvittot. Hade han slagit ihjäl Chris av kärlek och sedan tystat Mattias Molin? Hon betraktade honom och rös vid tanken på att hon kanske betraktade en dubbelmördare. Det enda säkra var att han inte hade skurit sönder däcken på Johans bil. Att han skulle ha gett sig ut på en nattlig räd från Agneta var högst osannolikt.

Hon såg Per-Erik föra kaffekoppen mot munnen, och tänkte att den kanske duger. Kunde man analysera DNA från saliv? Ja, gissade hon, fast hon inte visste mer om tekniken än att nästan allt var möjligt. Hon kände med handen i handväskan som hängde på stolsryggen. Plastpåsen som Johan sagt åt henne att ta med prasslade och fick hennes hjärta att slå snabbare. Skulle de inte gå snart? Hur skulle hon ta kaffekoppen utan att dra blickarna till sig? Vad skulle hon säga om någon konfronterade henne?

En blick på klockan. Kvart över tio. Om en timme hade hon tid för magnetterapi på kliniken. Den ville hon inte missa. Dels hade hon alltid varit intresserad av det så kallade övernaturliga, dels ville hon inte dra uppmärksamhet till sig genom att utebli.

Hon hade tur. Det var som om hennes tanke fick Per-Erik och Åke att resa sig från bordet. I stilla samspråk lämnade de lokalen. Och kaffekopparna stod kvar på deras bord!

När hon såg den unga killen som dukade av borden komma ut från köksregionen reste hon sig. Hon skulle inte få en bättre möjlighet än den här. Med handväskan över axeln och brickan i sina händer skyndade hon mot deras bord och slog sig ned på stolen där Per-Erik hade suttit.

Hon svepte med blicken i lokalen. När ingen observerade henne tog hon upp plastpåsen, greppade koppen och stoppade den i väskan. Nytt svep med blicken. Den unge frukostvärden var på väg till bordet bredvid henne, men han verkade inte ha sett något. Kinderna hettade och blodet dunkade ända ut i örsnibbarna. Hon drack ur juiceglaset fast det var tomt och kände en rysning av tillfredsställelse genom kroppen. Hon hade klarat det!

Det här var mer dramatiskt än någon episod i hennes bok. Hon hade varit modigare än hon trodde att hon kunde vara.

I ytterligare fem minuter satt hon kvar och låtsades avsluta frukosten. Sedan gick hon ut till bilen på parkeringen, kände tyngden av koppen i handväskan.

Erik tryckte bort hennes samtal när hon ringde men Johan svarade på andra signalen.

36

Dagboken låg på sätet bredvid honom. Varje gång han sneglade på den växte sig illamåendet starkare, som om det sotfärgade omslaget var ett svart hål som transporterade honom tjugoåtta år tillbaka i tiden. Till den där höstkvällen. Till det fruktansvärda som Gerard hade gjort mot Chris.

Trots att han hade anat hur det låg till hade han reflexmässigt skjutit möjligheten ifrån sig. Som polis hade han hittills haft tur och inte behövt utreda den typen av brott. Han kunde inte tänka sig något värre.

Luften i bilen blev tung att andas. Reglaget till fönstren satt på ett annat ställe i Carolinas Toyota än i hans egen Saab, och han fick leta en stund innan han hittade rätt. Han hissade ned framrutorna, kände draget som fick håret att lätta från skalpen.

Hade Gerard gett sig på Chris fler gånger? Det vanliga var att den här typen av brott skedde fler än en gång. Samtidigt hade han aldrig märkt något på Chris. Han hade alltid varit samma glada och påhittiga kompis, alltid haft nära till skratt och nya upptåg. Kanske var det en engångshändelse? Han ville så gärna tro det.

Bilderna sköljde över honom och han pressade händerna om ratten så att knogarna vitnade. Egentligen borde jag söka upp Gerard med detsamma. Säga att jag vet vad som hände, om så bara för att se skammen i hans ansikte.

Hur hade pappa reagerat? Varför hade han inte bankat på fönstret och stoppat det hela? Ville han skydda mig? Var han rädd för att förlora jobbet?

Johan stannade för rött ljus utanför centrumkiosken. Förmodligen reagerade pappa på ren instinkt, resonerade han. I en sådan situation finns det ingen plats för tankar. Men de måste ha plågat honom efteråt, för att inte tala om mamma. Handstilen i avsnittet som handlade om Chris var spretigare än vanlig. Han såg framför sig med vilken möda hon skrivit. Men där stod inte ett ord om vad hon och pappa tänkte göra.

Det blev gult. När han gasade tänkte han på pappa, hur rättfram och orädd han brukade vara, även om det drabbade honom själv. Som den där gången då han avslöjade att en av förmännen på sågverket hade stulit virke och fick löneavdrag för att han anklagat en chef.

Rätt ska vara rätt, som han brukade förkunna. Han hade säkert bestämt sig för att kontakta Gerard, polisen eller socialen. Allt annat var otänkbart.

Frågan var om han hann göra det före bilolyckan? Hade han gått till någon myndighet borde det ha blivit någon påföljd. Även om jag flyttade från byn strax efteråt skulle jag ha hört talas om det. Samtidigt hade de senaste dagarna lärt honom att den samhälleliga rättvisan ibland fick ge vika för lokala lagar. Och vem hade vågat anklaga träpatron Gerard Wirén när det enda vittnet inte längre fanns i livet? Svaret var lika enkelt som nedslående.

Han tänkte på bråket mellan Gerard och Chris. Hade Chris hotat att avslöja Gerard? Varför hade han i så fall plötsligt bestämt sig för sig att göra upp med sitt förflutna? Hade Gerard fått honom att avvakta för att sedan slå ihjäl honom?

När han parkerade utanför familjen Hallgrens hus slog siffrorna på displayen om till 10.57. Ingen syntes till men han förstod att Sara var där eftersom hennes och Eriks BMW stod på garageuppfarten. Nu skulle han hämta kaffekoppen, köra till stan och sända den med bud till Grenmark på SKL. Förhoppningsvis skulle han hitta Per-Eriks DNA.

Han kom att tänka på Chris anklagelse mot Göran. Med tanke på vad Chris hade varit med om var det inte konstigt om han överreagerade på Görans påstådda närmanden mot Carl.

När han satte foten på det första trappsteget på farstubron ringde mobilen.

– Hej Johan, länspolismästare Ståhl här.

– Hej, svarade han och stannade mitt i steget.

– Nu har utslaget i tingsrätten kommit, fortsatte Ståhl.

– Ja? lyckades han pressa fram.

Prasslet av papper blandades med dunket från pulsen i öronen när han väntade på att Ståhl skulle fortsätta.

– Det är goda nyheter, Johan. Tingsrätten gick på din linje med självförsvar och friade dig helt ... Och jag har nyss talat med chefsåklagaren som ansvarar för internutredningen ...

Han tryckte mobilen mot örat och steg ned från trappan. Ståhls stämma gick rakt igenom honom:

– Hon har beslutat att avskriva ärendet utan påföljd. Grattis, Johan! Jag sa ju att det skulle ordna sig. Och som sagt: jag la ju ett gott ord för dig.

★

Han satt i bilen och trummade fingrarna mot ratten. Det kändes som om han körde hundrafemtio kilometer i timmen, men bilen stod stilla. Han hade inget minne av hur eller varför han återvänt till bilen. Inte heller hur lång tid han suttit där med känslan av att vakna till liv igen, av att lämna ett vakuum och börja färdas framåt.

Frikänd. Han var åter i tjänst och tog därmed över ansvaret för utredningen av mordet på Mattias Molin.

När han hade sagt att han inte hade något förtroende för Elin Forsman hade Ståhl undrat varför. Eftersom han saknade bevis och inte ville avslöja att han brutit sig in i Mattias hus, hade han svarat något luddigt om bristande kompetens. Ståhl hade sagt att han som ansvarig för utredningen bestämde vilka han ville jobba med, och var Elin Forsman inte önskvärd, fick hon sköta andra uppgifter.

Han slutade trumma mot ratten, den inbillade farten avtog och han såg gatan och familjen Hallgrens hus klarna till verklighet. Klockan på instrumentbrädan visade att han hade suttit i bilen i tio minuter. Fortfarande var allt stilla i huset. Han log när han föreställde sig hur glad Karin skulle bli när han berättade att Göran nu var en fri man.

Efter samtalet från Ståhl hade han ringt till åklagare Gunilla Fridegård. När han gett sin syn på fallet hade hon genast beslutat att försätta Göran Hallgren på fri fot. Bevisningen mot honom var inte tillräcklig, och när han som ansvarig utredare inte trodde att han var skyldig, var saken klar.

Han strök tummen över knapparna på mobilen. Ett samtal till ville han ringa innan han gick in till Karin och Sara. Det var till stor dels Lottas förtjänst att han hade blivit friad. Hade inte hon vittnat till hans fördel var det tveksamt om han hade blivit friad. Samtidigt som han ville dela sin glädje med henne, tvekade han eftersom han antog att hon fortfarande var sur.

Han slog numret, fick svar på tredje signalen.

– Lotta Lundblad.

Han undrade om det var en markering att hon svarade med sitt namn. Hon brukade se att det var han som ringde och inledde vanligtvis med ett "hej älskling".

– Hej, det är Johan.

– Hej, hej.

Nu var han säker. Det hade varit en markering. Hon lät till och med mer reserverad än förra gången. Men när han berättade att han var friad blev hon gladare och tycktes för en stund glömma att hon var besviken på honom. När han sa att han nu var tvungen att stanna kvar och utreda morden blev hon åter tyst och tvär.

– Något nytt om huset? försökte han.

– Ja, brorsan var här och målade klart fönstren. Så nu lägger mäklaren ut det till försäljning. Får vi det sålt köper jag huset på Alnön ...

Han visste inte vad han skulle säga. Sara kom ut på farstubron och vinkade till honom. Han sa att han måste sluta och lovade att ringa snart igen.

– Gör som du vill, sa Lotta och han förstod att det låg en vidare innebörd i orden än om han skulle ringa eller inte.

Han sköt upp dörren och mötte Sara halvvägs över gräsmattan. Hon log och omfamnade honom. Hennes röda hår lyste i samma nyans som de brandgula bladen i asparna på baksidan av trädgården.

– Hej Johan! Vad bra att du kommer. Har Erik fått tag på dig?

– Nej?

– Han ringde nyss och sa att han hade sökt dig, men att det var upptaget ... det var tydligen viktigt.

– Vad gällde det?

– Det sa han inte.

– Okej. Jag ringer på en gång.

Erik svarade direkt och berättade om samtalet med Sixten Bengtsson. När han nämnde teckningen med båten fick Johan gåshud. Var det möjlig att Stjärn-Sixten hade sett mordet på Chris? Instinktivt ville han söka upp honom på en gång och fråga, men Erik sa att det var bättre att låta honom försöka. Om det kom en polis och ställde frågor var risken stor att Sixten låste sig totalt. Efter ett visst dividerande bestämde sig Johan för att följa Eriks råd.

Han och Sara gjorde sällskap in i köket. Karin satt på en stol med armarna i knäet och stirrade i väggen. Han slog sig ned mittemot, lyckades få ögonkontakt och berättade att Göran skulle släppas inom de närmaste timmarna.

När Karin inte reagerade på annat sätt än att börja klippa med ögonlocken, upprepade han orden så lugnt han kunde. Då sprack hennes ansikte upp i ett stort leende. Med en häftig rörelse, som nästan gjorde honom rädd, kastade hon sig över bordet och gav honom den hårdaste kram han fått på länge.

Sedan for hon upp, började plocka upp disk ur diskmaskinen, samtidigt som hon ställde tusen frågor. En fråga återkom gång på gång, fast han svarade samma sak varje gång:

När kommer han?

Så fort åklagaren ringer kan du hämta honom.

Sara blev nästan lika glad som Karin. När han talade om att han skulle ta över utredningen såg de båda kvinnorna på honom med ett glädjeblandat tvivel som gjorde honom taggad att sätta igång.

– Det här är nästan för bra för att vara sant, utbrast Sara.

Han manade till allvar. Den här historien var långt ifrån över. Chris och Mattias var döda och en mördare gick lös. Och misstankarna mot Göran skulle finnas kvar tills den mannen eller kvinnan blev fälld, kanske ännu längre.

– Vad ska du göra nu? frågade Sara.

– Åka till polisstationen och läsa igenom utredningen. Sedan får jag se.

– Javisst ja, påminde sig Sara och reste sig. Du ska ju få kaffekoppen ...

– Egentligen behöver jag inte den nu, svarade han. Nu kan jag ta DNA-prov på vilka misstänkta jag vill.

Ett drag av besvikelse ilade förbi i Saras ansikte.

– Men visst, tillade han. Jag tar den ändå. Man vet aldrig om den kommer till användning.

Sara skyndade sig ut i vardagsrummet och gav honom plastpåsen med koppen.

– Tack, det var driftigt gjort, sa han. Och kom ihåg att allt det vi sagt till varandra måste stanna mellan oss.

De båda kvinnorna nickade. Han sa hej då och gick mot dörren. När han öppnade den ringde mobilen. Det var Ståhl igen. I en halv sekund blev han rädd att det hade uppstått något problem med internutredningen. Samtalet tog trettio sekunder, sedan vände han sig om och stirrade på Sara och Karin.

– Men Johan, vad är det som har hänt? frågade Sara.

– Dom har fått upp honom ...

– Vem?

Frågan blev hängande i luften i tre sekunder. När han till slut svarade såg han att både Sara och Karin redan hade förstått.

– Chris. Dom har lyft upp honom ur sjön.

37

Bråsjö, 28 augusti 2002

När hon passerade skylten med ortsnamnet kände hon en pirrning över huden. För exakt tre år sedan hade hon kommit körande den här vägen på väg till sitt första besök på Symfonikliniken. Det kändes som i går när hon blickade ut över järnvägsspåren, som gick i en svag krök utmed sjön i riktning mot samhället. Samtidigt hade hon då varit en person så långt ifrån den hon var i dag, att hon inte längre kunde föreställa sig hur hon hade tänkt och känt.

Då hade hon varit på botten, trött och slutkörd av smärtorna som plågat livet ur henne. Nu mådde hon bättre än någonsin och var på väg till sitt första riktiga arbete i byn där hon mot alla odds fått hjälp att bli frisk. Tänk vad livet var märkligt!

Eftermiddagssolen lyste stark. När hon passerade sågverket bländades hon av reflexer av ljus som kastades mot henne från plåttaket. Hon fällde ned solskyddet, såg hur rallarrosorna som lyste rosa längs banvallen vajade i en vind som även krusade ytan på sjön.

Hon var glad för att hon hade fått ett jobb. Att det blev just i Bråsjö var för bra för att vara sant. Efter åren i Stockholm ville hon återvända till Norrland, gärna i närheten av föräldrahemmet. Samtidigt ville hon inte jobba i Ånge. Att stöta på folk hon kände i sin nya yrkesroll var inget hon önskade. Sju mils avstånd var perfekt.

Det bästa var att hon nu kunde ta sina behandlingar på kliniken när hon ville. Efter de inledande vistelserna hade hon haft kontinuerlig kontakt med Chris Wirén. Så fort hon hade känt av muskelvärken hade hon åkt upp över en helg och lagt in sig på kliniken. Det, tillsammans med självträningsprogrammet, hade gjort att hon hade klarat av utbildningen.

Egentligen hade hon inte haft några svårare smärtor, men Chris hade sagt att det var viktigt att de höll kontakten, och hon ville inte göra honom besviken. För sin del kunde hon gärna fortsätta med behandlingarna livet ut, om hon hade råd. Hon hade gjort slut på alla besparingar och lönen som väntade var inte stor.

Bilderna av mannen hon hade mött när hon första gången besökt kliniken trädde fram för hennes inre syn. Trots att de bara hade setts i några sekunder bar hon minnet av honom tydligt inom sig, det glimmade till ibland när hon var gott humör och gjorde henne varm inombords. Det var underligt. Visst hade hon hört talas om kärlek vid första ögonkastet, men det här var löjligt. Inte kunde det kallas kärlek när man inte ens hade pratat med varandra. Det var sådant man läste om i kioskromaner.

Varje gång hon hade besökt kliniken hade hon hoppas på att stöta på honom igen, men förgäves.

Hon parkerade utanför port 4D i det gula tegelhuset halvvägs upp på den åsrygg som byn var byggd kring, och steg ur. Rätade på ryggen och gjorde en rullande rörelse med armarna för att få igång cirkulationen.

Hon öppnade bagageluckan, ställde ned de två fullproppade resväskorna på marken. Sekunden efter att hon smällt igen bakluckan hörde hon en hund skälla bakom sig. Hjärtat gjorde ett skutt och hon vände sig om. På trottoaren bredvid staketet, som omgav skolgården, kom en man med hund. Hunden, som var en grå jämthund, hoppade mot henne och fortsatte att skälla. Mannen ryckte i kopplet och fick efter en stund tyst på jycken.

– Jag ber om ursäkt, sa han. Det är en unghund. Det är därför han är så hetsig.

– Ingen fara.

En ristning gick genom hennes kropp. För ett ögonblick tyckte hon sig känna igen mannen, men eftersom han hade solglasögon på sig, var hon inte säker.

Nej, det var inte möjligt. Då hade han haft mörk kostym. Nu var han ledigt klädd i seglarskor, ljusblå jeans och svart piketröja. Men han var lika lång och han rörde sig med samma behagfulla självförtroende.

– Nä, men det är ju du, utbrast han och log.

Nu såg hon. Leendet träffade henne i ögonen, bröstet och knäna. Det var inte sant.

Han tog två steg framåt, drog så hårt i kopplet att hunden väste. Mekaniskt lyfte hon fram handen och kände hundens blöta nos mot huden. Efter några sekunder tappade hunden intresset, satte sig mellan dem och började klia sig bakom örat.

Han tog av sig solglasögonen, stirrade på henne med en blandning av glädje och förvåning. Samma blåa ögon, samma skarpa blick. Hon var alldeles torr i munnen och visste inte vad hon skulle säga.

– Jag vet inte om du kommer ihåg det, fortsatte han, men vi sågs på Symfonikliniken för något år sen, när du åkte iväg i en taxi.

Om du kommer ihåg? För något år sedan?

Tre år. På dagen.

– Jo, jag tror jag minns, fick hon fram.

Han räckte fram näven och presenterade sig. Hon sa att det var trevligt att ses igen, som om det vore den naturligaste sak i världen. Med en nick mot resväskorna frågade han vad hon skulle göra. Hon berättade. Hans förvåning steg och han ställde fler frågor. Hon svarade och efter några minuters småprat önskade han henne lycka till.

– Då ses vi säkert fler gånger, log han.
– Ja.
– Vill du ha hjälp med väskorna?
– Det behövs inte. Men tack ändå.

Tystnad. Två barn rusade mellan två av husen på andra sidan gatan. Hon följde dem med blicken. Han tog inte sin från henne.

– Det här var ju festligt, fortsatte han.
– Ja.

Ny tystnad. Hon mötte hans blick och höll fast den. Kände den där värmen i bröstet igen, som vilat i henne som en stillsam glöd i tre år. Än en gång slogs hon av känslan av overklighet. Det här händer inte.

Hunden slutade klia sig och spejade mot en katt som korsade Tallbacken. Men en ivrig rörelse halade han upp plånboken ur bakfickan på jeansen, tog upp ett visitkort och gav henne.

– Du får gärna ringa mig. Om du behöver hjälp med något… eller bara ta en fika eller så.

Det blänkte till i hans ögon. Hon kände blodet som en varm våg på halsen och hoppades att hon inte skulle rodna.

– Kanske det, svarade hon och tog emot kortet. Vi får se.

Han nickade till avsked, ryckte i kopplet och fortsatte bort på trottoaren. I några sekunder stod hon och såg efter honom, sedan insåg hon att det skulle bli pinsamt om han vände sig om, och skyndade sig att greppa väskorna.

Stegen var lätta när hon gick mot porten. Hon kände inte att väskorna var så tunga att hon knappt hade orkat bära dem till bilen.

38

Johan Axberg tryckte bort samtalet med Karin och parkerade mellan två blå Volvo S80 utanför Symfonikliniken. När han berättat att hon kunde åka till polishuset och hämta Göran hade hon blivit så ivrig att hon knappt hunnit säga tack. Han förstod hennes glädje, även om han hade svårt att dela den annat än på ett intellektuellt plan. Frigivandet av Göran var endast ett litet steg i riktning ut ur mardrömsvandringen han hamnat i.

Han steg ur bilen och blickade bort mot den lilla folkhopen till höger om huvudbyggnaden. En blåvit plastremsa satt uppspänd mellan kliniken och en sidobyggnad och hindrade nyfikna från att ta sig ned till sjön. På andra sidan avspärrningen stod inspektör Bäcklund och försökte lugna klungan.

Bra att de tog till avspärrningen rejält, resonerade Johan. Men när pressen anländer kommer Bäcklund att behöva hjälp. Det är tur att Hamrin och Sofia är på väg.

Han smet in under plastbandet och gick med snabba steg stigen ned mot sjön, försökte stålsätta sig inför det som väntade. Det var omöjligt att föreställa sig Chris som död – men snart skulle han inte behöva sin fantasi. Han visste att synen skulle ristas in i minnet för evigt hur han än försökte distansera sig.

Han svepte med blicken över personerna kring bryggan: Elin Forsman, Rut Norén och en kollega från tekniska roteln, polisinspektör Karlsson, två ambulansmän, två dykare, hundföraren med en schäfer och en labrador, samt – till hans förvåning – Erik Jensen. När han kom närmare konstaterade han med lättnad att liksäcken var försluten. Han ville vara beredd när han gjorde det han var tvungen till.

Erik kom emot honom och hälsade med ett handslag som var fuktigare än vanligt.

– Vad gör du här? frågade Johan.

– Jag har konstaterat dödsfallet ... det fanns ingen annan läkare tillgänglig. Men nu måste jag tillbaka till vårdcentralen.

– Vänta ett tag, ifall jag har några frågor.

Erik nickade sammanbitet. Johan Axberg stegade fram till Elin Forsman som stod med armarna i kors och var blek i ansiktet. Han tog henne åt sidan och sa:

– Som du vet har jag tagit över utredningen. Och jag vill inte att du deltar i arbetet längre.

Hon såg förvånat på honom och öppnade munnen för att säga något. Innan hon kom till skott fortsatte han:

– Du förstår säkert varför. Har du några invändningar får du ta det med Ståhl. Jag förväntar mig att den fullständiga förundersökningen finns att tillgå på stationen om en halvtimme. Jag kommer att arbeta därifrån och behöver, som du förstår, även ett eget rum.

Hennes blick hoppade fram och tillbaka mellan hans ögon. Han lyfte armen och pekade mot parkeringen.

– Sätt fart.

Utan att invänta svar vände han sig mot dykarna, inspektör Karlsson, Rut Norén och bad om en rapport. När den kvinnliga dykaren började berätta, såg han i ögonvrån hur Elin Forsman lommade iväg, och tänkte att han blev av med henne lättare än han väntat sig.

Han fick veta att labradoren hade markerat vid tredje vändan på en plats mitt på sjön. Chris låg på botten tjugofem meter rakt under stället där hunden gav skall.

Rut Norén konstaterade att han hade sin plånbok och en nyckelknippa i ena byxfickan. Däremot hade hon inte hittat mobiltelefonen.

Frågan var vart den hade tagit vägen? Antingen har mördaren tagit den eller så ligger den på sjöns botten, avgjorde han. Troligen skulle han aldrig få reda på vilket.

– Dessutom hade han de där bumlingarna i jackfickorna, fortsatte Norén och pekade på två stenar på en presenning.

Johan gick dit och tittade. Norén följde efter och sa:

– De väger runt tre kilo vardera, kommer troligen från stranden. Det finns gott om dem, avslutade hon med en nick mot den bitvis steniga strandremsan.

– Så han hade inte kommit upp om vi inte hittat honom, sa Axberg, halvt för sig själv.

– Troligen inte. Dragkedjorna var stängda och tyngden tillräcklig för att hålla honom nere.

– Då blev han alltså mördad, sa Johan.

– Ja, konstaterade Norén och nickade mot båren. Såret i bakhuvudet går inte att ta miste på.

Johan vände sig mot Erik, som nickade. Typiskt Norén att spara den viktigaste upplysningen till sist, tänkte han men sa inget.

Nu fanns det ingen återvändo. Nu måste han se kroppen med egna ögon.

– Är rättsmedicin kontaktade?

– Ja, jag har talat med Jeff Conrad, svarade Norén. Han behöver inte komma hit. Däremot har jag lovat att åka upp till Umeå och bistå honom.

Johan gick fram till båren, anade konturerna av kroppen genom den vita säcken. Mitt på säcken fanns en dragkedja, som lämnade en centimeter bred glipa längst upp, vid det han förstod var huvudet. Han såg på Erik och på Rut Norén. Hon tog fram ett par plasthandskar och gav honom.

Med viss möda fick han på sig handskarna. Noréns assistent klev fram och tillsammans vecklade de ut säcken.

Det första han såg var håret som låg blött och tovigt mot den vita plasten. På två ställen hade sjögräs slingrat in sig bland de blonda lockarna. Ansiktet var förvånansvärt välbevarat, bara blekheten och en antydd svullnad skvallrade om det som hänt. Som tur var hade någon slutit ögonen. Den tomma blicken från en död person var mer skrämmande än allt det andra – oavsett hur makabert det var.

Chris var klädd i en blå vindjacka, svarta jeans och gröna gummistövlar. Johan tog ett steg tillbaka, sökte Eriks blick.

– Har du hittat något?

– Nej, jag har bara konstaterat att han är död. Resten är rättsläkarens uppgift.

– Men jag har sett något som säkert intresserar dig, sa Norén och steg fram jämte honom.

Varligt vände hon kroppen på sidan och nickade mot huvudet. Johan böjde sig fram, men han såg ingenting förutom Chris tjocka hår.

– Håll i här, kommenderade Norén sin adept, som genast övertog greppet om kroppen.

Med säkra fingrar förde Norén håret på bakhuvudet åt sidan. En bit ovanför geniknölen fanns ett krossår som mätte tre centimeter i diameter. Även om såret var svullet i kanterna och blodtomt var det ingen tvekan om att det var relativt färskt.

– Kan mycket väl komma från ett slag av en hammare, konstaterade Axberg.

– Precis vad jag tänkte, sa Norén och hjälpte sin underhuggare att vända kroppen i ryggläge igen.

– Det styrker min teori om att Chris blev ihjälslagen på samma sätt som Mattias Molin.

– Vi får se vad Conrad säger. Han kan ju jämföra.

– Får jag se plånboken och nycklarna, bad Axberg.

Rut Norén tog upp två plastpåsar ur en av sina väskor och visade honom. Nyckelknippan hade sju ordinära nycklar och han hyste ingen förhoppning om att de skulle ge dem några ledtrådar. Plånboken innehöll femhundratjugo kronor i kontanter, två MasterCard och ett fotografi på sonen Carl.

Två saker slog honom. De måste givetvis kolla upp klinikens ekonomi. Det andra var att Chris inte hade någon bild av Agneta.

Han drog upp dragkedjan, ropade till ambulansmännen att de kunde ta in kroppen. Sedan vände han sig till inspektör Karlsson och sa:

– Är Chris fru informerad?

– Ja, hon har följt sökandet till och från hela tiden. Hon kom hit så fort dykarna hade fått upp honom.

– Hur reagerade hon?

– Lugnt och behärskat. Sa nästan ingenting. Hon identifierade honom och gick hem.

– Sa ni något om såret eller stenarna?

– Självklart inte.

– Och sonen Carl?

– Han var hemma. Hon sa att det inte var aktuellt för honom att se sin far i det här skicket.

Johan kastade en blick upp mot kliniken, såg framför sig hur Per-Erik Grankvist hade kommit på nattligt besök till Agneta. Visste Carl om deras relation?

Erik harklade sig och sa:

– Jag sticker tillbaka till mottagningen nu.

– Okej, tack för hjälpen, svarade Johan.

Stegen var snabba när Erik gav sig av. Han vände sig inte om och vinkade som han brukade. Johan lade märke till ett snaggat huvud uppe vid kliniken och snart såg han att det var Sven Hamrin. Två sekunder senare såg han Sofia Waltins blonda kalufs. De hälsade kort på Erik och var snart framme vid bryggan.

Johan gav dem en snabb överblick. Det kändes tryggt att Sven och Sofia var på plats. Deras närvaro gjorde det lättare för honom att gå in i sin yrkesroll igen. När de lyssnade till hans ord glömde han för några ögonblick att han tills för mindre än en timme sedan hade varit avstängd.

– Då vet ni hur landet ligger, avslutade Axberg.

– Det var som fan, sa Hamrin och stegade fram till båren.

Utan att ta på sig skyddshandskar greppade han dragkedjan med sina björnramar och öppnade liksäcken. Rynkade på näsan och stängde utan att Sofia hunnit se, men av hennes minspel att döma var hon inte särskilt intresserad.

Kärntruppen samlades runt Axberg. Han tog dem avsides och sa:

– Jag vill att Norén börjar med att undersöka strandhuset. Enligt brevet som Mattias Molin skrev blev Chris ihjälslagen därinne. Mattias såg det från någonstans i närheten av gångstigen, fortsatte han med en gest med armen mot det aktuella området. Kolla allt du hittar, blodspår, hårstrån och så vidare.

Rut Norén nickade.

– Dykarna får söka igenom vattnet runt bryggan, fortsatte han. Mattias tappade sin plånbok här. Leta även igenom ekan efter spår.

Han hörde tvekan i tystnaden som följde.

– Jag vet att möjligheterna att hitta något är små. Men vi måste ta alla chanser vi får, särskilt nu när vi blivit sinkade i fyra dagar.

Istället för att säga något nickade Norén trumpet, men Johan visste att hon skulle ta sig an uppgiften med sedvanlig frenesi.

– Jag åker till stationen och går igenom förundersökningen, fortsatte han. Är det förstärkning på väg?

– Ja, svarade Sofia. Två kollegor från ordningen.

– Bra, då får de hjälpa Bäcklund och Karlsson att hålla ställningarna här. Vi tre tar ett möte på stationen om en timme, sa han med en nick mot Sofia och Hamrin.

Med de orden skyndade han sig tillbaka längs samma väg han nyss kommit. Halvvägs upp mot kliniken vände han sig om och blickade ut över vattnet.

Aldrig hade han sett en sjö så stilla. Den hade samma gråa nyans som himlen, det såg ut som om en bit av skyn hade trillat ned och lagt sig att vila i skydd av den omgivande granskogen. Den tanken följde honom hela vägen upp till bilen.

Paradoxalt nog gjorde den honom oroligare än på väldigt länge.

39

Sofia Waltin satt bredvid honom i Saaben när han svängde höger i Tallbacken. Det var dags för en tredje rond med Gerard Wirén. Den här gången skulle han inte komma undan lika lindrigt som tidigare. Han kände ilskan i händerna när han återkallade mammas ord om vad som hänt i familjen Wiréns kök. Ett kök som han snart skulle stiga in i. Skulle han kunna behålla lugnet?

Han sneglade på Sofia, strök med blicken över hennes profil: den lätt uppstående näsan och de ljusa fjunen på överläppen han tyckte så mycket om. Skönt att du är med, tänkte han. Du är bra på att gjuta olja på vågorna, både mina och de förhördas.

Han hade kopierat den aktuella sidan i mammas dagbok och faxat den till åklagare Fridegård. Han hade berättat att han var med den aktuella kvällen och kunde intyga att det var Gerard och Chris som åsyftades i texten. Som väntat hade Fridegård sagt att det inte skulle hålla för åtal. Dels var uppgifterna för ospecifika, dels var brottet preskriberat. Även om han egentligen visste att det var så, hade han känt sig frustrerad.

– Vad är klockan? frågade han, mest för att bryta tystnaden.

– Kvart över två.

– Då är Chris kropp snart framme i Umeå.

– Tror du att Conrad hittar något vi inte redan vet?

– Nej. Men det är bra om det går att avgöra om det var samma typ av hammare.

– Ja, och om han var död när han dumpades i vattnet ...

Det blev tyst. Johan lät tankarna vandra. När han hämtat Saaben på Ronnys bilverkstad hade Gerards Volvo varit borta. Han hade frågat och fått till svar att Gerard hämtat den en timme tidigare.

Med nya däck hade han fortsatt till polishuset. Elin hade suttit på sitt kontor och jobbat. Utan att låtsas om det som hänt hade hon visat honom till ett ledigt rum. Förundersökningen hade legat nykopierad på skrivbordet och han hade genast satt sig att läsa.

Han hade inte brytt sig om att fråga Elin om brevet, eftersom han visste att det var meningslöst. Känslan av att ha henne sittande i rummet bredvid sig hade varit märklig, särskilt när han kom till avsnittet om vad som påträffats i Mattias hus.

En timme hade det tagit honom att läsa igenom materialet. Han hade inte hittat något nytt av intresse.

Han hade tänkt att han borde hålla ett regelrätt förhör med Elin. Topsa henne och jämföra DNA:t med analysen av pizzakvittot. Men då skulle det bli ett jäkla rabalder. Det var bättre att vänta tills analysen var klar. Då skulle de få veta om det var en man eller kvinna som planterat hammaren.

När Sofia och Hamrin hade anslutit hade han sammanfattat rapporten. Båda hade blivit oerhört bestörta när han berättat om de sönderskurna däcken, och Hamrin hade fått honom att omgående skriva en polisanmälan.

Sedan hade Hamrin vecklat ut sin två meter långa kropp för att ta ett snack med Elin, men Axberg hade hindrat honom. Nu kände han en viss oro för vad hans kollega kunde hitta på när han satt kvar på polishuset för att läsa igenom förundersökningen.

De kom till slutet av Utkiksvägen och träpatronvillan blev synlig mellan raden av hängbjörkar. Johan svängde in på grusplanen och såg genast att Gerards Volvo S80 stod bredvid farstubron.

– Tar du med bandspelaren och DNA-kittet? frågade han.
– Javisst, svarade Sofia.

Gerard Wirén hade insisterat på att de skulle komma till honom. Efter viss tvekan hade Johan accepterat. Det kanske var lättare att få honom att erkänna sina synder på platsen för brottet.

De gick ett varv runt Volvon utan att se något av intresse. Fortfarande inget rött märke eller dekal. Hade han inbillat sig? Nej, så fort han återkallade bildsekvensen fanns den där, tydlig och suddig på samma gång.

När de kom upp på verandan lutade han sig åt sidan och tittade in genom köksfönstret. Köket var tomt, på bordet låg en dagstidning och ett virkat grytunderlägg. Han växlade en blick med Sofia och ringde på. Samma hemtrevliga klockspel som förra gången hördes från insidan.

Gerard Wirén öppnade efter en minut. Johan frågade sig om han hade låtit dem vänta för att demonstrera att besöket inte var viktigt. Gerard Wirén var blekare än sist under solbrännan, men blicken var lika skarp som vanligt.

Istället för att ta Sofias utsträckta hand nickade han till hälsning och bad dem stiga in. När Johan passerade köket hejdade han sig och sa:

– Är det okej om jag tar ett glas vatten?

Gerard Wirén såg frågande på honom en sekund innan han log gästvänligt.

– Javisst. Förse dig själv. Vi väntar i vardagsrummet.

Han steg in i köket, men kände enbart igen utsikten mot gården. I övrigt var det nyrenoverat med induktionsspis, köksluckor i mörkbrunt trä, aluminiumfärgat kylskåp med inbyggd ismaskin samt en espressomaskin som tronade i ensamt majestät på den stenbelagda diskbänken.

Han drack ett glas vatten och gick ut i vardagsrummet. Gerard Wirén och Sofia satt i varsin fåtölj på varsin sida om det glasade soffbordet. Han slog sig ned mellan dem på en fotpall.

– Var är Edith? inledde han.

– Hon fick ont i huvudet ... migränen du vet. Hon ligger och vilar och orkar inte träffa er.

– Synd. Vi behöver tala med er båda två, men vi får väl återkomma.

Sofia placerade bandspelaren på soffbordet och förklarade att det var rutin att alla förhör spelades in. Gerard Wirén höjde ett skeptiskt ögonbryn och vände sig mot Johan.

– Vad ska det här betyda?

– Som jag sa har det kommit fram nya fakta angående Chris. Vi är nu övertygade om att även han blev ihjälslagen, precis som Mattias Molin ...

En lodrät rynka växte fram i Gerard Wiréns panna.

– Herregud, det är ju förfärligt, utbrast han. Varför tror ni det? Jag menar ...

Han tystnade och flackade med blicken mellan Johan och Sofia. När han förstod att han inte skulle få något svar fortsatte han:

– Har ni någon idé om vem som kan ha gjort det?

– Det är det vi är här för att ta reda på, förklarade Axberg. Eftersom det nu handlar om mord måste vi höra alla i Chris närhet igen.

– Jag förstår, jag förstår, mumlade Gerard Wirén och vände blicken ut mot altanen.

Johan frågade sig om han skulle ta upp det han fått veta genom dagboken, men bestämde sig för att göra det i slutet av förhöret.

– Har *du* någon aning om vem som kan ha gjort det? undrade Sofia.

Med en långsam rörelse vände sig Gerard Wirén mot henne och skakade på huvudet.

– Nej, min lilla flicka. Jag har ingen aning.

Sofia kände hur det hettade i kinderna. Gerard Wirén var uppenbarligen en man av den gamla patriarkala stammen som inte talade *med* utan *om* och *till* kvinnor. En avart bland män hon alltid blev lika förvånad över som förbannad på när hon träffade.

– Du sa förra gången att du och Edith gick hem från klinikfesten klockan halv tio? sa Axberg.

– Det stämmer. Vi gick hem och la oss nästan på en gång.

– Sover ni tillsammans? undrade Sofia.

Gerard Wirén såg indignerat på henne.

– Hurså?

– Vi vill kolla om du har alibi, svarade hon så lugnt hon kunde.

– Va? Ni tror väl inte att jag har dödat honom?

– Vi tror ingenting, insköt Axberg. Men vi kollar alibi på alla i Chris närhet. Sover ni tillsammans?

Det tog Gerard Wirén tre sekunder att få ordning på anletsdragen.

– Nej, vi har skilda sovrum sen flera år. Jag snarkar och Edith har ju sin migrän.

– Så i praktiken kan ingen intyga att du var hemma runt midnatt? sa Axberg.

I en avmätt gest slog Gerard Wirén ut med händerna och log snett.

– Nej, men du tror väl inte att jag har smugit ut mitt i natten för att slå ihjäl min egen son?

– Vad bråkade du och Chris om på festen?

– Jag går inte till torgs med mitt privatliv. Det trodde jag att jag hade gjort klart?

Johan Axberg höjde rösten:

– Om du inte har begripit det så förhörs du med anledning av två mord. I en sådan situation finns det inget som är för privat att prata om.

Gerard Wiréns ansikte mörknade.

– Okej, okej, herr kommissarie, sa han. Chris var arg på mig för att jag inte ville skänka pengar till kliniken. Konstigare än så var det inte ...

– Hur kunde han kräva det? Han hade ju brutit kontakten med dig.

– Precis vad jag sa till honom. Men han hade fått för sig att jag, som har tjänat så mycket pengar här i byn, skulle bidra till dess fortlevnad ...

Det blev en paus när Gerard Wirén rättade till slipsnålen. Så tittade han upp igen och fortsatte:

– Det var som du förstår oerhört märkligt. Han blev rejält upprörd när jag sa nej. Efter det gick jag och Edith hem.

Johan tyckte att svaret lät konstruerat och kände på sig att Gerard Wirén ljög. Han frågade:

– När besökte du kliniken senast, jag menar före festen?

– Det minns jag inte ... så länge sen var det. Säkert över fem år sen ... jag och Chris hade ju som sagt ingen kontakt.

– Har du varit i strandhuset?

– Jaa ... i samband med att det byggdes för sju år sen. Virket kommer från mig.

– Inte efter det?

– Nej.

Johan bestämde sig för att växla spår.

– I natt skar någon sönder däcken på min bil ...

– Det var tråkigt att höra, sa Gerard Wirén, men det fanns varken förvåning eller medlidande i rösten.

– Vem här i byn skulle kunna göra något sådant?

– Ingen aning.

Gerard Wirén såg plötsligt plågad ut. Han reste sig och sa:

273

– Ni får ursäkta mig ett ögonblick.

Förvånat såg de honom gå ut i hallen. Johan hörde samma dörr öppnas som vid hans senaste besök, samma toalett som spolades och en omsorgsfull handtvätt. När Gerard Wirén återvände frågade Johan:

– Vad gjorde du i måndagskväll, den tredje oktober?

Gerard Wirén fnös till och spände blicken i honom.

– Kvällen då Mattias Molin dödades? Nu får du väl ge dig, du tror väl inte på fullaste allvar att jag slog ihjäl honom?

– NU RÄCKER DET! röt Sofia. Som min kollega sa så måste vi höra alla igen, och det gäller även dig. Ska det vara så svårt att svara på? Du vill väl också att din sons mördare grips?

Gerard Wirén såg stint på Sofia med en överlägsen min, men hon vek inte en millimeter med blicken. När väggklockan hade tickat sju gånger slog han ned blicken i golvet och drog handen över hjässan som var så blank att den reflekterade ljuset från kristallkronan i taket.

– Okej, suckade han och tittade upp igen. Jag ska samarbeta. I måndagskväll var jag hemma. Vi hade ett Rotarymöte klockan fyra och jag åkte direkt hem därifrån.

– Vilken tid kom du hem?

– Fem. Då åt jag och Edith middag. Sen läste jag och kollade på teve.

– Var Edith också hemma hela kvällen? frågade Sofia.

– Ja ... nej, förresten. Efter middagen åkte hon och handlade och hälsade på en väninna ... Britta Jonsén, den gamla diakonissan, om du minns? avslutade han med en blick på Axberg.

– Mellan vilka klockslag var hon borta?

– Kanske från sex till åtta.

Då skulle du i praktiken ha hunnit köra fram och åter till Mattias och slagit ihjäl honom, resonerade Johan för sig själv.

– Äger du en hammare?

Ett snett leende fick fäste på Gerard Wiréns strama kinder.

– Klart att jag äger en hammare. Om inte annat kan jag säkert få låna en på sågverket ...

Johan insåg hur dum frågan var med tanke på att de redan hade mordvapnet. Han skyndade sig att fråga vad Gerard hade gjort natten då hammaren planterades i Görans garage. Svaret blev att han hade sovit i sin säng hela natten, men eftersom han hade enskilt sovrum kunde ingen bekräfta det. Johan bytte fokus.

– Vet du vem som är pappan till Elin Forsmans son?

Tänderna lyste vita i det solbrända ansiktet när Gerard Wirén avfyrade ännu ett högdraget flin.

– Verkligen inte. Varför frågar du mig?

– För att du vet det mesta om de flesta här i byn.

– I det här fallet misstar du dig. Och jag är inte heller intresserad av att veta.

Johan vände sig mot Sofia, som gav honom en blick som sa: Nu är det dags. Han fångade Gerards blick och höll den kvar.

– Jag tror att jag vet vad bråket på festen handlade om ...

När Gerard Wirén tog sats för en protest skyndade sig Johan att fortsätta:

– Jag tror att han tänkte avslöja ... vad som hände i det där köket en höstkväll för tjugoåtta år sen, sa han och pekade mot köket.

Gerard Wirén bleknade, som om ljuset ändrats i lampan ovanför hans huvud.

– Vad menar du?

– Det vet du mycket väl. Jag följde med min pappa hit den där kvällen ... han såg vad som hände.

– Jag förstår inte vad du menar.

– Erkänn att det var det ni bråkade om på festen. Att Chris hotade att avslöja för alla vad du gjorde mot honom. Att du ...

– Nu räcker det! avbröt Gerard Wirén och reste sig så häftigt att fåtöljen snurrade ett varv. Nu vill jag att ni går!

Johan såg på honom en lång stund innan han sakta ställde sig upp.

– Du kommer inte undan med det här, sa han. Det ska jag se till.

– Jag vet inte vad du har fått för dig, och jag vill inte heller veta. Men du ska inte komma och beskylla mig för att ha gjort min son något illa. Adjö!

Med hastiga steg försvann Gerard Wirén ut i hallen. Johan övervägde om han skulle visa dagbokstexten, men bestämde sig för att avstå. Gerard skulle ändå fortsätta att neka och säga att det inte handlade om vare sig honom eller Chris. Dessutom är det kanske bra om han inte vet *hur* jag vet, resonerade han.

De följde efter ut i hallen och sa att de ville ta ett DNA-prov. Till bådas förvåning accepterade Gerard Wirén utan invändningar. När de bad att få hans mobiltelefon och informerade om att två kriminaltekniker var på väg för att undersöka hans Volvo, skakade han misstroget på huvudet. Med en långsam rörelse tog han upp en av Erikssons senaste modeller ur kavajfickan.

– Som sagt, vi hör av oss igen, avslutade Axberg och slog igen dörren.

*

Den grönvitrandiga träningsoverallen hängde slapp och hans vanligtvis raka rygg var ihopsjunken till ett frågetecken när han klev ut från polishuset. Sara såg hur Karin rusade fram och slog armarna om sin man. Görans blick var tom och armarna hängde tunga längs sidorna.

Vad är det för liv jag kommer tillbaka till? tänkte han. På trottoaren på andra sidan E14 såg han KnutOls Anna stappla fram på sin eftermiddagspromenad. När hon fick syn på honom hälsade hon inte som hon brukade. Istället vände hon blicken rakt fram och låtsades som om hon inte hade sett honom. Reaktionen var säkert talande för hur folk i byn skulle bemöta honom i framtiden. Även om han nu var frikänd skulle misstankarna mot honom finnas kvar så länge han levde.

Ingen rök utan eld. Någonting har han säkert gjort. Har han inte alltid varit intresserad av pojkarna på gymnastiken?

Han frös inombords, kände sig oförmögen att röra sig. Värmen från Karin anande han som en svag förnimmelse i utkanten av sitt frusna jag. Det enda han kunde glädjas åt var att Chris och Mattias var döda. Det var de som hade försatt honom i den här situationen.

De hade fått det straff de förtjänade, varken mer eller mindre.

40

Johan Axberg och Sofia Waltin stannade utanför polishuset för att plocka upp Sven Hamrin. Han stod lutad mot tegelväggen bredvid entrén och såg lika ilsken ut som vanligt. Med stor möda pressade han in sina hundra kilo i baksätet. Johan kände trycket från knäna mot ryggen, trots att han hade skjutit fram sätet så långt han kunde. Sofia gav honom ett roat leende och blåste luggen åt sidan.

– Fan, hade jag vetat att det skulle bli så här mycket åka hade jag krävt att verkstan skulle ha blivit klar med Chevan tidigare, frustade Hamrin.

– Pratade du med Elin Forsman? frågade Axberg och svängde ut på E14.

– Nej, sa Hamrin. Hon såg jäkligt sur ut och stack ifrån stationen för en timme sedan. Har ingen jäkla aning om vart hon skulle.

– Hittade du något i rapporten?

– Inte mer än det du redan berättat. Men din kontakt på SKL ringde alldeles nyss ... Grenmark hette han, va?

– Ja?

– Han var just färdig med analysen av DNA:t på pizzakvittot ...

Johan lade i trean och tryckte på gaspedalen.

– Och?

– Tyvärr inga träffar i något register. Det enda han kunde säga var att det kommer från en man.

Alltså inte Elin Forsman, reflekterade Johan och sa:

– Då har vi något att jämföra med. Jag tror inte att det dröjer länge innan vi hittar rätt.

– Förhoppningsvis inte, insköt Sofia. DNA-tekniken har verkligen förändrat vårt arbete. Nu för tiden behöver vi inte koncentrera oss på att få folk att öppna munnen för att tala, utan för att vi ska kunna topsa dem.

I ögonvrån såg han hur Sofia vände sig mot honom.

– Tror du att det är Gerard Wiréns DNA på kvittot?

– Nej, det är knappast han som varit i Görans garage. Men det skulle det inte förvåna mig om han är inblandad ändå med tanke på vad han gjort mot Chris ...

– Fy fan, sa Hamrin och Axberg kände hur knäna tryckte mot ryggen.

Tio minuter senare var de framme vid Symfonikliniken. Johan kastade en blick mot familjen Wiréns villa. Han visste att Agneta var hemma eftersom han nyss hade ringt och sagt att han ville träffa henne igen. Agneta hade svarat att han var välkommen om en halvtimme, vilket passade honom utmärkt. Innan han förhörde henne ville han veta om Rut Norén hade hittat något.

Han drog åt handbromsen och frågade sig hur Agneta Wirén skulle reagera när hon fick reda på att hennes man blev ihjälslagen. Eller visste hon redan om det?

I samma ögonblick som han steg ur bilen kom ett bekant ansikte mot honom. Det var David Kollers, en ung energisk kriminalreporter på Aftonpressen, som han brukade utbyta uppgifter med.

– Hej Johan! Är det sant att Chris Wirén blev ihjälslagen? Att han inte drunknade?

– Hej David. Det kan jag inte kommentera.

Två reportrar slöt upp på var sin sida av David Kollers. Kvinnan till höger räckte fram en mikrofon som det stod SR på. Nere vid avspärrningen såg han hur inspektör Bäcklund och två andra kollegor från ordningen pratade med reporterteam från SVT och TV4. Flickan med mikrofonen ställde en fråga som började med: "Hur kommer det sig att polisen inte ...?"

Johan kände en plötslig yrsel. Han fäste blicken på en björk på andra sidan parkeringen och försökte samla sig. Även fast han visste att pressen skulle dyka upp så fort det läckte ut att Chris blev mördad blev han matt. Han hade haft huvudet så fullt med annat att han inte orkat planera hur han skulle bemöta den tredje statsmakten. Han sa:

– Vi håller presskonferens i kväll ... klockan åtta på polisstationen. Ni får vänta till dess. Just nu kan jag inte säga något mer.

Med de orden skyndade han sig mot avspärrningen. Bakom sig hörde han frågorna hagla och hur Hamrin röt att det inte blev mer nu. I farten upprepade Johan sitt besked till teveteamen innan han smet in under det blåvita plastbandet. Sofia och Hamrin var honom häck i häl. När han svängde runt hörnet på kliniken vände han sig om mot dem och gjorde en lättad grimas.

Eftermiddagssolen speglade sig i sjön, som krusades lätt av vinden. Två storlommar fiskade tio meter utanför bryggan, i övrigt var det stilla. Johan såg framför sig hur ambulansen nyss hade stått nere vid bryggan, hur fridfullt Chris hade legat på båren. Nu var det enda som påminde om det som hänt teknikernas bilar som stod utanför strandhuset.

Naturen har en fantastisk förmåga att sopa undan fasansfulla händelser, filosoferade han. Den återhämtar sig alltid, mängden och mångfalden går alltid före det enskilda.

Rut Norén och hennes kollega packade ihop sina väskor i föreläsningssalen i strandhuset när de steg in.

– Hej, sa Axberg. Har ni hittat något?
– Kanske, sa Norén och stängde sin portfölj med en smäll. Men jag tar det i kronologisk ordning.

Med energiska ben stegade hon fram till Johan. Hon var två huvuden kortare än han och ställde sig då och då på tå när hon pratade.

– Vi hittade inget av intresse i roddbåten eller på bryggan. Plånboken du frågade efter har vi alltså inte sett ...

Då har troligen någon tagit den, tänkte han.

– Härinne har det varit en föreläsning för patienterna efter mordet, fortsatte Norén, så vi får ta fynden med en nypa salt. Vi har säkrat material för DNA-analys, men det blir svårt att dra några slutsatser.

– Var har ni? frågade Sofia otåligt.

– En del hårstrån som ser färska ut, klädludd, två tuggummin och en snusprilla.

Johan erinrade sig Gerard Wiréns ord om han inte satt sin fot i huset sedan det byggdes. Hittade de spår av honom kunde de bevisa att han ljög.

– Men nu ska jag visa det viktigaste fyndet, återtog Norén. Jag hittade det alldeles nyss.

Hon svängde runt och började gå i gången mellan stolarna och fönstren, som vette mot Bråsjön. Vid femte raden stannade hon och satte sig på huk. När Johan sjönk ned bredvid henne pekade hon på två röda fläckar på utsidan av den yttersta stolens sits. Fläckarna var små men syntes ändå tydligt mot det ljusa träet.

Blod, var hans första tanke. Han frågade och fick misstanken bekräftad.

– Hur lång tid tar det att ta reda på om det kommer från Chris? frågade han.

– Ett dygn på sin höjd, sa Norén.

Han reste sig upp, blickade ut genom fönstret som låg närmast, vilket var det tredje från scenen sett. Han såg gräsmattan, stigen och den södra knuten på huvudbyggnaden. Återkallade orden i Mattias brev och såg honom stå därute och titta in.

Hammaren som träffade Chris i huvudet, hur han föll och blodet som landade på stolen.

Han nickade för sig själv. Även om han redan från början trott att det hade gått till ungefär så, skulle det vara en viktig bekräftelse om de kunde styrka det.

Men vad gjorde Chris här mitt i natten när han skulle ut och fiska?

– Vad gör vi nu? undrade Hamrin.

– Vi måste höra den där Sixten Bengtsson, sa Sofia.

– Inte än, invände Johan. Han är rädd för polisen. Risken är han låser sig totalt om vi pressar honom. Jag låter Erik få en chans till i morgon bitti, sen får vi se.

– Så vad gör vi? undrade Hamrin och trampade otåligt med sina fyrtiosexor så att golvplankorna knarrade.

– Tar ett snack med Agneta Wirén, svarade Axberg och gick mot utgången.

41

Hon satt vid köksbordet och tittade på listan över dem som hade anmält sig till begravningen. Det var över tvåhundra namn och personer från jordens alla kontinenter, inklusive Tom Shawman med familj som skulle komma med sin privata jumbojet från Los Angeles.

Som tur var hade hon lagt ut alla förberedelser på byns begravningsfirma, som samarbetade med två firmor i Sundsvall eftersom arrangemanget var så stort. Visserligen skulle det kosta en del, men det var hennes minsta bekymmer. Från och med nu skulle hon kunna unna sig vad hon ville. Känslan var oerhört befriande.

Allt hon behövde tänka på inför minnesstunden var vad hon skulle ha på sig, vilken musik som skulle spelas i kyrkan och vad hon skulle säga vid begravningskaffet.

Det fanns mycket att säga om Chris, men det var inte lätt att göra det. Det fick inte märkas att hon kände lättnad över hans död. Även om hon genom åren hade lärt sig att maskera sina känslor, visste hon inte hur hon skulle reagera när hon talade inför så många människor. Hon var överens med Per-Erik om att det var viktigt att hon höll ett kärleksfullt tal till sin man. Allt skulle verka så normalt som möjligt. Det viktigaste var klinikens överlevnad.

Hon smuttade på kaffet och såg på klockan. Fem minuter i sex. Då är Johan Axberg och hans kollega snart här. Han hade ringt för en timme sedan och sagt att han ville prata med henne igen. Efter viss tvekan hade hon föreslagit att de kunde komma hem till henne. Hon ville sköta det så smidigt som möjligt. Bara tanken på att köra ned till polishuset fick henne att må illa.

Det hade inte varit så obehagligt som hon trott att se kroppen. Chris hade sett förvånansvärt välbevarad ut med tanke på att han legat i vattnet i fyra dygn. Hennes första tanke hade varit att det var skönt att han kunde begravas på platsen han pekat ut för henne under en promenad på kyrkogården förra hösten.

Tanken på att han för evigt skulle ligga i sjön, som hon såg varje morgon när hon drog upp rullgardinen, hade följt henne som en obehaglig skugga de senaste dagarna. Som tur var hade Per-Erik gett henne det stöd och den kärlek hon behövde – allt det som Chris hade förnekat henne de senaste tio åren.

Nu gällde det att skynda långsamt. Så småningom måste hon ju berätta för Carl om Per-Erik, även om hon antog att han redan visste.

Plötsligt hörde hon steg på grusgången utanför huset. Mycket riktigt var det Johan Axberg. Han pratade i mobilen och hade sällskap av en blond kvinna som Agneta inte sett förut. Snabbt ställde hon vinglaset i kylen och stoppade gästlistan i en av kökslådorna. När hon stängde lådan hörde hon dörrklockan.

– Det är bra, Åkerman, sa Axberg och lade på.

Han vände sig till Sofia, som tog tummen från ringklockan.

– Det är svårt att få tillgång till klinikens ekonomi, skyndade han sig att säga. En massa advokater som sätter käppar i hjulet, vi får prata mer om det sen.

Dörren öppnades. De hälsade och Sofia visade sin legitimation. Agneta Wirén såg lika stram ut som vanligt. Hon bad dem stiga in och de följde henne in i vardagsrummet.

Johan noterade altanen och den bakomliggande barrskogen och föreställde sig hur Sara hade stått där ute med kikaren. Per-Erik och Agneta på vardagsrumsgolvet, en omfamning och en kyss.

– Vill ni ha kaffe? inledde Agneta Wirén och satte sig i en fåtölj mittemot poliserna, som slog sig ned i soffan.

– Tack det är bra, svarade Sofia.

– Är Carl hemma? frågade Axberg.

– Nej, han är på fotbollsträningen.

– Orkar han det? frågade Sofia.

– Ja, han ville gå och jag tyckte det var en bra idé.

Sofia lade upp sin bärbara bandspelare på bordet och förklarade att samtalet var ett förhör. Agneta Wirén nickade stelt utan att protestera.

– Anledningen till att vi vill träffa dig igen, är att det kommit fram nya fakta, inledde Axberg.

Under promenaden från strandhuset hade han bestämt sig för att gå rakt på sak. Det kändes som om han inte hade tid att vara så empatisk som han brukade nu när det äntligen börjat hända saker. Inspektör Pablo Carlén hade anslutit utanför strandhuset och han och Sven Hamrin var på väg till Gerard Wiréns fru. Migränanfallet hade tydligen gått över lika fort som det kommit.

Johan fångade Agnetas blick och sa:

– Jag är ledsen att behöva säga det här, men din man blev troligen dödad ...

Agneta Wirén ryckte till och munnen blev en ring av förvåning. Johan noterade den teatraliska reaktionen och frågade sig om den var äkta eller spelad.

– Vad menar du? sa hon när hon hade fått ordning på anletsdragen.

– Han blev troligen ihjälslagen på samma sätt som Mattias Molin ... med en hammare i huvudet.

– Det är inte möjligt, sa hon och fingrade på den stramt lindade kringlan hon hade satt upp håret i. Varför sa ni inte det när jag tittade på honom?

– Eftersom inget var säkert då, svarade Sofia. Dessutom är det inte läkarnas eller teknikernas uppgift att ge sådan information.

Agneta Wirén irrade med blicken och svalde.

– Hur gick det till? frågade hon med svag röst.

– Han blev nedslagen i strandhuset, sa Axberg. Sedan dumpades han i sjön.

– Jag vet inte vad jag ska säga, sa hon och skakade på huvudet. Är det verkligen sant?

– Vi tror det, sa Sofia. Vad tror du att han gjorde i strandhuset?

– Han hade sina fiskegrejor där, konstaterade Agneta. Han gick väl dit för att hämta dem ...

– Visste någon mer än du att han skulle fiska? frågade Sofia.

– Nej. Som jag sagt kom han på det när vi var på väg hem från festen.

Kvällsljuset som föll in genom fönstren dämpades när solen gick i moln. Agneta Wiréns ansikte hamnade i skugga och det gjorde hennes reaktioner ännu svårare att tolka.

Jag får inte ihop det här, tänkte Axberg. Det kändes osannolikt att Chris träffade sin baneman av en slump i strandhuset. Även om mordet inte var planerat var det för många tillfälligheter för att han skulle ta den förklaringen till sig.

Han bad henne att än en gång redogöra för Chris sista kväll i livet. Hon upprepade samma berättelse som senast: allt hade varit bra, Chris var på gott humör, han var inte särskilt berusad, de gick hem tillsammans klockan halv tolv och en kvart senare bytte han om för att ro ut och fiska. Inget var annorlunda, ingen hade ringt, hon gick till sängs och vaknade inte förrän Åke Ekhammar kom med dödsbudet följande morgon. Och sonen Carl sov på sitt rum som vanligt.

– Sa Chris någonting om varför han bjöd sina föräldrar? fortsatte Axberg.

– Nej.

– Frågade du inte honom? sa Sofia.

– Jo …, kom svaret med tvekan. Men han svarade inte.

– Och det nöjde du dig med?

Hon ryckte på axlarna och suckade.

– Vad skulle jag göra? Chris hade mycket för sig som han inte ville diskutera. Ville han bjuda sina föräldrar var det väl hans sak?

Johan mötte hennes blick. Det fanns ingenting där som skvallrade om att hon visste vad Gerard hade utsatt Chris för. En mörk hemlighet som han skämdes så mycket för att han inte ens berättat den för sin fru. En hemlighet som han plötsligt tänkt avslöja för hela byn och för hela världen. Varför?

– Du har sagt att du och Chris hade ett bra äktenskap – stämmer det?

– Vad menar du med det? sa Agneta Wirén och blev för första gången under samtalet irriterad.

– Vi har hört av säkra källor att du hade en relation med en annan man …

Agneta Wirén reste sig upp. Solen föll åter in i rummet och lyste på hennes hals, som rodnade fläckvis.

– Nu får du förklara dig! sa hon med hög och gäll röst. Jag har nyss förlorat min man och du kommer med falska rykten om …

Istället för att fortsätta såg hon honom stint i ögonen med en blick som krävde en förklaring. I det ögonblicket insåg han vilken bra skådespelerska hon var. Förmodligen kunde han inte lita på någonting av det hon sa.

– Vi vet också vem han är, fortsatte han, som om han inte hört hennes protest. Säger dig namnet Per-Erik Grankvist någonting?

Hon satte handen för bröstet och drog in luft genom munnen. Ilskan i hennes ansikte ersattes av ett roat uttryck och hon skrattade till, vasst och onaturligt.

– Det var det dummaste jag har hört! Jag älskade Chris och hade ingen annan. Har ni hört något annat så är det fel. Nu vill jag att ni går!

Hennes skor klapprade mot parketten när hon gick mot hallen. Johan höjde en avvärjande hand och sa:

– Vi är inte klara med förhöret. Om du vill kan vi fortsätta nere på stationen.

Hon hejdade sig mitt i steget. Med ett förnärmat ryck på huvudet återvände hon till fåtöljen. Grep hårt med händerna om ryggstödet och förblev stående. Han bedömde att det inte var idé att pressa henne mer om Per-Erik i nuläget. Den stora frågan var om hon ljög enbart för att hon skämdes för att hon svikit sin man.

– Vad gjorde du i måndags kväll? frågade han.

– I måndags? utbrast hon med en blandning av lättnad och förvåning.

– Efter klockan fem, förtydligade han.

– Jag minns inte. Men jag har bara varit hemma sedan Chris dog ... har haft fullt upp med allt som ska göras. Hurså?

– Det var då Mattias Molin blev mördad.

Hennes naglar raspade mot det blommiga tyget.

– Ni tror väl inte att jag ...?

– Vi tror ingenting. Men eftersom även Chris blev mördad måste vi utesluta alla i hans närhet. Har du något problem med det?

– Nej. Men i måndags kväll var jag som sagt hemma.

– Kan någon intyga det? insköt Sofia.

– Min son Carl. Men om ni ska prata med honom vill jag vara med. Han mår tillräckligt dåligt som det är.

– Givetvis, sa Axberg. Och det var ingen annan här den där natten?

Han gled med blicken ut mot altanen och tillbaka på henne. Hon stirrade ned i fåtöljen och skakade på huvudet.

– Natten till i dag skar någon sönder däcken på min bil, fortsatte han. Kan du tänka dig någon som kan ha gjort det?

I två sekunder drog hennes tunna ögonbryn ihop sig när hon rynkade pannan.

– Nej.

– Okej, då var vi klara.

Han såg på Sofia som nickade bifall.

– Det är bara ett par praktiska saker, sa hon och knäppte upp sin väska. Vi behöver ta ett prov för DNA ur din mun.

Agneta Wirén ryckte till igen, mindre häftigt än förra gången.

– Har ni verkligen rätt att göra det?

– Ja, sa Sofia allvarligt. Det är rutin vid mordutredningar.

Motvilligt satte sig Agneta Wirén i fåtöljen och lät Sofia topsa henne. När hon var klar frågade Johan:

– Var har du din mobiltelefon?

– Ska ni ta den också?

– Ja. Jag har ett åklagarbeslut här. Vi kommer dessutom att beslagta din tjänstebil för teknisk undersökning.

Han visade henne papperet som åklagare Fridegård skrivit under. Agneta Wirén läste. När hon var färdig var hon gråare än hon varit under hela samtalet.

– Jag tycker inte om det här, sa hon med tunn röst.

Sakta gick hon fram till flygeln där hennes röda handväska stod och plockade upp en mobiltelefon och gav den till Sofia.

– Tack, sa hon. Du får tillbaka den om några dagar.

Agneta Wirén sa ingenting. Med en plötslig trötthet sjönk hon ned i fåtöljen och stirrade tomt in i väggen framför sig. Johan och Sofia bytte en blick och lämnade rummet.

42

Johan Axberg tog rygg på Sven Hamrin när han banade väg mellan journalisterna som stod samlade utanför polishuset. Klockan var halv åtta på kvällen och de hade just varit på hotellet och förhört Per-Erik Grankvist. Det sista de ville nu var att prata med media, och Johan sa att de fick vänta till presskonferensen som började om en timme, men frågorna fortsatte att hagla med obruten intensitet.

Han följde Hamrin in i sammanträdesrummet där Sofia Waltin, Pablo Carlén och Jens Åkerman satt och åt pizza direkt ur kartongerna. Det var märkligt att se kollegorna samlade i polishuset i byn där han växt upp. En scen som till för några dagar sedan hade varit honom helt främmande.

— Hur gick det? frågande Pablo ivrigt. Erkände han affären med Agneta Wirén?

— Inte fan, suckade Hamrin och lutade skuldrorna mot väggen. Hal som en ål var han, lismade och höll på tills jag knappt orkade lyssna längre.

— Ja, han har en välsmord trut, konstaterade Axberg och slog sig ned på en ledig pall.

Jens Åkerman lyfte en kartong med en orörd pizza och sa:
— Det finns till er också.

Johan Axberg höjde en avvärjande hand men Hamrin stegade fram och skar en tårtbit.

— Har ni sett till Elin Forsman? frågade Axberg.

— Hon har sjukskrivit sig, sa Sofia. Ståhl ringde och berättade det nyss. Dessutom har han flyttat presskonferensen till Folkets hus eftersom trycket från media är så stort. Han har försökt ringa dig, avslutade hon med en blick på Axberg.

– Jag slog av mobilen under förhöret, sa han och tryckte igång den igen.

Fyra missade meddelanden. Två från Ståhl och två från Lotta. Han lät telefonen glida ner i jackfickan igen.

– Ståhl förväntar sig att du infinner dig på Folkets hus om en halvtimme, sa Sofia och log snett.

– Någon annan frivillig? suckade Axberg, fast han visste att frågan var meningslös.

Det blev tyst en stund. Han skar en bit av pizzan, mest för att ha något att göra. När han satte tänderna i den kände han hur hungrig han var.

– Nej, nu får ni berätta, insisterade Sofia. Vad sa han?

Till Johans lättnad började Hamrin redogöra för förhöret. Per-Erik Grankvist hade blivit både förvånad och bestört när de talat om att Chris blivit mördad. Han hade ingen aning om vem som kunde ha velat honom något illa. Allt hade varit som vanligt på klinikfesten och Per-Erik hade gått hem runt klockan halv tolv, strax efter Chris och Henric. Per-Eriks fru kunde intyga att han kom hem vid midnatt och genast gick till sängs och sov till klockan åtta följande morgon.

Per-Erik visste inget om fisketuren. Han hade inte varit i strandhuset på över två veckor, senaste tillfället var vid en föreläsning som Chris höll om effekten av akupunktur vid fibromyalgi.

Han hade svarat lugnt och sakligt på deras frågor, och de hade båda fått intrycket att han talade sanning. Samtidigt hade han ett manierat sätt som gjorde både kroppsspråk och tonfall svåra att bedöma. Per-Erik hade ingen aning om varför Chris hade bjudit föräldrarna till festen, och han visste inget mer om konflikten mellan Chris och Gerard än det han redan sagt.

– Det handlade om olika inställningar i affärer, var ett svar han hade upprepat flera gånger, både när det gällt konflikterna inom styrelsen och den mellan Chris och Gerard. Men så är det ju i alla större företag, och för det mesta kom vi bra överens.

– Hur går det för kliniken nu? hade Axberg frågat.

– Vi kämpar på. Men det är klart att Chris tragiska död är en stor förlust för oss alla.

– Hur ser ekonomin ut?

– Kan jag inte kommentera. Men Chris död innebär förstås en rejäl försämring av intäkterna.

– Men ni kommer inte stänga? frågade Hamrin med ironi i rösten.

– Nej. Det hade varit det sista Chris hade velat.

De gick vidare med att fråga vad Per-Erik gjorde kvällen då Mattias Molin blev dödad. Efter många om och men, och minst ett halvdussin motfrågor i stilen "ni tror väl inte att jag är inblandad" svarade Per-Erik att han var på hotellet och arbetade.

Johan mindes sin incheckning; hur han hade sett Per-Erik, Åke och Henric i baren. Klockan hade varit halv tio och Mattias hade uppskattningsvis varit död mellan tre till fem timmar. Det fanns ingen som kunde intyga att Per-Erik varit på hotellet hela kvällen, eftersom han suttit på kontoret med pappersarbete.

Kunde han ha åkt iväg och slagit ihjäl Mattias och sedan återvänt? Johan återkallade samtalet i baren, men han mindes inte att Per-Erik hade verkat spänd eller stressad.

När Johan berättade att hans däck hade blivit sönderskurna blev Per-Erik inte förvånad. Han förklarade sig med att han redan hade hört det av Ronny på verkstan. Per-Erik hävdade att han sovit i sin säng hela natten, och att hustrun kunde intyga det.

När Per-Erik nämnde sin fru kunde Johan inte hålla sig längre.

– Vi vet att du har en affär med Agneta Wirén.

– Va? utbrast Per-Erik och höjde ögonbrynen i förvåning. Vad har ni fått det ifrån? Det var det dummaste ...

– Vi har säkra källor, insköt Hamrin.

Per-Erik Grankvist bruna ögon mörknade, rösten blev hård och avvisande.

– Det är inte sant, sa han. Vem har sagt det?

– Kan vi inte säga. Men du blev sedd hemma hos henne i går natt ...

– Kan ni bevisa det?

Tre sekunder förflöt i tystnad. Per-Erik tog inte blicken från Axberg.

– Nej, jag tänkte väl det, fortsatte han.

Sven Hamrin tog sats för en tillrättavisning, men Johan hejdade honom med en avvärjande gest. Det enda som var av intresse just nu var *varför* Per-Erik och Agneta ljög – och det skulle de inte lyckas pressa fram innan de hade mer bevis. Han växlade spår:

– Vad har du för mobil?

– Hurså?

Än en gång upprepade Johan att det pågick en mordutredning och Per-Erik upprepade sin ramsa att han var oskyldig. Till slut tog Per-Erik fram en Nokiatelefon ur innerfickan på sin skinnväst. Den var ny sedan tre dagar eftersom han hade tappat sin förra, och inte hade en aning om var. Numret kom han dock ihåg och Hamrin skrev upp det.

Sedan hade de topsat Per-Erik och informerat om att hans tjänstebil var beslagtagen. På vägen in hade Axberg inspekterat bilen utan att hitta något rött märke.

Per-Erik Grankvist hade surt undrat om polismakten ersatte de extra kostnader som de orsakade honom. Hamrin hade svarat nej med ett sådant eftertryck att Per-Erik tystnat.

– Ja, så var det med det, avslutade Hamrin sin dragning och vred på nacken så att det knakade i kotorna.

– Verkar som folk här i byn håller tyst in i det längsta, konstaterade Sofia. När ni var på hotellet pratade vi med Edith Wirén ...

– ... och hon intygade allt som Gerard hade sagt, insköt Pablo Carlén med viktig min.

– Just det, återtog Sofia och gav honom ett irriterat ögonkast.

Måste han alltid göra sig märkvärdig? tänkte hon.

– Det var ju inte förvånande, sa Axberg. Hon skulle nog intyga vad som helst för hans skull.

– Möjligt, sa Sofia. Vi körde även förbi hemma hos Agneta Wirén igen ... hon ringde och sa att Carl hade kommit hem.

Johan fångade hennes blick. Hon slog ut mer armarna i en uppgiven gest och sa:

– Samma sak där: han intygade hennes version. Men han sov i sin säng från elva kvällen då Chris mördades, så han kan inte ge henne något alibi.

– Vad fick ni för intryck av honom?

– Ledsen men samlad, sa Sofia.

– Verbal och distanserad, fyllde Pablo i.

– Något om festen?

Sofia drog fingrarna genom sitt blonda hår.

– Samma visa som vi redan hört: allt var bra, inget avvek från det förväntade.

Undrar om Carl känner till vad Gerard gjorde mot Chris? tänkte Johan. Jens Åkerman hostade till och tittade upp från sin Iphone.

– Jag har fått klinikens senaste årsredovisning, sa han. Allt är i sin ordning.

– Vad var omsättningen? frågade Axberg.

– 127 miljoner, svarade Åkerman.

– Fy fan, sa Hamrin och korsade armarna över bröstet. Man skulle ha blivit knotknackare istället för polis.

– Jag skulle vilja se den person som frivilligt lät sig behandlas av dig, flinade Pablo.

Åkerman replikerade något i samma skämtsamma jargong, men Johan lyssnade inte. Han påminde sig Hamrins vädjan på vägen från hotellet om att skjuta upp månadens avbetalning på spelskulden. "Inga problem" hade han svarat utan att fråga varför han inte hade pengar. Hittills hade han betalat av regelbundet varje månad, men det här var andra månaden i rad som han bad om uppskov.

Jag borde fråga honom. Tänk om han har börjat spela igen? Nej, det skulle han ha sagt. Jag litar på Sven. I alla fall orkar jag inte ta upp det nu.

– Agneta Wirén ärver fyrtio procent, fortsatte Åkerman, åter allvarlig. Sonen Carl får tjugo procent och resten delas lika mellan styrelsemedlemmarna.

– Tror vi att motivet är pengar? frågade Pablo.

– Nej, sa Axberg instinktivt. Det är nog som Per-Erik säger: alla förlorar på att Chris är död. Och de som ärver är ju redan förmögna tack vare kliniken.

– Inte hans fru, invände Sofia.

– Det stämmer, bekräftade Åkerman. Hon är den enda som inte tagit direkt del av vinsterna.

– Men de var ju gifta och det verkar inte ha gått någon nöd på henne, sa Axberg.

Det blev en paus. Han tyckte om den här typen av förutsättningslös diskussion: ett vägande för och emot olika teorier där de till synes minst genomtänkta kommentarer kunde visa sig avgörande. Orden var som en inre monolog med volymen uppskruvad så att alla kunde höra. Han hade saknat den under veckorna han varit avstängd.

– Det är uppenbart att vi har svårt att få tag på mördaren genom att få folk att prata, summerade han.

– Ja, att bygemenskapen kan vara väldigt stark, det vet man ju, sa Pablo.

– Förr eller senare får vi en träff vid DNA-analyserna, mobilerna eller bilarna, sa Axberg.

– Tänk om inaveln är så stor att det inte går att skilja folks DNA åt, flinade Hamrin.

– Här florerar fördomarna, sa Sofia. Är inte du född i Bastuträsk?

– Det sägs så, fnös Hamrin och tog den sista biten pizza ur kartongen.

Johans telefon ringde. Det var Ståhl som sa att han genast måste infinna sig på Folkets hus. Presskonferensen började om en kvart. Biosalongen var redan fullproppad med journalister.

– Okej, sa han till gruppen när han avslutat samtalet. Vi ses här i morgon bitti klockan nio.

När han gick korridoren mot utgången på polishusets baksida ringde det igen. Det var Carolina. Han pratade, såg på klockan, tvekade.

– Okej, sa han till slut. Jag kommer så fort jag kan.

43

Efter två timmar och hundra intetsägande svar bakom podiet på Folkets Hus scen skyndade sig Johan Axberg ut till parkeringen och hoppade in i Saaben. När han startade motorn såg han David Kollers komma springande med en fotograf i släptåg. Utan att tveka lade han i tvåan och körde iväg.

Då var det över för den här gången, tänkte han. Frågorna och svaren hade följt sitt vanliga mönster, och som vanligt hade Ståhl spelat huvudrollen.

Han svängde in på parkeringen utanför hotell Skvadern. Skylten vid vägen visade 21.56 och plus sju grader. Jenny stod i receptionen och han sa att han ville checka ut.

– Ska du åka hem? frågade hon när hon gav honom nyckeln.

– Ja, ljög han. Ha det så bra, vi kanske ses någon gång.

– Du vet var du hittar mig, svarade hon och log.

En kvart senare körde han in på garageuppfarten hemma hos Carolinas föräldrar. Det lyste bakom rullgardinen i rummet där hon sov med Alfred, och han gissade att han var vaken. Mobilen ringde. Det var Lotta. Efter tre sekunders tvekan svarade han.

– Hej, inledde hon. Vad gör du?

– Har just kommit till hotellet, sa han. Ska gå och lägga mig.

– Vill du inte komma hem och sova?

Han blickade ut i trädgården, som till en del lystes upp av lampan på farstubron.

– Nej, jag är för trött, sa han.

Det blev tyst. Han såg rynkan i hennes panna som alltid växte fram när hon blev bekymrad. Varför gör jag så här? tänkte han.

– Jaha, suckade hon. Jag får väl nöja mig med att se dig på teve ... Du var bra ... som vanligt.

– Tack. Hur är det med Sebastian och Elias?

– Bra. Dom sover. Dom undrar när du kommer ...

Han kände det dåliga samvetet som en klump i halsen.

– Snart, fick han fram. Jag kommer så fort jag är klar.

– Vi fick ett bud på huset i dag, fortsatte hon. 1,3 miljoner. Det innebär att jag har råd att köpa huset på Alnön. Men jag vill ju helst att du är med ...

– Gör som du vill, sa han. Jag kan inte bestämma mig just nu.

Några droppar slog mot motorhuven och en vindil drog förbi.

– God natt, Johan.

– Godna...

Klick. Hon lade på innan han hade hunnit uttala hela ordet. Klumpen i halsen svällde och trängde ned i bröstet. Han sköt upp dörren, tog väskan och skyndade sig upp på farstubron. Hallen låg i mörker. När han hörde joller och Carolinas röst från övervåningen smög han sig uppför trappan med ett försiktigt "hallå". Carolina svarade "vi är härinne".

När han steg in i sovrummet böjde hon sig upp från spjälsängen. Hon gav honom ett trött leende och tog sig åt ryggen. Hon var klädd i nattlinnet från Marimekko som han köpt till henne förra julen. Håret hängde fritt över axlarna och det doftade äpple och bomull. Han drog ett djupt andetag och kände hur klumpen i magen mjuknade.

– Som du ser har prinsen inte somnat än, sa Carolina. Men nu har han i alla fall rapat.

– Hur är det med ryggen?

– Sådär, sa hon och strök sig över länden.

– Ska jag ta in honom till gästrummet?

– Nej, det behövs inte. Kanske i natt om han krånglar. Resesängen står kvar.

Hon kom fram mot honom, tre ljudlösa steg med sina bara fötter på den tjocka heltäckningsmattan.

– Det var snällt att du kom, sa hon.

Han såg hur hennes högerhand rörde sig, som om hon hade tänkt stryka honom över kinden men hejdat sig i sista sekunden.

– Om du vill ...

Det glimmade till i hennes ögon när skrattgroparna växte fram på kinderna.

– ... om du vill kan du ju sova över här inne, sa hon. Det finns ju gott om plats.

Han tänkte på Lotta. På pojkarna och av någon underlig anledning på farmor Rosine.

– Nej, det är ingen bra idé, svarade han.

Skrattgroparna försvann och blicken blev åter matt.

– God natt, Carolina, sa han och drog sig mot dörren. Jag lägger mig nu.

– Hur gick presskonferensen?

– Bra. Väck mig om du behöver hjälp.

När han borstat tänderna och låg i mörkret i gästrummet kunde han inte somna fast han var så trött att kroppen domnat bort.

Skulle han lösa det här fallet? Han hade aldrig ansvarat för en utredning som var så svårgripbar, och det berodde inte enbart på att han var personligt engagerad. Trots att händelseförloppet var ganska klart – någon mördar Chris Wirén och därefter Mattias Molin för att tysta honom – var det som om han halkade runt i slipprig lera utan att komma framåt.

Fragment från förhören med Per-Erik, Agneta och Gerard ekade i huvudet, men han hittade inga nya infallsvinklar.

Han vände sig mot väggen, drog upp täcket över axlarna. Det är bara att jobba på, intalade han sig. I morgon förhör vi Henric Wirén och Åke Ekhammar. Kommer Erik inte vidare med Sixten Bengtsson måste vi höra även honom. Kanske har jag gjort ett misstag som har gett Erik så mycket tid.

Nej, om Erik tror att Sixten endast kommer att avslöja vad han vet för honom, är det nog så. Erik är en lika god människokännare som jag, om inte bättre. Han är van att se människor som hela personer medan jag alltid har ordningsmaktens misstänksamma raster för ögonen.

Han vände sig igen, stirrade in i väggen in mot sovrummet. Det var tyst därinne och han antog att Alfred hade somnat. Han slöt ögonen, borrade in ansiktet i kudden.

Ligger Carolina och hoppas att jag ska ändra mig? Varför sa hon så där? Var det ett sätt att visa tacksamhet? Han såg hennes blå ögon glänsa till i mörkret och gissade att det var mer än så.

Sov nu. Tänk inte mer. Andas och slappna av, andas och slappna av.

När han slog upp ögonen satt han redan upp i sängen. Ljudet av glas som gick sönder fyllde huvudet. Hade han drömt? Han lyssnade ut i mörkret. I två sekunder var det knäpptyst, sedan hörde han Carolinas röst:

– Johan, är du där?

Han reste sig upp och lokaliserade ljuset i dörrspringan. Kom ut i korridoren, ljudet av glas som gick sönder slog gång på gång mot trumhinnorna. Det hade kommit från undervåningen.

– Hallå? Johan?

I sovrummet satt Carolina i sängen med Alfred sovande bredvid sig.

– Vad var det som lät? frågade hon förskräckt och han insåg att han inte hade drömt.

Instinktivt rusade han nedför trappan. Stod stilla och försökte höra andra ljud än dunket från sin egen puls. Han uppfattade ett vinande ljud från vardagsrummet och gick dit. Det första han såg var hur ljuset från gatan blänkte i hundratals glasbitar på parketten. Han lyfte blicken och såg hålet i dubbelglaset.

Med knutna nävar rusade han fram till fönstret. Gatan låg öde, hans bil stod där han lämnat den, ingen fanns i trädgården. Han sprang ut i hallen, fiskade upp sin Sig Sauer ur jackfickan och rusade ut. Snart stod han mitt på gatan och spejade. Det enda han såg var en igelkott som korsade vägen och det enda som hördes var vindens sus.

Han gick upp på trottoaren, tittade på hålet i rutan. Budskapet var inte svårt att förstå, men bilen tycktes i alla fall orörd. Men hur visste den som krossat rutan att han sov över hos Carolina?

Frågan fick honom att snurra ett varv till med blicken in i ett mörker som inte gav svar.

Din fege jävel, tänkte han. Vad ska jag göra? Ringa till de misstänkta och höra efter om de är hemma? Nej, ingen bra idé. Alla har folk som täcker upp för sig.

Carolina kom ut på bron.

– Vad är det som händer, Johan?

– Jag kommer, sa han och spejade mot grannhusen.

Det lyste inte i några fönster. Efter en stunds övervägande bestämde han sig för att inte väcka hela kvarteret med frågor om det som hänt. Han gick in till Carolina, lade sin hand på hennes axel och sa:

– Någon kastade in något genom fönstret.

Hon drog förskräckt efter andan och följde honom in i vardagsrummet. Han tände taklampan och satte sig på huk bredvid glassplittret och såg sig omkring. Det fanns ett jack i parketten. Han följde linjen från hålet och jacket och upptäckte den med viss möda. Den låg invid väggen under soffan. Han reste sig och drog fram soffan. Stenen var stor som en knytnäve och hade även gjort ett märke i trälisten.

Carolina grep honom hårt i armen.

– Vad är det som pågår?

– Någon vill ha bort mig härifrån, sa han och orden ekade kusligt i rummet, som om vinden som svepte in genom hålet i rutan gjorde alla ord hårda och kalla.

– Har det med utredningen att göra?

– Ja. Den som kastade stenen är med all säkerhet samma idiot som skar sönder däcken.

– Vad gör vi nu?

Han såg på henne, på hålet i rutan, och på henne igen. De hörde hur Alfred började skrika. När hon vände sig om och gick mot trappen sa han:

– Packa det du behöver. Du kan inte stanna här. Jag ordnar så att du blir hämtad av en kollega. Du får låna min lägenhet.

Hennes axlar åkte upp, men hon fortsatte framåt utan att vända sig om. Snart hörde han hennes steg i trappan. Han tog upp mobilen, ringde larmcentralen och begärde jourhavande kriminalare. Det var Sankari som svarade. I korta ordalag berättade Johan vad som hänt.

Sankari lovade att skicka en patrull och en glasmästare. Johan bad om största diskretion – det sista han ville var att pressen skulle få kännedom om det som hänt.

Jag måste hålla Carolina och hennes familj utanför det här, tänkte han och tackade Sankari. Han avslutade samtalet och gick upp till sovrummet.

Carolina satt på sängen och grät med en skrikande Alfred i famnen. Han vred sig som en mask och brydde sig inte ett dugg om bröstet hon försökte ge honom.

– Det kommer en patrull från stan och kör dig hem till mig, sa han. Här är nycklarna, resten kommer du väl ihåg?

– Men ...

– Inga men, avbröt han. Det kan vara farligt för er att stanna här. Jag vill inte ta några risker.

– Följer du med?

– Nej, sa han och sjönk ned bredvid henne och lade handen på Alfreds huvud.

Till bådas förvåning tystnade han.

– Jag stannar här och fixar det som måste göras.

Hon såg på honom att det inte var någon mening att protestera. Försiktigt räckte hon Alfred till honom och började packa. Tjugo minuter senare anlände patrullen och en glasmästare. Enligt Johans instruktioner spärrade kollegorna av trädgården och trottoaren utanför huset och tog med sig stenen i en plastpåse till teknikerna.

Carolina satte sig i baksätet med Alfred i famnen och vinkade adjö. Det var en tveksam gest, som om hon undrade om de skulle ses igen.

När bilen var utom synhåll återvände han in i huset. Glasmästaren hade lagat hålet provisoriskt och lovat att avsluta jobbet i morgon bitti.

Han lade sig i soffan och placerade pistolen på soffbordet. Kommer du tillbaka är jag redo, tänkte han och stirrade upp i taket. Han tänkte inte ens försöka sova.

44

Klockradions siffror spred ett mjukt rött ljus i sovrummet. Halv tolv. Sara kunde inte sova. I en och en halv timme hade hon stirrat på de imaginära stjärnbilderna i taket och vridit och vänt på både kropp och tankar utan att komma till ro. Kanske var det inte konstigt med tanke på det som hänt. Men nu var Göran hemma igen och de fick försöka glädja sig åt det.

Efter middagen hade Göran gått ut i garaget och jobbat. Hon hade suttit vid datorn och försökt skriva, men inga ord hade infunnit sig. Det hade känts som om hon aldrig skulle bli färdig med boken och det gjorde henne rastlös. Och hon längtade efter Erika och Sanna.

Det här var fjärde natten hon var ifrån dem och det kändes i hjärtat och ögonen och huden. Som om hennes sinnen trubbades av för varje sekund hon inte hade sina älsklingar hos sig. Hon återkallade deras röster från när hon ringt och önskat god natt. Erikas mjuka melodiska röst: *Allt är bra i skolan, mamma. Jag saknar dig också.* Sannas hesa och rytmiska: *Vi fick glass av fröken i dag, jordgubbssmak. Och päron!*

Sara log och vände sig mot Erik. Som vanligt hade han somnat i samma ögonblick han lade huvudet på kudden. Det ryckte i hans ena mungipa och han såg road ut. Försiktigt strök hon med pekfingret över hans ljusa ögonbryn och fylldes av tacksamhet över att hon fortfarande hade honom hos sig. Med tanke på det hon gjort i våras hade hon kunnat vara ensam. Hur det skulle vara med sömnen då vågade hon inte ens tänka på.

Hon drog duntäcket över axlarna och slöt ögonen. I samma ögonblick hörde hon ett krasande ljud utifrån. Blixtsnabbt satte hon sig upp och stirrade ut i mörkret. Gatan utanför blänkte av väta i skenet från gatlyktorna, men allt var stilla. Det krasande ljudet hördes igen och igen, en taktfast rytm som hon hört flera gånger tidigare.

Det var någon som gick på garageuppfarten. Herregud, det här är inte sant, tänkte hon och reste sig upp. Hon mindes ljudet från garaget och bilen som kört iväg längs gatan för två nätter sedan. Med två steg var hon framme vid fönstret. Hon kände genast igen mannen på grusgången.

Vad gör Göran ute mitt i natten? Ser ut som om han blivit blöt i regnet. Den här gången tänkte hon inte göra om misstaget att inte väcka Erik. Hon kröp upp i sängen och ruskade honom.

Yrvaket tittade han upp på henne i en halvsekund innan sömnen rann bort ur hans ögon. När han satte sig upp var han redan klarvaken, tränad att gå från vila till strid på ett ögonblick så fort joursökaren larmade.

– Vad är det?

– Jag hörde ett ljud utifrån igen, viskade hon. Det är Göran. Verkar som om han varit ute och gått.

– Va?

De hörde steg på farstubron och dörren som öppnades.

– Gå ner och se efter hur det är med honom, bad Sara. Det här känns inte bra.

Erik suckade, drog handen genom sina blonda lockar.

– Han kanske har tagit frisk luft ... jag förstår om han inte kan sova.

– Snälla Erik, vädjade hon och grep honom om armen.

– Okej då, sa han och masade sig upp.

Han rättade till pyjamasen och gick ned till hallen. Hon följde efter ut i korridoren, men ställde sig så att Göran inte kunde se henne. Hon hörde Eriks röst:

– Hej Göran, är allt okej?

– Jaa ... kan fan inte sova ... jag tog en promenad.

Hon stod stilla och lyssnade. Det lät som om Göran hade druckit.

– Du är ju alldeles blöt, sa Erik och lade en hand på Görans axel.

– Ja, det kom en skur ... men det är lugnt. Sover Karin?

– Ja, det tror jag, sa Erik. Då går jag och lägger mig igen. Klarar du dig?

– Inga problem.

Steg i trappen och hon skyndade sig in sovrummet. Erik stängde dörren bakom sig, kysste henne på pannan och sa att allt var lugnt.

– Hade han druckit?

– Kanske lite, men det kan man förstå.

– Var hade han varit?

– Nu sover vi Sara. Det ordnar sig. Sov gott.

Nej. Det skulle hon inte göra. Oron hade gripit tag i henne igen. Hon visste att hon skulle vara vaken flera timmar till.

Det hjälpte inte att hon hörde hur Göran kom uppför trappen och gick in till Karin.

45

Han slog upp ögonen, vände sig instinktivt mot fönstret. Det hade han gjort varje gång han kommit på sig själv med att nicka till. Inget mer hade hänt under natten. Han betraktade den provisoriska lagningen av rutan och kände att han frös, fast han hade kläderna på sig och det var varmt i rummet. Blicken vandrade längs sprickorna. Det var som om vinden han hört vina genom hålet i går hade fortsatt att strömma in under natten och kylt ned honom.

Han gäspade och lät fokus glida ut genom rutan. Ett disigt ljus vilade över trädgården. Han anade solen i dimman som ett svagt ljus, likt en lampa med ett batteri som höll på att ta slut.

Blicken gled mot pistolen på bordet. När han såg att mynningen pekade mot honom satte han sig upp och stoppade ned den i hölstret. Mödosamt reste han sig och sträckte på ryggen. Armbandsuret visade tio minuter över åtta. Mobilen var aktiv men ingen hade ringt eller sms:at. Det borde han i och för sig ha hört, men han visste att han inte kunde lita på sig själv när han inte sovit ordentligt.

Han gick fram till rutan, fingrade på lagningen. Det hade verkligen hänt. Vem trodde de att han var? Visste de inte att han aldrig skulle ge vika för hot?

Han slog numret till Carolina. Hon hade ringt honom i går kväll från lägenheten och talat om att hon var framme. Han hade lovat att ringa så fort han vaknade. Hon svarade efter fem signaler.

– Hej, sov du? frågade han.

– Nej, svarade hon sömndrucket.

– Jag är uppe nu, sa han. Det hände inget mer i natt. Så fort rutan är lagad ger jag mig av.

– Mm, det är ju förfärligt det här. Vad ska mamma och pappa säga?

– Som sagt är det bäst att vi inte pratar så mycket om det, så ni inte får media på er.

Han hörde hennes leende genom trådlösheten.

– Du glömmer min profession, sa hon.

– Hur är det med Alfred?

– Bra, han sover.

– Följ hans exempel. Och ring mig när du vaknar.

– Du är snäll, Johan ...

För sitt inre hörde han hur hon avslutade orden med att säga "puss", som hon alltid gjort när de var tillsammans.

– Vi hörs, sa hon och lade på.

Han gick till badrummet, tömde blåsan och sköljde ansiktet. I kylskåpet hittade han fil och på köksbänken stod burken med Carolinas mammas egengjorda müsli. När han svept i sig portionen såg han minibussen med texten "Larssons Glasmästeri" parkera på gatan.

En halvtimme senare var rutan ersatt av en ny. Under tiden hade Johan ringt sina kollegor och informerat om vad som hänt. Sedan hade han frågat sig om han skulle ringa Lotta.

I tvekan som han känt hade han knappat fram farmor Rosine i telefonboken. Hon blev så glad att han hörde av sig att han fick dåligt samvete. Hon påstod att hon mådde som hon förtjänade för att i nästa andetag klaga över värken i höften. Johan peppade henne så gott han kunde och lovade att höra av sig i eftermiddag igen. Så skulle det inte bli.

Innan han lämnade huset gick han in vardagsrummet. Solljuset hade växt sig starkare och ingenting i rummet förutom jackot i golvet skvallrade om det som hänt.

Han hörde ljudet av glas som krossades, såg stenen flyga genom rummet, göra jacket i golvet och försvinna in under soffan. Åkes ord som ett avlägset mummel:
Åk hem, Johan. Du har inget här att göra.

Kyrkan tronade vit med ett rött spetstak på den högsta punkten i byn. Den var från 1800-talet och den ständigt växande kyrkogården var omgiven av barr och lövskog i samtliga väderstreck.

När Johan och Sofia körde uppför kyrkbacken skymtade de bäcken som ringlade nedför sluttningarna på sin väg mot utloppet i sjön. Johan mindes hur han som grabb hade lekt med barkbåtar i den ställvis strida strömmen.

Han hade hållit morgonmötet på stationen kort eftersom hade han bråttom att förhöra Åke.

– Det är ju för jävligt, sa Sofia, för andra gången denna morgon. Att vi inte kan utföra vårt arbete utan att bli utsatta för sånt här. Jag tycker att du ska anmäla.

– Jag ska, svarade han. Men det är ingen brådska. Du vet hur det är med murvlarna ...

– Mm, mumlade hon och bet ihop.

Utanför kyrkan parkerade han bredvid en likbil från Fonus. Vinden hade tilltagit och mörka moln drev in från väster. När han greppade mässingshandtaget på kyrkporten kände han två kalla droppar i nacken.

I samma ögonblick som de steg in i mittgången upptäckte de honom. Han stod med ryggen mot dem framför psalmtavlan i sin prästrock. Hans vita krulliga hår lyste vitt mot den svarta tavlan, där han stod blick stilla och betraktade de förgyllda siffrorna. Ljuset silade in genom fönstren likt gråa genomskinliga draperier. Tystnaden var total innanför de tjocka stenväggarna.

Johan kände hur hjärtat slog i bröstet. När de var halvvägs till altaret harklade han sig.

Med en förvånansvärt snabb rörelse vände sig Åke Ekhammar om. Johan hann notera att han såg skrämd ut i en halv sekund. Sedan nickade han igenkännande och kom emot dem och tog i hand. Johan tyckte att han såg mer sliten ut än senast, men det kunde vara det disiga ljuset som gjorde rynkorna och blekheten tydligare.

– Välkomna till Guds hus, inledde han i sitt vanliga neutrala tonläge. Vad var det ni ville prata om?

– Kan vi sätta oss? frågade Sofia och såg sig omkring. Gärna lite mer avskilt än här.

– Varför då? invände Åke Ekhammar. Jag har inget att dölja, dessutom är det ingen mer här än jag.

– Det här är ett formellt förhör med anledning av morden på Chris Wirén och Mattias Molin, sa Axberg med återhållen irritation. Om det passar dig bättre kan vi åka ned till stationen ...

Åke Ekhammar förde samman handflatorna framför bröstet och såg granskade på honom.

– Det har jag inte tid med, sa han. Vi kan gå in i sakristian.

Sofia och Johan följde honom in genom dörren bakom predikstolen. Johan mindes hur han suttit och lyssnat till Åkes ord på mammas och pappas begravning, men han kom inte ihåg vad han sagt. Säkert hade han inte talat om svek och vad det kunde göra med medmänniskor.

De slog sig ned kring ett fyrkantigt bord i det lilla rummet, vars enda fönster var runt och vette mot öster. När Sofia läste in prologen i den bärbara bandspelaren satt Åke Ekhammar med blicken i bordet och masserade sin beniga näsrygg.

Johan betraktade honom och frågade sig vad som rörde sig innanför hans höga panna. Åke kände till många hemligheter om folk i byn, förtroenden som han bara kunde dela med den Gud han trodde på. Frågan var om han visste något om morden?

Ja, var det instinktiva svaret. Varför skulle han annars ha bett mig att ge mig av?

Klart var att Åke såg äldre och kutryggigare ut än tidigare, som om oket han bar hade blivit för tungt att bära.

– Som du vet blev Chris Wirén mördad, inledde Sofia.

– Det kom som en chock för mig, svarade Åke utan att titta upp. För familjen är det en stor tragedi.

– Blir begravningen här i kyrkan?

– Ja, nu på söndag. Men i och med det här beskedet måste vi givetvis ändra upplägget.

– Kommer han att begravas här? fortsatte Sofia.

– Ja, eller nere vid Bråsjön. Agneta har sökt tillstånd för det. Tanken var att göra en minnesplats för honom därnere med en staty eller en fontän. Vi tror att det är viktigt för klinikens kunder ... jag menar patienter att ha en plats att gå till för att känna hans närvaro.

Johan Axberg fylldes med avsmak vid tanken. Just när han skulle säga vad han tyckte lutade sig Sofia fram över bordet och frågade:

– Hade Chris några ovänner?

Med en långsam rörelse vände Åke Ekhammar upp blicken.

– Nej. Han var nog den enda här i byn som alla tyckte om.

– Någon slog ju uppenbarligen ihjäl honom, insköt Axberg.

– I så fall är det förfärligt, svarade prästen utan att vända blicken från Sofia.

Hon gick vidare med att fråga om festen. Åke Ekhammar hade gått hem med sin fru klockan elva. Då var både Chris, Per-Erik och Henric kvar. Han hade inte haft mer kontakt med någon av dem under kvällen. Om det var nödvändigt kunde hustrun ge honom alibi.

– Vet du varför Chris bjöd sina föräldrar? fortsatte Sofia.

– Ingen aning. Vi hade inte så mycket kontakt förutom arbetet i styrelsen.

– Hur fungerade det? sa Sofia.

– Bra.

– Enligt vad vi har hört så fanns det en del konflikter.

Åke Ekhammar slog ut med händerna.

– Det kan jag inte påstå. Visst diskuterade vi en del, men vi blev aldrig ovänner. Vi är alla kapabla att skilja på sak och person.

– Vad handlade diskussionerna om? insisterade Sofia.

Johan var imponerad över hennes förhörsteknik och bestämde sig för att hålla tyst så länge han kunde.

– Det var en del etiska överväganden, vilka kundgrupper vi skulle satsa på och så. Exempelvis tycker jag personligen inte om idén med att försöka förlänga livet genom att bromsa åldrandet. Jag anser att vi ska bruka det liv Gud har gett oss och tror att det finns en mening med att vi inte blir 150 år. Men samtidigt måste vi ju som styrelse tänka på bolagets bästa. Det var bland annat den typen av diskussioner vi hade, men vi blev aldrig osams. Absolut inte till den grad att någon skulle kunna ...

Han tystnade och knäppte händerna framför sig, som om han bad om ursäkt för att han överhuvudtaget hade tänkt tanken.

– Besökte Chris kyrkan? frågade Sofia.

– Ytterst sällan, svarade Åke Ekhammar. Kliniken var hans kyrka.

– Vad tyckte du om det?

– Chris var en god och välvillig person. Det räcker för mig.

En skur slog mot det runda fönstret och när Sofia tittade dit såg hon dropparna rinna över rutan. Hon vände sig åter mot Åke.

– När var du senast i strandhuset?

– Men snälla du ... du tror väl inte på fullt allvar att ...

– Vi tror ingenting, inflikade Johan. Det är därför vi frågar.

Åke Ekhammar suckade och lyfte blicken mot fönstret, som om svaret fanns bland tallkronorna som vajade allt ryckigare för varje minut.

– Jag var där på en föreläsning som Chris hade för ungefär två veckor sen ... den handlade om akupunktur.

Samma svar som Per-Erik gav, noterade Johan och ställde den naturliga kontrollfrågan.

– Ja, Per-Erik var där, svarade Åke Ekhammar. Hurså?

– Du vet väl om att han har en affär med Agneta Wirén? fortsatte Johan och såg i ögonvrån hur Sofia tittade på honom.

Han kände på sig att hon tyckte att han var för påstridig och smulade sönder det förtroende hon höll på att bygga upp. Givetvis svarade Åke Ekhammar att han inte hade någon aning om något förhållande, och att han dessutom höll det för högst osannolikt.

Sofia frågade om kvällen då Mattias Molin mördades. Åke Ekhammar uppgav att han varit på pastorsexpeditionen fram till klockan åtta på kvällen då han gick till hotellet för att träffa styrelsen.

– Kan någon intyga att du var på expeditionen? frågade Sofia.

– Nej, jag jobbade ensam från klockan fyra, då min sekreterare gick hem.

Johan mindes hur förvånad han blev när han upptäckt Åke på hotellet. Det hade väckt något i honom som rörde sig djupt inne i hans undermedvetna. Han fångade Åkes blick och höll den kvar.

– Varför bad du mig ge mig av härifrån?

I tre sekunder satt Åke tyst och betraktade honom tankfullt. När han svarade var rösten tunn och tonlös.

– Det har jag ju sagt ... Det är ingen idé att rota runt i sådant som folk helst vill glömma.

– Är det något särskilt du tänker på?

– Nej.

– Är det *du* som helst vill glömma? fortsatte Johan och märkte att han höjt rösten. Att du svek mig? Att du inte tog det ansvar du hade lovat mina föräldrar?

Åke Ekhammar satte händerna för ansiktet och skakade på huvudet. När han åter såg på Johan fanns det en nytillkommen trötthet i ögonen.

– Det kanske var ett misstag. Men du vet inte ... jag kan inte säga mer om det ...

– Varför det?

– ... det måste du acceptera.

– SÅ FAN HELLER, röt han och orden ekade mot de kala väggarna.

Sofia grep honom i armen och sa åt honom att lugna sig. Han kände styrkan i hennes grepp, fokuserade på den och försökte behärska sig. Det som inte fick hända hade hänt. Han hade tappat behärskningen och blivit privat. Han svalde, andades, svalde igen.

– Min kollega blev utsatt för stenkastning i natt, sa Sofia. Vet du vem som kan ha gjort det?

– Nej, verkligen inte. Vadå för ...

– Någon vill uppenbarligen att han ska försvinna härifrån, avbröt hon. Eftersom du uppmanade honom att ge sig av är du misstänkt.

– Det är inte som ni tror, mumlade Åke Ekhammar.

– Hur är det då? frågade Sofia.

– Jag kan inte säga mer om det, upprepade han som i trans.

Sofia utbytte en blick med Johan. Varenda muskel i hans ansikte var spänd. Hon undrade hur de skulle gå vidare. Det var uppenbart att Åke inte tänkte förklara varför han hade bett Johan att ge sig av.

På vägen hit hade de diskuterat möjligheten att plocka in Åke på stationen. Båda hade varit överens om att de hade för lite på honom. Förmodligen skulle han fortsätta att neka även om han fick tillbringa sex timmar i en cell.

Det var nog som Johan hade sagt: bättre att låta honom röra sig fritt och se vad han tar sig för. Ibland satte deras förhör igång de mest oväntade händelser.

Hon reste sig och plockade fram DNA-kittet. När hon förklarade vad hon tänkte göra sjönk Åke ihop ännu mer i stolen och svarade att han väl inte hade något val.

– Nej, svarade hon och strök bomullstopsen mot hans kindslemhinnor.

– Har du hittat din mobil? återtog Axberg med sin vanliga förhörsstämma.

Åke Ekhammar såg på honom och skakade på huvudet.

– Som jag sa på telefon vet jag inte vart den har tagit vägen.

– Det spelar ingen roll, konstaterade Axberg och reste sig. Eftersom du har ett abonnemang kan vi spåra dina samtal ändå. Vi ses.

Med bestämda steg lämnade han rummet. Sofia samlade ihop sakerna i väskan. Innan hon gick tog hon Åke Ekhammar i hand. Hon ville vara professionell och visa att det här hade varit ett förhör som vilket som helst, även fast de alla tre visste att det inte var så.

Åke Ekhammar hörde poliskvinnans steg försvinna bort. Han kände en stor lättnad inom sig, men visste att den var tillfällig. När porten slog igen reste han sig och gick ut i mittskeppet. Det var lika tomt som den hade varit innan Johan och hans kollega hade stormat in med sina frågor. De skulle bara veta hur jobbigt det hade varit för honom.

Nu är det bara jag och Gud igen, tänkte han och sjönk ned med knäna på golvet framför Jesustavlan. Jag och Gud och den eviga frågan om rätt och fel. Han knäppte händerna och började med att be om syndernas förlåtelse. Han hoppades att Gud fortfarande orkade lyssna på honom. Under sitt liv hade han flera gånger fallit in i tvivel, men han hade alltid hittat rätt igen. Han hoppades att han skulle göra det även den här gången. Han måste. Nu behövde han sin Gud mer än någonsin. Han slöt ögonen.

Snälle gode Gud. Hur ska jag göra? Ska jag avslöja sanningen? Hjälp mig att hitta den rätta vägen. Jag litar på dig.

Gode Gud, hjälp mig.

46

Sixten Bengtsson ställde tubkikaren mot skrivbordet och satte sig i besöksstolen. Med en långsam rörelse tog han av sig skinnmössan och drog handen över sitt vattenkammade hår, som för att rätta till de hårstrån som inte låg rakt. Han gav Erik ett förstulet ögonkast innan han vände blicken ned i knäet.

Trots att det var kallt ute hade Erik öppnat ett fönster, men han kände ingen svettlukt, som han förberett sig på. Kanske har han duschat, tänkte Erik och kastade ett öga på den bärbara diktafonen som låg på skrivbordet bakom FASS och Sobottas anatomilexikon. Han hade placerat den där för att Sixten inte skulle kunna se den.

Johan hade bett honom att spela in samtalet. Ifall Sixten skulle säga något avslöjande ville han ha det på band. Erik hade invänt att han knappast skulle få Sixten att prata, dessutom kändes det tveksamt att missbruka Sixtens förtroende. Han hade redan passerat en gräns när han bokat in honom i syfte att få ta reda på vad han sett. Det kunde han dock leva med, eftersom syftet var gott och det inte gjorde Sixten någon skada.

I bakhuvudet fanns också insikten om att Göran aldrig skulle bli oskyldigförklarad innan mördaren var gripen. Men att spela in samtalet kändes fel och han hade inte tryckt igång bandspelaren.

Han gav Sixten blocket och pennan. Teckningen med båten på sjön hade han i en skrivbordslåda. Han hade beslutat sig för att inte visa den direkt eftersom det kanske skulle blockera Sixten.

Han ställde frågor om flakmoppen. Sixten svarade med samma korta meningar som vanligt, men han var mer avslappnad än tidigare. När Erik frågade hur fort moppen gick log Sixten Bengtsson för första gången.

55, skrev han. Har trimmat den själv.

Två sekunders ögonkontakt innan Sixten vände ned blicken i knäet och började rulla tummarna. Erik gick vidare med att fråga hur han mådde. Svaret blev ett oengagerat *okej*.

Erik fick intrycket av att Sixten visste varför han var där och ville komma till saken. Även fast Erik hade planerat att ställa fler frågor för att etablera en bättre kontakt tog han chansen och skrev:

Du ritade en båt på en sjö i går...

Han tog fram teckningen och lade på bordet. Sixten tittade på den och nickade.

Vilken sjö är det?

Sixten klämde hårt med fingrarna om blyertspennan, men svarade inte.

Är det något du har sett? fortsatte Erik.

Sixten förde pennan mot blocket. Han skrev så långsamt att det såg ut som om han uppfann bokstäverna i samma ögonblick han tecknade dem.

Ja.

När var det?

I lördags.

Erik kände spänningen, som en ström från hårfästet ned genom kroppen.

Jag förstår. Vilken tid?

Sixten rynkade pannan och trummade pennan mot bordet. Fel fråga, tänkte Erik och försökte med:

Var det morgon, dag eller natt?

Sixten skrev igen. Erik såg bokstäverna växa fram på papperet.

Natt.

Det pirrade i tårna och Erik tittade på bandspelaren. Kanske gjorde han ett misstag.

Han betraktade Sixten, lyckades få ögonkontakt och frågade:

– Sixten, är det okej om du svarar högt istället för att skriva?

Den grå blicken försvann bort med en huvudskakning. Nej, det tänkte han inte göra. Han tyckte inte om sin egen röst. Ville inte höra den. Ville skriva. Det gav honom tid att tänka.

– Det är inga problem, sa Erik. Men är det okej att jag pratar?

Ja.

– Så det var i lördagsnatt?

Ja.

– Vilken sjö är det?

Bråsjön.

Erik blev varm under rocken. Så lugnt han kunde frågade han:

– Vad gjorde du där?

Skulle titta på månen och stjärnorna.

– Det var fest på Symfonikliniken den kvällen, sa Erik. Såg du något av det?

Sixten bet sig i läppen och svarade.

Nej. Den var slut.

– Såg du några människor?

Inget svar.

– Vad gjorde du?

Gick till min vanliga plats.

Han klappade på tubkikaren, som gled ned en bit från sin plats mot skrivbordet.

– Vart ligger din vanliga plats?
I skogen. Bredvid sjön.
– Var hade du mopeden?
På parkeringen.
– Var såg du båten? Var den vid sin plats vid bryggan?
Sixten tvekade en stund innan han skrev.
Ja och Nej.
– Var den ute på sjön? försökte Erik.
Ja.
– Var den först vid bryggan och sedan ute på sjön?
Ja.
– Någon kom till bryggan och rodde ut på sjön?
Ja.
Innan Erik hann fråga något mer tog Sixten teckningen. Med tungspetsen utanför ena mungipan började han rita under djup koncentration.

En liten streckgubbe i båten. Och så ännu en, identisk med den första. Sedan sköt Sixten blocket till Erik. Han var torr i munnen när han frågade:

– Var det två personer i båten?

Sixten skakade på huvudet och tog tillbaka teckningen. Blyertsspetsen nuddade en punkt mellan de två figurerna och började långsamt röra sig igen.

47

Sofia styrde bilen mot Symfonikliniken och Johan satt bredvid och följde vindrutetorkaren med blicken. Regnet hade tilltagit och det gick inte att se ut genom sidorutorna. Han kände sig dyster och frustrerad. Förhöret med Åke hade än en gång påmint honom om hur utsatt han känt sig när han tvingats lämna byn. Frågan om *varför* hade ännu inte fått något svar.

Men han tänkte inte resa härifrån förrän han fått veta.

Beslutet att han skulle söka upp Åke igen växte sig starkare ju längre bort från kyrkan de kom. Och det var inte enbart av privata skäl. Det hade funnits något flyktigt och mekaniskt över Åkes svar om morden som gjorde Johan övertygad om han satt inne med avgörande fakta. Förr eller senare får vi ett genombrott, intalade han sig och kastade en blick på väskan med DNA-provet i baksätet.

När han vände sig framåt igen ringde mobilen. Det var Jeff Conrad.

– Hello Johan, my friend. Hur är läget?

– Okej, och själv?

– All right. Jag har upplysningar om Chris Wirén. Jag är inte färdig med undersökningen, men tänkte att du ändå ville veta, you know ...

Johan tryckte mobilen hårdare mot örat.

– Ja?

– Han drunknade, Johan.

– Va? Vad säger du?

– Att han levde när han hamnade i vattnet. Han hade vatten i luftvägarna och ett kraftigt *emfysema aquosum*.

– Tala så jag förstår.

– Sorry, det betyder att lungorna är svullna och tunga ... de vägde cirka tre kilo vardera... och det beror alltså på att han dragit ned vatten av egen kraft.

– Och slaget i huvudet?

– Kom från ett hårt föremål, typ en hammare. Det kan vara samma som i Mattias Molins fall, men eftersom Chris har legat i vattnet går det inte att säga säkert.

Sofia svängde av från E14 och vidare in på grusvägen som ledde till kliniken.

– Så slaget var inte dödande? frågade Axberg.

– Nej, men det orsakade en blödning mellan hjärnhinnorna och en liten kontusion... förlåt, skada på hjärnan. Så han blev troligen medvetslös av slaget. I alla fall ger man sig inte ut och fiskar efter en sådan smäll ...

Johan befann sig åter i strandhuset, såg slaget komma, Chris som föll och bloddropparna som landade på stolen. Innan han hann ställa frågan sa Conrad:

– Och blodet på stolen kom från Chris. No doubt.

– Okej, det styrker det händelseförlopp vi har utgått ifrån. Något mer?

– No, men jag är som sagt inte färdig än. Det man kan se är dock att han är otroligt välbevarad för sin ålder. Nästan ingen åderförkalkning, och lever och njurar som hos en tjugoåring.

Varför blir jag inte förvånad? tänkte Johan och avslutade samtalet i samma stund som Sofia parkerade utanför kliniken. Som tur var syntes inga journalister till.

När han öppnade dörren såg han Elin Forsmans son och en av assistenterna fälla ihop ett paraply och gå in i en av sidobyggnaderna. Undrar vad hans mamma gör nu? Sitter hon och läser Mattias brev? Borde jag plocka in henne på förhör?

Rut Norén och hennes kollega kom ut genom huvudentrén. Han och Sofia skyndade sig upp på verandan.

– Vi tog en kopp kaffe, inledde Norén trumpet. Alldeles för svagt för min smak. Något ekologiskt tjafs.

– Hur har det gått? frågade Sofia.

– Vi är klara med Gerard Wiréns bil ...

– Och? sa Axberg som var trött på att behöva dra informationen ur Norén.

– Inget av intresse, sa Norén. Inget blod, inga spår efter Chris eller Mattias. Samma sak med Agneta Wiréns Volvo. Men båda bilarna var nystädade.

– Mobilerna? undrade Sofia.

– Analyserna är inte klara.

– Strandhuset och bryggan? sa Axberg.

– Ingen dator eller tänkbart mordvapen.

– Och DNA-analyserna?

– Kommer i eftermiddag.

– Har du hunnit titta på stenarna i Chris jackfickor?

– Ja, men de är helt rena. Har legat i vattnet för länge.

Regnet avtog och solen tittade fram i några sekunder innan den återigen försvann. Johan kände sig trött. Hur många gånger skulle de behöva fråga utan att få ett svar som ledde dem framåt?

Han hörde ljudet från en bil och vände sig om. En mörkblå Volvo S80 körde in på grusplanen och parkerade till höger om entrén.

Han hajade till när han såg det röda märket. Det satt på den bakre sidorutan, precis som han mindes det. Det var samma blodröda färg och samma storlek. Han blinkade och tog två steg framåt. Trots regnet såg han klistermärket tydligt. I samma sekund som hans hjärna gjorde klart vad det var han såg, var han säker. Det var ett sådant märke han hade sett.

Den röda rosen. Den kubistiska, splittrade rosen med det sneda leendet i mitten. Socialdemokraternas varumärke. Varför hade han inte kommit på det tidigare? Hjärnan var nyckfull, det visste han, men det var konstigt att han nu var så säker på en sak som han inte hade kunnat framkalla ur minnet på egen hand.

Bildörren öppnades, ett paraply fälldes upp. Henric Wirén steg ur, låste med ett knapptryck och skyndade upp på farstubron. Han fällde ihop paraplyet och tittade förvånat på de fyra poliserna.

– Har det hänt något nytt?

– Det kan man säga, svarade Axberg. Vi vill förhöra dig igen.

Förvåningen steg i Henric Wiréns röst och ansikte.

– Varför då?

– Det tar vi då, svarade Axberg.

– Är det ett samtal eller ett förhör?

– Ett förhör.

– Då kräver jag att min advokat är med.

Han lyfte armen och tittade på guldklockan.

– Kan vi ses i konferensrummet om tre timmar, klockan ett?

– Du får en timme, sa Axberg. Klockan elva i konferensrummet.

– Jag vet inte om min advokat har möjlighet med så kort varsel. Han jobbar i Sundsvall.

– Alternativet är att vi tar med dig till polishuset och förhör dig där. Då blir det ju lättare för din advokat att närvara ...

Henric Wirén bet ihop och stirrade ut i regnet.

– Jag ska se vad jag kan göra, sa han till slut innan han försvann in genom dörren.

Johan Axberg ringde åklagare Fridegård och fick henne att gå med på att beslagta Henric Wiréns bil för undersökning.

– Det är ju bara ett ospecifikt minne, hade hon sagt.
– Nej, jag är säker.
– Dom där märkena är väl rätt vanliga?
– Jag har inte sett något mer här i byn, i synnerhet inte på någon av klinikens bilar.
– Är du säker på det här, Johan?
– Ja.
Tystnad, tvekan.
– Okej, sa hon. Jag faxar beslutet till stationen.

48

Doktor Per-Olov Borg klickade på musen och fick upp doktor Erik Jensens tidbok. Mycket riktigt hade han bokat in ännu ett återbesök med Sixten Bengtsson. Besöksorsaken var sömnbesvär, och av initialerna och datumet att döma var det Erik själv som hade gjort bokningen.

Doktor Borg lutade sig bakåt i stolen, tog upp snusdosan ur skinnvästen och kramade morgonens första pris. När han hade sett Sixten gå in till Erik hade han blivit förvånad. Han hade antagit att Sixten hade återkommit på grund av ett missförstånd, eller för att han hade glömt något vid gårdagens besök. Så var det tydligen inte.

Sixten Bengtsson hade varit patient på mottagningen sedan drygt 30 år. Han brukade endast komma på besök en gång per år för att få sina recept förnyade. Att en stafettläkare tog sig tid att boka in Sixten tre gånger på lika många dagar var konstigt.

Diktaten från besöken var ännu inte utskriva. Det enda som stod var diagnosen *Sömnsvårigheter I203*. Eftersom Sixten hade haft diagnosen i många år gav den ingen förklaring.

Han gick till handfatet, sköljde bort resterna av snus och spritade händerna. När han såg sig själv i spegeln kom tvivlet än en gång över honom. Ända sedan han fick reda på att Chris Wirén blivit mördad hade samvetet plågat honom. Är jag den rakryggade person som jag alltid trott? Är bilden jag målat upp av mig själv sann? Ska jag berätta vad jag vet? Och i så fall för vem?

Med en suck återvände han till den väl insuttna skrivbordsstolen. Kunde det vara en slump att mordet skedde samma kväll som ...? Nej, ekade det inom honom. Ett sådant sammanträffande vore högst osannolikt. Men varför?

Tankarna gick till Agneta. Han hade lovat henne att inte säga något. Och under alla år som läkare i byn hade han lärt sig att hålla på tystnadsplikten. Men den gällde inte om det handlade om mord. Men gjorde det verkligen det? Det kunde han inte veta säkert.

Slingra dig inte, hörde han samvetets röst, och han visste att den hade rätt.

Agneta och Per-Erik. Han hade haft sina misstankar, men aldrig fått dem bekräftade. Men varje gång Per-Erik ringde och ville ha mer Viagra kände han en instinktiv motvilja. Ibland önskade han att han jobbade i en stad där han slapp känna till så mycket om sina patienter. Han kunde inte gå på Konsum utan att bli påmind om arbetet. En otrohet där, en misshandel, hjärtsvikt, klamydia, alkoholmissbruk, hemorrojder, fibromyalgi och depressioner i en salig röra.

Det som sades vara charmen med att vara glesbygdsdoktor upplevde han ibland som en förbannelse. Ändå kunde han inte tänka sig att flytta. Han var en del av den här bygden, och den var en del av honom. Och tillfredsställelsen när han verkligen hjälpte en medmänniska han kände väl, skulle han aldrig få uppleva någon annanstans.

Genom åren hade han haft många samtal med Åke Ekhammar. Som präst delade han samma situation med närheten till människorna som han var själasörjare för, och de fick båda förtroenden som var tunga att bära.

Men han hade aldrig haft ett sådant stort bekymmer som nu. Reflexmässigt klickade han fram den aktuella journalen igen, tittade på de digitala bilderna från magnetkameran. Det fanns ingen tvekan.

Han hörde doktor Jensens röst i korridoren och antog att Sixten Bengtssons besök var över. Kanske kan jag anförtro mig åt Erik. Han är Johan Axbergs bäste vän. På så vis behöver ingen få veta att jag är inblandad.

Med den tanken i huvudet reste han sig för att ropa in nästa patient. Ännu en åttiotalist med ont i bihålorna sedan två dagar.

49

Klockan halv tolv slog sig Johan Axberg och Sofia Waltin ned mittemot Henric Wirén och advokat Alf Rosenkvist i konferensrummet på Symfonikliniken. Johan noterade att han hade satt sig på samma plats som senast, men den här gången kunde han inte se ner till sjön på grund av regnet.

Henric Wirén såg samlad ut i sin välpressade grå kostym, men det fanns en nytillkommen trötthet i hans solbrända ansikte som gjorde att han inte liknade Chris lika mycket som tidigare. Var det sorgen över en död bror som satte sina spår, eller var det något annat?

– Jag har tagit del av förundersökningen och förstår inte vad ni håller på med, inledde advokat Rosenkvist när Sofia läst in prologen i bandspelaren. På vilka grunder har ni beslagtagit min klients bil?

– Vi kommer till det, sa Axberg utan att släppa Henric med blicken. Som du vet blev din bror ihjälslagen...

– Ni måste gripa den som har gjort det här. Det här är förfärligt ... inte minst för Agneta och Carl. Jag hoppas att ni inte behandlar dom på samma sätt som mig.

Johan ignorerade kommentaren.

– Vi har frågat förut och vi frågar igen: Hade Chris några ovänner?

Henric Wirén justerade slipsknuten och skakade på huvudet.

– Nej, definitivt ingen som kan tänkas ha gjort något sånt här.

Sofia frågade om festen. Henric Wirén upprepade samma version som tidigare: han gick hem vid halv tolv och då var Chris fortfarande kvar. Han hade inte kontakt med honom något mer under kvällen. Frun gav alibi och han hade ingen aning om att Chris skulle ut och fiska. När Axberg ställde nästa fråga lutade han sig fram över bordet och spände ögonen i Henric Wirén.

– Har du kommit på någon förklaring till varför Chris bjöd Gerard och Edith?

– Nej.

– Vet du vad bråket med Gerard om?

– Nej.

– Jag tror att *jag* vet, sa Axberg.

Han tyckte sig se en skugga dra förbi i Henrics ögon, men det kunde bero på att dunklet plötsligt tätnade utanför fönstret när regnet ökade i intensitet. Kände Henric till övergreppet på Chris? Hade det hänt fler än en gång? Var han själv drabbad?

– Vad är det för insinuationer du kommer med? insköt advokat Rosenkvist. Min klient och jag kräver att du talar klarspråk.

Johan Axberg insåg att Henric aldrig skulle erkänna att han kände till övergreppet. Frågan var om han hade varit beredd att döda sin bror för att sanningen inte skulle komma fram? För att skydda sin far och kliniken? Men varför skulle Chris plötsligt avslöja en över tjugo år gammal hemlighet? Så länge den frågan saknade svar fattades en avgörande pusselbit.

Han bytte fokus:

– Vad har Per-Erik Grankvist för relation med Agneta Wirén?

Henric Wirén höjde ögonbrynen.

– Vad menar du?

– Berätta vad du vet, sa Sofia.

En oförstående gest och orden:

– Klart att de känner varandra, men som sagt så var Chris noga med hålla isär privatliv och arbete. Vart vill ni komma?

– Av allt att döma hade de ett kärleksförhållande ..., sa Sofia.

Henric Wirén såg skeptiskt på henne.

– Vem har sagt det? Det är i så fall mer än vad jag känner till ... och det borde jag ju ha gjort, kan man tycka.

– Det är därför vi frågar, sa Sofia.

– Och min klient har gett ett tydligt svar, inflikade advokat Rosenkvist.

– Hur är din relation med Åke Ekhammar? frågade Axberg och vecken i Henric Wiréns panna djupnade.

– Bra, svarade han. Vi sitter ju i styrelsen båda två.

– Har du någon aning om varför han bad mig åka härifrån?

– Nej.

– Var befann du dig i natt?

– Hemma i min säng. Hurså?

Han berättade om stenkastningen. Henric Wirén såg förolämpad ut och efter en stunds dividerande uppgav han sin fru som alibi. Samma svar upprepades när Johan frågade om hammaren och bildäcken.

– Är det fler än du som använder din bil? fortsatte Axberg.

– Nej, svarade Henric Wirén. Nu får ni förklara varför ni har beslagtagit den.

– Varför har du socialdemokraternas emblem på rutan?

– För att jag är medlem i partiet. Jag är suppleant i kommundelsnämnden.

Det stämde med det Åkerman kollat upp. När Johan först kopplat ihop Henric Wirén med märket hade han blivit förvånad. Vänsterorienterade idéer var det sista han associerade med Henric Wirén.

Sedan hade han insett att det enbart handlade om makt. Socialdemokraterna hade haft egen majoritet i kommunen sedan allmän rösträtt infördes, och som Icahandlare och styrelseledamot för Symfonikliniken var man beroende av besluten som fattades i fullmäktige.

– Vad har min klients politiska tillhörighet med det här att göra? frågade advokat Rosenkvist.

Istället för att svara sa Johan:

– Vad gjorde du i måndags kväll?

– I måndags kväll..., sa Henric Wirén och vandrade med blicken i taket. Vid femtiden åkte jag hem härifrån och åt middag. Sedan var jag ute med hunden en sväng ... och efter det träffade jag Per-Erik och Åke på hotellet ... det var väl förresten då vi träffades, avslutade han med en nick mot Axberg.

– Vart gick du med hunden?

– I elljusspåret. Hurså?

– Tog du bilen dit?

– Ja.

Johan försökte avgöra om Henric Wirén insåg vart han ville komma, men om Henric förstod dolde han det bra.

– Åkte du en sväng mot ridhuset också?

– Nej.

Han bestämde sig för att lägga korten på bordet. Advokat Rosenkvist skulle ändå få veta på vilka grunder de hade beslagtagit bilen.

– För att jag tyckte att jag mötte din bil när jag var på väg till Mattias Molin, sa han så neutralt han kunde.

Henric Wirén riste till och grep med händerna om armstöden.

– Nu får du väl ge dig! Ni tror väl inte att jag ...

Han tystnade och vände sig till advokaten, som sa:

– Har ni något mer att komma med? "Tyckte att jag mötte din bil" låter inte särskilt övertygande, sa han och markerade citationstecknen i luften.

– Jag såg en mörkblå Volvo med just ett sånt klistermärke på samma plats som ditt sitter på, konstaterade Axberg och hörde i samma stund hur magert det skulle låta i en rättsal.

Han visste att han var beroende av att teknikerna hittade något i bilen som kunde bindas till mordet, men han ville ändå se hur Henric Wirén reagerade.

– Du hör väl själv hur dumt det låter, fortsatte Rosenkvist. Har inte tanken slagit dig att det kanske finns fler bilar med det aktuella märket i byn?

Johan tog inte blicken från Henric Wirén.

– Känner du till någon?

– Jag tycker inte att min klient behöver svara på den frågan, invände Rosenkvist.

– Så du var inte hemma hos Mattias Molin den där kvällen? fortsatte Axberg.

– Nej.

Det blev tyst i några sekunder. Johan kände på sig att det var den bilen han hade mött. Frågan var om det var Henric Wirén som suttit bakom ratten. Kunde han ha slagit ihjäl sin bror och sedan Mattias?

Om man skulle tro rapporten om den krossade bilrutan kunde Henric Wirén uppenbarligen bli våldsam. Men var han en mördare? Johan betraktade honom och kunde inte bestämma sig för vad han trodde.

Vad skulle han haft för motiv att döda sin bror? De små meningsskiljaktigheterna om hur kliniken skulle drivas var knappast tillräckliga, och kliniken skulle med all säkerhet gå sämre nu efter Chris död. Hade han gjort det för att hemlighålla övergreppet?

– Jaha, är vi klara? undrade advokat Rosenkvist och sköt ut stolen.

– Nej, sa Sofia och fångade Henric Wiréns uppmärksamhet. Vi behöver även din mobiltelefon och ett DNA-prov.

50

Bråsjö, 22 november 2002

Hon tände ljuset, tog ett steg tillbaka och överblickade bordet. Allt var framdukat: bestick, vin- och vattenglas, servetterna prydligt vikta på tallrikarna, bröd, smör, vinbärsgelé och skålen med ruccolasallad, tomat, gurka och pinjenötter. På spisen puttrade grytan med renskav bredvid kastrullen med riset. Från stereon i vardagsrummet hördes mjuka toner från gitarr i Peterson-Bergers *Vid Frösö kyrka*.

Nu kunde han komma. Huden pirrade av förväntan. Det var första gången hon bjöd på middag i sin nya lägenhet. Inte undra på att hon var nervös fast hon förberett sig hela dagen.

En vecka efter att de hade träffats utanför porten hade han ringt. Efter lite prat om hur hon trivdes i byn hade han frågat om hon spelade tennis. Han brukade spela dubbel mot ett annat par varje torsdagskväll. Nu hade hans partner brutit foten och han behövde en ersättare. Hennes första impuls hade varit att tacka nej. Visserligen hade hon spelat tennis i sin ungdom, men hon hade inte rört en racket sedan hon blev sjuk. Muskelsmärtorna var kanske inget hinder längre, eftersom hon klarade av att träna tre gånger i veckan i gymmet på polishuset, ändå tvekade hon.

– Jag vet inte... det var längesen jag spelade... och jag har inget racket.

– Inga problem. Du lånar av mig. Vi ses klockan sju i morgon i sporthallen.

Så hade det blivit. De hade spelat totalt elva gånger och till hennes glädje hade kroppen inte protesterat mer än i form av lite värk i höger armbåge, men Chris Wirén hade behandlat den med akupunktur och uppmanat henne att fortsätta spela.

Tack vare tennisen hade hon lärt känna sin dubbelpartner bra. Varje pass avslutades med öl och eftersnack, och de pratade om allt annat än tennis. Det andra paret brukade tacka för sig efter en halvtimme, men hon och han satt ofta kvar en stund. Ibland tog de en korv i gatuköket bredvid centrumkiosken. Senast hade de blivit stående en lång stund utanför sporthallen. Snön hade fallit genom det gula ljuset från gatlyktorna och en vilsam tystnad hade omgett dem.

Innan de hade skilts åt hade hon tagit mod till sig och frågat om hon fick bjuda på middag. Hon visste att hans fru var bortrest och tog chansen. Hon kände sig ensam och hade svårt att komma in i gemenskapen i byn. Till stor del berodde det på att hon var polis. Att hon var kvinna gjorde inte saken lättare. Hon var automatiskt utestängd från många av männens aktiviteter, och kvinnorna var inte bekväma med att hon hade ett i deras ögon typiskt manligt jobb.

Och hon längtade efter en man, någon att komma nära. Han var attraktiv, trygg och rolig. Såg henne som den hon innerst inne var, med alla hennes fel och brister. Kanske älskade hon honom, hon visste inte riktigt, men det kvillrade till i henne varje gång han log. Därför hade hon bjudit på middag trots att han var gift.

Han hade svarat med en hastig kyss och en nick. Hon kände sig varm inombords när hon återkallade känslan av hans läppar mot kinden. Den första hon fått sedan Said försökt få henne i säng efter korridorfesten förra julen.

En blick på väggklockan avgjorde att han var åtta minuter sen. Han som alltid brukade passa tiden.

Ja, ja, han kommer säkert snart. Och ikväll gör det inget om det blir sent. I morgon är jag ledig och kan sova ut, med eller utan sällskap.

I hopp om att få se hans bil gick hon fram till köksfönstret och tittade ned mot Tallbacken. Den enda rörelse som syntes var en gatlykta utanför ålderdomshemmet som envist blinkade i det kompakta mörkret.

Ringklockan fräste och hon hoppade till. I en halvsekund stirrade hon på sin spegelbild i fönstret, rättade till håret och klänningen. Sedan tog hon ett djupt andetag, gick mot dörren och öppnade.

Där stod han i sin svarta rock med rosiga kinder och log. De blå ögonen glänste i det vassa ljuset från lysrören i taket.

– Hej, ursäkta om jag är sen.
– Ingen fara.

Han räckte henne en hyacint i kruka, bladen var gröna och hårt slutna.

– Tack. Kom in.

Efter en hastig blick över axeln steg han in och stängde dörren.

– Jag tog en promenad, sa han. Skönt väder ute.
– Tycker du? sa hon och hörde hur dumt det lät.

Hon tänkte lägga till att hon hade varit inne hela dagen och städat och lagat mat, men hejdade sig. Hon ville inte verka alltför angelägen. Istället sa hon:

– Tack för hyacinten ... den första för i år ... konstigt att det snart är jul.

– Ja, det går fortare än man tror. För mig är doften av hyacinter det viktigaste för julstämningen.

Hon ställde hyacinten i fönstret, gissade att han köpt den på Konsum av samma anledning som han hade promenerat. Ingen fick veta att han var här.

Hon hällde upp vin och ställde fram riset och grytan. Hon var nervös för att han inte skulle tycka om maten. Hennes matlagning brukade inskränka sig till att koka pasta och tina färdiglagad mat i mikron. Men han åt med god aptit och när han bad om påfyllning släppte oron. De pratade jobb och det senaste händelserna i byn och hon skrattade åt hans dråpliga historier.

Vinet var fruktigt och lättdrucket och hon var snabb med att fylla på glasen. Glädjen över att ha sällskap tillsammans med en behaglig berusning gjorde henne exalterad. Hans mörka röst svepte in i henne som en varm vind och kinderna hettade. Hon ursäktade sig och gick till badrummet. Baddade ansiktet med kallt vatten och väntade tills rodnaden sjönk undan.

När hon återvände till bordet höjde han glaset till en skål och sa:

– Det här är det godaste jag ätit på länge.

Glasen klirrade mot varandra och hon mötte hans blick.

– Bara jag inte äter för mycket så jag tappar matchvikten, flinade han.

– Nej, då kanske vi börjar förlora, log hon tillbaka.

– Kommer aldrig att hända så länge jag har dig. Din backhand är otrolig.

De åt och drack en stund under tystnad. Efter en tredje portion av grytan var han nöjd. När hon började duka av reste han sig och hjälpte henne.

– Det blir kaffe och efterrätt, sa hon och ställde tallrikarna i diskhon.

– Trevligt, men vi kan väl vänta en stund?

– Visst. Ska vi sätta oss i soffan och avsluta vinflaskan?

– Gärna.

De sjönk ned bredvid varandra och hon kände doften av ambra och trä från hans rakvatten. Det var samma doft han hade haft när de sågs första gången. Han började berätta om planerna på att bygga en ny simhall i byn, men hon lyssnade inte. Hon såg bara glädjen i hans ögon, styrkan i handen som låg intill henne på ryggstödet och skrattgroparna i hans kinder.

Utan att hon visste hur det gick till hade hon ställt ifrån sig vinglaset och kysst honom på munnen. Han fnös till av förvåning, avbruten mitt i en mening, och lutade sig bakåt. Sedan log han med hela ansiktet och besvarade kyssen. Hon kände hans hand runt nacken, den andra om höften. Sältan och värmen av hans läppar fick det att spinna av välbehag i henne, som om hon var en katt.

Han kanske tillhörde en annan kvinna, men just nu var han hennes. Hon kunde inte hjälpa det, hon älskade honom. Känslan träffade henne som de första solstrålarna om våren och hon visste att den var sann. Alla farhågor och rädslor tinade bort och hon blev levande igen.

Hon gled ned på rygg på soffan, rufsade honom i håret när han kysste henne på magen. Ivriga händer, ömma ord och snabba andetag. När han drog av henne trosorna kände hon ett styng av nervositet. Tänk om det skulle göra ont? Hon hade inte legat med någon efter att hon blev sjuk.

– Försiktigt, hörde hon sig själv säga.

Han frustade ett otydbart svar, buffade sig närmare, trevade med handen, buffade igen. Så trängde han in. Nerverna sprakade och ett träd av ljus grenade sig i hennes kropp, lyste upp varje vrå. Mörkret och rädslorna flydde och hon stönade av vällust.

Med jämna och lugna tag fyllde han henne med sin kraft. Hon tog tag i hans skinkor och pressade honom hårt mot sig, gång på gång på gång.

När hon hörde att han snart skulle komma påminde hon sig att han inte hade kondom. Men hon ville inte sluta nu.

Hon ville ha honom i sig så länge det gick. Dessutom skulle hon snart få mens, så det var ingen fara. Kanske kunde hon inte ens bli gravid.

Han blev större och två sekunder senare exploderade han. Hon slog vaderna om honom och pressade ansiktet mot hans hals.

Hon var hel igen.

51

Han satt på expeditionen och stirrade på telefonen. Hur skulle han göra?

Frågan hade plågat honom oavbrutet sedan Johan Axberg och hans kvinnliga kollega besökt honom i kyrkan. Han hade bett till Gud men inte fått något entydigt svar. Det fick han i och för sig aldrig, och det förväntade han sig inte heller. Hur skulle det se ut om Gud besvarade alla frågor som människorna ställde? Då vore han ju inte gudomlig på det sätt Åke föreställde sig.

Det viktiga var att bönerna hjälpte honom att fatta rätt beslut. Hittills hade han alltid hittat den sanna vägen. Det var som om ödmjukheten i sig gjorde att han kunde höra sitt samvetes röst. Och samvetet visste bäst, som en ren ande där bara han och Gud fick plats.

Men den här gången visste han varken ut eller in. Skulle han svika den som litade på honom, eller skulle han följa sitt hjärta? Det var uppenbart att det som hänt stred mot flera av de viktigaste budorden. Problemet var att han handlade orätt även om han avslöjade sanningen.

Han slöt ögonen och hörde hjärtats slag överrösta regnet. Plötsligt stod det klart för honom hur han skulle göra. Han måste svika sitt löfte. Han orkade inte ljuga länge. När den insikten drabbade honom frågade han sig hur han hade kunnat leva i synd så länge som han gjort. Var det som hänt i drömmen härom natten sant? Hade djävulen förmörkat hans syn och gjort honom till en syndare?

Ny blick på telefonen. Med en hand som darrade lyfte han luren och slog numret. Han fick svar efter fem signaler.

– Hej, det är jag, Åke.

– Ja, hej.

– Det här går inte längre ... Jag klarar inte mer.

– Va? Vad menar du?

Rösten var upprörd och förvånad. Reaktionen gjorde honom säkrare på sin sak.

– Jag har funderat på det här i flera dagar nu. Det måste få ett slut. Det är Guds vilja.

Det blev en paus. Han hörde den andre andas.

– Du är inte klok! Det kan du inte ... Vad tänker du göra?

– Gå till polisen och berätta som det är. Vi kommer inte undan med det här längre. Snart kommer Johan Axberg ändå att avslöja sanningen. Han var och förhörde mig i kyrkan, som du vet ...

– Du höll dig väl till det vi kommit överens om?

– Ja, men ... Nu har det gått för långt. Och det verkade som om han visste mer än han sa.

Ny tystnad. Ett tag trodde han att den andre hade lagt på, men just som han skulle säga "hallå" återkom han. Rösten var plötsligt lugn och mjuk.

– Nu tar du och lugnar ner dig, Åke. Har du pratat med någon mer om det här?

– Nej.

– Bra. Vi måste ses och reda ut det på en gång. Var är du?

– På pastorsexpeditionen.

– Då ses vi på det vanliga stället ... ska vi säga om en halvtimme?

Tvekan. Det var inte så han hade planerat det hela. Men det var bäst att reda ut allting ordentligt på en gång.

Måste stå för mitt beslut. Gud är på min sida.

Han slöt handen runt korset på bröstet och sa:

– Vi ses där.

52

Oset steg från pannan och strömmingen började anta den rätta färgen. Sara kände hur det vattnades i munnen. Hon hade inte ätit frukost och nu fick hon behärska sig för att inte provsmaka.

Hon vände sig mot Karin, som tog fram lingondricka och lättöl ur kylskåpet.

– Är det något mer som ska göras?

– Nej, svarade Karin och placerade tillbringaren och flaskorna på bordet.

Karin tog ett steg tillbaka, betraktade bordet, hoppade med blicken till spisen och vidare till Sara.

– Nu tror jag allt är klart, sa hon med en lättad suck. Om du hämtar Göran så ställer jag fram maten.

Det var första lunchen sedan Göran kom hem och Karin kände en mild värme sprida sig i kroppen. Äntligen kunde hon bjuda honom på lunch som vanligt.

Som vanligt. Det var det viktigaste just nu. Alla rutiner, som blivit en del av deras liv, hade plötsligt blivit viktiga igen. Ett stillsamt liv med en ömsint vänskap. Det var allt hon begärde.

– Okej, sa Sara. Han är fortfarande i garaget, va?

– Jag antar det, log Karin igen och greppade stekpannan.

Eftersom det regnade lånade Sara ett paraply. Hon gick ut på bron och blev stående med blicken på rönnarna i trädgården. Tankarna vandrade till nattens händelser. Hon såg framför sig hur Erik gick nedför trappan för att möta Göran.

Deras korta samtal och Görans röst som svajat, som den brukade göra när han druckit.

Var hade han varit på sin nattliga promenad? Hon hade inte frågat och han hade inte sagt något om det den korta stund de setts imorse innan han gick ut i garaget för att meka med sitt modellflygplan.

Nu skulle hon kanske få veta. Men vad spelade det egentligen för roll? Han hade det väldigt kämpigt och de måste visa hänsyn.

Hon fällde ut paraplyet och färgskalorna omkring henne förändrades av det knallröda tyget. Med snabba steg gick hon mot garaget. Hon kände ett vagt obehag inom sig som hon hade svårt att förklara.

Porten var öppen. När hon var några meter ifrån den hörde hon Görans röst. Instinktivt stannade hon till och lyssnade.

Jo, han pratade med någon. Har han besök? Vem kan det vara? Tre steg över gruset och hans röst blev tydligare, men regnet trummade mot paraplyet och hon kunde inte urskilja några ord.

Hon svängde runt hörnet och tittade in. Lysrören kastade ett skarpt sken och gjorde alla detaljer därinne tydliga. Göran stod vid arbetsbänken och såg spänd och blek ut. När han fick syn på henne ryckte han till och tog mobilen från örat.

– Oj, vad du skräms, utbrast han. Jag hörde inte att du kom.

– Störde jag?

– Nej, inte alls ... det var ... en gammal kompis som ringde och jag ...

Han tystnade och stoppade ned mobilen i fickan på träningsoverallen.

– Egentligen borde jag stänga av den ... pressen har ringt tre gånger den senaste timmen och vill att jag ska uttala mig. Det är ju sinnessjukt!

Han bet ihop käkarna och skakade på huvudet.

– Och för en stund sedan kom det en journalist från Aftonbladet hit till garaget, fortsatte han. Kan du fatta hur man kan vara så fräck?

– Nej, sa Sara.

– Jag bad henne att dra åt helvete ... och förhoppningsvis gjorde hon det.

Ilskan lyste i Görans ögon och Sara kände det där obehaget igen.

– Lunchen är serverad. Det blir strömming och Karin har gjort potatismos ...

– Jaha, sa han trevande. Men jag kan inte ... jag är inte hungrig. Måste åka en sväng på byn ... och köpa lite saker till det här.

Han gjorde en gest mot modellflygplanet på bänken.

– Vad synd. Men du kan väl äta först, jag tror att Karin ...

– NEJ, avbröt han med en plötslig irritation. Jag är inte hungrig sa jag ju ... men spara lite till mig så tar jag senare, avrundade han i en mildare ton.

Sedan öppnade han bildörren och satte sig bakom ratten. Sara lämnade garaget. När hon steg upp på farstun såg hon honom köra iväg i Volvon.

Hänsyn, upprepade hon för sig själv. Vi måste visa hänsyn.

53

Sixten Bengtsson förde blyertspennan mot blocket. Spetsen nuddade en punkt mellan de två streckgubbarna i båten och började sakta röra sig över papperet. När han med en krusad linje hade tecknat en halvcirkel hejdade han sig och kryssade över figuren.

– Nej. Fel.

Det var de två första ord som Erik hört honom säga. Rösten var ljusare och mjukare än han hade föreställt sig. Den grova kroppen och det fåriga ansiktet hade lurat honom.

Sixten förde pennan mot en ren yta en bit ovanför båten. Han ritade ett uppochnedvänt U och band samman det med ett rakt streck längst ned.

Eriks första gissning var ett fönster med rundat valv. Men sedan fortsatte Sixten med ett mindre men kraftigare U längst upp i bilden och när han sammanband det med en smal rektangel trodde Erik att det föreställde en överkropp med krage och slips.

Sixten gjorde en paus och såg förstulet på Erik. Han nickade uppmuntrande åt honom att fortsätta.

Kroppen fick ett huvud. Erik kände sig säker på att det var en person. Han satt blickstilla och vågade knappt andas. Vem?

Sixten gjorde en paus och betraktade tubkikaren, som om den skulle hjälpa honom att fortsätta. Det enda som hördes var tickandet från väggklockan. Så böjde sig Sixten åter över teckningen.

En arm växte fram ur kroppen, den var lyft och när Sixten ritade dit handen såg det ut som om personen hälsade. Men figuren var klumpigt ritad och Erik tänkte att Erikas teckningar var betydligt bättre fast hon bara var sex år.

I handen ritade Sixten en rektangel. Det såg ut som personen höll i något. En skylt? En bok? En låda?

Mitt i rektangeln ritade Sixten ett kors. Sedan sköt han över blocket till Erik och tittade rakt på honom. Det var ingen slips, ingen skylt eller låda. När han trodde sig förstå vad han såg blev han tung i stolen. Han mötte Sixtens blick och sa.

– Är det prästen?

Sixten nickade.

– Åke Ekhammar?

– Mm.

– Var han där, vid Bråsjön?

– Ja. Ja.

Erik var så uppe i varv att han inte reflekterade över att Sixten svarade med ord.

– Vilka är personerna i båten?

Sixten Bengtsson hostade till och slog ned blicken.

– Satt prästen i båten?

En kort men distinkt huvudskakning var det enda svar han fick.

– Men prästen var där när du såg båten på sjön?

– Ja. Ja.

Med så lugn röst som möjligt pekade han på den överkryssade figuren i båten och sa:

– Vad är det här?

Sixten sneglade på bilden och började andas snabbare. Tog tubkikaren och lade den i knäet.

– Är det också en person?

Sixtens händer slöt sig om kikaren.

– Var Chris Wirén med i båten?

Med ett ryck reste sig Sixten så att stolen ramlade omkull. Han nickade och började gå mot dörren. Erik reste sig och sa:

– Ta det lugnt, Sixten, det är ingen fara. Vill du ta en paus? Du kan få en kopp kaffe i personalrummet och vila dig, så kan vi fortsätta sen?

Han lade sin hand på Sixten axel, kände hur han slappnade av.

– Det är viktigt för mig att få veta vad som hände, fortsatte Erik. På så vis kan jag hjälpa dig på bästa sätt.

Efter några sekunder nickade Sixten. Erik följde med honom ut till personalrummet, placerade honom i soffan och serverade honom en vetelängd och en cappucino ur automaten. Sixten betraktade skummet med skeptisk blick.

– Det är kaffe med vispad mjölk, förklarade Erik. Är det okej?

– Ja. Ja.

Den där entoniga rösten igen. Den lät som en pianotangent som trycktes ned gång på gång.

– Sitt här så kommer jag snart tillbaka. Är det okej?

Sixten lyfte blicken från koppen och såg oroligt på Erik.

– Ja. Ja.

Erik skyndade sig tillbaka till rummet, kastade en blick i tidboken och såg att nästa patient hade lämnat återbud. Perfekt, tänkte han och ringde till Johan. Så lugnt han kunde redogjorde han för vad han fått veta. När han sa att Åke Ekhammar hade varit vid Bråsjön då Chris mördades blev det tyst i luren i flera sekunder.

– Är du säker på att du förstod honom rätt? sa Johan till slut.

– Tveklöst. Han sa det till och med rätt ut.

Ny tystnad.

– Var är han nu?

– I personalrummet och tar igen sig. Han blev stressad av mina frågor. Men jag tänker fortsätta om en stund.

– Bra. Jag skickar en kollega som kan vara med, Sofia Waltin som du känner. Det är viktigt att vi får det här rätt. Kan vi ta med honom till stationen?

– Tror inte att det är någon bra idé. Då blir han nog ännu räddare. Och jag måste vara med vid förhöret.

– Självklart ... Du får kanske boka av patienterna resten av dagen.

– Blir nog svårt. Men jag har snart lunchrast. Vi kan ta det då.

– Bra.

– Vad tänker du göra nu? frågade Erik.

– Prata med Åke Ekhammar.

54

Johan Axberg parkerade utanför pastorsexpeditionen. Den här gången hade han tagit med sig Sven Hamrin. Eftersom Sixten Bengtsson var rädd för polisen hade han bedömt att Sofia Waltin var bäst lämpad att närvara vid samtalet med Erik.

Han betraktade prästgården bakom ridåerna av regn som vindrutetorkarna svepte över rutan. Är du därinne, din svikare? Sitter du och tänker på dina lögner och tror att du kommer att klara dig?

Efter samtalet från Erik hade han bestämt sig för att söka upp Åke utan förvarning. Han antog att han var här eller i kyrkan, och prästgården blev första stoppet eftersom den låg mitt i byn. Det var hög tid att plocka in honom till stationen på ett riktigt förhör.

Även om Sixten Bengtsson var en speciell person fanns det ingen anledning att tro att hans uppgifter inte stämde. Den bedömningen hade Erik gjort efter mötena med Sixten och en genomläsning av hans journal. Sixten Bengtsson sa inte mycket, men det han kommunicerade till omvärlden hade aldrig visat sig vara osant.

Det innebar att Åke hade ljugit om vad han gjort då Chris mördades. Möjligen hade han gått hem med Cecilia klockan elva, men i så fall hade han återvänt till Bråsjön en timme senare. Hon hade uppenbarligen gett honom ett falskt alibi. Frågan var om hon visste varför.

Johan gick före Hamrin in i hallen, torkade regnet ur ansiktet och ringde på dörren till expeditionen. Hörde en klocka pingla och tänkte på Åkes hotfulla ord om att han borde ge sig av.

En mörkhårig kvinna i femtioårsåldern med läsglasögon i en rem runt halsen öppnade. Hon såg förvånat på Hamrin och Axberg, som om det hörde till ovanligheterna att någon ringde på.

– Hej, inledde Axberg. Vi kommer från polisen och söker Åke Ekhammar.

– Jaha, sa hon och tittade igenkännande på honom. Åke är inte här.

– Var är han då? frågade Hamrin.

Axberg såg hur tusen frågor snurrade i hennes huvud.

– Jag vet inte, svarade hon. Han gav sig iväg i all hast med bilen för en halvtimme sedan. Han glömde till och med ett inbokat möte.

– Med vem?

– Två högstadieelever som skulle göra en intervju för skoltidningen.

– Sa han vart han skulle?

– Nej. Han verkade väldigt stressad.

Visste han att vi var på väg? frågade sig Axberg. Nej, det var omöjligt. Det var bara han, Hamrin, Sofia och Erik som kände till det.

– Såg du åt vilket håll han körde?

Hon stoppade ena glasögonskackeln i mungipan, tuggade på den och funderade.

– Ja, sa hon efter en stund. Åt vänster ... han kanske skulle till kyrkan, men jag vet inte.

– Är Åkes fru hemma? fortsatte Axberg.

– Nej, hon är i stan och handlar.

– Tack så länge, sa Axberg och gav henne sitt visitkort. Du får gärna ringa till mig när han hörs av.

När de svängde ut från gården ringde mobilen. Det var Rut Norén. Hon hade fått svar på DNA-analyserna från Gerard, Per-Erik och Agneta. Ingen av dem matchade sekvensen från pizzakvittot, fynden i Mattias Molins hus eller strandhuset.

Johan kände en hastig besvikelse dra genom kroppen.

– Hur går det med Henrics bil? frågade han.

– Negativt hittills, men jag har nyss börjat.

Han tackade Norén för samtalet och lade på. Sven Hamrin vred på nacken och såg på honom. När han berättade svor Hamrin uppgivet.

– Hoppas att han är i kyrkan, sa Axberg och tryckte på gasen när han nådde kyrkbacken.

– Kanske ber om han om syndernas förlåtelse, muttrade Hamrin. Det verkar i alla fall som om syndafallet är här, fortsatte han med en nick ut genom rutan och ett snett flin.

Parkeringen utanför kyrkan var tom. Regnet hamrade asfalten ren och de sprang uppför trapporna till kyrkan. Johan tänkte på sitt förra besök här och hörde samtalet med Åke som ett eko:

– *Är det du som helst vill glömma? Att du svek mig?*

– *Det kanske var ett misstag. Men jag kan inte säga mer om det ...*

De steg in i mittskeppet. Hamrin ropade "hallå" och rösten studsade ödsligt runt väggarna i fem sekunder innan den försvann. Allt blev åter tyst och stilla. De delade upp sig och letade igenom både övervåningen, sakristian och anhörigrummet utan resultat.

– Nej, här är han inte, konstaterade Hamrin när de åter möttes vid utgångspunkten.

– Vi kollar församlingshuset, sa Axberg.

Men där var han inte heller. En man, som bröt på polska, städade huset och kunde inte ge några upplysningar. Någon präst hade han inte sett till, och när Johan nämnde Åke Ekhammar skakade han på huvudet.

En halv minut senare satt Axberg och Hamrin i Saaben igen. De ruskade av sig regnet och bestämde sig för att fortsätta leta. Problemet var att de inte visste var de skulle börja.

55

Erik Jensen tittade i sin och doktor Borgs tidbok och funderade. Tre minuter efter samtalet med Johan hade Sofia Waltin ringt och sagt att hon var på väg. Sixten verkade så skör att det var bäst att prata med honom så fort som möjligt.

Problemet var att han hade en diabeteskontroll kvar före lunch, och eftersom patienten redan var ombokad en gång gick det inte att ställa in besöket. Men doktor Borg hade sin nästa först klockan halv två. Kanske kunde han hjälpa till.

Jag frågar, avgjorde Erik och reste sig. Måste ändå berätta att Sofia är på väg.

Han gick korridoren till doktor Borgs rum. Knackade på men fick inget svar. Försiktigt, för att inte störa om han eventuellt hade en patient på rummet, tryckte han ned handtaget. Ibland hände det att doktor Borg släppte in patienter som flöt upp på mottagningen oanmälda. Några av byns original vägrade boka tid via telefon. Doktor Borg brukade i mån av tid vara snäll och ta emot dem. Erik påminde sig att även Agneta Wirén hade kommit oanmäld häromdagen.

Till hans förvåning var dörren låst. Hade han redan tagit lunch? Erik fiskade upp nyckelknippan ur rockfickan och låste upp.

Rummet var tomt. Erik svepte med blicken över skrivbordet. När han såg den bruna pappmappen hajade han till. I en minnesblixt såg han hur doktor Borg stoppat undan en sådan mapp för några dagar sedan när han tittat in för att fråga om de skulle äta lunch. Var det samma mapp? Dolde han någonting? Vad handlade Agneta Wiréns besök om egentligen?

Utan att tänka gick han fram till skrivbordet och öppnade mappen. Överst låg ett papper med labbsvar. De var tagna för tre veckor sedan, och det var doktor Borg som ordinerat dem. När Erik såg namnet och personnumret på patienten drog han efter andan.

Chris Wirén.

I samma ögonblick som han började skumma igenom provsvaren hörde han doktor Borgs steg i korridoren. Han slog igen mappen och reste sig. När han greppade handtaget sveptes dörren upp och doktor Borg såg frågande på honom.

– Vad gör du här?

– Letar efter dig, sa Erik.

– Jaha?

– Kan du stänga dörren, fortsatte Erik med en nick mot korridoren där syster Elisabeth just passerade.

Doktor Borg grymtade något och gjorde som Erik bett honom. Utan att avslöja några detaljer redogjorde Erik för samtalen med Sixten och sa att Sofia var på väg för att förhöra honom. Doktor Borgs rosiga hy bleknade något och han började krama den största prilla Erik sett honom göra. Då och då kastade han ett öga på mappen på skrivbordet, men Erik försökte att inte låtsas om den. Doktor Borg ställde några följdfrågor men till Eriks lättnad ifrågasatte han inte upplägget.

– Så Sixten kanske vet något om mordet på Chris? sa doktor Borg när Erik var färdig.

– Kanske. Men jag kan inte säga mer än så.

– Okej, jag tar din patient, sa doktor Borg och tryckte in snusen under överläppen.

– Tack, sa Erik. Vi får prata mer sen.

På vägen tillbaka till sitt rum tittade han in i personalrummet. Sixten satt i soffan och såg inte ut att ha rört sig sedan sist. Han hade blicken borrad i bordet och tittade inte upp när dörren öppnades.

– Är allt okej? frågade Erik.

Sixten nickade.

– Jag kommer om fem minuter, sa Erik. Sitt kvar här så ses vi snart.

Han stängde dörren och skyndade vidare. När han sett Chris Wiréns namn hade han fått en idé. Om Chris hade en journal här på mottagningen kanske det fanns något i den som kunde leda dem till sanningen om morden?

Erik hade tänkt tanken att leta efter Chris journal flera gånger de senaste dagarna, men vetskapen om att han då bröt mot sekretessen hade fått honom att avstå. Men nu var han så indragen i det här att han struntade i det.

Han sökte på namnet och såg att födelseåret stämde. Varför hade Chris Wirén – Mirakelmannen som predikade att alternativ vård var det enda rätta – besökt vårdcentralen?

Ansiktet hettade när han började ögna igenom journalen. Till hans förvåning sträckte den sig så långt tillbaka i tiden som 1981. Texten från den tiden var inskannad från en pappersjournal skriven på maskin, men ändå fullt läsbar.

Erik räknade ut att Chris hade varit tolv år vid det första besöket. 13 oktober det året hade Chris och hans mamma sökt doktor Sandin för magsmärtor. Doktor Sandin hade undersökt Chris utan att hitta någon förklaring. Chris och Edith hade återkommit tre gånger under hösten för samma besvär, och efter diverse råd om kostvanor som inte haft effekt, hade Sandin skrivit en remiss till en specialist i Sundsvall. Enligt nästa notering hade Chris uteblivit från besöket utan förklaring.

Nästa anteckning var från 1985 då Chris Wirén fick ett intyg till en resebyrå att han på grund av influensa inte kunde genomföra en resa till Kapstaden.

Erik lutade sig bakåt i stolen och funderade. Han återkallade Johans ord om övergreppet på Chris. Det hade skett på hösten 1981. Det var knappast en slump att han sökt för ont i magen just den hösten. Vad hade hänt sedan? Hade Gerard lämnat honom ifred?

Han bläddrade vidare. Den sista anteckningen var från år 2000. Då hade doktor Borg sytt ihop en sårskada på Chris, som hade skurit sig i handen på en köksnkniv. Sedan slutade journalen.

Erik tyckte att det var konstigt. Labbproverna han sett på doktor Borgs skrivbord var tagna för tre veckor sedan. Hade Chris tagit dem någon annanstans?

Han klickade på fliken för labbprover och fick upp sidan. Nej, proverna fanns registrerade och var från samma datum som i mappen på doktor Borgs bord. 2009-09-20.

Erik reagerade genast på att flera av provsvaren lyste röda, vilket markerade att de inte var normala.

När han läste de första svaren började han frysa.

56

Bråsjö 22, december 2002

Hon kramade händerna om sätet på skinnsoffan. Tittade omväxlande på armbandsuret och provstickan på bordet. Om en minut skulle hon få veta. Var hon gravid eller inte? Det blåa strecket i kontrollfönstret syntes tydligt, vilket innebar att testet hade fungerat. Trots det kändes det overkligt att den lilla vita plaststickan skulle ge henne svaret på en sådan viktig fråga. Den viktigaste hon någonsin ställt i sitt liv.

De senaste tre veckorna hade hon känt sig trött och illamående. I början hade hon förklarat det med att det hade varit stressig på jobbet och att hon hoppat över ett av besöken hos Chris på kliniken. Men nu när mensen var två veckor försenad insåg hon att symptomen kanske hade en annan förklaring.

Första gången de låg med varandra hade de inte skyddat sig. Hon hade sagt att det inte behövdes. Hon hade trott att hon var i en säker period, men kanske hade hon haft fel. Hennes mens var oregelbunden och ibland kunde den komma två veckor senare än väntat. Så var det kanske nu också. Men det kunde väl inte förklara att det hade ömmat i brösten de senaste dagarna?

Trettio sekunder kvar. Frågorna snurrade i skallen. Vad ville hon att testet skulle visa? Ville hon verkligen ha barn? Vad skulle han i så fall säga?

Det enda hon var säker på var att hon älskade honom.

Efter den inledande middagen hade de träffats hemma hos henne tre gånger. Han hade svängt förbi på väg hem från jobbet eftersom hans fru varit hemma. Ingen mer mat, inga fler blommor. De hade älskat, effektivt och koncentrerat, sedan hade han duschat och gett sig av. Prata fick de göra på tennisen. Innan han gick brukade han kyssa henne på ögonlocken och säga att hon var fantastisk.

Även om hon inte var nöjd med upplägget förstod hon att det var det enda sättet för honom. Än så länge. Så småningom skulle han göra slag i saken och lämna sin fru.

Ny blick på provstickan. Ännu hade det inte hänt något. Ett plus eller ett minus? Ett nytt liv eller inte? Herregud! Vad har jag gett mig in på?

Hon stod inte ut med att sitta stilla utan reste sig och gick ut i sovrummet. Utanför fönstret föll stora flingor och lade sig makligt tillrätta på ett tunt lager nysnö.

Ikväll skulle hon köra hem till mamma och pappa. Ännu en anledning att göra testet i dag. Var hon gravid var hon tvungen att berätta det innan hon reste.

Med snabba steg återvände hon till vardagsrummet, lyfte teststickan och stirrade på resultatfönstret.

Ett blått plustecken!

Hon blinkade, tittade, vred stickan ett varv och granskade den från alla håll.

Det var ingen tvekan. Hon hade haft rätt i sina misstankar. Hon skulle bli mamma! En mild värme strålade från magen och ut i kroppen. På svaga ben sjönk hon ned i soffan och knäppte händerna över magen. Hur länge hon blev sittande så med blicken ut i tomma intet kunde hon inte redogöra för efteråt.

Som i trans reste hon sig, tog mobilen från bokhyllan och slog hans nummer. Fick svar efter fem signaler.

– Hej, det är jag. Vi måste ses.

– Kan jag ringa dej om fem minuter?
– Nej, det är viktigt.
– Okej, ett ögonblick ...

Hon hörde röster i bakgrunden, någon som skrattade och ljudet av steg och en dörr som gick igen.

– Du vet att du inte får ringa mig på jobbet. Vad vill du?
– Är du ensam?
– Ja. Har det hänt något?
– Jag är gravid.
– Va?
– Jag testade mig precis ... och det var positivt. Och det stämmer med hur jag har mått och tidpunkten när vi ...

Plötsligt bar inte rösten. Hon var torr i munnen och gick mot köket för att hämta något att dricka. Det var tyst en lång stund, sedan sa han:

– Är du alldeles säker på att ...
– Ja, avbröt hon med en irritation som förvånade henne.

Hon kastade en blick på provstickan. Det blåa plustecknet var lika tydligt som innan.

– Jag menar ... Är du helt säker på att det är jag som är pappan?

Något krängde till i henne. Hörde hon verkligen rätt?

– JA! röt hon. Tror du att jag varit med någon annan också, eller vad menar du?

Ny tystnad. Hon fyllde ett glas med vatten och drack. Kände svalkan bakom bröstbenet, men det gjorde henne inte lugnare.

– Nu får du komma hit så vi kan prata.
– Okej, okej. Måste bara avsluta här. Ge mig en halvtimme.

Hon tryckte bort samtalet, blev stående med mobilen i ett grepp som fick det att göra ont i handen. Men den smärtan var ingenting mot den hon kände inom sig. Hur kunde han fråga så dumt?

Är du helt säker på att det är jag som är pappan?
Orden dånade i skallen. Hon ställde sig vid köksfönstret med blicken mot Tallbacken. Här tänkte hon stå tills hon såg hans mörkblå Volvo komma körande.

– Du måste göra abort.

Det var det första han sa när de hade satt sig. Hon stirrade på graviditetstestet som låg mellan dem på köksbordet. Han hade granskat stickan noga och läst bruksanvisningen två gånger. Hela tiden hade han varit spänd och nonchalant på ett sätt hon inte sett tidigare. Han hade inte ens frågat hur hon mådde. Som om han var en annan man än den hon hade lärt känna. Det gjorde henne obehaglig till mods. Hon lyfte blicken.

– Vill du inte ha det?

– Nej, det går ju inte. Det förstår du väl? Vad ska min fru säga? Det skulle bli världens skandal om det kom fram att jag gjort dig på smällen.

Hon vände blicken ut genom fönstret och bet ihop. När han försökte lägga sin hand på hennes drog hon undan den.

– Förlåt om jag uttryckte mig klumpigt, sa han. Men du förstår vad jag menar?

– Hm, muttrade hon. Men du tänker väl skilja dig?

En lodrät rynka växte fram i hans panna och han suckade.

– Det är inte så enkelt. Vi har ju barnen ihop och …

– Men du har ju lovat! brast hon ut och blev rädd när hon hörde sin egen förtvivlan.

Som om hon först nu insåg hur dum hon varit som trott på hans ord. Hon vände blicken ut genom fönstret, stirrade på snön som föll. Hon hörde hans röst igen, den var avlägsen, som om han stod i ett annat rum.

– Jag tycker verkligen om dig Elin, men du måste förstå min situation. Och jag förstår inte hur det har gått till … vi har ju skyddat oss.

– Inte första gången.

– Men du sa ju att du var i en säker period!

Nu hade han höjt rösten. Hon vände sig mot honom igen.

– Jag trodde det. Det här är inget jag har planerat, om du tror det.

– Just därför måste du förstå att vi inte kan behålla barnet. Hur det blir mellan oss får framtiden utvisa. Som det är nu kan jag inte lämna Sonja.

Ilskan slog upp som en gnista i henne och försvann lika snabbt igen. Ett ögonblicks brännande smärta över ena ögat, som ett migränanfall som inte bröt ut. Hon orkade inte påpeka en gång till att han hade lovat att lämna sin fru.

Hon knäppte händerna över magen, tittade ut i snöfallet. Flinga efter flinga singlade förbi och försvann. Korta sekunder i hennes medvetande och sedan för alltid borta. Hon kände den där milda värmen i magen igen, som om det var något som strålade därinne.

Så vände hon sig mot honom igen och sa:

– Nu vill jag att du går.

57

Jag bromsar in bilen vid trottoarkanten och spejar mot vårdcentralen. Vindrutetorkarna slår och regnet smattrar mot plåten. Efter en stund får jag syn på Sixten Bengtssons flakmoppe på parkeringen.

Helvete!

Jag drar åt handbromsen och slår handen mot ratten. Det betyder att han är kvar därinne. Är det möjligt att den idioten också såg vad som hände? Att han tänker avslöja sanningen? Men vem ska tro på honom? Han är ju en dåre som aldrig säger någonting. Som ingen tar på allvar. Eller?

Jag som trodde att hotet försvann med Mattias Molin.

Samtidigt har ljudet av grenen som knäcktes och skuggan jag såg bland granarna den där natten plågat mig oavbrutet. Även om jag försökt vara rationell och intalat mig att det var inbillning, eller möjligen ett djur, har oron bränt som en svetslåga i hjärnan och hindrat mig från att sova.

Nu har jag alltså fått förklaringen. Det var Sixten. Det förvånar mig att jag inte listat ut det tidigare eftersom jag vet att han brukar stå där och titta med sin fåniga tubkikare. Men jag hade ingen aning om att han brukade vara där nattetid.

Nytt svep med blicken. Ingen polisbil syns till, men det står flera bilar på parkeringen, och de flesta av Johan Axberg och hans kollegor kör civilt. Tänk om Sixten redan sitter där inne just nu och pekar ut mig?

Nej, nej. NEJ!

Jag tänker inte låta mig stoppas. Till varje pris är jag beredd att förhindra det. Går det åt helvete kan jag lika gärna dö. Om allt som jag byggt upp rasar kommer även jag att falla.

Kinderna stramar när jag ler för mig själv. Sömnbristen och whiskyn har plockat fram galenskapen i mig, en impulsiv handlingskraft som gör mig stark och orädd.

Jag vill släppa greppet om ratten, men fingrarna är slutna som i kramp. Försöker slappna av. Efter några sekunder når blodet fingertopparna igen och jag kan räta ut fingrarna.

Det är bra att jag fick veta att den där kvinnliga kollegan till Johan Axberg tänker förhöra Stjärn-Sixten. Det var tur att min vän lyssnade på polisradion. Nu har jag trots allt en möjlighet att hindra det som inte får ske.

Jag tänker på resan vi gjort. För två generationer sedan var vi bondkaniner som slet i vårt anletes svett och inte fick någonting för det. Men vi reste oss ur skiten. Med våra egna huvuden och händer byggde vi vår framgång. Nu är vi kungar med hovet för våra fötter. Jag tänker aldrig återvända ned från tronen igen.

Dörren till vårdcentralen öppnas. Vindrutetorkarna sveper rutan ren och det är ingen tvekan. Det är Sixten Bengtsson. Med tubkikaren i handen lunkar han bort mot sin flakmoppe. Jag försöker se på honom om han redan har tjallat för polisen, men han ser likadan som han alltid har gjort. Han sätter sig på moppen och kör ut från parkeringen.

Jag tvekar. Ska jag stoppa honom nu och fråga? Nej, det är ingen idé. Har han redan pekat ut mig för polisen är det ändå för sent. Men då borde väl någon ha följt med honom ut? Ingen annan syns till och hoppet tänds. Om han inte har berättat är det av största vikt att ingen ser mig. Då kan sanningen än en gång förseglas i det eviga mörkret.

Jag startar motorn. Nu gäller det att improvisera.

58

Erik flackade med blicken mellan provsvaren i Chris Wiréns journal. Han hade inte sett fel i mappen på doktor Borgs bord. Siffrorna talade sitt tydliga språk och fick tankarna att rusa. Vad betydde det här? Varför gömde han undan mappen? Visste Agneta Wirén?

Han såg framför sig hur Chris hade legat på båren nere vid sjön när han konstaterat dödsfallet. Fanns det något samband mellan mordet och provsvaren?

Han såg på klockan att det hade gått en kvart sedan Johan ringt och sagt att Sofia var på väg. Varför hade hon inte kommit?

Beslutsamt reste han sig och gick korridoren till doktor Borgs rum. I samma ögonblick som han höjde näven för att knacka öppnades dörren. Diabetespatienten, som Borg tagit över för att han skulle kunna vara med när Sofia pratade med Sixten, stegade ut och hälsade förvånat.

Doktor Borg satt vid skrivbordet med diktafonen i handen och höjde frågande på ögonbrynen.

– Det är en sak jag måste fråga om, inledde Erik.

– Jaha, vadå? sa doktor Borg och knäppte av diktafonen.

Bra, tänkte Erik. Det här samtalet är förmodligen ett av de sista han vill ha på band. Han slog sig ned i besöksstolen och svepte med blicken över skrivbordet. Mappen syntes inte till.

– Jag ska gå rakt på sak, fortsatte Erik. Sofia Waltin är snart här och innan vi pratar med Sixten är det en sak jag måste få klar för mig …

Doktor Borg trummade med fingrarna mot snusdosan i högra framfickan på jeansen.

– Jaha, vadå?

– Jag såg Chris Wiréns blodprover som togs för några veckor sedan ...

Kollegans ansikte stelnade och han slutade knäppa på dosan. Han vände blicken mot en plansch av levern som hängde på väggen, och tycktes överlägga med sig själv. Efter fem sekunder såg han åter på Erik och sa:

– Jaså, du har sett dom ...

Erik nickade och inväntade fortsättningen.

– Ja, vad ska jag säga, fortsatte Borg och suckade. Jag har haft ... det har varit ...

– Berätta nu, uppmanade Erik.

Doktor Borg drog händerna över ansiktet och såg sedan på Erik med en nytillkommen trötthet i blicken.

– Jag ska berätta, sa han. Men då vill jag att Johan Axberg kommer hit.

Erik såg på honom att det inte var någon idé att diskutera saken. Han tog upp mobilen och ringde.

Johan fick samtalet just när han hade släppt av Hamrin vid polisstationen. Han gjorde en U-sväng på E14 och körde mot vårdcentralen. Fem minuter senare sprang han över parkeringen i rikting mot entrén. Regnet hade tilltagit och han kände vätan i håret, nacken och mot låren.

I ögonvrån såg han Sofias mintgröna Suzuki. Han frågade sig om hon hade börjat prata med Sixten. Tänk om han redan hade berättat vilka de två personerna i båten var eller vad Åke hade gjort vid sjön.

Han steg in i receptionen där tre patienter satt och väntade. Han hörde upprörda röster inifrån en långsträckt korridor. När han tittade dit såg han Sofia komma mot honom med

Erik hack i häl. Båda två verkade skärrade. Han torkade fukten ur ansiktet och gick mot dem med en växande känsla av obehag.

– Han har stuckit! utbrast Sofia och stannade en meter ifrån honom.

– Vem?

– Sixten Bengtsson, sa hon och slog ut med armarna i en irriterad gest.

Hon hade motorcykelhjälmen i ena handen och den dunkade mot låret när armarna föll tillbaka mot kroppen.

– Han satt på personalrummet och fikade, inflikade Erik. Han måste ha gått alldeles nyss ...

– Helvete, svor Johan och vände sig mot receptionen, som för att kontrollera om han hade missat Sixten på vägen.

– Och mopeden är borta, fortsatte Erik. Jag kollade genom fönstret.

– Du mötte honom inte? frågade Sofia, fast hon visste att frågan var idiotisk.

– Nej, sa Axberg. Vi får lysa honom.

– Har jag redan gjort, sa Sofia. Bäcklund, Karlsson och Pablo är ju redan ute och letar efter Åke Ekhammar. Jag åker hem till Sixten och ser om han är där.

Hon krängde på sig hjälmen och försvann med snabba steg mot utgången. Johan såg på Erik som ryckte på axlarna och suckade.

– Var är doktor Borg?

– Följ med, sa Erik och började gå korridoren bort.

Efter några steg hejdade han sig och såg på Johan.

– Förresten, du ska ha de här.

Ur ena fickan på rocken tog Erik upp ett A4-papper och gav honom. Det var en kopia av en teckning. Johan såg genast vad det var. En båt med två streckgubbar och en man med prästkrage.

– Det där är alltså det Sixten ritade, sa Erik. Jag tog en kopia. Har kvar originalet ifall han vill rita mer.

Johan betraktade streckgubbarna och såg ekan på Bråsjön framför sig. Vilka var det som satt i båten? Av Sixtens teckning gick det inte ens att avgöra om det var män eller kvinnor, vuxna eller barn.

De fortsatte till doktor Borgs rum. Dörren var öppen och Borg satt vid skrivbordet. Johan tog i hand och slog sig ned på besöksstolen. Erik lutade ryggen mot dörren och tryckte in röd lampa för upptaget.

– Du ville prata med mig, inledde Axberg.

Doktor Borg tog av sig sina runda glasögon, torkade glasen mot flanellskjortan. Så satte han på sig dem igen och mötte Johans blick.

– Ja ... jag vet inte var jag ska börja ...

Med en långsam rörelse tog han upp en mapp ur en skrivbordslåda. Erik kände genast igen den. Doktor Borg fortsatte:

– Chris kontaktade mig för en månad sedan ... Han kände sig trött och hade fått rethosta och klåda. Dessutom svettades han mycket på nätterna...

Doktor Borg andades ut genom näsan i två ljudliga suckar.

– Han hade provat diverse behandlingar på kliniken, men symptomen försvann inte ... de blev snarare värre och värre ... och då ringde han till mig. Jag sa att det inte lät något vidare. Till slut gick han med på att komma hit och ta lite prover.

Han öppnade mappen och stirrade på provresultaten.

– När jag fick svaren förstod jag att han var allvarligt sjuk. Jag gjorde en magnetkamera på hans bröstkorg och fick mina misstankar bekräftade ...

– Vad? sa Johan otåligt.

Doktor Borg betraktade honom allvarligt.

– Chris hade troligen ett lymfom mellan lungorna ...

– Lymfom? Vad är det?

– En allvarlig tumör, insköt Erik. En form av cancer i lymfvävnaden.

– Som man kan dö av?

– Ja, svarade doktor Borg. Även om man får behandling är det inte säkert att man klarar sig.

Johan kände sig tung i stolen. Han hade svårt att greppa innebörden av det han hört. Att Chris hade varit dödligt sjuk ställde alla tidigare antaganden på ända. Doktor Borg klickade fram en röntgenbild på datorn. Johan såg något som han antog var lungorna. Med en kulspetspenna pekade doktor Borg på ett mörkt parti och sa:

– Här är tumören.

Erik gick fram till datorn och följde doktor Borgs rörelse när han tecknade avgränsningen av lymfomet.

– En rejäl pjäs, konstaterade Erik.

– Jo, sa Borg.

– Hur reagerade Chris när du berättade det här? frågade Johan.

Doktor Borg vände sig åter mot honom.

– Han blev chockad. Ville först inte tro att det var sant. Jag fick visa honom de här bilderna två gånger innan han accepterade det.

– Och vad hände sen?

Doktor Borg kliade sig i skägget och såg ursäktande på Axberg.

– Det är det jag borde ha berättat för länge sedan ... men jag visste ju inte att ...

– Vadå? uppmanade Axberg.

– Till slut lyckades jag få Chris att inse allvaret. Att han kunde dö om han inte sökte vård. Efter många samtal gick han med på att åka till sjukhuset i Sundsvall.

– När var det här?

— Samma dag som han ... ja, alltså dagen före klinikfesten.

Tankarna tog ett varv till i Johans huvud och han kände pulsen slå på halsen.

— Han skulle åka till sjukhuset efter festen, återtog doktor Borg. Han ville vara med på festen som vanligt för att inte oroa folk i onödan. Det var bara jag och han som visste om det ...

— Men Agneta måste ju ha vetat? invände Axberg.

— Nej, han ville inte oroa henne heller. Han skulle berätta det för henne efter festen.

Det här är inte sant, tänkte Axberg.

— Så inga fler än ni två visste om att han var dödligt sjuk?

Doktor Borg skakade på huvudet. Johan tänkte på förhören med Agneta Wirén. Hur hon sagt att Chris skulle ut och fiska.

— Du har ju haft Agneta Wirén som patient här flera gånger efter Chris död. Pratade ni något om det här då? fortsatte Axberg.

— Ja, men hon påstod att han hade bara hade sagt att han skulle ut och fiska ...

— Berättade du hur det låg till?

— Ja.

— När var det?

Med en klick på musen tittade Borg i sin tidbok och sa:

— Det var för tre dagar sedan, alltså i måndags.

— Hur reagerade hon då?

— Hon blev chockad. Hon hade inte märkt någonting. Hon fick ångest och sömnsvårigheter ... det var därför hon var här så ofta.

Alltså visste hon om att Chris var sjuk under förhören, resonerade Johan. Varför hade hon inte sagt det? Han vände blicken ut genom fönstret, såg regnet strömma i stora sjok nedför rutan. Chris Wirén hade alltså cancer och tänkte söka vård på sjukhuset. Det var inte svårt att räkna ut vad som hade hänt med klinikens trovärdighet då.

Han såg rubrikerna framför sig:

MIRAKELMANNEN ÖVERGER ALTERNATIVMEDICINEN FÖR VANLIG SJUKVÅRD!

Tankarna gick till Gerard och Edith Wirén. Bjöd Chris dem till festen för att han var sjuk? Kanske hade han inte alls tänkt avslöja vad Gerard gjorde för tjugoåtta år sedan?

Han vände sig åter mot doktor Borg.

– Vad pratade du och Agneta om?

– Allt möjligt ... hon hade svårt att fatta att han var så sjuk, samtidigt hade hon dåligt samvete för att hon inte märkt något. Jag tröstade henne och sa att hon inte skulle anklaga sig själv. Hans symptom var trots allt ganska diskreta.

– Vet du om hon pratade med någon mer än dig om det här?

– Jag tror inte det. Hon sa att hon ville hålla det för sig själv ...

De blev avbrutna av att Johans mobil ringde. När han såg att det var Jeff Conrad ursäktade han sig.

– Hello, Johan, inledde Jeff Conrad på sin karaktäristiska blandning av amerikanska och västerbottenmål. How are you?

– Det är okej.

– Jag ringer för att jag har upptäckt something strange here, fortsatte Conrad. Jag dissekerade just Chris Wiréns lungor och han har något slags tumör i mediastinum ...

– Tala svenska, sa Axberg och det slog honom att det var en märklig uppmaning just när det gällde Conrad.

– I mellanrummet mellan lungorna, förtydligade Conrad. Jag kan inte säga exakt vad det är, men jag har tagit prov för analys.

– Bra, sa Axberg.

Han berättade om blodproverna och röntgenbilderna och Conrad lyssnade uppmärksamt. Sedan avslutade Conrad samtalet och lovade att ringa igen så snart han visste mer. Johan Axberg reste sig och såg allvarligt på doktor Borg.

– Tack för att du berättade. Som du förstår måste det här stanna mellan oss.

– Givetvis.

– Är det något mer du vill berätta?

– Nej ... inte som jag kommer på nu.

– I så fall är det bara att ringa, avslutade Axberg och vände sig om för att gå.

– Vad ska du göra nu? frågade doktor Borg.

– Vet inte, ljög Axberg.

Han visste mycket väl att han skulle köra raka vägen till Agneta Wirén. Men det behövde inte doktor Borg veta. Med en kort nick tog han avsked och lämnade mottagningen.

59

På vägen till Symfonikliniken ringde Axberg till Hamrin och Sofia. Alla kollegor var ute och letade efter Åke Ekhammar och Sixten Bengtsson, men hittills hade de kammat noll. Sofia hade varit hemma hos Sixten. Han var inte hemma och ingen av grannarna hade sett till honom efter att han kört till vårdcentralen. Och hemtjänsten hade inte varit där på tre dagar.

– Det är bara en fråga om tid innan vi hittar dom, byn är inte särskilt stor, hade Axberg sagt, men orden som syftade till att lugna kollegorna hade fyllt honom med oro.

Varför hade Åke lämnat pastorsexpeditionen så plötsligt? Varför stack Sixten ifrån vårdcentralen?

Det lyste i köket hemma hos familjen Wirén och han tryckte tummen mot ringklockan. Efter några sekunder hörde han klappret av skor närma sig. Agneta Wirén öppnade och stirrade förvånat på honom. Hon var osminkad och såg nyvaken ut, men hon var oklanderligt klädd i rosa blus och grön kjol. Med en knyck på huvudet stramade hon upp sig och sa:

– Jaså, det är du igen?

– Kommer jag olämpligt?

– Du kunde ju ha ringt innan ... jag har sovit en liten stund ... och om en halvtimme ska jag hämta Carl på golfbanan.

– Det här tar förhoppningsvis inte så lång tid, sa Axberg.

Med kisande ögon betraktade hon honom i två sekunder innan hon tvärt vände på klacken och gick före honom in i vardagsrummet. Han valde samma plats i den blommiga tygsoffan som förra gången. Regnet hamrade mot altanen och han anade den bakomliggande granskogen som en svart bård under skyarna. Det var ett drygt dygn sedan Sara stått därute och sett Per-Erik smita in via altandörren, men det kändes som veckor. Agneta Wirén slog sig ned i fåtöljen mittemot honom.

– Jaha, vad vill du den här gången då? inledde hon och rättade till kjolen så att den täckte hennes knän.

Han betraktade henne en stund och slogs av hur hårt hennes ansikte såg ut trots att hon var osminkad. Kanske vet hon redan svaret på frågan, tänkte han. Kanske har det varit en del av hennes kalkyl från början, att sanningen om Chris sjukdom till slut skulle komma fram.

– Jag kommer direkt från vårdcentralen, svarade han. Där hade jag ett väldigt intressant samtal med doktor Borg ...

Agneta Wirén lade händerna i knäet och sträckte på sin smala hals, men inte en muskel i ansiktet rörde sig. Det var uppenbart att hon inte tänkte berätta frivilligt. Han fortsatte:

– Doktor Borg berättade att Chris var dödligt sjuk, att han hade en form av cancer mellan lungorna ...

I tre sekunder såg hon misstroget på honom. Sedan sjönk hon ihop, satte handen för ögonen och skakade på huvudet.

– Ja, jag fattar inte att det är sant, sa hon med tunn röst. Det är så förtvivlat allting ... Jag ...

– När fick du veta det? avbröt han.

– Det var först efteråt ... när han redan var död ... det var då som doktor Borg visade mig röntgenbilderna och blodproverna ... jag hade ingen aning.

Hon tog bort handen från ansiktet och såg på honom. Ögonen var fuktiga och röda.

– Så du visste inte att han var sjuk innan doktor Borg berättade det? Sa inte Chris att han hade varit på vårdcentralen?

– Nej. Han var kanske inte lika pigg som vanligt ... men han hade jobbat hårt med förberedelserna för festen och inte sovit så mycket, så jag tyckte inte att det var konstigt. Men nu i efterhand kanske jag borde ha ...

Istället för att avsluta meningen tog hon upp en näsduk ur handväskan och torkade ögonen.

– Enligt doktor Borg provade Chris en del behandlingar här på kliniken innan han kontaktade honom, fortsatte Axberg.

– Det är möjligt, replikerade hon. Men det sa han inget till mig om.

– Du måste väl ha märkt något?

Ny huvudskakning. Händerna slöt sig krampaktigt om näsduken.

– Nej. Chris provade ofta olika terapier. Han var noga med att själv prova alla behandlingsprogram innan han testade dem på sina patienter.

Det blev en paus. I några sekunder avtog smattret mot altanen innan regnet återkom med ny kraft.

– Vilka fler än du och doktor Borg vet om att Chris var sjuk? fortsatte Johan.

– Ingen.

– Carl måste väl veta?

Hon riste på huvudet och sa:

– Nej, jag har faktiskt inte sagt något till honom ännu ... han har det svårt nog ändå ... det här skulle bara göra det ännu värre.

Han såg frågande på henne. Vad kunde vara värre än vetskapen att ens pappa hade blivit mördad?

– Varför har du inte sagt något om det här till polisen?

Smala rynkor växte fram i hennes panna när hon höjde ögonbrynen.

– Varför skulle jag ha gjort det?

– För att det ingår i en mordutredning.

— Jag kan inte förstå vad det skulle ha för betydelse?

Hon snörpte på munnen och tillade:

— Dessutom får ni väl reda på det ändå nu när han obduceras?

Det visste du inte när jag pratade med dig första gången, tänkte Johan. Då låg Chris på sjöns botten och det var tack vare mig som han överhuvudtaget kom upp.

— Enligt doktor Borg skulle Chris åka till Sundsvalls sjukhus direkt efter klinikfesten, fortsatte han. Och han skulle berätta för dig om sjukdomen innan han åkte.

— Jag vet, snyftade Agneta Wirén. Det var i alla fall vad han sa till doktor Borg. Men det gjorde han inte. Som jag har berättat sa han att han skulle ut och fiska ...

Med en häftig gest satte hon händerna för ansiktet igen.

— Jag fattar ingenting, sa hon med bruten röst. Och nu är han död ...

För ett ögonblick tyckte Johan synd om henne. Han gav henne tid att samla sig. Tänkte på streckgubbarna som Sixten hade ritat. När hon tog ned händerna och såg på honom igen frågade han:

— Brukade Chris ha sällskap när han fiskade?

— Nej, det gjorde han alltid ensam. Det var enda gångerna han inte hade folk omkring sig.

— Vad gjorde du när Chris gick ut den där kvällen?

— Jag gick direkt och lade mig. Och vaknade inte förrän Åke kom hit på morgonen ...

Händerna ryckte i knäet, men istället för att föra dem mot ansiktet igen greppade hon om armstöden på fåtöljen.

— När såg du Åke sista gången på kvällen? frågade han.

Hon såg undrande på honom.

— Han sa adjö runt klockan elva och gick hem.

Svaret kom snabbt och han frågade sig om hon förberett det. Men det stämde med vad Åke hade sagt. Johan lutade

377

sig bakåt i soffan och funderade på hur han skulle fortsätta. Var det en bra idé att konfrontera henne med uppgiften om att Åke blivit sedd vid sjön? Han betraktade henne tankfullt, försökte se bakom hennes fasad. Det som sedan hände var väldigt förvånande. I samma ögonblick som han bestämde sig för att pressa henne ytterligare sa hon:

– Jag erkänner.

– Vadå? sa han så lugnt han kunde och förbannade att han inte bandade samtalet.

Två röda rosor slog ut på hennes hals och hon fortsatte:

– Det är som ni tror ...

– Vadå? upprepade han.

– Att jag och Per-Erik ... att vi ... jag menar att vi träffas ibland.

Han nickade. Hon kastade en blick ut mot altanen, såg på honom igen och fortsatte:

– Vi har en relation ... det är inget jag är stolt över, men Chris och jag hade det inte så bra på slutet.

– På vilket sätt?

Hon gjorde en vag åtbörd med händerna.

– Passionen dog. Chris ägnade all energi åt kliniken ... jag kände mig värdelös som kvinna ... och så började Per-Erik uppvakta mig.

– När började det?

En axelryckning och svaret:

– För ett halvår sen.

– Visste Chris något?

– Inte som han sa, men jag tror att han anade. Chris hade ett sjätte sinne och visste saker som han egentligen inte kunde veta.

– Men Per-Erik och Chris samarbetade som vanligt?

Hon nickade.

– Visste Carl om det här?

– Jag tror inte det. Han visste förstås att Per-Erik var här ofta, men det var inget konstigt eftersom han jobbade med Chris.

– Varför berättade du inte sanningen när jag frågade första gången?

I samma sekund hon såg på honom visste han svaret.

– Du kan väl tänka dig vilket snack det skulle bli om det kom ut?

Innan han hann svara ringde mobilen. När han såg att det var Sven Hamrin tog han samtalet. Kollegans röst var skärrad på ett sätt han sällan hört.

– Vi har hittat honom ... han är ... han är också ihjälslagen.

60

Tio minuter efter samtalet från Hamrin följde Axberg sin kollega nerför trappen till källaren i bårhuset. De var på väg till kylrummet där kistorna förvarades i väntan på jordfästning. För varje steg neråt kände han hur han frös mer och mer. Regnets smatter avtog bakom honom. När han satte foten på källarplanet och fortsatte in en smal korridor var ljudet av deras egna steg det enda som hördes.

I slutet av korridoren fanns en röd metalldörr. Den var öppen och det första han såg i rummet var inspektör Karlsson och Bäcklund. De stod på varsin sida om en kvinna med kortklippt grått hår, som satt på en pall med händerna för ansiktet. Han antog att det var vaktmästaren, som hade ringt larmcentralen.

Han kisade mot det skarpa ljuset från de nakna lysrören i taket när han steg över tröskeln. Det luktade fukt och betong och en stickig doft han inte kunde precisera. Det enda som hördes i rummet var suset från ventilationen och fem personer som andades med så korta andetag som möjligt.

Synen var grotesk. Åke Ekhammar låg på golvet mellan två rader av kistor. Han hade kinden mot golvet. Armar och ben var böjda. Det såg ut som om han fallit mitt i ett steg, som om han var på väg ut ur rummet. Han hade ytterkläderna på sig, rocken var fläckvis blöt av regnet. Munnen var öppen och på golvet under fanns en blodpöl där ljuset från lysrören reflekterades.

Johan Axberg betraktade såret i bakskallen. Det var stort som en femtioöring och såg ut som ett skotthål.

– Han har blivit skjuten, konstaterade Hamrin.

Axberg lyfte blicken och lät den svepa över de kompakta betongväggarna och den tjocka metalldörren. För sitt inre hörde han skottet eka i rummet och visste att ljudet inte hade hörts ut.

Han vände åter blicken mot Åke Ekhammar. Såren på Chris och Mattias huvuden blixtrade förbi bakom ögonlocken.

Det här är inte sant.

Det är sant.

Här ligger Åke Ekhammar, som en död bland de döda. Med all sannolikhet skjuten av samme person som dödade Chris Wirén och Mattias Molin.

Han bet sig i läppen, försökte samla tankarna. Med tanke på att blodet ännu inte levrat sig måste det ha hänt nyligen.

En våg av yrsel sköljde över honom. Instinktivt sträckte han ut armen och fick stöd av Hamrin. Växlade en blick med kollegan och såg samma obehag i hans ögon som han kände inom sig. Så stirrade han åter på blodet på golvet och tänkte att pölen var formad som en pratbubbla, som om Åke försökte säga dem något. Hans mässande röst ekade mellan öronen, lösryckta ord från då och nu:

Du får flytta till Frösön. Det kanske var ett misstag ... Åk hem, Johan. Du har inget här att göra ...

Nu kommer jag aldrig att få veta sanningen, tänkte han och knöt nävarna.

Någonstans långt borta hörde han en röst. Det var Hamrin.

– Vad gör vi nu? frågade han.

– Det vanliga, svarade Axberg. Spärra av, ring Norén och få hit folk som kan knacka dörr.

– Redan gjort.

– Har du hittat kulan?

– Nej, men jag har inte letat särskilt noga.

– Och hon? fortsatte Axberg med en nick mot vaktmästaren.

– Har inte sett eller hört ett jävla dugg. Hon gick hit för att kolla temperaturen och såg honom ligga där.

Sven Hamrin tittade på armbandsuret.

– Det är tjugo minuter sedan.

Johan tittade på blodpölen igen, på kistorna, på Åke Ekhammars öppna mun. Rummet snurrade och han fick svårt att andas. Han tog sikte på utgången och benen lydde med tvekan. I trappan var han tvungen att hålla sig i räcket för att inte ramla.

Under ett sidotak lutade han sig mot väggen och fyllde lungorna. Genom lädret på jackan kände han på ärret han fick när han blev skjuten på sjukhuset.

Först en hammare och nu en pistol. Det här blir bara värre och värre. Eller vad spelar ett mordvapen för roll när resultatet var detsamma?

Han tog ett steg framåt, kände regnet som en hinna av fukt i ansiktet. Han tänkte på Sixten Bengtssons teckning. Åke Ekhammar hade troligen varit vid sjön. Kanske hade han sett mordet, kanske hade han varit med och dödat Chris.

Han vände blicken i riktning ned mot byn, men såg endast mörker och blygrått regn. Så mycket ondska på ett så litet ställe, som om den sprider sig som ringar på vattnet. Någon är galen och beredd att göra vad som helst för att komma undan. Ännu ett liv är inget som längre bekymrar honom eller henne.

Tanken gjorde honom rädd. Sixten Bengtsson. Vart har han tagit vägen?

En rörelse från vänster och han ryckte till. Hamrin lade sin ena björnram på hans axel.

– Hur är det?

– Det blev lite mycket där nere.

– Ja, fy fan. Sofia ringde nyss. Hon hade fått ett samtal från en kvinna inom hemtjänsten, som jobbar hos Sixten Bengtsson ...

– Ja?

– Hon såg Sixten svänga in på grusvägen vid järnvägsövergången bortanför Norån ...

– Den som leder mot kliniken?

– Ja. Men eftersom kvinnan är ledig visste hon inte att vi letade efter Sixten förrän hon ringde en kollega nyss för att diskutera någon schemaändring ...

Johan kände plötsligt sin puls.

– När var det här?

– En kvart sedan. Dessutom ...

– Ja?

– ... var det en blå Volvo S80 som körde efter honom. Sofia frågade och fick ett tydligt svar. Och en kvinna på apoteket såg när Sixten lämnade vårdcentralen. Då var det också en blå bil, kanske en Volvo, som körde efter honom ...

Blodet bultade och det flimrade för ögonen.

Sixten Bengtsson. Det enda vittnet till mordet.

– Satan! utbrast han och rusade mot bilen.

61

– Vart ska vi? frågar Hamrin och spänner fast säkerhetsbältet.

– Till kliniken, svarar Axberg och svänger ut från parkeringen. Det är säkert dit Sixten är på väg.

– Varför då?

– För att återvända till brottsplatsen, säger Axberg och lägger i trean i kyrkbacken. Något med Eriks frågor måste ha fått honom att ge sig av. Eller har du någon bättre idé?

Sven Hamrin ruskar på huvudet och frågar sedan:

– Men vem fan är det som förföljer honom?

– Någon som, på något obegripligt sätt, fått reda på att han tänkte avslöja vad han sett. Jag kan inte se någon annan anledning.

När han kommer ner till E14 tvingas han stanna för en förbipasserande lastbil. Han trummar otåligt med händerna mot ratten och kastar en blick mot sågverket.

– Tror du att det är gärningsmannen som förföljer honom? frågar Hamrin.

En blå Volvo S80. Det finns många sådana bilar i byn och vittnesuppgifterna är allt annat än säkra. Ändå känner Johan sig övertygad om att det inte är en tillfällighet. Någon väntade på Sixten Bengtsson utanför vårdcentralen. Visste någon att Sofia Waltin var på väg för att förhöra Sixten? Men hur skulle det ha gått till?

Det är endast Erik och spaningsgruppen som känner till det och beslutet togs några minuter innan Sofia gav sig av till vårdcentralen.

Nej, det är omöjligt, resonerar han. Han svänger ut på E14 och svarar på Hamrins fråga:

– Jag vet inte, men jag är övertygad om att det är någon med inblandning i morden.

– Samme person som sköt prästen?

– Kanske. Frågan är om det håller tidsmässigt ... jag menar att först skjuta Åke och sedan köra ned till vårdcentralen?

Han hoppar bakåt i kronologin och inser att det är möjligt. När han passerar Systembolaget kastar han en blick på hastighetsmätaren. Åttio på en femtioväg, tillräckligt för att bli av med körkortet, men just nu finns inga sådana regler.

Mobilen ringer.

– Ja, det är Axberg, svarar han när han fått in snäckan i örat.

– Hej, det är doktor Borg här igen. Stör jag?

– Nej.

– Jo, jag kom på en sak när du hade åkt ...

– Vadå?

– När jag berättade för Agneta att Chris var sjuk, så bad hon mig att hålla tyst om det ...

Axberg återkopplar till deras samtal, funderar, frågar:

– Sa hon så vid samma tillfälle som du berättade det?

– Ja.

– Fast hon inte hade en aning om att han var sjuk?

– Ja.

– *Hur* sa hon?

Det blir tyst i luren några sekunder. De kör förbi hotellet men varken Sixten Bengtsson eller någon blå Volvo syns till.

– Hon bad mig uttryckligen att inte berätta för någon om sjukdomen.

– Tack, det var bra att du ringde.

Han avslutar samtalet och tänker efter. Är det rimligt att man reagerar så när man får reda på att ens man, som nyligen har drunknat, var dödligt sjuk?

Nej, blir det instinktiva svaret. Det talar för att Agneta redan
visste att Chris var sjuk. Att vädjan att hålla det hemligt
var något som hon redan hade tänkt ut. Eller?

Hamrin frågar och han redogör för samtalet. De kör in i
barrskogen. Han pressar upp Saaben i 120, kör om lastbilen
och säger till Hamrin att ringa till Sofia och berätta.

I samma ögonblick som Hamrin får svar, ringer Johans
mobil igen. Det är Jens Åkerman. Han stammar och pratar för
fort. Johan vet att det är ett tecken på att något avgörande har
hänt. Rädslan över att få ett besked om Sixten som han inte
vill ha griper som en kall hand runt hjärtat.

– Resultaten från samtalsspårningen har kommit, säger
Åkerman med andan i halsen. Och Noréns analys av Henric
Wiréns Volvo ... Jag vet inte var jag ska börja ...

Det blir en paus och Johan hör ett ljud, som han gissar
kommer från Åkermans astmaspray, blanda sig med Hamrins
mullrande stämma.

– Ta det lugnt nu, Åkerman, säger han och tänker att de
orden lika mycket är till för honom själv.

– Okej, okej ... Jag börjar med samtalen som registrerades
natten då Chris Wirén dog ...

Johan trycker öronsnäckan längre in i hörselgången.

– Som vi vet dumpades ju Chris i sjön runt midnatt...

– Ja, säger Axberg otåligt.

Åkerman hostar och fortsätter:

– Klockan 23.37 ringde Chris och beställde en taxi, från
stationen här i Bråsjö. Jag har ringt och pratat med killen som
jobbade då. Han minns tydligt att Chris sa att han skulle åka
till sjukhuset i Sundsvall.

Det är inte sant, tänker Johan. Varför får jag reda på det här
först nu? Åkerman gav förklaringen innan han hann fråga:

– Tydligen berättade taxichauffören det här för Elin Forsman dagen efter att Chris drunknade, och sedan tyckte han att saken var ur världen för hans del ... Men Elin Forsman har inte noterat det i förundersökningen. Jag har kollat.

Det är inte sant, tänker Johan igen. Elin Forsman kan se sig om efter ett annat jobb. Han frågar:

– Vad hände med taxin?

– Jag kommer till det, svarar Åkerman. Jag tar allt i kronologisk ordning. Klockan 23.40 ringer Agneta Wirén till Per-Erik Grankvist. Två minuter senare ringer Per-Erik till Henric Wirén och pratar i drygt tre minuter. Sedan ringer Henric, inom loppet av fem minuter, till Åke Ekhammar och sin bror. Samtalet med Chris är cirka en och en halv minut ...

Johan pressar händerna hårt om ratten.

– Och klockan 23.50 kommer taxin till kliniken, fortsätter Åkerman.

– Ja?

– Då kommer Agneta Wirén ut och säger att Chris har ändrat sig. Hon betalar för körningen, ber om ursäkt för besväret och chauffören åker tillbaka till stationen ... Även det berättade chauffören för Elin Forsman.

Blodet står som en pelare i halsen och trycker för några sekunder undan alla tankar. Han ser skeendet framför sig i bilder: hur Chris berättar om sitt beslut för Agneta och sedan ringer till taxi. Hur hon, efter en kort stunds tvekan, kontaktar Per-Erik, som genast ringer till Henric och Åke. Det är inte svårt att lista ut vad de samtalen handlar om.

Taxin anländer och blir hemsänd igen. Då är Henric och Åke och Per-Erik säkert redan på väg för att möta Chris i strandhuset. Kanske även Agneta? Ett desperat försök att få honom att ändra sig. Deras röster ekar i huvudet och blir till en enda:

Tänk på kliniken. Om du söker vård på sjukhuset är det kört, det fattar du väl?

Ungefär så måste det ha låtit. Och sedan? Istället för att formulera ett svar lyssnar han till Agnetas röst som tränger fram genom bruset i hans huvud:

– Som jag redan har berättat sa han att han skulle ut och fiska ...

En uppenbar lögn. Han hade inte misstagit sig på hennes mekaniska och undflyende attityd. Hon måste ha övertalat honom att inte åka för att sedan ...

Hjärtat slår ett dubbelslag och det blir ett glapp i tankarna. I detta tomrum glider ännu en bild in. Sixten Bengtssons teckning av personerna i båten. Vilka var de? Var Chris en av dem?

Han kör över bron vid Norån och ser avtagsvägen två hundra meter bort. Snart framme.

Även Per-Erik Grankvist, Henric Wirén och Åke Ekhammar hade ljugit. Alla hävdade att de inte hade talat med varandra eller med Chris efter att de gått hem från festen.

Inte heller konstigt med tanke på vad jag nu får veta. Och fruarnas alibi ger jag inte mycket för. Förmodligen skulle de intyga att Chris fortfarande lever om deras män ber dem.

Han hör Jens Åkermans röst i örat igen:

– Dessutom ringde Henric Wirén hem till Mattias Molin klockan 18.38 måndagen den tredje oktober ...

Först fattar Johan inte vad han säger. Han rusar bakåt i tiden, räknar dagar och timmar och hittar rätt. Först kommer bilderna: blodet från Mattias huvud över den gulbruna linoleummattan i köket, kattens ögon i mörkret, Volvon med det röda klistermärket.

När bilderna blir till ord träffar insikten honom som en stöt i bröstet: Det var Henric Wirén jag mötte. Det kan inte ligga till på något annat sätt.

Han svänger in på avtagsvägen och korsar den bomfria järnvägsövergången. Åkerman fortsätter:

– Det intressanta är att Per-Erik Grankvist ringde till Henric Wirén en minut innan samtalet till Mattias ... och direkt efter att Henric pratat klart med Mattias så ringer han tillbaka till Per-Erik.

Och rapporterar, tänker Johan och känner hur han börja frysa trots att svetten tränger fram under armarna. Plötsligt minns han hur han stannat till vid centrumkiosken innan han kört vidare till Mattias. Klockan hade varit runt halv sju och han hade hälsat kort på två män som stod vid tidningsstället. En av dem var Per-Erik Grankvist. De hade till och med pratat om det när han träffat honom i puben på hotellet.

Varför har jag inte tänkt på det tidigare? Hade det spelat någon roll?

Det är uppenbart att Per-Erik genast ringde till Henric och fick honom att åka hem till Mattias.

– Du sa att Norén var klar med Volvon?

– Ja, svarar Åkerman. Vi har fått svar på analysen av Henric Wiréns DNA ... det matchar till 99 procent det som fanns på pizzakvittot ...

Åkerman avbryter sig och hostar tre gånger. Johan ser framför sig hur Henric smyger in i Görans garage och lägger hammaren där. Driven av desperation och det gyllene tillfället att rikta misstankarna mot en given syndabock. Men hur visste Henric att Göran hade varit inne i garaget innan polisen hämtade in honom?

Elin Forsman. Var det hon som tipsade Henric? Är det ...

Tankeledet klipps av när Åkerman fortsätter:

– Norén hittade ett blodigt hårstrå i Henric Wiréns Volvo ... Det satt fastkilat i en högtalare i bagageutrymmet i en annars välstädad bil. Och blodet ...

Johan håller andan när Åkerman gör en paus. Bilen kränger till när han kör ner i en vattenfylld grop och han parerar med ratten. Väntar och känner luften spränga i lungorna.

– ... kommer från Mattias Molin, återtar Åkerman. Även där är matchningen i det närmaste hundra procent.

I en kraftig utandning blåser han ut luften. Hamrin säger hej då till Sofia och ser frågande på Johan.

– Det var som fan, säger han och flackar med blicken mellan grusvägen och Hamrins undrande ögon. Då är Henric Wirén i praktiken bunden till det mordet.

– Ja.

Johan ber Åkerman skicka folk för att omgående plocka in Henric Wirén, Per-Erik Grankvist och Agneta Wirén.

Han redogör för Hamrin vad han fått veta samtidigt som han kör så fort han vågar på den slingriga och regnblöta grusvägen. När han svänger in på den sista raksträckan ser han kliniken som en gul hägring i slutet av en mörkgrön tunnel. Den gamla herrgården växer för varje svep från vindrutetorkarna.

Det enda som finns i hans huvud är en fråga: Var är Sixten Bengtsson?

62

Elin Forsman sitter vid köksbordet och hör Johan Axberg prata i polisradion. Orden förvånar henne inte, men hon känner sig ändå besviken.

Henric är alltså en mördare. Pappan till hennes barn har begått det värsta tänkbara brott. Även om hon anat att Henric var mer inblandad än han velat erkänna, har hon förträngt möjligheten att han var en mördare. Nu finns det inga tvivel. Frågan är om hon hade handlat annorlunda om hon hade vetat?

Johan Axberg avslutar samtalet med sin kollega och det blir tyst i radion. Hon reser sig, kastar en blick ut i regnet som faller så tätt att hon bara anar konturerna av klätterställningarna nere på skolgården. Hon trotsar smärtan i benen och går till Williams rum, knackar tre gånger enligt rutinen och öppnar. Han sitter vid datorn och spelar *Star-Wars* och tar inte blicken från skärmen.

Hon betraktar honom en stund utan att säga något. Minns gynekologens nedslående ord och tänker att det var ett mirakel att han blev till. Tankar och känslor kommer än en gång överens om att hon gjorde rätt som behöll honom. William har gjort fantastiska framsteg på kliniken. Om allt går som hon vill börjar han på särskolan i Sundsvall nästa år.

Försiktigt stänger hon dörren och återvänder till köket. Stirrar ut i regnet och funderar. Det bästa hon i nuläget kan göra för William är att få Henric att erkänna. Kanske kan det mildra hans straff. Hon drar upp mobilen och ringer.

– Hej, det är jag, var är du?
– Va? På väg till kliniken ... ska ta ett snack med Sixten.
– Du och Per-Erik är efterlysta. Polisen har bevis mot dig för mordet på Mattias. Det är lika bra att du ger upp.
– Nej, det går inte. Vadå för bevis?

Hon berättar vad hon hört på radion.

– Det räcker nu, Henric. Inse att det är över. Det är bäst för oss alla.
– Du fattar ingenting ... låt mig ta hand om det här.

Han lägger på. När hon ringer igen svarar han inte. Med en suck lägger hon ifrån sig mobilen och sätter sig vid köksbordet igen. Radion blippar och brusar, men ingen säger något.

Ja, ja, tänker hon. Nu har jag gjort vad jag kunnat. Och mot mig finns inga bevis. Brevet har jag bränt upp. Om Henric säger att det var jag som berättade att Göran var inne i garaget så nekar jag. Ord skulle stå mot ord och vilken domare tror mer på en mördare än en polis?

Värken i nacken kommer smygande, som den gjort allt oftare sedan Chris dog. Hon sluter ögonen och andas som Chris har lärt henne, men det hjälper inte. Det är som om det som hänt de senaste dagarna har tömt henne på energin som fått henne att lita på hans ord.

När hon fick beskedet att Chris hade drunknat drabbades hon av en förlamande sorg. Hon hade gått regelbundet hos honom de sju år hon hade bott i byn, och hon hade aldrig mått så bra. Visserligen hade hon småkrämpor som alla andra, men tack vare Chris fick de aldrig fäste. Nu är det som om smärtan har flyttat in tillsammans med sorgen i hennes kropp och bosatt sig där för evigt.

Nej, du får inte tänka så, manar hon sig själv. Hon har William och måste vara stark. Först kommer William, sedan kommer hon. Etik och moral och jobb kommer först i tredje hand.

Hon minns när Henric sökte upp henne sent på kvällen efter mordet på Mattias Molin. Först hade hon trott att han kom för att ligga med henne, men när hon såg hur uppjagad han var hade hon förstått att något hade hänt.

Hon hade suttit på samma stol som nu och lyssnat på hans ord. Han hade hört av Åke Ekhammar att Chris inte alls hade drunknat. Att han troligen hade blivit ihjälslagen. Hon hade haft svårt att tro honom, och han hade inga detaljer att övertyga henne med. Enligt honom hade Åke fått reda på sanningen via bikt, och kunde därför inte avslöja vem, varför eller hur.

När hon hade invänt att även präster var skyldiga att anmäla så grova brott, hade Henric svarat att det på inga villkors vis fick komma fram att Chris blev mördad.

– Det skulle vara slutet för kliniken, hade han sagt och spänt blicken i henne. Då kommer jag inte ha råd att betala för Williams behandling, förstår du det?

I det ögonblicket hade hon begripit att Henric visste mer än han ville erkänna. Hon hade sagt att hon måste fundera på saken. Han hade svarat att hon måste tänka på William, på kliniken och på byns överlevnad.

– Vad har det här med mordet på Mattias Molin att göra? hade hon frågat.

– Vet inte. Åke tror att Mattias visste något om mordet på Chris och blev tystad. Om det är så får det absolut inte komma fram, förstår du? Sanningen om Chris död måste till varje pris hållas hemlig.

Den natten hade hon inte sovit många timmar. Henrics ord hade blandats med bilder från Mattias Molins kök och den övergivna ekan på Bråsjön.

Följande dag hade hon sett brevet på Mattias skrivbord. Instinktivt hade hon stoppat på sig det. Samtalet med Johan Axberg när han frågat efter brevet var det svåraste hon hade haft.

Efteråt hade hon känt sig styrkt i sin övertygelse om att hon gjorde rätt. Det ena ledde till det andra och eftersom hon redan begått ett fel var det lätt att göra fler. Hon hade hela tiden William framför ögonen som ett osvikligt stöd när tvivlet kom över henne.

Men nu är det kört för Henric. Han borde ge upp. Om det händer honom något kommer hans betalningar till William att upphöra. Det vore en katastrof.

Hon öppnar ögonen och greppar mobilen. Fortfarande inget svar.

63

Vattnet rinner utför rutorna och dropparna trummar mot biltaket. Han försöker tömma huvudet på tankar och koncentrerar sig på rytmen och rörelsen. Regnet har samma inneboende ilska och frustration som han. När han fokuserar på det lyckas han för något ögonblick glömma sig själv.

Han har parkerat på platsen längst till höger om Symfonikliniken. Innan han slog av vindrutetorkarna satt han och stirrade ned mot sjön och lät tankar och känslor vandra fritt. Mobilen har han stängt av. Just nu orkar han inte prata med någon.

Han har kört omkring på småvägarna runt byn. Nu står han här. Han har inget egentligt ärende, men något inom honom ville återse platsen där Mirakelmannen dog.

Mirakelmannen. Chris Wirén. Han som gjort mig mer illa än någon annan med sina falska anklagelser. Även om jag inte längre är misstänkt för mord, kommer ryktena om pojkarna alltid att finnas kvar. Som ett fängelse jag bär med mig för evigt.

Han har minsann sett reaktionerna när han visat sig på byn: blickar av misstänksamhet, miner som säger *håll dig borta från oss*. Att Karin är så tapper förvånar honom. Kanske beror det på att Sara och Erik är här. Men vad händer när de åker hem igen?

Rastlösheten griper åter tag i honom. Oron, som drivit honom upp ur sängen om nätterna och fått honom att ta planlösa promenader i försök att bli fri skuggorna som förmörkat hans själ. I dag hade han tagit bilen på grund av regnet, men det var inte ett lika effektivt som att gå, gå, gå. Gå som en galen.

Han slår på vindrutetorkarna igen, ser sjön och kliniken bli tydliga i korta glimtar bakom ridåerna av vatten. Nere vid sjön står Sixten Bengtssons flakmoppe. Han undrar vad han gör i det här vädret.

Tankarna går till Carl. Egentligen är det synd om honom. Han är en bra grabb. Det är inte hans fel att det är som det är. Han hade bara oturen att bli hjärntvättad av sin pappa.

Han skulle vilja säga det till honom, men han kommer inte att prata med honom igen. Då skulle folk kunna få för sig vad som helst.

Han trycker igång mobilen. Karin har ringt nio gånger och det finns fem nya meddelande. Bättre att jag åker hem och pratar med henne, tänker han.

I samma ögonblick han greppar nyckeln ser han två män komma gående över gräsmattan i rikting mot sjön.

Han stelnar till. Är det inte Per-Erik Grankvist och Henric Wirén? Som bär en kanot ner mot bryggan? Han ökar hastigheten på vindrutetorkarna för att se bättre.

Jo, han ser rätt.

En blick på flakmoppen. Så trycker han fram Karins nummer och ringer.

Kanoten är hal och Per-Erik tar ett bättre grepp för att inte tappa den. Han ropar till Henric att snabba på, men orden försvinner i regnet. Han kastar blickar mot sjön men Sixten syns inte till. Vart är den idioten på väg? Tror han att han kan fly?

När Sixten upptäckte att de följde efter honom körde han ned till bryggan och gav sig ut i roddbåten. Rakt in i det helvetiska regnet som piskade vett och sans ur allt som kom i dess väg.

Tur att kliniken har egna kanoter i båthuset. Någon måste ju rädda Sixten så att han inte drunknar. Det vore ju förfärligt.

Per-Erik känner hur ett leende sprider sig i ansiktet, vattnet som rinner nedför kinderna och blöter hans mustasch.

De kommer ned till bryggan. Föser ut kanoten och kliver i. Tar varsin åra och börjar paddla i den riktning som Sixten försvann. Problemet är att han har fem minuters försprång och kan befinna sig nästan var som helst.

Men de måste få tag på honom innan polisen gör det. Måste få honom att förstå att han inte har sett något. Om inte det går finns det andra lösningar.

Tankarna vandrar till Åke Ekhammar. Han hade också haft ett val.

De paddlar som vansinniga och för varje tag känner Per-Erik hur pistolen skaver mot bröstet där den ligger i innerfickan på jackan.

Henric, som sitter längst fram i kanoten, skriker Sixtens namn två gånger så högt han kan. Det enda svar han får är regnets oupphörliga dån.

De paddlar mot sjöns mitt. Platsen där Chris sjönk. Kunde han inte ha fått vila i frid? Per-Erik flinar till åt det komiska i tanken.

Frid? Det är en illusion både i livet och troligen även i döden. I alla fall för hans del. Det var vad Åke hade sagt till honom innan han inte sa något mer.

Han låter paddeln vila och ropar:

– Sixten. Det är Per-Erik här. Vi vill prata med dig. Hör du mig?

Fortfarande inget svar. Måste hitta honom. Kan inte förlora nu.

Han minns när han tog över det konkurshotade hotellet. Hur alla hade sagt att det var en hopplös affär, särskilt för en sådan som han som inte hade vare sig utbildning eller erfarenhet. Hur han, genom hårt slit och ett aldrig sviktande mål för ögonen, lyckats vända förlusterna till vinst.

De första åren tjänade han knappt så att han kunde försörja familjen. Men sedan startade han, Chris, Henric och Åke kliniken.

Nu är hans hotell ett av de mest lönsamma i landet. Han kan äta oxfilé och gåslever varje dag om han vill. Det var annat än avkoken och havregrynsgröten han växt upp på i torparstugan i en skog som ingen visste var den låg.

Nu är jag en fri man, tänker han och får ny energi i paddeltagen. Och jag dör hellre än släpper den friheten ifrån mig.

Strax har de kommit långt ut på sjön. Henric slutar paddla och ropar efter Sixten igen, en gång till höger, en gång till vänster och sedan rakt fram.

Inget svar.

Per-Erik ser desperationen i Henrics blick när han vänder sig om. Han förstår honom. Det är mot honom polisen har bevis för mordet på Mattias. De måste ha hittat något i hans bil. Men även jag ska in på förhör, tänker han. Det måste bero på de förbannade mobilsamtalen.

Nya rop som försvinner i regnet.

Elin har bett dem att ge upp. Hon är inte av det rätta virket. Men det var tur att hon tipsade om att polisen var på väg till vårdcentralen för att förhöra Sixten. Lika tursamt var det att Sixten frivilligt gav sig av därifrån. Och enligt Elin verkar det inte som om han har hunnit peka ut oss.

Tur. Nu behöver vi dig tredje gången gillt, tänker han och skriker efter Sixten så högt han kan.

Henric lyfter handen, lystrar. Vänder sig om och pekar snett framåt åt höger. Uppenbarligen har han hört något.

– Får jag pistolen, säger Henric.

Han funderar. Är det en bra idé?

Ja, så lite skuld som möjligt. Han ger pistolen till Henric som lägger den i knäet innan han åter greppar paddeln. De ror i den riktning som Henric pekat ut. Vattnet rinner över deras kläder och kroppar, men de känner inte kylan.

Tag för tag, men ingenting händer. Henric ser sig nervöst omkring. Så lägger han ifrån sig paddeln och ser på Per-Erik, rycker uppgivet på axlarna. Ögonen är sorgsna och vattnet som rinner nedför hans kinder skulle kunna vara tårar.

Han tar upp pistolen, ser på den en kort stund och fingrar på mynningen.

Så hör de det tydligt båda två. Någon hostar alldeles i närheten.

Henric lyfter handen och pekar igen. Den här gången fyrtiofem grader åt vänster.

Händerna på paddlarna, beslutsamheten i ögonen.

64

När Johan Axberg svänger in på parkeringen ser han en mörkblå Volvo S80 till höger om huvudbyggnaden. Bilen står en bit in på gräsmattan med fronten mot sjön.

– Om du går in och frågar efter Sixten kollar jag bilen, säger Axberg.

Hamrin nickar och öppnar dörren. Ljudet från regnet förändras, som om det plötsligt är i stereo. De ger varandra en hastig blick och stiger ur.

Johan småspringer mot Volvon. När han kommer fram ser han till sin förvåning Göran Hallgren genom den rinnande rutan. Han har mobilen i handen och ser stressad ut. Han rycker till när Johan knackar på, stirrar förskräckt på honom en stund innan han vevar ner.

– Vad gör du här? frågar Axberg och han märker att han skriker för att överrösta regnet.

– Jag är bara här av en slump, svarar Göran.

Han drar efter andan, flackar med blicken mellan Johan och sjön.

– Fick precis höra av Karin att Sixten är efterlyst ... och han är här nere ... i alla fall står hans flakmoppe vid bryggan.

– Va?

– Ja ... Och jag såg just hur Per-Erik Grankvist och Henric Wirén gav sig ut på sjön i en kanot ...

Dropparna som träffar honom förvandlas till kalla nålar som tränger in skalpen. I tre sekunder kan han inte tänka. Så hör han Hamrins röst bakom sig: "Nej, de har inte sett till honom", och förlamningen bryts.

– Hämta megafonen i bagageutrymmet och kom efter, beordrar han Hamrin.

Sedan rusar han ned mot sjön. När han kommer fram ser han Sixtens flakmoppe. Den är slarvigt parkerad, som om han har flytt i panik.

Roddbåten ligger inte vid bryggan. Han ser cirka tjugo meter innan vattenytan blir till ett med regnet. Kanske hör han ljudet av årtag, men det kan lika gärna vara inbillning.

Axberg sätter händerna som en strut runt munnen och skriker av full kraft:

– Per-Erik Grankvist och Henric Wirén! Det här är Johan Axberg. Kom genast in till land igen!

Orden piskas sönder av regnet. Han gissar att de inte hörs längre bort än han kan se. Han sliter upp mobilen, ringer Sofia Waltin och begär förstärkning. När han avslutar samtalet kommer Hamrin springande med megafonen.

– Här! säger Hamrin och ger honom den som en stafettpinne inför sista sträckan. Jag hörde av Göran ... fy fan det är inte klokt ... det finns kanoter i ett båthus häruppe ... ska jag hämta en?

– Ja, svarar Axberg, vänder sig åter mot sjön och lyfter megafonen.

65

Henric Wirén hör rösten genom regnet. Det är en metallisk och ihålig röst, som om den kommer från ett spöke. Han rycker till, vänder sig mot Per-Erik, som mimar en svordom och kramar hårt om paddeln i ilska.

Budskapet går inte att misstolka. Polisen är här och vill att de ska ge upp. Så fan heller.

Kanoten glider sakta framåt. Var kom hostningen ifrån?

Han ser sig omkring. Allt ser likadant ut, bara vatten i olika former: sjö, dimma, regn och tårar. Det är lika svårt att orientera sig här som det varit i hans inre de senaste dagarna, en grå sörja utan riktmärken. Ett växande mörker och en längtan att ge upp. Orden han upprepat för sig själv gång på gång ekar i skallen:

Om det jag har byggt upp rasar kommer även jag att falla.

Kanoten har stannat, guppar sakta i sidled på vågor som inte syns. Han blickar ned i sjön, känner på pistolen. Det ser ut som om vattenytan genomborras av tusentals skott. Han ser Chris framför sig, hur hans ljusa hår försvann i djupet.

Henric känner suget från det kalla och mörka och okända. Trots att han vet att Chris inte är kvar därnere känns det som om han är det. Som om kroppen som plockades upp tillhörde någon annan.

Spökrösten hörs än en gång, samma ord som första gången, men något högre. Regnet hackar sönder rösten i fragment, ger den en rytm lika oregelbunden som pulsen. Bilder av Chris lösgör sig ur minnet. Ljuden från omvärlden tonar bort. Han befinner sig åter i den där stunden då allt började.

Jag hör och ser mig själv svara på samtalet från Per-Erik. Jag har nyss kommit hem från klinikfesten, står i hallen med ytterkläderna på. Per-Erik har just fått ett samtal från Agneta. Chris är allvarligt sjuk och har beställt en taxi till sjukhuset i Sundsvall. Vi förstår snabbt vad det innebär.

Vi fattar ett beslut: möte i strandhuset om tio minuter. Agneta avbokar taxin och ser till att Chris kommer.

I ilfart kör jag tillbaka till kliniken. I strandhuset är Chris, Per-Erik och Åke redan samlade. Vi ställer oss i en ring runt Chris. Han ser allvarligt på oss och berättar om diagnosen han fått från doktor Borg.

Vi försöker övertala honom att inte resa. Det är som Per-Erik sa på telefon: det är värre om han söker traditionell vård än om han dör. Dö kan man göra av många anledningar.

– Kan du inte söka vård utomlands? föreslår jag. I hemlighet?

– Nej, jag känner en läkare i Sundsvall som jag vill gå till. Och jag kan inte vänta längre. Jag mår inte bra.

– Men du förstår väl att det är slutet för kliniken? säger Per-Erik. Vad ska folk säga?

– Jag tror att de kommer att förstå. Jag har inget val.

– Nu ska vi inte förhasta oss, säger Åke.

– Du får inte göra det, fattar du? ryter Per-Erik.

Chris ger oss varsin blick. De ljusblå ögonen lyser i halvdunklet och vi ser att han har bestämt sig. Han säger att taxin väntar och börjar gå ut ur huset. Reflexmässigt reser jag mig och griper tag i hans arm. Han ser på mig med den där milda men samtidigt överlägsna blicken som jag hatat så länge den har funnits.

Han försöker slita sig loss men jag tar tag i hans andra arm och spärrar vägen. Chris skriker men det ger mig bara ökad kraft. Det som sedan händer sker som i en dröm som inte går att påverka.

Per-Erik höjer handen bakom Chris. Ilskan i hans anletsdrag är som en grotesk mask. Den grå projektilen och kroppen som blir slapp i mina armar. Jag släpper taget. Chris sjunker ned på golvet, hans vänstra hand greppar tag runt min vad. Efter några sekunder blir även handen slapp och segnar ned mot trägolvet. Hans ljusa lockar färgas röda i bakhuvudet.

Jag stirrar på Per-Erik och ser en vrede i ögonen som jag aldrig sett förut.

– Vad tar du dig till? utbrister Åke. Är du inte riktigt klok?

Han stegar fram till Per-Erik, sliter hammaren ur hans hand.

– Det är just det jag är, svarar Per-Erik. Det är just det jag är.

Åke lägger hammaren på närmaste stol, sjunker ned på huk och vrider runt Chris på rygg. Ögonen är tomma och ansiktet blekt. Åkes magra fingrar på halsen, han tittar upp på mig och sedan på Per-Erik.

– Han lever ... jag känner pulsen ... herregud, det här var inte vad vi kom överens om.

– Det här är enda sättet att rädda kliniken, säger Per-Erik med myndig stämma. Han skulle ändå dö. Vi kan inte låta honom förstöra allt vi har byggt upp.

Per-Erik har en nytillkommen pondus. Det är som om han har tagit över rollen som ledare i gruppen i samma ögonblick Chris segnade ihop.

– Vi måste ringa en ambulans, säger Åke och reser sig upp.

– NEJ! säger Per-Erik. Det fattar du väl att det inte går? Om han dör åker vi ju dit för mord.

– Du åker dit, svarar Åke. Jag har inte gjort något.

Med ett flin nickar Per-Erik mot hammaren.

– Det skulle du ha tänkt på innan du tog i hammaren. Om du krånglar säger jag och Henric att det var du som slog ned honom. Eller hur Henric?

Han ser på mig med en blick som inte låter sig ifrågasättas. Fast det tar emot inser jag att han gör det enda rätta.

– Ja, så är det, säger jag och nickar.

Åke drar in luft så att det rosslar till bak i svalget.

– Ni är inte kloka! Hur tror ni att ni ska komma undan med det här?

Med avsmak kastar han en blick på den livlösa kroppen. Per-Erik tittar ut genom fönstret, på kroppen och ut genom fönstret igen. Jag ser hur tankarna rusar förbi i ögonen, det ena scenariot efter det andra prövas under bråkdelar av sekunder. Så ser han på mig och säger:

– Vi gör så här. Den officiella versionen är att Chris skulle ut och fiska. Det brukar han göra efter festerna. Vi tar ut honom i ekan och dumpar honom i sjön. Han har druckit lite och det är inget konstigt om han trillar i och drunknar. Och sjön är så pass djup att man troligen inte kommer att få upp kroppen. Vi får hitta något tungt att stoppa i jackfickorna så att han inte flyter upp ...

Per-Erik börjar gå fram och tillbaka över golvet, påtagligt upprymd av sina egna ord.

– Sedan får våra fruar ge oss alibi. Vi har överhuvudtaget inte varit här. Vi kom hem från festen och gick direkt och la oss ...

Han ser på oss och jag nickar.

– När vi är på väg härifrån ringer jag till Agneta och säger att Chris har ändrat sig. Att han gav sig ut för att fiska istället för att åka till stan. Han har ju sina fiskegrejor härute i skåpet. Vi tar med dem i båten.

Åke skakar på huvudet och suckar, men han säger inget.

– Och hammaren? undrar jag.

– Slänger vi också i sjön, svarar Per-Erik.

– Tänk om någon ser er när ni bär ned kroppen, säger Åke.

– Det är en risk vi måste ta, säger Per-Erik. Eller har du något bättre förslag? Dessutom är kliniken tom på folk, så risken är inte stor.

Det blir tyst en stund. Vi ser på varandra, väger varandra mot oss själva, mot riskerna att bli avslöjade, mot förmågan att hålla tyst. Så sätter vi fart.

Jag plockar fram Chris fiskespö och burken med maggot. Per-Erik hittar två stora stenar på stranden. Vi lägger sakerna och hammaren i båten. Sedan springer vi tillbaka och hämtar Chris. Med viss möda släpar vi ned honom till sjön. De flesta fönstren på kliniken är släckta, och vi hoppas att ingen ser oss. Åke skurar golvet som en besatt, fast besluten att städa undan alla spår.

Jag och Per-Erik ror ut på sjön och sänker Chris. Plötsligt hörs ljudet från en gren som knäcks i skogen. Vi kommer fram till att det troligen är ett djur.

Nu vet vi att det var Sixten Bengtsson.

Under tystnad ror vi tillbaka. Åke står en bit bortanför bryggan, dit ljuset från lyktorna inte når. När han kommer fram ser vi att han är lika vit i ansiktet som kragen runt hans hals.

När han kom ut ur strandhuset såg han en person vid södra hörnet på kliniken. Personen, som troligen var en man, hörde troligen ljudet från dörren när Åke öppnade och försvann upp mot parkeringen. Tyvärr såg Åke bara silhuetten av personen i en halvsekund innan han försvann. Åke gick upp till parkeringen för att se efter, men ingen syntes till.

Vi delar upp oss och bestämmer oss för att köra hem med fem minuters mellanrum.

Jag lämnar kliniken sist och kör som i trans. På vägen möter jag inte en levande själ.

Spökrösten återkommer men jag uppfattar den bara som ett avlägset eko. Filmen i mitt inre rullar vidare.

Jag går omkring nere vid bryggan. Det är två dagar efter mordet. Alla verkar tro att Chris drunknade. Mannen vid husknuten har inte gett sig till känna. Vem är han? Vad gjorde han där mitt i natten? Alla gäster hade gått hem och kliniken var stängd. Hade han tappat något som han letade efter?

Jag har funderat hit och dit och kommit fram till att det är en tänkbar förklaring. Trots att jag sökt igenom området upp vid kliniken flera gånger har jag inte hittat något.

Nu letar jag vid bryggan. Jag vet att många går ner hit för att röka under festerna.

Det skulle vara en lättnad att veta vem mannen var. Då skulle jag kunna bedöma risken för att han skulle säga något. Om han nu såg oss. Att leta är den enda möjlighet jag ser att ta reda på vem han är. Även om chansen är liten ger sökandet mig något att syssla med för att hålla nerverna under kontroll.

Jag har pratat med Elin. Hon misstänker inget. Om hon gör det kommer jag att be henne om hjälp. Jag vet att vår son är det viktigaste hon har. Det tänker jag utnyttja om det blir nödvändigt.

Plötsligt ser jag något svart i vattnet två decimeter ut. Jag lägger mig med bröstet mot bryggan och fiskar upp en plånbok. Hjärtat dunkar bakom bröstbenet och jag reser mig hastigt, ser mig omkring. Ingen syns till.

Jag öppnar plånboken. Fem hundra kronor och ett kvitto i sedelfacket. Tre plastkort, varav ett ID-kort. Jag drar upp det och möter Mattias Molins ansikte.

Just jävlar. Han var på festen. Han röker.

Jag letar vidare, tittar på kvittot. Samma dag som festen köpte Mattias Molin två burkar surströmming på Konsum.

Helvete! Den fyllskallen kan man definitivt inte lita på. I samma stund som jag konstaterar det ringer mobilen. Det är Per-Erik. Han låter mer stressad än senast. Han har just mött Johan Axberg i centrumkiosken. Kriminalkommissarien, som är Mattias Molins barndomsvän, och inte har satt sin fot i byn på över tjugo år. Det är inte svårt att lista ut varför han har kommit.

Paniken rusar i blodet och jag är snabbt uppe på parkeringen. Om jag skyndar mig kanske jag hinner före Johan.

Under färden hinner jag fatta tre beslut. Jag måste ta reda på vad Mattias vet. Om han vet något måste jag få honom att inse att han ska hålla tyst. Om det inte går ... I slutet av den meningen finns enbart mörker, ett mörker där jag redan stoppat undan minnet av Chris.

När Mattias öppnar ser han först förvånad och sedan förskräckt ut. Det stärker mina misstankar. Jag säger att vi måste tala om en sak och tränger in honom i huset. Johan Axberg kan vara här vilken minut som helst. Vi går in i köket där jag har uppsikt mot vägen.

På bordet står ölburkar och Mattias skyndar sig fram och stoppar ett papper i bakfickan på jeansen.

– Vad har du där?

– Äh, det är inget ... bara en lista på vad jag ska handla ...

Jag hör och ser att han ljuger och säger:

– Ge hit!

När han skakar på huvudet och kastar en blick mot vägen griper jag tag i honom och sliter upp papperet ur fickan. Jag behöver bara läsa några rader för att förstå att han tänker sätta dit oss.

Jag stoppar på mig papperet och ser mig desperat om för att hitta tillräckligt hårt. Som om min tanke framkallar den ligger det en hammare bredvid en fågelholk på vedspisen.

Jag griper den. Mattias skriker och vänder sig om för att springa ut ur köket. Men hans rörelser är långsamma och klumpiga.

Slaget träffar med full kraft i bakhuvudet. Han faller mot golvet. Konstigt nog är det som om hans skrik hänger kvar i luften, fast han ligger alldeles stilla. Så upptäcker jag den svarta katten som står på tröskeln till hallen. Det är den som skriker. Synen av de vassa tänderna och de pulserande pupillerna gör mig rädd. Det är som om jag stirrar in i mitt eget mörker, mitt eget vansinne.

Efter ännu en blick mot vägen letar jag igenom köket utan att hitta något av intresse. I hallen och vardagsrummet är det släckt. Jag tänder bara så hastigt att jag hinner konstatera att jag inte ser något misstänkt. Sedan springer jag upp till övervåningen. Katten följer efter.

I rummet mot vägen är taklampan tänd. Det fungerar uppenbarligen som arbetsrum. På skrivbordet ligger några pappershögar och en *bärbar dator, som är avstängd. I tre minuter rotar jag igenom skrivbordslådor och bokhyllan.*

Ny blick mot vägen. Fortfarande bara ljuskonerna från gatlyktorna. Jag tar datorn och lämnar rummet. Snabbt tittar jag in i sovrummet och de andra rummen på övervåningen. Katten följer med mig vart jag går. I ett av rummen lyckas jag stänga in den. Sedan skyndar jag mig nedför trappan. Just innan jag slår igen ytterdörren hör jag katten skrika.

Skriket tonar ut och spökrösten fyller mina öron igen. Jag vaknar upp, som ur en kort hypnos. Ser på Per-Erik som möter min blick. Han sitter stilla och verkar inte längre ha någon idé om vad vi ska göra.

Jag tänker på det Elin sa: det är lika bra att ni ger upp. De har hittat bevis mot dig för mordet på Mattias Molin. De har spårat era mobiltelefonsamtal ... Och Sixten Bengtsson verkar ha sett när ni dumpade Chris ...

Jag känner det där suget från det mörka djupet igen. Fingrar på den kalla och blöta pistolen.

Så hör vi hur någon hostar till igen. Den här gången närmare än tidigare.

66

Johan Axberg ropar i megafonen igen. Det är samma ord och samma tystnad till svar. Desperationen får honom att skrika igen och igen.

Vad gör Per-Erik och Henric? Har de hittat Sixten?

Sven Hamrin kommer lufsande genom regnet. Han bär på en kanot och hans rödbrusiga ansikte är mörkare än vanligt.

– Fy fan, stönar han och skjuter ut kanoten i vattnet.

Två paddlar ligger på botten och de kliver i utan att säga något. Johan lägger ned megafonen och de paddlar mot mitten av sjön. När de kommit tio meter hör de en knall, som trots regnet är skarp och hög. Johan vänder sig om mot Hamrin och ser i hans ögon att han tänker samma sak som han.

Ett pistolskott. Skräcken sköljer över honom som en våg. Han lyfter megafonen och ropar:

– Hallå! Det är polisen här. Vi kommer ut nu. Lägg ner vapnet!

Den här gången får han svar. Orden kommer så oväntat och är så avlägsna att han har svårt att höra.

– Neej... tar du... va fan ...

Johan upprepar sina ord, Hamrin tar i så att det knakar i paddeln. Det blir tyst i några sekunder. Johan hjälper till att paddla för att de ska kunna hålla rätt kurs.

Så hörs rösten igen, den här gången betydligt närmare. En svart kropp syns tio meter bort i regnet. Det är en man i en båt. Han viftar med armarna och skriker:

– Här är jag ... Hjälp mig!

Det är Per-Erik Grankvist. Men var är Henric Wirén?

De ror fram till Per-Erik. Ögonen är stora och mörka och ansiktet blekt som om regnet sköljt bort all färg ur det. Han flackar med blicken mellan poliserna och vattnet.

– Det är inte klokt ... jag fattar ingenting ...

– Vad är det som har hänt? frågar Axberg och griper tag i Per-Eriks kanot.

– Det är Henric ... han sköt sig med min pistol ... jag fattar ingenting ... vi skulle bara ut och leta efter Sixten.

– Och var fan är han? dundrar Hamrin och dunkar paddeln i vattnet.

– Vet inte, svarar Per-Erik och skakar på huvudet. Vi har inte sett honom. Vi såg bara att han gav sig ut i ekan och tänkte hjälpa honom in igen ...

Johan stirrar på Per-Erik och vet inte vad han ska tro. Per-Erik vaggar i sidled och pillar på mustaschen. Johan ställer några frågor men Per-Erik reagerar inte.

Johan lyfter megafonen igen och ropar efter Sixten. Han säger att allt är lugnt nu, att allt ordnar sig, men han låter inte trovärdig. Inget svar. Efter en stund beslutar han att återvända till land.

Med viss möda kryper Hamrin över i Per-Eriks kanot och börjar paddla mot bryggan. Per-Erik sitter orörlig och gör ingen ansats till att hjälpa till. Johan följer efter och tar inte för en sekund blicken från Per-Eriks böjda rygg. Han tänker att den ser ut som ett frågetecken. Ett tecken som han snart ska räta ut.

Snart är det över, tänker han. Kanske är det över redan nu.

På bryggan väntar Sofia Waltin, Pablo Carlén, Sara, Erik, Karin och Göran. Och en man i skinnrock och mössa med öronlappar som håller krampaktigt i en tubkikare.

Johan Axberg tar ett andetag som känns som det första på väldigt länge.

67

Förmiddagssolen vilade sitt milda ljus på vattenytan, som låg blank som en spegel och fångade upp toner från den klarblå himlen. Det var vindstilla. Inte ett löv rörde sig i björkarna som ställvis lyste upp granskogen runt sjön likt färgsprakande fyrverkerier, frusna i ögonblicket.

Johan Axberg stod på bryggan. I handen höll han en sten som han plockat upp från strandkanten. Han kramade stenen hårt och tänkte att det fridfulla omkring honom tillhörde en annan värld. För tre dagar sedan hade han suttit därute i kanoten i hällregnet tillsammans med Hamrin. Tre dagar som kändes avlägsna fast han när som helst kunde återkalla kylan och skräcken han känt när han hört pistolskottet.

Tre dagar, tre år eller tre decennier – ibland spelade det ingen roll.

I själen finns ingen tid, som farmor Rosine hade sagt när han ringt henne på vägen hit och – för en gångs skull – berättat hur han kände. Som tur var hade hon slutat ta del av nyheter och visste inget om det som hade hänt. Just nu var han glad för det. Ibland överträffar verkligheten dikten, och då finns inga försonande drag.

Nu är det i alla fall över, tänkte han men utan att känna någon lättnad. Dagarna som passerat från det att han återvänt till byn hade varit de jobbigaste i hans liv. Samtidigt ångrade han inte sin resa. Han hade tvingats ta av skygglapparna och fått svar på många frågor som han försökt förtränga under alla dessa år.

Stenen blev varm i handen. Han tog sats och slungade den med full kraft längs vattenytan. Ljudlöst spräckte den spegeln och studsade sju gånger innan den försvann. Han stod och såg efter den tills vågorna smälte samman med ytan och han kunde se ljuset från himlen igen.

Ett sista andetag innan han vände sig om och började gå mot parkeringen.

Tankarna gick till Per-Erik Grankvist. Förhören med honom hade tagit två dagar. Det hade varit mycket som skulle redas ut. Han visste inte om han hade lyckats.

Så fort de hade stigit i land efter båtfärden hade de kört till polishuset. Där hade de duschat och bytt om. Per-Eriks fru hade kommit med torra kläder och Sofia Waltin hade passat på att förhöra henne.

Per-Erik hade till en början knappt svarat på tilltal. I tre timmar hade han suttit på en stol i förhörsrummet och stirrat ut i tomma intet. Först efter två koppar kaffe, och en direkt fråga om de skulle tillkalla doktor Borg, hade han långsamt blivit sitt vanliga jag och börjat berätta.

Enligt Per-Erik hade Agneta Wirén ringt när han kommit hem från klinikfesten och berättat att Chris tänkte åka till sjukhuset. Då ringde Per-Erik till Henric Wirén. Henric ville försöka övertala Chris att avvakta, och stämde träff med honom i strandhuset. Henric ringde sedan till Åke Ekhammar, som också kom till strandhuset.

En timme senare, vid halv ett då Per-Erik nyss hade somnat, ringde Henric och sa att de hade övertalat Chris att tänka på saken. Istället för att åka till sjukhuset hade han bestämt sig för att ta en fisketur. Nöjda med detta besked hade Henric och Åke åkt hem.

Det var förklaringen till mobilsamtalen. Även om Johan hade en instinktiv känsla av att även Per-Erik var inblandad kunde han inte hitta några luckor i redogörelsen.

Visserligen hade Rut Norén med hjälp av DNA visat att både Per-Erik, Henric och Åke varit i strandhuset – men eftersom det inte gick att ange tidpunkten var informationen värdelös.

När det stod klart att Chris hade blivit mördad hade Per-Erik förstås anat att Henric och Åke kunde vara inblandade. Men han ville inte tro det om sina bästa vänner, och av lojalitet hade han ljugit för att skydda dem.

Enligt Per-Erik var det först i kanoten som Henric hade erkänt att han slagit ihjäl Chris. Däremot hade Henric inte sagt något om Åkes eventuella inblandning.

Än en gång hade Johan tvivlat på Per-Eriks ord utan att kunna överbevisa honom.

Sixten Bengtsson, som hade rott i land vid sitt utkiksställe och hittats hopkrupen under en gran av Göran Hallgren, hade bara pekat ut Henric Wirén som en av männen i båten. Trots att han bestämt hävdade att Chris inte var en av de två männen ökade det inte misstankarna mot Per-Erik, enligt åklagare Gunilla Fridegård. Hon hävdade att det var troligare att den andre mannen var Åke Ekhammar, eftersom Sixten hade sett honom vid bryggan. Ytterligare ett faktum som styrkte Per-Eriks redogörelse var att hans fru gav honom alibi.

Johan suckade och kastade en blick mot strandhuset. Frågade sig vad som hade hänt därinne egentligen. Var det trots allt Åke och Henric som dödade Chris?

I så fall hade något slags rättvisa skipats eftersom Åke och Henric var döda. Tanken slog honom att Chris kanske styrde över sina undersåtar även i döden, men han slog undan infallet som ett uttryck för livlig fantasi.

Han skyndade på stegen och var snart framme vid Saaben på parkeringen.

Ingen syntes till kring familjen Wiréns hus. Han såg framför sig hur Agneta och Carl Wirén satt i vardagsrummet och förberedde sig inför dagens begravning. Folk från hela världen hade strömmat till. Både kliniken och hotellet var fullbelagda. Tom Shawman med familj hade i morse anlänt till Midlanda i sitt privata jetplan, och pressen följde varenda steg inför ceremonin.

Johan tryckte på gasen och lämnade kliniken bakom sig. Frågan var hur Agneta skulle minnas sin man? Skulle hon fortsätta att träffa Per-Erik?

Förhören med henne hade styrkt Per-Eriks berättelse. Hon hade avbokat taxin i tron att Henric och Åke skulle övertala Chris. Efter mötet hade Henric ringt och sagt att Chris åkt ut för att fiska, och hon hade gått och lagt sig.

Varför hon inte berättat den detaljen för polisen visste hon inte, men hennes liv hade varit så kaotiskt efter Chris död att hon knappt visste vad hon gjorde eller sa.

När det stod klart att Chris hade blivit mördad anade hon, precis som Per-Erik, att Henric och Åke kanske var skyldiga. Men inte heller hon hade velat tänka tanken till slut och valt att hålla tyst.

Trots att både Agneta och Per-Erik hade erkänt att de ljugit medförde det ingen påföljd.

Att ljuga i ett förhör är inte straffbart, hade åklagare Fridegård förklarat, och så var det med det. Känslan att Per-Erik varit med i strandhuset var ingenting värd så länge det inte fanns bevis.

Johan körde grusvägen i riktning mot Mattias hus. Tryckte in Bob Dylans *Blood on the tracks* i cd-spelaren och försökte tömma huvudet på tankar. Den raspiga och nasala rösten passade bra till knastret från däcken mot gruset och den täta granskogen: det fanns ett motstånd mot allt mörkt och monotont i Dylans stämma som fungerade som tröst.

Han såg två hästar cirkulera runt en kvinna i hagen utanför ridhuset. När han passerade platsen där han hade mött Henric Wirén flimrade det röda märket förbi för hans inre syn.

Det var tur att han till slut hade kommit på vad det var. Om han inte hade upptäckt märket på Henrics Volvo hade de kanske inte undersökt den tillräckligt snabbt för att hitta Mattias blodiga hårstrå. Då hade de enbart haft mobilsamtalen och pizzakvittot i Mattias garage att gå på.

Visserligen hade Per-Erik erkänt att han hade ringt till Henric strax efter att han mött Axberg på kiosken, men enligt Per-Erik var det för att diskutera en styrelsefråga. Han hade bara nämnt Axberg i förbigående. Henric hade inte sagt något om besöket hos Mattias och Per-Erik hade inte känt till sanningen före båtturen. Trots att Per-Erik anat hur det låg till hade han inte frågat. Inte heller här hade han tillstått att det var för att skydda sig själv och kliniken, utan skyllde på att han inte kunde tro det om en av sina bästa vänner.

Johan körde upp på den lilla vägen mot Mattias hus. Alla avspärrningar var borta och det fanns inget som skvallrade om vad som hänt. Huset såg mer övergivet ut än någonsin. Framför sig såg han hur förföll tills det försvann helt. Hur träden runtomkring växte in på tomten och förvandlade platsen till ett diffust minne, en kort parentes i skogens historia. Vem skulle sakna Mattias Molin?

En sak var säker: han skulle för resten av sitt liv ångra att han inte körde direkt till Mattias efter hans samtal. Då kanske han hade varit i livet, och den här utdragna mardrömmen som han nu var på väg att vakna ur hade varit betydligt kortare.

Steg för steg gick han uppför stentrappan. Den svarta katten hade inte synts till efter att Mattias fraktats bort, och det fanns inga tecken på att den varit i huset.

Han öppnade dörren och ropade "hallå". Lyssnade in i tystnaden som var lika kompakt som mörkret därinne. Han lämnade dörren på glänt och återvände till bilen.

De hade inte hittat Mattias brev, hans dator eller plånbok. En internutredning hade tillsatts för att utreda Elin

Forsman. Han utgick från att hon hade känt till Henrics inblandning och velat skydda honom eftersom han var pappa till hennes son och betalade behandlingarna på kliniken. Ett förståeligt motiv, men icke desto mindre oförsvarligt. Vad som än hände visste han att hon aldrig skulle jobba under honom igen.

Han återvände mot byn och till förhören med Per-Erik. Givetvis kände han inte till något om hoten mot Johan. Bevisligen var det Henric som lagt hammaren i Görans garage och kanske var det han som kastat stenen genom rutan. Inte heller det skulle han få veta, men det kändes inte längre viktigt.

Gruset blev till asfalt och efter några minuter passerade han Göran och Karin Hallgrens villa. Den såg nästan lika övergiven ut som Mattias hus, det enda tecknet på att de var hemma var bilen på garageuppfarten. Erik och Sara hade åkt hem i går och han hoppades att Karin och Göran hade styrkan att ta sig igenom det som väntade.

Johan ökade farten och tänkte på Sixten Bengtsson. Enligt Per-Erik hade Henric ringt och sagt de måste prata med Sixten. På något sätt hade Henric fått reda på att Sixten visste vem som hade mördat Chris.

Per-Erik hade befunnit sig på kliniken och gått ut och mött Henric. Till deras förvåning hade Sixten satt sig i roddbåten och rott rakt ut i dimman. De hade gett sig ut i kanoten för att hjälpa honom. Sedan hade det förskräckliga hänt som Per-Erik inte orkade berätta om mer än en gång.

Johan Axberg passerade hotellet och tänkte att Per-Erik hade serverat honom ytterligare en svårgenomskådad lögn.

Han körde in i samhället, stannade på gatan utanför prästgården. Den makabra bilden av Åke i bårhuset trädde fram för hans syn, blodet som en pratbubbla på cementgolvet, den kompakta tystnaden.

Per-Erik hävdade att Henric hade lånat hans pistol utan lov samma dag som Åke mördades. Han förvarade pistolen i ett kassaskåp på kliniken, som även Henric hade nyckel till. Allt detta hade Henric också avslöjat först när satt i båten. Henric hade även erkänt att han hade skjutit Åke eftersom han hotat med att avslöja att Henric låg bakom morden på Chris och Mattias.

Per-Erik hade blivit livrädd och genast bett att få tillbaka pistolen.

– Men Henric vägrade och resten vet du ju, hade Per-Erik sagt och betraktat Johan med sina oskuldsfulla ögon.

Än en gång känslan av lögn och motfrågorna som inte ledde någonvart. De visste att både Per-Erik och Henric hade ringt till Åke Ekhammar timmarna före mordet, men Per-Erik påstod att hans samtal hade handlat om begravningen.

Johan slöt ögonen. Såg framför sig hur dykarna gick ned för att söka efter Henric. Det hade varit som en repris på en film man inte ville se om. Henric hade kommit upp och legat på en likadan bår som sin bror innan han kördes till rättsmedicin i Umeå.

Jeff Conrad hade plockat ut kulan. Ingångshålet visade att pistolen hade avfyrats alldeles intill höger tinning. Det, tillsammans med vinkeln på sårkanalen, gjorde det troligt att det var Henric själv som skjutit. Det var också Per-Eriks version: När Henric hörde Axberg ropa hade han blivit desperat, klivit ner i vattnet och skjutit sig. Hjälplöst hade Per-Erik sett honom sjunka.

Dykarna hade hittat Per-Eriks pistol och SKL hade konstaterat att det var den som använts vid mordet på Åke Ekhammar. *Vem* som sköt gick dock inte att säga eftersom både Per-Eriks och Henrics fingeravtryck fanns på kolven.

Johan kände en gnagande oro över att ha missat något avgörande. Det var samma känsla han hade haft efter utredningen av mordet på Pia Fjällstedt och Maria Sjögren; som om han hade ett skräp i ögat som skavde i vissa blickriktningar utan att han förstod vad det var han inte kunde se.

I vanliga fall var det hans intuition som ledde honom rätt i komplicerade utredningar. Nu hade den i hans två senaste fall lämnat honom med en känsla av misslyckande. Höll han på att tappa greppet? Började problemen i privatlivet ta ut sin rätt?

Dörren till prästgården öppnades och Cecilia Ekhammar kom ut. Hon hängde en trasmatta över räcket på farstubron och återvände in igen. Johan mindes samtalet han hade haft med henne i går. Han betraktade de blårutiga gardinerna i köket där de hade suttit i över två timmar.

Hon hade förstås varit ledsen och chockad över Åkes död. Johan hade fått ägna första timmen åt att trösta och svara på frågor om vem, varför och hur. Åklagare Fridegård hade kommit fram till att det med all sannolikhet var Henric Wirén som skjutit Åke, och eftersom Henric hade tagit sitt liv, var utredningen i praktiken avslutad.

Cecilia visste ingenting om morden. Hon hade i förhör erkänt att hon ljugit om att Åke kommit hem från festen och stannat hemma resten av natten. I själva verket hade han fått ett samtal när han kommit hem och gett sig av utan förklaring.

När Johan började intressera sig för fallet hade Åke befallt henne att ljuga för hans skull. Som så många gånger förr hade hon gjort som han sagt utan att ställa motfrågor.

– Kan du förstå hur jag har haft det? hade hon frågat och stirrat på honom med rödsprängda ögon.

Stilla hade han skakat på huvudet och kramat hennes händer över bordet.

– Jag måste fråga en sak, hade han sagt.
– Ja?

– Varför tog ni inte hand om mig när mamma och pappa dog?

Hinnan av tårar hade återkommit i hennes ögon när hon hade börjat berätta. När pusselbitarna föll på plats hade känslorna inom honom pendlat mellan ilska, förvåning och resignation.

Det var Gerard Wirén som hade krävt att Åke skulle skicka iväg honom. Någon motivering till varför Gerard ville det hade Cecilia aldrig fått, bara att det var absolut nödvändigt.

Tankarna hade rusat i skallen. Det fanns bara en förklaring. Gerard visste att jag och pappa hade sett vad han gjorde mot Chris och var rädd att jag skulle skvallra. Det innebar också att pappa måste ha sagt något till Gerard, eller att han såg oss genom fönstret.

Cecilia hade sett förfäran i hans ögon och fortsatt i en vädjande ton: Gerard var byns starke man och donerade pengar till kyrkan. Åke var ny och osäker och beroende av Gerards välvilja. Utan hans stöd hade han varit chanslös som präst.

Johan hade rest sig och lämnat prästgården utan att säga adjö. Han hade tagit bilen upp till slalombacken och gått upp till toppen. Däruppe hade han tagit fram sin bärbara bandspelare ur jackfickan och lyssnat på samtalet med Cecilia. Insikterna hade träffat honom som piskrapp och för varje träff gjorde det mer ont.

Frågan var om Gerard hade varit rakryggad nog att berätta sanningen för Åke?

Om Åke hade känt till övergreppet gjorde det hans svek än mer oförlåtligt.

Var det därför han sa åt mig att åka hem? Var han rädd att det skulle komma fram hur han svek mig?

Johan kastade en sista blick på prästgården och körde iväg. Sveket från Åke hade fått sin förklaring. Även om den var förfärlig kanske den på sikt skulle hjälpa honom att läka såret som varit öppet så många år.

Prästgården svepte förbi i backspegeln och var borta. Han andades ut. När han svängde ut på vägen som sammanband kyrkbacken med E14 kastade han en blick upp mot slalombacken. I går när han gått ned från toppen hade han kört raka vägen hem till Gerard Wirén.

Istället för att ringa på dörrklockan hade han knackat på rutan till köksfönstret. Gerard hade öppnat efter en halv minut. Oklanderligt klädd i grå kostym hade han stirrat frågande på honom.

– Och vad vill du då? hade han sagt utan att försöka låta trevlig.

– Jag har just haft ett samtal med Cecilia Ekhammar ...

Gerard Wiréns ögon hade smalnat av. Johan hade sett hur han tänkte efter.

– ... hon berättade en intressant sak för mig ...

– Jaha? Vadå?

– Att det var du som övertalade Åke att inte låta mig stanna.

En hastigt övergående rädsla hade sprungit förbi i Gerards ögon. Det hade gjort Johan ännu mer förbannad. Han hade velat slå till honom. Men minnet av Stefan låg fortfarande nära och hade blockerat impulsen.

– Och det var för att DU VAR RÄDD ATT JAG SKULLE SKVALLRA OM ÖVERGREPPET! röt han.

Gerard Wirén hade tagit ett steg bakåt och borstat bort osynligt damm från ärmarna på kavajen.

– Det där är bara ont förtal, och det vet du, hade han svarat. Du ska passa dig noga för att komma med sådana anklagelser.

Johan hade betraktat mannen framför sig. Just då hade det inte funnits några tvivel om hans skuld. Fast han känt avsky hade han kommit på sig själv med att le.

– Njut av dina sista dagar i frihet, hade han sagt och gått utan att se sig om.

Gerard Wirén skyndade sig in på toaletten, men det var för sent. Det hade redan kommit en skvätt kiss som han inte hade kunnat hålla emot. Som tur var syntes det inte utanpå, men det kändes desto mer. Varmt och kladdigt och smutsigt. Nu var han tvungen att byta byxor för andra gången i dag.

Johans ord ekade i skallen: *Dina sista dagar i frihet.*

Vad hade han menat med det?

Johan körde längs E14. Utan att tänka styrde han bilen längs sträckan han fortfarande kände bättre än någon annan. Hur många gånger hade han gått, sprungit och cyklat här?

Hans steg ur bilen och tog tre kliv rakt ut i slyet på den igenvuxna tomten. Solen lyste sitt honungsgula ljus på det fallfärdiga huset och fick till och med det sönderrostade taket att se hemtrevligt ut. I några minuter stod han bara där och mindes. Så kraxade en kråka i den stora rönnen till höger om huset och han vände åter mot bilen och körde därifrån.

Snart hade han fått upp farten på E14. Rutan var neddragen och vinden fladdrade i håret.

Förbi hotellet, polisstationen, centrumkiosken, Konsum, Systembolaget och Ica. Korset på kyrkans topp lyste som om det vore förgyllt.

Känslan var att han aldrig skulle återvända. Han hade rensat bort en del ogräs ur barndomens snåriga trädgård. Det som var kvar fick han lämna.

Väggen av granskog tog vid och han tryckte på gasen. Han var på väg.

Trots att han inte visste vart han skulle kändes det som han hade en tydligare riktning än någonsin tidigare.

68

– Jag vill ha mera korv och mycket sås, sa Erika och lyfte tallriken.

– Jag osså, kraxade lillasyster Sanna och lyfte sin tallrik högre än Erikas.

– Men inte den äckliga osten, fyllde Erika i.

– Så säger man inte, förklarade Erik och lade på två skivor av den ugnsbakade falukorven på Erikas tallrik.

– Nej, inflikade Sara. Man kan säga att man inte gillar något, men inte att mat är äcklig.

– Nu sa du det själv, mamma, sa Sanna och fnittrade.

Erik skyfflade upp korv utan ost på Sannas tallrik och log mot Sara. Det var skönt att vara hemma igen. Den gångna veckan hade varit oerhört påfrestande, och det berodde inte på att han träffat dubbelt så många patienter som han gjorde en vanlig arbetsvecka på sjukhuset.

Att plötsligt befinna sig mitt i en mordutredning hade varit både skrämmande och surrealistiskt. Det hade varit tungt att se hur anklagelserna mot Göran hade drabbat honom och Karin. Situationen hade påmint honom hur han känt när han blivit misstänkt för inblandning i morden på Pia Fjällstedt och Maria Sjögren.

Han lade upp mer pastahjul och blandade med bitarna av gratinerad ost som hade skyfflats över på hans tallrik.

Det som hänt hade fått honom att se på vardagsproblemen med nya ögon. Han såg till och med fram mot den stundande nattjoursveckan och morgondagens krismöte på kliniken om de nya nedskärningarna. Inte ens det faktum att han fått en erinran från HSAN för att han inte tagit EKG på den MS-sjuka kvinnan gjorde honom särskilt upprörd.

Kanske kunde han lära sig av misstaget och bli frikostigare med att ordinera EKG. Det var under alla omständigheter skönt att han inte slarvat med bedömningen för att han ville få högre bonus. Han ville inte ens tänka på hur det skulle bli om ett bonussystem infördes på sjukhuset.

Sanna svalde den sista korvbiten från tallriken och gled ned från stolen. Kom fram med lurig blick till pappa och klättrade upp i hans knä. Hon hade på sig hårspännena hon fått från mormor och för en gångs skull skymde inte hennes lugg glittret från hennes klarblå ögon. Hon kysste sin handflata och blåste på den i rikting mot Erik.

– Det kommer kärlek från min mun, pappa.

Han kramade om henne och hörde sitt eget skratt blandas med Saras och Erikas.

– Just det, sa Sara när de skrattat klart, vi måste köpa en vinteroverall till Sanna. Enligt väderleksrapporten ska det bli minusgrader i natt.

– Ja, svarade Erik och höll i Sanna som krängde fram och tillbaka på hans lår.

– Vi har några fina i butiken, jag kollar i morgon.

– Tack för maten, sa Erika. Får jag gå och leka nu?

– Visst, sa Sara.

Hon såg sin stora flicka greppa barbiedockan från kökssoffan och springa upp till sitt rum. Sanna hoppade ned från Eriks knä, tog sin docka och studsade efter.

Sara reste sig och skrev *overall* på att-göra-lappen på kylskåpet. I morgon jobbade hon eftermiddag, och måndagarna brukade vara lugna i butiken. Hon skulle säkert hinna leta fram vinterkläder till både Erika och Sanna.

På förmiddagen skulle hon skriva klart det sista kapitlet

i romanen. Om hon vågade skulle hon även ringa till några förlag och fråga om de var intresserade.

Hon gick till diskbänken och började skura skärbrädan där hon skurit korven.

– Vill du ha kaffe? frågade Erik och reste sig från bordet.

– Gärna.

– Jag fixar, sa han och ställde sin tallrik i diskmaskinen.

När han sträckte på sig snuddade han hennes vänstra bröst. Hon kände en rysning gå genom kroppen, lutade sig fram och kysste honom. Han besvarade den hastigt och gick till kylskåpet och hämtade paketet med Zoegas skånerost.

Ja, ja, tänkte hon. Kanske senare när flickorna sover. Deras relation hade blivit bättre när de hade försökt stötta Karin och Göran. Som om det krävts en utomstående part för att locka fram deras egna omsorger och ömhet.

De hjälptes åt att göra köket. Snart var diskmaskinen i gång och kaffet upphällt.

– Är det okej om jag förbereder mig inför mötet i morgon? frågade Erik.

– Javisst.

Han tog Sundsvalls tidning från bänken och försvann uppför trappan. Hon sjönk ned i kökssoffan och smuttade på kaffet. Tittade ut genom fönstret och såg lyktorna längs gatan mjuka upp mörkret, som gått från ett grått dunkel till ogenomtränglig svärta under tiden de åt middag.

Hon frågade sig varför Erik hade tagit med sig tidningen när han skulle jobba? Hon gissade att anledningen var dödsrunan över Maria Sjögren. Erik hade varit på hennes begravning, och hon misstänkte att de hade haft mer än jobbet ihop. Kanske var det henne han hade träffat alla kvällar han åkt till sjukhuset för att forska?

Hon fyllde lungorna med luft och blåste ut genom näsan i en suck. Hon hade inte frågat och tänkte definitivt inte göra det. Maria var död och relationen med Erik blev bättre för varje dag. Dessutom kunde hon inte förebrå honom eftersom hon själv hade varit otrogen.

Hon tänkte på brevet som legat i posthögen när de kom hem. Som tur var hade Ylva Forsblad inte skrivit avsändare, och varken mamma, pappa eller Erik hade frågat om brevet.

Sara hade smusslat undan brevet och gått in på toaletten och läst. Det var tre sidor långt och Ylva bad än en gång ursäkt. Tidigare hade Sara blivit förbannad och genast bränt upp breven, men efter veckan i Bråsjö, var det som om hon hade blivit mer tolerant.

I tjugo minuter hade hon blivit sittande på toalettstolen. I korta ögonblick hade hon återupplevt passionen från dagarna i Saint-Paul-de-Vence.

Brevet hade avslutats med en fråga. Sara drack av kaffet och funderade. Hon hade ännu inte bestämt hur hon skulle göra. Ylva hade skött sig prickfritt på den rättspsykiatriska avdelningen. Behandlingen hade gett effekt och hon ville göra upp med sina gamla misstag. Därför ville hon be Sara om en tjänst.

Kan du komma och hälsa på mig? Det skulle göra mig oerhört glad.

69

Johan Axberg stod vid öppet fönster i köket i sin lägenhet i Hirschska huset och blickade ut över Stora torget. Skymningen föll över tornen och tinnarna på sekelskifteshusen och det gick inte längre att se röken från fabrikerna nere i hamnen. Torget låg lika öde som vanligt om söndagskvällarna. Den enda rörelse han såg var en buss som körde söderut på Esplanaden. Han kände doften av höst och sten och avgaser blanda sig med oset från fritösen i Reines kiosk. Han var hemma.

Ur fickan fiskade han upp en Blend menthol fast han borde låta bli. Men han hade inte rökt många cigaretter under vistelsen i Bråsjö, så han kunde unna sig ett bloss. Han rökte och lät blicken vandra mellan tornen. I några sekunder tyckte han att de liknade grantoppar. Barndomens skogar hade gjort ett starkt intryck trots att han bara varit borta från stan i sex dagar. Han blinkade till och återfick skärpan.

I morgon skulle han återvända till sitt rum på polishuset för första gången sedan han blev avstängd. Känslan var en blandning av lugn och upprymdhet. Tillbaka på banan igen, frågan var om det var samma bana som han lämnat. Kollegorna var åtminstone desamma som tidigare. Dan Sankari hade ringt för en halvtimme sedan och önskat honom välkommen tillbaka.

– Det var jävligt skickligt av dig att lösa fallet, hade Sankari sagt.

– Jag vet inte om jag har gjort det.

– Klart du har. Du har gjort vad du kunnat.

– Jag tvivlar fortfarande på att Per-Erik Grankvist är oskyldig.

– Jo. Jag förstår. Jag kanske borde ha stått på mig mer i början ... när du ringde och bad om hjälp.

Det hade blivit tyst en stund. Johan hade sett framför sig hur Sankari tvinnat sitt skägg, som alltid när han tvivlade.

– Det ska du inte anklaga dig själv för, hade han svarat. Det hade inte förändrat någonting.

– I alla fall är det för jäkligt det som hänt. Vem hade kunnat tro att Henric Wirén var en mördare?

Johan hade inte svarat.

– Nu får jag se mig om efter ett annat jaktlag, fortsatte Sankari. I den där byn sätter jag inte min fot igen.

Dra inte hela byn över en kam, hade Johan tänkt, men han hade inte sagt något. Han förstod vad Sankari menade. Trots påminnelsen om tvivlen i skuldfrågan kände sig Johan glad över att Sankari hade ringt. Små gester som blev stora i ensamheten.

Han blåste ut rök genom fönstret, såg den tunnas ut och försvinna i mörkret. Tankarna gick till Chris Wirén. Efter samtalet från Sankari hade han tittat på nyheterna. Begravningen hade ägt rum i eftermiddags. Uppslutningen hade varit enorm och han hade sett Agneta Wirén och Carl skymta förbi i rutan. De hade sett bleka och samlade ut. Han hade tänkt att deras sorg måste ha varit förvirrad och extra svår att bära med tanke på beskedet som Jeff Conrad hade lämnat.

Johan hade knappt fattat det än, fast han diskuterat det med Conrad vid tre tillfällen under dagen. Trots att det var bisarrt fanns det ingen tvekan. Proverna från förändringarna i Chris lunga visade att han inte hade lymfom. Han hade sarcoidos, en slags bindvävssjukdom som inte alls var dödlig, men som kunde se likadan ut som lymfcancer på röntgen.

Informationen hade till en början blockerat alla andra tankar än en enda: Chris Wirén blev mördad i onödan.

Han hade haft en sjukdom med god prognos där 90 procent var helt friska inom två år. Det beskedet skulle han ha fått om han kommit till sjukhuset i Sundsvall och gjort en finnålspunktion. En röntgenläkare hade eftergranskat bilderna från magnetkameran och sagt att det var omöjligt att avgöra om det rörde sig om lymfom eller sarcoidos.

Doktor Borg hade försvarat sig med att Chris blodprover hade visat förhöjd sänka samt blodbrist, resultat som man även ser vid lymfcancer. Dessutom hade Chris haft symtom i form av torrhosta, feber och trötthet, vilka också var förenliga med lymfom. Men enligt Conrad kunde även detta tillskrivas sarcoidosen.

Doktor Borg hade blivit helt förstörd när han fick reda på sanningen. Johan förstod honom. Samtidigt hade han sagt åt honom att han inte kunde ta åt sig av det som sedan hände.

Men visst var det absurt att Chris, som hyllade alternativmedicinen, blev mördad på grund av att skolboksmedicinen hade ställt fel diagnos. Hade han fortsatt sin behandling på kliniken hade han troligen varit i livet i dag.

Johan tog ett bloss och frågade sig om Gerard hade varit på begravningen.

En sak var säker: från och med i övermorgon skulle han inte längre gå fri. På vägen hem hade Johan lämnat ett kuvert till David Kollers på hotell Knaust. Brevet innehöll det inspelade samtalet med Cecilia Ekhammar och en kopia av anteckningen ur mammas dagbok. När Kollers hade återvänt till hotellet för att skriva om begravningen hade han öppnat brevet och genast ringt till Johan.

Artikeln skulle komma dagen efter reportaget om begravningen, allt enligt Johan vilja. Att publicera artiklarna samtidigt kändes smaklöst, det hade till och med Kollers hållit med om.

Men på tisdag var det dags. Äntligen skulle Gerard få stå till svars. Ibland sträckte sig rättvisan längre än lagen.

Cigaretten falnade i hans hand, som kvällen därute, och han fimpade mot fönsterblecket. Plötsligt fick han syn på en blond kalufs. När han kisade såg han det var Sofia Waltin som korsade torget i sällskap med en man i keps. Johan påminde sig att hon skulle äta middag med sin pappa Stig på Ming Palace.

De försvann bakom statyn av Gustav II Adolf och han stängde fönstret. Känslan av att han missat något i de två senaste utredningarna stack till i honom igen. Eller hade känslan enbart med honom själv att göra?

Jag fyller 40 om en månad, tänkte han. Är känslan av ofullkomlighet bara en projicering för att jag tycker att jag håller på att missa något i livet? Snart viker jag runt hörnet och rusar in på upploppet. Chanserna att gå tillbaka och plocka upp saker jag missat blir färre och färre för varje steg.

Han betraktade sig själv i hallspegeln. Här står en verklig muntergök, tänkte han och log snett. Om Lotta hade varit här hade hon sett till att pigga upp mig. Hon hade förmågan att se saker från den positiva sidan.

Frågan är hur hon kommer att se på mig i fortsättningen? Har jag genom mitt ointresse missat ännu en ros på vägen?

Han gick till badrummet, sköljde ansiktet i kallt vatten och fixade till frisyren. När han hade passerat Ikea i Birsta hade han ringt och sagt att han var hemma igen. Hon hade svarat med ett "jaha" och sedan hade det blivit tyst. Han hade försökt hitta de rätta orden, men som vanligt när det gällde känslor hade det varit svårt.

– Ja, jag tänkte ... förlåt om jag har varit ... men nu är det ... kan vi ses?

– Jag vet inte, Johan. Du har varit så konstig den senaste tiden. Vi skulle ju köpa det här huset tillsammans och så drar du dig ur. Hur tror du det känns? Pojkarna blev jättebesvikna. Du hade ju lovat.

Dunk, dunk, dunk. Hennes ord hade slagit honom längre och längre ned. När han till slut hade svarat hade rösten varit svag och bruten:

– Jag vet, förlåt. Men vi måste ses och prata ... det blir så svårt på telefon.

– Hm.

– Jag älskar dig Lotta, sa han, för just då kändes det som om han gjorde det.

– Hm. Jag måste fundera. Vi hörs.

Klick.

I spegeln såg han rynkor kring ögonen han inte lagt märke till tidigare. Han tänkte att det berodde på att han hade satt i en för stark lampa i taket när han kom hem. I morgon skulle han köpa en med 40 watt.

40.

Om jag har tur är jag mitt i livet. Kanske dags att hitta ett hem, en plats att vila på. Trots att han bara varit hemma några timmar hade känslorna för Lotta åter vuxit sig starka.

I köket öppnade han fönstret igen. Torget var tomt och han tänkte på Lotta och pojkarna i deras nya villa på Alnön. Mot sin vilja var han imponerad av hennes handlingskraft.

Inom sig hörde hennes och grabbarnas röster och skratt, såg deras rörelser, kände deras värme. Han längtade dit. Visst skulle han klara av att vara extrapappa till Sebastian och Elias. När han tänkte på det han upplevt de senaste dagarna kändes den slutsatsen så självklar att han undrade varför han någonsin tvekat.

Instinktivt sökte sig handen till mobilen. Displayen var tom. Inga missade samtal. Han visste att det inte var någon idé att ringa och tjata. Ville Lotta att han skulle komma i kväll skulle hon höra av sig.

Han stängde fönstret och gick in i vardagsrummet. Tittade på gitarren som hängde på väggen, men lät den vara. Sjönk ned i skinnsoffan och betraktade blombuketten som Carolina köpt som tack för att hon fått låna lägenheten. I går hade hon flyttat till en tvåa på Bankgatan, som hon fått hyra av en kollega som skulle jobba ett halvår på TV4 i Malmö. Efter dagarna i Bråsjö hade hon känt att hon ville bo i Sundsvall – hon kunde ju ändå få hjälp av sina föräldrar.

Det kändes märkligt att hon skulle bo två hundra meter ifrån honom. Visserligen hade de sedan de blev tillsammans i första ring varit som två planeter som med jämna mellanrum färdades i samma omloppsbana, men det här var annorlunda. Så nära men ändå i en annan värld. Om hon inte ville träffa honom kunde det gå månader innan de stötte på varandra.

Han hade sett små spår av Carolina och Alfred i lägenheten; babysalvan i badrummet, våtservetterna i sovrummet och barnmatsburkarna i kylskåpet. Det var förvånande att hon hade glömt så mycket eftersom hon var så ordningsam.

Han hade låtit sakerna ligga kvar. Tids nog skulle han lämna tillbaka dem, men det var ingen brådska.

Kanske i morgon, avgjorde han. Det skulle vara roligt att träffa Alfred igen. Trots att han inte gjorde mycket mer än åt och sov kändes det som om han hade fått kontakt med honom.

Tänk om det hade varit mitt och Carolinas barn. Då kanske hon hade suttit i soffan bredvid mig och gett honom bröstet just nu.

Han ruskade bort bilden och reste sig. Greppade fjärrkontrollen och tryckte igång jazzskivan som han fått låna av Erik. Varma toner från en saxofon ackompanjerad av ett piano fyllde rummet och han kände sig genast mindre ensam.

Innan han hann uppfatta melodin ringde mobilen och de grälla tonerna slog sönder harmonierna från skivan. Han gick ut i köket och svarade.

– Hej det är jag.

Lotta. Rösten gjorde honom varmare inombords än någon musik kunde göra.

– Hej, sa han och försökte att inte låta alltför ivrig.

– Vad gör du?

– Inget särskilt.

– Är du hungrig?

– Jaa ... lite.

Han såg framför sig hur hon log. Blänket i de gröna ögonen och de halvmåneformade skrattgroparna.

– Jag och pojkarna har gjort pizza och glass med marängsviss ...

Nu var det han som log. Samma middag som hon hade bjudit honom på första gången.

– Låter underbart. När ska jag komma?

– Om tio minuter.

Han skyndade sig in i badrummet. Kollade frisyren och duttade på rakvatten på kinderna.

När han steg ut i hallen ringde det på dörren. Förvånad stannade han upp. Vem kunde det vara? I huvudet fanns bara Lotta och i en minnesblixt mindes han hur Stefan hade stått på andra sidan dörren när han senast fick oväntat besök.

Med fem snabba steg var han framme vid dörren. Kikade i titthålet och förvåningen steg.

Carolina med Alfred på armen. Vad ville hon? Varför hade hon inte ringt innan?

Han öppnade. Hon log och Alfred gurglade förnöjt när han fick syn på honom. Det var första gången han hade hört ljudet från en bebis i trappuppgången.

– Hej, sa han. Vad gör ni här?

Alfred jollrade högre och hon hyssjade honom. Någonstans i huset spolades det i en toalett. Hon såg allvarligt på honom.

– Det är en sak jag måste berätta ...
– Ja? Vadå?

Hon bet sig försiktigt i underläppen, såg på Alfred och på honom igen. Så rynkade hon på näsan och log, innan hon åter blev allvarlig. Han förstod ingenting. Pulsen slog i tinningarna och han kände hur handtaget blev varmt i handen. Så tog hon ett djupt andetag och sa:

– Jag trodde att du hade förstått... Det är inte Thomas som är pappa till Alfred ...

Orden var enkla men ofattbara. Han kramade hårdare om handtaget. Hennes läppar rörde sig igen.

– ... Det är du, Johan. Det är du som är ... hans pappa.

70

Per-Erik Grankvist styr bilen genom mörkret. Han är på väg hem från kliniken dit han körde direkt efter Chris begravning. Även en sorgens dag som denna måste arbetet skötas, tänker han och ler. Trots nyheten om att Chris blev mördad är kliniken fullbelagd de närmaste månaderna. Det både förvånar och glädjer honom. Han hade trott att det skulle dröja innan kunderna åter strömmade till, men det verkar som om folk vill visa sitt stöd för Chris.

Inte mig emot, tänker han och leendet blir bredare. Nu är jag ensam herre på täppan.

Han ser framför sig hur kistan med Chris sänktes ned i jorden, men han känner inget dåligt samvete. Chris dog för att det var nödvändigt. Kliniken var hans livsverk och viktigare än hans liv. Det brukade han till och med själv säga. Och han var inte snäll mot Agneta. Folk skulle bara veta.

Han svänger ut på E14 och får upp farten. Magen kurrar när han tänker på älggrytan som Margareta har på spisen. Snart är jag hemma. Även om jag inte älskar henne har vi hållit ihop i alla år. Kanske är det större än passionen. I alla fall är hon en förutsättning för mina tillfälliga utflykter. Annars skulle jag inte ha något att fly från.

Han har sagt till Agneta att de måste ta en paus i förhållandet. Åtminstone tills uppståndelsen kring Chris död har lugnat sig. Sedan får de se. Han fortsätter gärna att ligga med Agneta, men han tänker inte lämna sin fru. Så har det varit med alla kvinnor han haft på sidan om, och de flesta har accepterat det. De som inte gjort det har han gjort slut med så fort kraven kommit krypande.

Men Agneta kommer att förstå. Hon är en klok kvinna. Utan att tveka hade hon ljugit för polisen och bekräftat hans version av vad som hände när Chris blev ihjälslagen. Inte med ett ord hade hon avslöjat att även han var i strandhuset. Hon trodde på hans version att det var Henric som slog ihjäl Chris, och det räckte för henne.

Ibland har man tur, tänker han och fingrar på mustaschen. Om inte Henric hade skjutit sig själv hade jag inte suttit här. Då hade jag inte kunnat skylla morden på Chris och Åke på honom. Nu går inget att bevisa.

Jag är en fri man. Fri och rik.

Tankarna får honom att pressa upp bilen mot hundrastrecket fast den gulröda skylten han passerar visar 70 och vägen på sina ställen är täckt av frost.

Fri man. Rik. På väg hem.

Han upprepar orden gång på gång och känner sig allt lyckligare. I sista kurvan in mot samhället ser han plötsligt Chris stå vid vägkanten. Han är naken. Strålkastarna lyser på hans vita kropp, som är omslingrad av sjögräs. I ena handen har han en hammare, i den andra en orm. Bergväggen bakom honom är svart och ljuset från strålkastarna glittrar på ytan, som om stenblocket i själva verket är en sjö.

Per-Erik blir som paralyserad. Utan att kunna slita blicken stirrar han in i Chris ögon och styr rakt mot honom. Foten trycker gaspedalen i botten. I samma ögonblick som fronten är framme vid Chris försvinner han lika hastigt som han dök upp.

I en halv sekund hör han ett dånande ljud.

★

Huggormshonan vaknar av vibrationen från steg som passerar intill henne. Temperaturen har sjunkit ännu någon grad. Marken är hårdare än när hon somnade och frosten vit och stickig. En svag rörelse går genom hennes kropp. Hon känner tyngden från sorken som är en liten bula på mitten av kroppen.

Långsamt ringlar hon sig loss från blomstjälken och sträcker ut sig i sin fulla längd. I gropen under rotvältan hittar hon en fördjupning. Utan problem glider hon nedåt. Det blir tyst och mörkt.

Stegen försvinner bort och allt blir stilla. Temperaturen på botten av hålet är perfekt.

Nu kan den långa kalla norrlandsvintern komma.

Efterord

Det här är en roman. Eventuella likheter med verkliga personer eller händelser är tillfälligheter.

Jag vill tacka följande personer som tålmodigt har tagit sig tid att svara på mina frågor:

Polismästare *Göran Westman*, Polismyndigheten i Västernorrlands län.

Professor *Anders Eriksson*, Rättsmedicinalverket, Umeå.

Polisinspektör *Peter Lindström* samt

Jörgen Andersson och *Staffan Moström*, som bidragit med värdefulla synpunkter på texten samt faktakunskap om allt från till huggormars sväljteknik till färgen på havet i solnedgång.

Alla fel är i slutändan enbart mina egna.

Ett stort tack slutligen till *Anders Näslund* på webbverkstan, som producerar min hemsida: *www.jonasmostrom.se*

Jonas Moström
Stockholm i mars 2010

LÄS MER

Extramaterial om boken och författaren

Jonas Moström i korta drag	2
Länktips	2
Utdrag ur *Evig eld*	3

Jonas i korta drag

Namn: Jonas Moström.
Född: 6 maj 1973 på Östersunds lasarett.
Bor: Stockholm.
Familj: Fru och två döttrar.
Gör: Familjefar, läkare och författare. I den ordningen. Hinner inte träna särskilt ofta.
Intressen: Är allätare, bl.a. utförsåkning, teater och matlagning.
Bästa egenskap: Målmedveten och flexibel
Sämsta egenskap: Stort sömnbehov.
Blir glad av: Sin familj, styrdans och promenera med musik i öronen.
Blir arg av: Hyckleri och ondska.
Favoritplats: Ristafallet, Jämtlandsfjällen.
Det visste du inte om Jonas: Skickade år 1998 in två låtar till Melodifestivalen (ingen kom med).

Länktips

www.jonasmostrom.se
Här kan du läsa mer om Jonas Moström och hans böcker. Här kan du även läsa Jonas blogg.

www.pocketforlaget.se
Här kan du läsa mer om Pocketförlagets böcker och författarer. Passa även på att anmäla dig till vårt nyhetsbrev!

Självklart kan du också följa oss på Twitter och Facebook!

Läs ett utdrag ur *Evig eld*,
Jonas Moströms sjätte bok.

Måndag 10 oktober 2010

Erik Jensen sköt upp svängdörrarna till akutvårdsavdelning nio på Sundsvalls sjukhus. Tre av patienterna han lagt in under eftermiddagen låg i sängar i korridoren. Den 93-årige mannen med oklar yrsel snarkade med öppen mun. En kateter med mörkgul urin dinglade halvvägs mot golvet eftersom slangen från urinblåsan hade snott sig runt en metallskena. Erik böjde sig i steget och lyfte upp den ljumna påsen i sängen. Hälsade på de två andra patienterna, som också skulle få tillbringa natten i korridoren på grund av att sjukhuset var överbelagt, och fortsatte fram till sköterskedisken.

– Hej, var ligger patienten ni ringde om? frågade han.

Syster Annelie såg upp från en medicinlista.

– På 4:2, svarade hon och reste sig. Han har slagit om till flimmer igen.

Erik tittade på EKG-kurvan på datorskärmen och konstaterade att hon hade rätt. Kammarfrekvensen hoppade mellan 120 och 130. Han gick med snabba steg mot salen. Bakom sig hörde han tjattret från Annelies tofflor när hon sprang i kapp honom.

Han kastade ett öga på den digitala klockan i taket och såg till sin förvåning att den var 19.17. Egentligen skulle han ha gått av sitt pass klockan fyra, men eftersom dåliga patienter hade kommit in på löpande band, hade han varken hunnit reflektera över tiden eller att han inte hade ätit sedan lunch. Och primärjouren var ny och osäker och kunde inte prioritera vilka patienter som, trots platsbristen, måste läggas in.

Så han hade stannat. Först nu, när blodsockret började sjunka mot tanketröga nivåer, påminde han sig att han inte hade ringt till Sara. Men hon hade säkert listat ut hur det stod till. Det var inte första gången han missade middagen och nattningen av flickorna på grund av jobbet.

Mannen med förmaksflimret halvsatt upp i sängen och andades ansträngt. Med stetoskopet mot mannens bröst hörde Erik hjärtat slå snabbt och oregelbundet. Det rasslade i båda lungbaserna och han förstod att lungödemet inte var långt borta. Han vände sig mot syster Anneli.

– Ge 2 liter syrgas på grimma, 0,5 milligram Digoxin och en stötdos Furix.

Syster Annelie nickade och tog en av sprutorna som redan låg uppdragna i en rondskål. Sökaren började pipa i Eriks rockficka. När han såg att det var från akuten nickade han avsked till patienten och skyndade sig tillbaka samma väg som han kommit.

Den här Sisyfosvandringen tar aldrig slut, tänkte han när han än en gång passerade de tre patienterna i korridoren. Kvinnan med lunginflammationen hostade upp en slemklump på lakanet framför sig.

Är man inte sjuk innan man kommer hit, blir man det definitivt här, resonerade Erik och kände hur hungern och frustrationen drev på cynismen, som drabbat honom allt oftare på sistone.

I morse på klinikmötet om de nya nedskärningarna hade han för första gången känt en lättnad över att han inte fick tjänsten som chef för akuten. Att skära ned i en verksamhet som redan gick på knäna var inget han ville ägna sig åt. Då var det bättre att satsa på den egna forskningen: då var det bara han själv som blev lidande om han gjorde ett dåligt jobb.

När han var halvvägs till akuten ringde mobilen. Det var Sara.

– Kommer du inte snart?

– Jag hoppas det, men det är kaos här, som vanligt.

– Mjölken är slut. Kan du köpa två liter på vägen hem?

Sanna har utflykt i morgon och vill ha O'boy.

Han skakade på huvudet för sig själv. Fattar hon inte att jag har viktigare saker för mig än att planera för flickornas matsäck?

– Kunde du inte ha fixat det i dag? Du har ju varit ledig ...

– Jag är inte *ledig*, Erik. Jag skriver på en bok. Dessutom håller jag på med släktforskningen, det vet du.

Han hälsade på en ortopedkollega, som svischade förbi på sparkcykel och sa:

– Jag ringer dig sen, hinner inte prata nu.

Droppade mobilen i rockfickan och tänkte att Saras plötsliga intresse för släktforskning var ännu ett i raden av hennes påhitt som han inte gillade. Hennes idé att hon skulle skriva en bok om sin släkt gav han inte mycket för. Hon hade inte ens fått något besked om romanen hon nyss skickat in. Kunde hon inte för en gångs skull vara rationell?

Fast han kände så hade han inte protesterat när hon anmält sig till kursen. Skammen och sorgen han kände efter Maria Sjögren blockerade all stridslust. Trots att han visste att det var ologiskt, kändes det som om risken att Sara skulle få reda på hans otrohet ökade om han bråkade med henne. Som om bara tankarna på Maria skulle förråda honom.

Senast i dag hade tyckt sig se Maria: en blond kvinna som kastade med håret och log i matkön. I en halvsekund hade han tappat fotfästet innan han mötte kvinnans blick och såg att hon inte alls liknade Maria. Det plågade honom att hon fortfarande ockuperade hans hjärna. Minnena av henne blossade upp när han minst anade det, fast han gjort sitt bästa för att glömma. I morse hade han till och med slängt begravningsannonsen – det enda minne som han burit med sig efter hennes ofattbara död.

Men med tiden skulle minnet av Maria förhoppningsvis inte göra ont längre. Det var bara att bita ihop och fortsätta framåt. Ännu en vandring där målet inte var att komma fram.

Han sköt upp svängdörrarna till akuten. Kakofonin av ljud var samma som alltid: ett mummel av röster, snabba steg över det glatta plastgolvet, pip och surr från teknisk apparatur, patienter som ropade och suset från ventilationen. Ljud så vanliga att han inte hörde dem längre. När han kom fram till medicinsidan stegade Ingemar Skytt, en av akutens två manliga sjuksköterskor, fram mot honom.

– Vad bra att du kom så snabbt, det var jag som sökte dig.

– Egentligen är jag på väg hem, sa Erik.

– Kan du titta på det här först, fortsatte Ingemar och vecklade ut en EKG-remsa under näsan på honom.

Britta Hjorth, född 1944. Med en snabb blick på kurvan konstaterade Erik att hon hade ett WPW-syndrom – en ovanlig form av rytmrubbning. Hans nyfikenhet var väckt och han frågade:

– Vad har hon för symptom?

– Hon föll ihop utanför kasinot för en halvtimme sen, kände hur det svartnade för ögonen. Haft lite hjärtklappning av och till under dagen, men mått bra i övrigt. Grejen är att hon har hiv – hon fick det vid en blodtransfusion efter en bilolycka i Tanzania för tre år sen. När hon ramlade på kasinot slog hon upp ett sår i pannan, som blöder rätt rejält.

– Vad är blodtrycket?

– 130 över 85.

– Var ligger hon?

Ingemar Skytt pekade mot övervakningsplatsen närmast disken. Erik gick dit och drog undan draperiet. På britsen med en gul landstingsfilt över sig låg Britta Hjorth med handen tryckt mot en kompress över pannan. Hon stirrade oroligt på honom när han presenterade sig.

Han ställde sina frågor och fick Ingemars version bekräftad. Sedan lyssnade han på hjärtat. När han hörde den oregelbundna rytm han förväntade sig och dessutom ett strävt blåsljud, bestämde han sig för att patienten skulle läggas in på nian, om de så var tvungna att rulla in en säng i personalrummet.

Det värsta var att han måste prioritera bort någon av patienterna som låg med telemetriövervakning. Kanske den 90-åriga damen med hjärtmuskelinflammation? Även om hon med tanke på sitt tillstånd behövde övervakningen, var hon äldst på avdelningen. Och på något sätt måste han ordna fram en plats. Han avskydde när han tvingades värdera vems liv som var mest värdefullt – men det var en ofrånkomlig del av hans jobb.

Han drog på sig ett par plasthandskar och bad att få titta på såret. När han lyfte på kompressen såg han att det var litet, men blödde ymnigt. Det karaktäristiska ljudet av nonchalant klapprande träskor fick honom att se upp. Mycket riktigt kom kirurgöverläkare Bergman gående.

– Ola! ropade Erik. Kan du fixa det här innan vi tar in patienten till oss?

Bergman stannade i steget och mötte Eriks blick. De hade börjat samtidigt på sjukhuset för sexton år sedan och följts åt genom AT, ST och fram till varsin överläkartjänst. Ola Bergman var flexibel och praktiskt orienterad. Han kom fram, tittade på såret och nickade.

– Inga problem.

Erik höll upp journalen där det framgick att patienten hade hiv.

Ola nickade igen.

– Jag fixar det, sa han. Det största problemet blir väl att hitta en sköterska som kan assistera, flinade han och försvann bort mot kirurgdisken samtidigt som han påkallade uppmärksamhet med sin mullrande röst.

Erik såg på Ingemar Skytt att han inte gillade Olas kommentar, men Erik sa inget. Alla kände till Ola Bergmans kaxiga attityd, men han var en av de bästa kirurgerna på sjukhuset, och Erik brydde sig inte. Dessutom behövdes det lite jargong för att orka med. Men det var onödigt att slänga ur sig sarkasmer så att patienter hörde.

Som tur var verkade Britta Hjorth inte reagera. Hon hade fullt upp med att försöka torka bort blod som runnit ned i ögat. Erik hjälpte henne och bad Ingemar ringa avdelningen och förbereda inläggningen.

Fem minuter senare hade Erik skrivit en inläggningsanteckning, ordinerat mediciner och prioriterat fram en telemetriplats. Sköterskorna Annelie Tennmark och Unni Bergdahl från nian hade anlänt och såg på när Bergman satte sista stygnet i patientens panna.

– Så där ja, flinade Ola och nickade mot Erik. Nu tänker jag gå hem. Har redan jobbat över så det räcker.

– Tack för hjälpen, sa Erik och fick behärska sig för att inte säga något om att han själv hade slutat för över fyra timmar sedan.

När Ola hade gått instruerade Erik systrarna Annelie och Unni om patienten. De var de mest kompetenta sköterskorna på avdelningen. När han såg dem rulla iväg med Britta Hjorth visste han att hon var i goda händer.

Han återvände ut till disken, noterade till sin förvåning att det bara var fem ännu inte undersökta patienter. Alla hade prioritet fyra, och den som hade väntat längst hade kommit in vid lunchtid på grund av ryggvärk sedan tre månader.

En plötslig matthet kom över honom. Ljuden omkring dämpades och försvann. Han svepte med blicken, såg personal och patienter som rörde sig åt olika håll, alla med ett eget mål för ögonen, likt myror i en stack.

Mobilen vibrerade i fickan. Han antog att det var Sara. Utan att se efter styrde han stegen mot personalrummet. Nu måste han något i magen innan kollegorna fick lägga in honom på grund av hypoglykemi.

Han hittade en vetelängd och skar en stor bit. Trots att konsistensen skvallrade om att den legat framme sedan i morse, smakade den bra. Efter ytterligare två bitar och en kopp kaffe kände han livsandarna återvända. Såg på mobilen att det var Sara som ringt och att klockan var fem i åtta.

Då kanske jag hinner hem innan jag ska hit igen, tänkte han och reste sig för att gå till omklädningsrummet.

I samma stund som han öppnade dörren hörde han hjärtlarmet. Den tjutande signalen överröstade alla ljud. För en sekund stod allt stilla på akuten. Sedan tog Ingemar Skytt larmtelefonen och kollegorna strömmade till runt honom, som filspån kring en magnet. Erik sprang dit.

– Ett hjärtstille, ropade Ingemar när han lade på luren. De är här om fem minuter.

Han läste på papperet han fyllt i under samtalet.

– Kvinna i sextioårsåldern, identitet okänd. Föll ihop i Tonhallen på en konsert. HLR pågår i ambulansen.

– Jag tar det, sa Erik. Förbered akutrummet, dra upp adrenalin och kolla defibrillatorn.

Två undersköterskor skyndade mot akutrummet.

– Vi går ut och möter, fortsatte Erik med en nick mot Ingemar och en annan sköterska.

Reflexmässigt tog han på sig ett par plasthandskar och gick mot ambulansintaget. Det här var hans första stillestånd i dag, och fast han kunde behandlingen i sömnen, gick han igenom rutinerna, som en mental förberedelse. Statistiken talade sitt dystra språk, men varje gång var han fast besluten att lyckas.

Han gick ut, drog in den kyliga höstluften i lungorna och svepte med blicken över området bakom sjukhuset. Den kringliggande granskogen stod svart och stum. Inte en levande själ syntes till. Gatlyktorna kastade koner av kallt ljus längs vägen och det var frost i gräset. Ingemar Skytt ställde sig intill honom och sa:

– De borde vara här snart.

– Ja. Jag tar andningen och du komprimerar.

– Självklart.

Dörren öppnades bakom dem. Ola Bergman kom ut i täckjacka och jeans.

– Här står ni och filosoferar, flinade han. Själv tänker jag åka hem nu och ta en kall öl och en jävligt lång dusch.

Han kastade upp bilnycklarna i luften och fångade dem med ett klirrande ljud. I samma ögonblick som Erik lyfte handen till avsked hörde han sirenerna. Tre sekunder senare såg han blåljuset blixtra fram vid norra sidobyggnaden. Bergman gick visslande mot sin bil på parkeringen och kunde inte bry sig mindre.

Erik kände adrenalinet rusa i ådrorna. Allt blev här och nu i en total fokusering: ambulansen som närmade sig, beslutsamheten att göra allt för att rädda ett liv.

Den mjuka inbromsningen, dörrarna som öppnades och båren som rullades ut.

Kvinnan var slapp och blåblek och ambulansföraren pressade gång på gång sin tyngd mot hennes bröstkorg. Erik stirrade på defibrillatorns display. Den gröna ljusstrålen bildade ett oregelbundet veckat mönster. Ventrikelflimmer.

– Vi har skjutit tre gånger utan resultat, sa ambulansmannen.

– Ta henne till akutrummet, dirigerade Erik.

Med ena handen greppade han kvinnans haka och med den andra tog han Rubensblåsan och började pumpa in luft. När de var halvvägs in genom portarna hördes en dov knall bortifrån skogen. Instinktivt vände han sig om. Det han såg skulle han aldrig glömma.

Ola Bergman föll framlänges bredvid sin bil och slog ansiktet i asfalten.

En sekund, två sekunder, tre sekunder.

Han förblev liggande helt orörlig.

Först förstod Erik inte vad han såg, allt fokus var på patienten, och nervbanorna som kopplade ihop synen med hörseln och tankarna var blockerade. Så dök den orimliga tanken upp i huvudet och han blev alldeles kall.

I samma stund kom primärjouren ut genom porten. Han sa åt henne att ta över den konstgjorda andningen och rusade mot Ola.

När han var halvvägs hörde han en bil starta. I ljuset från gatlyktorna såg han en silverfärgad bil köra iväg och försvinna bakom sidobyggnaden som vette mot sjukhusets huvudentré.

Han sprang så fort han kunde, men närmade sig den orörliga kroppen oändligt långsamt. Såg bilnycklarna glittra på asfalten i ljuset från skylten ovanför förlossningsavdelningen, såg den mörka fläcken som växte fram på Olas rygg, såg den orubbliga stillheten.

Bara en tanke fanns i huvudet.

Det här händer inte.

Läs fortsättningen av *Evig eld*.

Kirurgöverläkaren Ola Bergman blir en sen höstkväll kallblodigt nedskjuten utanför akutmottagningen på Sundsvalls sjukhus. Läkaren Erik Jensen är först på plats och försöker rädda kollegans liv. Det enda spår han ser av mördaren är den silvergrå kombi som lämnar platsen i ilfart. Kriminalkommissarie Johan Axberg och hans kollegor misstänker att motivet antingen är svartsjuka, på grund av offrets ökända otrohetsaffärer, eller att det är kopplat till Bergmans engagemang i det lokala läkemedelsbolaget Global Medical Careness, som enligt ryktet säljer medicin med cancerframkallande biverkningar till u-länder.

Samtidigt härjar en pyroman i Sundsvall. Större och större bränder anläggs och det är bara en tidsfråga innan någon kommer till skada. En förbryllande detalj är att pyromanen vid varje brand lämnar efter sig en metallbricka med ett inristat namn och nummer.

En komplicerad utredning tar sin början, där spåren pekar både mot Sydafrika och mot Sundsvalls stadsbrand 1888.

Evig eld är den sjätte romanen i Jonas Moströms serie om Johan Axberg, Sofia Waltin och de andra kriminalpoliserna i Sundsvall.